党费

王愿坚 — 著

中国青年出版社

(京）新登字083号

图书在版编目（CIP）数据

党费/王愿坚著. —北京：中国青年出版社，2019.10
(红色经典文库）
ISBN 978-7-5153-5735-5
Ⅰ.①党… Ⅱ.①王… Ⅲ.①长篇小说—中国—当代 Ⅳ.①I247.7
中国版本图书馆CIP数据核字（2019）第159568号

责任编辑 曾玉立
装帧设计 孙 初
出版发行 中国青年出版社
社 址 北京东四十二条21号
邮政编码 100708
网 址 www.cyp.com.cn
门 市 部 010-57350370
编 辑 部 010-57350402
印 刷 北京科信印刷有限公司
经 销 新华书店
规 格 880×1230 1/32
印 张 14
字 数 330千字
版 次 2020年1月北京第1版
印 次 2021年8月北京第2次印刷
印 数 5001-10000册
定 价 36.00元

本图书如有印装质量问题，请凭购书发票与质检部联系调换 联系电话：(010)57350337

目录

珍贵的纪念品

像我们这样的老战士，大半都有这么个怪脾气，——喜欢保存点珍贵的玩艺儿：一块从自己身上开刀开出来的炮弹皮啦、老战友的来信啦等等。因为这些东西都有一段不平凡的来历，留着可以作个纪念。像我，就保存着这么一条红领巾。

那是1953年的事。蒋军拼凑了两万兵力，20多辆坦克，想偷偷地袭击我们的东山岛，阴谋配合美国在朝鲜对我们的进攻。我们马上给他个迎头痛击，战斗了两天两夜，敌人连死带伤加被俘，丢下了3千多，剩下的被我们一气赶下海去了。我这个故事就发生在东山岛战斗开始的时候。战斗一打响，我们连的任务是阻击。就这么打一节，退一节，争取时间，最后坚守主阵地，让后面的主力部队来歼灭敌人。战斗正打得火热，连长到我跟前说："于成年同志，你这挺机枪作掩护，部队转移到主阵地去！"他具体交代了任务，并且嘱咐我："记住，看见部队上了四二五高地，你们就撤退！"

我和弹药手就留下了。起初，任务执行得倒也顺利，别看就这一挺机枪，敌人死得一片一片的，就是上不来。看看大部队已经安全地跨过了背后那个山嘴子，开始上山了。我刚要招呼弹药手撤，谁知道敌人鬼头鬼脑地从右边绕上来了，子弹朝我俩屁股打过来。这一来，我们撤就困难了。我伸手捅了捅弹药手说："把子弹夹子留下，我掩护，你赶快顺着小沟撤下去！"我自己手端着机枪，一直向绕上来的敌人扑过去。敌人被赶下去了，弹药手也平安地撤走了，可就在这时，我负了伤：一颗子弹打在大腿上，麻酥酥的，那血呀，像个小泉眼似的，呼呼直冒，不一会腿底下的土就湿了一大片；凭经验，我知道伤得不轻，十有八九是碰到骨头上了。我想包扎一下，谁知道一掏口袋，救急包没啦，还是在前面山头阻击的时候，给三班长包伤口用啦。这时候，敌人的小炮还一个劲儿地往这儿落。不行，得走！人死活不说，这挺机枪丢不得呀！

我把枪往怀里一抱，一轱辘就滚下了山坡，费了好大的劲，才爬过一条小沟，顺着沟沿望着一块黑鸦鸦的甘蔗地爬。爬呀，爬呀，越爬越觉得没有力气，浑身发软，突然眼前一黑，就啥也不知道了。

不知道过了多久，我醒过来了。迷迷糊糊的，觉得腮上像爬着几个虫子，痒得很，伸手一摸，湿漉漉的。睁眼一看，原来我正躺在一个孩子的身旁。那孩子抱着我的肩膀，头俯在我的脸上抽抽噎噎地哭，泪珠吧嗒吧嗒掉到我脸上，又顺着流下来。咦！这是怎么回事？

那孩子见我醒了，连忙抽手把眼一抹，小声地叫了一声："叔叔！"

我挣扎着坐起来，四周望了望：是在一块甘蔗田里，那甘蔗密密麻麻的，隔一垅就望不见人；我那挺机枪好好地架在甘蔗棵子上。我竭力回想是怎么到这个地方来的，这时才想到我那负了伤的腿，不由得朝伤口处望了一眼。冷丁一看，把我吓了一跳：怎么血流得这么多！再仔细一瞅，才发现那并不是血，是一块红布。那红布呀，鲜红鲜红的，就和我的血一样红。奇怪的是，那块红布竟扎得那么准，那么平贴，不歪不斜，不松不紧，就像卫生员包扎过的一样，怪不得血不流了呢。不用说，这一定是这个孩子干的事。

我仔细打量了一下，这是个女孩子，看样子有十二三岁，梳着两条小辫儿，黑黝黝的圆脸上稀稀落落的有几个雀斑，下巴上有一个黑痣子，长眉毛下面长着一双水汪汪的大眼睛，一看就是个机灵的孩子。可是她怎么在这个时候跑到这个地方来了？我刚要问，她倒先开口了：

“叔叔，腿还痛不痛？”

我说：“不痛了。”真的，因为止住了血，不怎么痛了。她说：“你别哄我啦。削铅笔把手割破了，都要痛好几天，打了那么大个窟窿还能不痛？”她想了想，又说：“要是有点药上上就好了，是不是，叔叔？”

“嗯，真的不痛，”我看着她那开心而又天真的小脸孔，又感激，又怕她为我的伤口害怕，我把话岔开去，问她：“你怎么一个人到这儿来啦？”

她说：“妈妈去给那边山上的解放军叔叔送开水了。临走的时候怕蒋军进庄跑不及，叫我躲到这里来。”她又说，她在躲着的时候，听见前面打仗，吓得很；听听枪不响了，想出去看看，刚一爬出甘蔗地，就看见了我，从军装上认出我是解放军，她就把我拖到这儿来。她还告诉我，在我昏迷的时候，她偷偷爬出去看了好几趟，看见蒋军没顾得找我，直夺主阵地那座大山去了。末了，她说：“你淌了那么多血，一条红领巾都包不住，你又不会动……”说着，她眼里的泪珠儿闪着光。

我看看她扎伤口的那块红领巾。不知怎的，眼泡子一热，眼泪也差点收不住了。我拉着她的手说：“小妹妹，多亏了你呀！”她却晃着小辫子说：“你可别那么说，我是个少先队员嘛！”看她那副神气，她是把这件事当作本分的事来干的。这时，我的伤口又痛起来了，我紧咬着衣服领子，生怕一张口就会痛得喊出声来；她大概看出了这点，低下头，趴在我的腿边，折下半截甘蔗攥在手里，小心地给我剥腿上的泥巴，用甘蔗水轻轻地擦我身上的血迹。

痛过一阵以后，我透过甘蔗梢子望望天，太阳已经偏西了；我把耳朵贴在地上听了听，附近的枪声早停了，只有远处还一阵阵传来枪炮声。我喊了声：“小妹妹！”

“嗳！”她爬过来了。

“你在这儿躲着吧，我得找部队去了。”说着，我就往起站，谁知这腿伤得的确厉害，脚刚一着地，就钻心的痛，我“哎唷”一声又歪倒了。

她连忙扶着我，说：“叔叔，你还得躺着，等消灭了蒋军我去叫人来抬你。”

我说：“不行，打仗的时候，一挺机枪关系大事，我得把枪送到队伍上去。”

“我给你送。我扛得动，我刚才还扛过哪！”她看看我的脸，知道我不答应，她就说：“要嘛，我先进庄去看看，要是没有土匪，我找人来抬你，好不好？”

这倒是个办法，但万一碰上敌人呢？我不能让她为我去冒险。我不答应她去。

谁知道这回她不依我了，说：“不要紧，这路我熟着呢，我还会躲，你看，”她伸手抓起地上一个用甘蔗叶子编的大草圈，往头上一戴，可不是，草叶子一搭拉，把个小娃娃遮得严密密的，隔几十步就看不出了。她嘱咐我：“叔叔，你可别乱走哇，别叫我回来找不着你。你待的这个地方是从西数第十七垅。”说完，像个小刺猬似的，一溜就不见了。

她一走，我不由得心慌起来，越想越觉得不该放她走。在这里我还有挺机枪保护着她，可是出去了，如果碰上蒋军……我越想越担心，简直想爬起来去撵她，可是腿又不听使唤。我只好熬着，熬着……

过了约摸有一个钟头，我听见甘蔗地头上一个人小声地数着：“一，二，三，四……”是她，她回来了。仔细一听，似乎还有一个人，我一惊，刚要抓那挺机枪，就看见她钻了进来。身后跟着一个中年妇女，也顶着个草圈子。

孩子一蹦蹦到我跟前，高兴地说："庄里没有土匪，可是找不到人，我把我妈领来了。"

她妈看了看我的伤处，说："到庄里去吧，到庄里就好想办法了。"我点了点头。她把我扶起来，肩膀抵着我的左肩窝，我慢慢地用一双腿跳跶着走出了甘蔗地。回头看看我那挺机枪，那孩子扛着呢。十七八斤重的铁家伙，外加两个子弹梭子，把孩子压得一歪一歪的。她望着我，好像是说："你看，叔叔，我说扛得动，你不信！"

太阳快落的时候，娘儿俩帮我走到了村子里，到了她们的家。她妈安置我躺下就出去了。这工夫，孩子从锅里摸出两块红薯，硬逼着我吃下去。过了一大会儿，她妈领着三个妇女来了，还带来了一张竹篾床。她说，男人都不在家，去给解放军抬担架了，现在只好由她们来抬了。她们四个把我和枪都放到竹床上抬起来。那孩子呢，非要跟着不行，还硬要把两个子弹梭子让她拿着。

拐弯抹角地走了五六里山路，就来到了团的前方指挥所。忽然，一阵疼痛，我就又昏过去了……当我醒来时，我已经躺在医院里。医生说，这次负伤是打碎了一块骨头，还打着了什么"静脉"，要不是包扎得及时，不死也得落个跛腿。可是经那块红领巾一包，这条腿不是好好的了吗！

那时我想：等我伤好了，一定得去找到她，好好地谢谢她。孩子的红领巾还在我这儿哪，——来到医院换药时解下来，我就把它保存起来了，只是被血弄脏了，得买条新的还她……

可是我很懊悔，那时候伤口痛得晕头转向的，怎么没有问问她的姓名和地址呢，现在连她那庄子的方向也记不清了。咳，我真是……

伤愈那天，我第一件事就是找裁缝做了条红领巾，带着那条旧的红领巾，回连了。

回连报到以后，当天没有事，我就请了假到我阻击的那个阵地

(这我是记得的)附近的村上到处打听。说起来也好笑,这么大的东山岛,十几岁的女孩子有的是,到哪里去找呀?

星期天我又请了一天假,决定到附近的村庄去挨门找。嗬,可给我问到一个下落了！有人告诉我说她在西浦镇上,我高兴极了,一气跑了八里多路,到了那里。谁知找到了一看,不是!那也是个十几岁的女孩子,也是掩护了我军的一个伤员,但我找的不是她。

第二个星期天我又去了。我琢磨着像这样的孩子,她的事迹人民政府一定会知道的,便决定到县人民政府去找。到了那里,广场上正开全县的东山战斗庆功大会呢。我挤进会场,东看看,西瞧瞧,咦,她在功臣席上坐着呢！胸前戴着一朵大红花,衬得小脸黑里透红。那小辫儿,那大眼睛,那个小痣子,是她,一点也不错!

休息的时候,我跑上去找她。她一下子扑到我的身上,连连地叫着:“叔叔！”还看看我的伤口,问我现在还痛不痛。这时,我才知道她家是个盐民,爸爸在1950年就被蒋军抓去了,听说死在海边。她告诉我,这次因为救我,她被评了一等功。

从这次以后,我们就做了很好的朋友,还通信联系呢。有一封信上,我说:“你放心好了,我们正在练兵,就是为了解放台湾,我一定要把本领练好,去消灭蒋介石卖国集团,把台湾人民救出来,给你爸爸报仇！”

至于那条包过伤的红领巾,现在还留在我这儿。我还她的是那条新的。为了这事,我们当时还争执了好半天呢。你看,这就是那条红领巾。这条缺口,是她给我包伤口的时候用牙撕开的。

1954年1月23日

火

林大妈住在东山岛的一个小山上,山前是一列大山岭,山后靠海是一马平川的平地。林大妈的屋后有一片竹林。她和小儿阿根,就靠这片竹林过日子。

说起林大妈这片竹林,那真是全岛上数一数二的。地面虽然不大,竹子可长得挺旺,远看,青艳艳的一片,像一块绿油油的大绒毯;近看,一棵挨一棵,密密麻麻的,像一片大篱笆。

林大妈已是六十多岁的人了,背弯、眼花、牙也掉了半嘴。可是,她偏偏不服老,每天拄着拐杖,挟着弯刀,钻到竹林里,这里扫扫烂竹叶,那里给笋芽松松土,一磨蹭就是一天。有时不小心踩断了一棵笋芽,她就心疼得一天吃不下饭去。

林大妈这样没死没活地干,她是有打算的,这个打算在她心里已有十几年了。十几年前,她老伴临死的时候,对她说:"你跟着我苦了一辈子……咱俩受点苦也算不了啥, 只要孩子……无论如何得给他成个家,抱个孙子……"从那时起,林大妈就想积蓄点钱,好给孩子成家。可是,她刚积了几个钱,要给大儿子阿桂成亲,却碰上蒋军撤退,阿桂被抓去了,几年的积蓄被抢得一干二净,林大妈只好带着小儿子过着苦日子。

但是, 不管日子多么苦, 林大妈给儿子成家的念头始终没有断。蒋军抓去大的还有小的,现在小儿子也长大了,当上了民兵;听说在山下村里还找了个对象。如今日子过好了,林大妈打算多积蓄几个钱,给儿子把喜事办得像样点。要不,怎么对得起那死去的老头子呢。

于是,林大妈干得更起劲了,收竹子时,把那又壮又直的好竹子一根根地拣出来,捆好放在一边存起来,哪怕是生活再难的时候,也不去动它。

竹子越积越多,不到一年工夫,竹林前面的竹子垛有房顶那么高了。林大妈一有空就拄着拐杖来看看竹垛,越看越高兴,摸着竹竿,数数捆数,点点根数,心里盘算着:“再加七捆就够五十捆了。到了那时候,拿几捆换木料搭三间房子,剩下的卖给合作社,买布、买猪肉……一定给孩子把喜事办得比他爸爸娶我的时候好上十倍。”

有一天,林大妈实在憋不住了,她就把这件事对儿子说了。儿子笑了笑,似乎要说什么,但是望了望母亲的笑脸,又改了口,说:“好嘛,政府正要盖房子呢,把好竹子卖给国家吧!”

就在这个时候,东山岛的战斗发生了。林大妈家前的那座大山上,成了战场,数不清的解放军战士攻上山去打敌人。

夜里墨黑墨黑的,伸手不见五指。阿根到民兵队去集合了,林大妈靠在竹子垛上,摸着心爱的竹子。大炮“咕咚咕咚”地震得人心跳,林大妈望望战场,想起了那些抓走大儿子的蒋军又来了,我这竹子……人民解放军呀!你们千万要把这群狗东西给我杀死……

忽然,一阵脚步声从竹林后面传过来,越来越近,接着几十条黑影窜过来,为头的那个黑家伙,压低嗓子喊:“什么人?过来!”

林大妈吓坏了,她抖抖索索地走过去,一下被那家伙抓住了。那家伙用一根硬东西把她推进屋去,林大妈觉出那硬东西是枪,但她不知道这些坏人是从哪来的。

一个人问她:“快说,这山上还有什么人?有没有你们的解放军?”

林大妈告诉他们,这山上没有别人,只有她一个孤老婆子。

那人推她一把说:“去,烧开水。多烧!”

“没有柴火！”林大妈稍微清醒了些。

“这里有！”外面的人拉进一捆竹子，“咔嚓咔嚓”折断了，丢给她。

竹子，就是林大妈的命呀！现在，她忍住心痛，把它当柴火烧了。她慢吞吞地把锅里添上水，刚要擦洋火，一个蒋军拉住她：“把门关起来，不要让火光露出去！”林大妈关上门，点起火来。竹子在火里烧得劈劈啪啪地响，每响一声，林大妈的心就抖一下，这不是烧竹子，简直是烧她的心。

就在这时候，蒋军们忙起来了。那个当军官的拿出一张纸，用手电筒照着，身边围着一群蒋军士兵，蒋军官说：“再过半个钟头就开始，我们从海上摸到这里，要从后面打他们！只要打下前面的那个大山头，”他用手朝大山一指，“我们就能占领全岛。听明白了没有？”“可是要保守秘密，要叫共军知道我们在这里，那——前面是他们，后面是大海，我们一个也跑不了……”那个蒋军官瞟了林大妈一眼。林大妈连忙转过脸去，向灶炕吹了几口气，假装没听见。不知哪一个又说了句：“不要紧，那么一个孤老婆子……”

蒋军的话，林大妈虽说不能全听懂，但是意思是知道了。水烧开了，她又偷加一瓢凉水，坐在门后边假装打盹。她闭着眼，心里好像烧滚了的锅：这些土匪就是抓走大儿子阿桂的蒋军！现在又来了！我不能叫他们再来糟踏我，他们要暗算那边山上的人民解放军，我得赶快去报告！可是怎么去呢？要是小阿根在家去送个信就好了；我去，恐怕走不到那里，就会被土匪打死的，那不就完了吗……

这时，她不由得想起老伴临死的话。她想：我死了倒没啥关系，只要人民解放军能保住东山岛，往后阿根就有好日子过……

她想着想着，忽然眼前一亮，听见“拍”的一声。她睁眼一看，原来蒋军们正在抢水喝，一个蒋军踢着了竹火，照得满屋亮堂堂的。那个蒋军官火了，就打了那家伙一个耳光。

这时，林大妈心里一下子亮了，她暗暗骂道："畜生，你们怕火呀！"她有办法了，趁着蒋军不留意，拿着一盒火柴，偷偷地拄着拐杖溜出屋子，摸摸索索地朝竹子垛走去。

摸呀，摸呀，竹垛摸到了，她望了望房子，就抓起一把竹叶，绕到竹垛那边，钻到垛空里去，又抖抖索索地从腰里掏出火柴来。她的心跳得很厉害，手也在发抖。她把竹叶撒在竹竿上，抽出一根火柴，手抖得更厉害了。她想这竹子就是准备给孩子办喜事用的，只要火柴一擦，就要烧个精光，可是一想到屋里这些可恨的蒋军，立刻把心一横："不，一定得烧，一定得让解放军知道!"她咬紧牙根，使劲一擦，火柴断了；她又抽出一根，刚要擦，手一抖，火柴掉了；她抓出三根火柴并在一起，"嚓！"一道亮光，她赶快用身子挡着风，把火苗送到竹叶上。焦干的竹叶一点就着。火苗着旺了，林大妈才放了心，爬出垛来，她像收完一批竹子一样的高兴。心想："这么干的竹子，再加风一吹，短命的再也救不下！"

她用力站起来，绕过竹子垛，朝着前面的大山站着。火被风一吹，一会儿，火柱冲上天空，照得山坡上和白天一样。她举起拐杖在火影里摇着，喊叫道：

"解放军同志——这里来呀——"

火光把敌人吓坏了，蒋军们没命地从房里跑出来。一个蒋军像疯狗一样扑向林大妈，因为他怕解放军听见，没敢放枪。林大妈抡起拐杖，拼上全力向蒋军打去，接着一头撞到蒋军的怀里，两人扭在一起。林大妈揪住蒋军的衣襟不放，正揪着，忽然她摸到匪军身上有一串圆圆的硬东西，她想，这玩艺正和我阿根带的炸弹一样，顺手抽出两颗，蒋军刚要把她甩倒的时候，她已经把那两颗硬东西甩到火里去了!

"轰！轰！"林大妈只觉得头嗡的一声，被一股热风推了老远。

她醒来的时候，只听到一片枪声，不知哪来的一只脚在她胸口上踩了一下,她又昏过去了。

一会,她觉得浑身像被什么网住似的,听到“妈呀!”“妈呀!”的声音,睁眼一看,是大白天了,原来自己躺在担架上,身边站着阿根和一个姑娘,还有一大群解放军同志!

林大妈望了望那堆竹子灰,两眼直瞪着儿子,呆了半天,才想到昨夜的事,说:“孩子,……我对不住你,你那竹子……叫我……烧了……”

阿根向那个姑娘笑笑,又转过脸对林大妈说:“妈,你不要疼那竹子了。你知道,亏你那一把火才保住了咱们东山岛呀!”

“谢谢你,老大娘!”一个高个子的解放军同志说,“你把敌人的行动报告给我们,你是个好妈妈。现在敌人被我们消灭了,你到后方去休养休养吧!”

四个解放军战士把担架抬起来。林大妈望望她那片可爱的竹林,望望儿子阿根和那个不认识的姑娘,又望望解放军同志,她愉快地笑了。

1954 年 2 月 2 日

党费

每逢我领到了津贴费，拿出钱来缴党费的时候；每逢我看着党的小组长接过钱，在我的名字下面填上钱数的时候，我就不由得心里一热，想起了1934年的秋天。

1934年是我们闽粤赣边区斗争最艰苦的开始。我们那儿的主力红军一部分参加了“抗日先遣队”北上了，一部分和中央红军合编，准备长征，四月天就走了。我们留下来坚持敌后斗争的一支小部队，在主力红军撤走以后，就遭到白匪疯狂的“围剿”。为了保存力量，坚持斗争，我们被逼得上了山。

队伍虽然上了山，可还是当地地下斗争的领导中心，我们支队的政治委员魏杰同志就是这个中心县委的书记。当时，我们一面瞅空子打击敌人，一面通过一条条看不见的交通线，和各地地下党组织保持着联系，领导着斗争。这种活动进行了没多久，敌人看看整不了我们，竟使出了一个叫做“移民并村”的绝着：把山脚下、偏僻的小村子的群众统统强迫迁到靠平原的大村子去了。敌人这一招来的可真绝，切断了我们和群众的联系，各地的党组织也被搞乱了，要坚持斗争就得重新组织。

上山以前，我是干侦察员的。那时候整天在敌人窝里逛荡，走到哪里，吃、住都有群众照顾着，瞅准了机会，一下子给敌人个“连锅端”，歼灭个把小队的保安团，真干得痛快。可是自打上了山，特别是敌人来了这一手，日子不那么惬意了：生活艰苦倒不在话下，只是过去一切生活、斗争都和群众在一起，现在蓦地离开了群众，可真受不了；浑身有劲没处使，觉得憋得慌。

正憋得难受时，魏杰同志把我叫去了，要我当“交通”，下山和地方党组织取得联系。

接受了这个任务，我可是打心眼里高兴。当然，这件工作跟过去当侦察员有些不一样，任务是秘密地把“并村”以后的地下党组织联络起来，沟通各村党支部和中心县委——游击队的联系，以便进行有组织的斗争。去的落脚站八角坳，是个离山较近的大村子，有三四个村的群众新近被迫移到那里去。要接头的人名叫黄新，是个二十五六岁的媳妇，1931 年入党的。1932 年“扩红”的时候，她带头把自由结婚的丈夫送去参加了红军。以后，她丈夫跟着毛主席长征了，眼下家里就剩下她跟一个才 5 岁的小妞儿。敌人实行“并村”的时候，把她们那村子一把火烧光了，她就随着大伙来到了八角坳。听说她在“并村”以后还积极地组织党的活动，是个忠实、可靠的同志，所以这次就去找她接头，传达县委的指示，慢慢展开活动。

这些，都是魏政委交代的情况。其实我只知道八角坳的大概地势，至于接头的这位黄新同志，我并不认识。魏政委怕我找错人，在交代任务时还特别嘱咐说：“你记着，她耳朵边上有个黑痣！”

就这样，我收拾了一下，换了身便衣，就趁天黑下山了。

八角坳离山有 30 多里路，再加上要拐弯抹角地走小路，下半夜才赶到。这庄子以前我来过，那时候在根据地里像这样大的庄子，每到夜间，田里的活干完了，老百姓开会啦，上夜校啦，锣鼓喧天，山歌不断，闹得可热火了。可是，现在呢，鸦雀无声，连个火亮儿也没有，黑沉沉的，活像个乱葬岗子。只有个把白鬼有气没力地喊两声，大概他们以为根据地的老百姓都被他们的“并村”制服了吧。可是我知道这看来阴森森的村庄里还埋着星星点点的火种，等这些火种越着越旺，连串起来，就会烧起漫天大火的。

我悄悄地摸进了庄子,按着政委告诉的记号,从东头数到第17座窝棚,蹑手蹑脚地走到窝棚门口。也奇怪,天这么晚了,里面还点着灯,看样子是使什么遮着亮儿,不近前是看不出来的。屋里有人轻轻地哼着小调儿,听声音是个女人,声音压得很低很低的。哼的那个调儿那么熟,一听就听出是过去"扩红"时候最流行的《送郎当红军》:

……

五送我郎当红军,

冲锋陷阵要争先,

若为革命牺牲了,

伟大事业侬担承。

……

十送我郎当红军,

临别的话儿记在心,

郎当红军我心乐,

我做工作在农村。

……

好久没有听这样的歌子了,在这样的时候,听到这样的歌子,心里真觉得熨帖。我想得一点也不错,群众的心还红着哩,看,这么艰难的日月,群众还想念着红军,想念着扯起红旗闹革命的红火日子。兴许这哼歌的就是我要找的黄新同志?要不,怎么她把歌子哼得七零八落的呢?看样子她的心不在唱歌,她在想她那在长征路上的爱人哩。我在外面听着,真不愿打断这位红军战士的妻子对红军、对丈夫的思念,可是不行,天快亮了。我连忙贴在门边上,按规定的暗号,轻轻地敲了敲门。

歌声停了,屋里顿时静下来。我又敲了一遍,才听见脚步声走近来,一个老妈妈开了门。

我一步迈进门去，不由得一怔：小窝棚里挤挤巴巴坐着3个人,有两个女的,一个老头,围着一大篮青菜,头也不抬地在摘菜叶子。他们的态度都那么从容,像没有什么人进来一样。这一来我可犯难了:到底哪一个是黄新?万一认错了人,我的性命事小,带累了整个组织事大。怔了一霎,也算是急中生智,我说:“咦,该不是走错了门了吧?”

这一招很有效,几个人一齐抬起头来望我了。我眼珠一转,一眼就看见在地铺上坐着的那位大嫂耳朵上那颗黑痣了。我一步抢上去说:“黄家阿嫂,不认得我了吧?卢大哥托我带信来了!”末了这句话也是约好的,原来这块儿“白”了以后,她一直说她丈夫卢进勇在外地一家香店里给人家干活。

别看人家是妇道人家,可着实机灵,她满脸堆笑,像招呼老熟人似的,一把扔给我个木凳子让我坐,一面对另外几个人说:“这么的吧:这些菜先分分拿回去;盐,等以后搞到了再分!”

那几个人眉开眼笑地望望我,每人抱起一大抱青菜,悄悄地走了。

她也跟出去了,大概是去看动静去了吧。这工夫,按我们干侦察员的习惯，我仔细地打量了这个红军战士的妻子、地下党员的家:这是一间用竹篱子糊了泥搭成的窝棚,靠北墙,一堆稻草搭了个地铺,地铺上一堆烂棉套子底下躺着一个小孩子,小鼻子翅一扇一扇的睡得正香。这大概就是她的小妞儿。墙角里三块石头支着一个黑乎乎的砂罐子,这就是她煮饭的锅。再往上看,靠房顶用几根木棒搭了个小阁楼,上面堆着一些破烂家具和几捆甘蔗梢子……

正打量着,她回来了,关上了门,把小油灯遮严了,在我对面坐下来,说:“刚才那几个也是自己人,最近才联系上的。”她大概想到了我刚进门时的那副情景，又指着墙角上的一个破洞说："以后再来，先从那里瞅瞅，别出了什么岔子。"——看，她还很老练哪。

她看去已经不止政委说的那年纪，倒像个三十开外的中年妇人了。头发往上拢着，挽了个髻子，只是头发嫌短了点；当年"剪了头发当红军"的痕迹还多少可以看得出来。脸不怎么丰满，可是两只眼睛却忽悠忽悠有神，看去是那么和善、安详又机警。眼里潮润润的，也许是因为太激动了，不多一会儿就撩起衣角擦擦眼睛。

半天，她说话了："同志，你不知道，跟党断了联系，就跟断了线的风筝似的，真不是味儿啊！眼看着咱们老百姓遭了难处，咱们红军遭了难处，也知道该斗争，只是不知道该怎么干，现在总算好了，和县委联系上了，有我们在，有你们在，咱们想法把红旗再打起来！"

本来，下山时政委交代要我鼓励鼓励她的，我也想好了一些话要对她说，可是一看刚才这情况，听了她的话，她是那么硬实，口口声声谈的是怎么坚持斗争，根本没把困难放在心上，我还有啥好说的？干脆就直截了当地谈任务了。

我刚要开始传运县委的指示，她蓦地像想起什么似的，说："你看，见了你我喜欢得什么都忘了，该弄点东西你吃吃。"她揭开砂罐，拿出两个红薯丝子拌和菜叶做的窝窝，又拉出一个破坛子，在里面掏了半天，摸出一块咸萝卜，递到我脸前说："自从并了村，离山远了，白鬼看得又严，什么东西也送不上去，你们可受了苦了；好的没有，凑合着吃点吧！"

走了一夜，也实在有些饿了，再加上好久没见盐味儿了，看到了咸菜，也真想吃；我没怎么推辞就吃起来。咸菜虽说因为缺盐，腌得带点酸味，吃起来可真香。一吃到咸味，我不由得想起山上同志们那些黄瘦的脸色——山上缺盐缺得凶哪。

一面吃着，我就把魏政委对地下党活动的指示，传达了一番。

县委指示的问题很多,譬如了解敌人活动情况、组织反收租夺田等等,还有一些可能遇到的困难和办法。她一边听一边点头,还断不了问几个问题,末了,她说:“魏政委说的一点也不假,是有困难哪,可咱是什么人!十八年①上刚开头干的时候,几次反‘围剿’的时候,咱都坚持了,现在的任务也能完成!”她说得那么坚决又有信心,她把困难的任务都包下来了。

我们交换了一些情况,鸡就叫了。因为这是初次接头,我一时还落不住脚,要趁着早晨雾大赶回去。

在出门的时候,她又叫住了我。她揭起衣裳,把衣裳里子撕开,掏出了一个纸包。纸包里面是一张党证,已经磨损得很旧了,可那上面印的镰刀斧头和县委的印章都还鲜红鲜红的。打开党证,里面夹着两块银洋。她把银洋拿在手里掂了掂,递给我说:“程同志,这是妞她爹出征以前给我留下的,我自从‘并村’以后好几个月也没缴党费了,你带给政委,积少成多,对党还有点用处。”

这怎么行呢,一来上级对这问题没有指示,二来眼看一个女人拖着个孩子,少家没业的,还要在这样的环境里坚持工作,也得准备着点用场。我就说:“关于党费的事,上级没有指示,我不能带,你先留着吧!”

她见我不带,想了想又说:“也对,目下这个情况,还是实用的东西好些!”

缴党费,不缴钱,缴实用的东西,看她想得多周到!可是谁知道事情就出在这句话上头呢!

过了半个多月,听说白匪对“并村”以后的群众斗争开始注意

① 十八年,指民国十八年,即1929年。闽西根据地的革命政权,大都是1929年“夏收暴动”以后建立的,所以当地群众多用“十八年”作为翻身的分界线。

了，并且利用个别动摇分子破坏我们，有一两个村里党的组织受了些损失。于是我又带着新的指示来到了八角坳。

一到黄新同志的门口，我按她说的，顺着墙缝朝里瞅了瞅，灯影里，她正忙着呢。屋里地上摆着好几堆腌好的咸菜，也摆着上次拿咸菜给我吃的那个破坛子，有腌白菜、腌萝卜、腌蚕豆……有黄的，有绿的。她把这各种各样的菜理好了，放进一个箩筐里。一边整着，一边哄孩子：

“乖妞子，咱不要，这是妈要拿去卖的，等妈卖了菜，赚了钱，给你买个大烧饼……什么都买！咱不要，咱不要！”

妞儿不如大人经折磨，比她妈瘦得还厉害，细长的脖子挑着瘦脑袋，有气无力地倚在她妈的身上。大概也是轻易不大见油盐，两个大眼轱辘轱辘地瞪着那一堆堆的咸菜，馋得不住地咂嘴巴。她不肯听妈妈的哄劝，还是一个劲地扭着她妈的衣服要吃。又爬到那个空空的破坛子口上，把干瘦的小手伸进坛子里去，用指头沾点盐水，填到口里吮着；最后忍不住竟伸手抓了一根腌豆角，就往嘴里填。她妈一扭头看见了，瞅了瞅孩子，又瞅了瞅箩筐里的菜，忙伸手把那根菜拿过来。孩子哇的一声哭了。

看了这情景，我直觉得鼻子尖一酸一酸的，我再也憋不住了，就敲了门进去。一进门我就说：“阿嫂，你这就不对了，要卖嘛，自己的孩子吃根菜也算不了啥，别屈了孩子！”

她看我来了，又提到孩子吃菜的事，长抽了一口气说：“老程啊，你寻思我当真是要卖？这年头盐比金子还贵，哪里有咸菜卖啊！这是我们几个党员凑合着腌了这点咸菜，想交给党算作党费，兴许能给山上的同志们解决点困难。这刚刚凑齐，等着你来哪！”

我想起来了，第一次接头时碰到她们在摘的青菜，就是这咸菜啊！

她望望我，望望孩子，像是对我说，又像自言自语似地说：“只要有咱的党，有咱的红军，说不定能保住多少孩子哩！”

我看看孩子，孩子不哭了，可是还围着个空坛子转。我随手抓起一把豆角递到孩子手里，说：“千难万难也不差这一点点，我宁愿十天不吃啥也不能让孩子受苦！……”

我的话还没有说完，忽然门外一阵慌乱的脚步声，一个人跑到门口，轻轻地敲着门，急乎乎地说：“阿嫂，快，快开门！”

拉开门一看，原来就是第一次来时见到的摘菜的一个妇女。她气喘吁吁地说：“有人走漏了消息，说山上来了人，现在，白鬼来搜人了，快想办法吧！我再通知别人去。”说罢，悄悄地走了。

我一听有情况，忙说：“我走！”

黄新一把拉住我说：“人家来搜人，还不围个风雨不透？你往哪走？快想法隐蔽起来！”

这情况我也估计到了，可是为了怕连累了她，我还想甩开她往外走。她一霎间变得严肃起来，板着脸，说话也完全不像刚才那么柔声和气了，变得又刚强，又果断。她斩钉截铁地说：“按地下工作的纪律，在这里你得听我管！为了党。你得活着！”她指了指阁楼说：“快上去躲起来，不管出了什么事也不要动，一切有我应付！”

这时，街上乱成了一团，吆喝声、脚步声越来越近了。我上了阁楼，从楼板缝里往下看，看见她把菜筐子用草盖了盖，很快地抱起孩子亲了亲，把孩子放在地铺上，又霍地转过身来，朝着我说：“程同志，既然敌人已经发觉了，看样子是逃不脱这一关了，万一我有个什么好歹，八角坳的党组织还在，反‘夺田’已经布置好了，我们能搞起来！以后再联络你找胡敏英同志，就是刚才来的那个女同志。你记着，她住西头从北数第四个窝棚，门前有一棵小榕树……”她指了指那筐咸菜，又说：“你可要想着把这些菜带上山去，这是我们缴的党费！”

停了一会，她侧耳听了听外面的动静，又说话了，只是声音又变得那么和善了:“孩子,要是你能带,也托你带上山去,或者带到外地去养着,将来咱们的红军打回来,把她交给卢进勇同志。”话又停了,大概她的心绪激动得很厉害,“还有,上次托你缴的钱,和我的党证,也一起带去;有一块钱买盐用了。我把它放在砂罐里,你千万记着带走!”

话刚完,白鬼子已经赶到门口了。她连忙转过身来,搂着孩子坐下,慢条斯理地理着孩子的头发。我从板缝里看她,她还像第一次见面时那么和善,那么安详。

白匪敲门了。她慢慢地走过去,开了门。四五个白鬼闯进来,劈胸揪住了她问:“山上来的人在哪?”

她摇摇头:“不知道!”

白鬼们在屋里到处翻了一阵,眼看着泄气了,忽然一个家伙发现了那一箩筐咸菜,一脚把箩筐踢翻,咸菜全撒了。白鬼用刺刀拨着咸菜,似乎看出了什么,问:“这咸菜是哪来的!”

“自己的!”

“自己的!干吗有这么多的颜色!是不是凑了来往山上送的?”那家伙打量了一下屋子,命令其他白鬼说:“给我翻!”

就这么间房子,要翻还不翻到阁楼上来?这时,只听得她大声地说:“知道了还问什么!”她猛地一挣跑到了门口,直着嗓子喊:“程同志,往西跑啊!”

两个白匪跑出去,一阵脚步声往西去了。剩下的两个白匪扭住她就往外走。

我原来想事情可以平安过去的,现在眼看她被抓走了,我能眼看着让别人替我去牺牲?我得去!凭我这身板,赤手空拳也干个够本!我刚打算往下跳,只见她扭回头来,两眼直盯着被惊呆了的孩子,拉长了声音说:“孩子,好好地听妈妈的话啊!”

这是我听到她最后的一句话。

这句话使我想到刚才发生情况时她说的话，我用力抑制住了冲动。但是这句话也只有我明白，"听妈妈的话"，妈妈，就是党啊！

当天晚上，村里平静了以后，我把孩子哄得不哭了。我收拾了咸菜，从砂罐里菜窝窝底下找到了黄新同志的党证和那一块银洋，然后，把孩子也放到一个箩筐里，一头是菜，一头是孩子，挑着上山了。

见了魏政委。他把孩子揽到怀里，听我汇报。他详细地研究了八角坳的情况以后，按照往常做的那样，在登记党费的本子上端端正正地写上：

黄新同志一九三四年十一月二十一日缴到党费……

他写不下去了。他停住了笔。在他脸上我看到了一种不常见的严肃的神情。他久久地抚摸着孩子的头，看着面前的党证和咸菜。然后掏出手巾，蘸着草叶上的露水，轻轻地，轻轻地把孩子脸上的泪痕擦去。

在黄新的名字下面，他再也没有写出党费的数目。

是的，一筐咸菜是可以用数字来计算的，一个共产党员爱党的心怎么能够计算呢？一个党员献身的精神怎么能够计算呢？

1954年6月15日初稿

1954年11月8日3次修改

粮食的故事

吃罢了晚饭，我到县人民政府去找郝吉标。

访问郝吉标的事是今天才决定的。听寇县长说，郝吉标是这里的一个“老革命”，1933年的乡工农民主政府主席。在老区游击斗争最困难的时候，他协助游击队作过很多事。现在就在县政府的“老区办公室”工作。

县政府离我住的地方不远，从一个丁字街拐弯，北面的一条街就是。我沿着大街走着。这个小城里的大街本来就不宽，路中心又平铺着晒上了稻谷，显得更拥挤了。那粮食大概是县粮库的吧，有几个青年人在用推板把它推拢起来。

我一边走一边想：这个老革命该是个什么样的人呢？

到了县政府一打听，有人告诉我，郝吉标刚给干部讲完话，现在正在家呢。

郝吉标住的地方就在“老区办公室”的旁边，是一单间四角方方的小屋子。我敲了敲门，没见回声；推开门一看，郝吉标正躺在床上，手里捏着只竹烟管，两眼直直地盯着床顶子出神。见我是个生人，才慢慢地坐起身。

“好嘛！”我对他说明来意后，他回答道。一面慢条斯理地整着鞋子。我看出，似乎刚才他在想什么事情，现在有意这样来平静一下心情。

在灯光下看来，他已经是个老头了，虽然穿着一身半新的蓝布制服，仍然掩不住他的年纪。看去约摸六十上下，前脑门的头发全秃光了，额角显得很高，上面满布着细细的皱纹。他的眼神显得有些疲倦，我猜他是因为刚才讲话累了，就说："你刚刚作过报告，要是累了，咱就另找个时间谈吧。"

"只是随便谈了谈购粮的事，不累，"说着他站起身，神情有些激动，"咱这里头一次搞购粮工作，找全县的干部来布置任务，有个别干部，称斤掂两的，怕任务重了完不成。嘿，这些年轻人，他们就忘了这些卖主都是些什么样的人啦。咱这老根据地里，40 岁往上的人，哪个不是刀山上爬、油锅里滚过来的？打土豪分田地、三年游击战、八年抗战、敌后坚持……二十多年来为的是啥？如今革命成了功，二次分了田，要搞社会主义建设了，他们有什么舍不得？过去豁上身家性命也干，现在国家拿钱买粮食，倒怕他们舍不得了？气不过，我就把过去我们闹革命的事讲了讲。"

话一开头就扯到正题上了。我说："那就请你把给大伙讲的事再给我讲讲好不好？"

他点了点头，默默地摸过烟管，抓了把牛毛似的烟丝按到烟锅里，猛吸了几口，透过烟气，我又在他脸上看到了刚进门时看到的那种表情——大概他又回到当时的情景里去了吧？半晌，他才抬起头来，把椅子往前挪了挪，和我对着面谈起来。

"现在说话，已经差不多是 20 年前的事了。1934 年，刚交秋，我们这里的主力红军就参加长征去了。本来，我已经收拾好了东西准备跟上走，谁知通知来了，却是叫我留下做地下工作或者上山，坚持敌后的游击斗争。好吧！既然组织上这样决定了，那我就先留下来再说。主力红军在的时候，虽说白军不住歇地'围剿'吧，我们这个地方可总还保持着革命根据地的样儿，那时候日子红火得很，支援前线啦，动员扩大红军啦，组织生产啦，办夜校啦……一天到晚忙个不停。可是这会儿，红军就要和我们分手了，他们要翻山涉水地远征了，这多闪得慌哪！

“我还清楚地记得主力撤走的那天，天阴着，下着小蒙蒙雨，我们忙着凑给养，弄担架，安置伤病员，组织欢送……那才真叫忙咧。一会这个说：‘乡主席，炒米弄好了，往哪送呀？’一会那个问：‘俺村担架来齐了，还不派人带我们走！’这些没打发完，红军来了个司务长：‘乡主席同志，俺连借老乡的铺草还来了，您来看着过过秤！’他刚走，连锅烟还没来得及吸呢，县委派通讯员来了：‘组织主要红属转移，通知赤卫队骨干上山……’这样，这伙来了那伙去，从天不亮到下半夜，才把事情办完。

“直到静下来的时候，我才有空想想自己的事：是留下做地下工作呢？还是上山打游击？本来这两条路都可以走，可是红军一开拔弄得我心里火烧火燎的，说不出是什么滋味，恨不得杀几个白鬼子解解恨。想来想去，打定了主意：上山！

“主意是打定了，说走就走。可这一走说不定得几年几月，总得和家里商量商量，把家安排一下呀。我家里人不多，只有老婆孩子两口。老婆是好样的，和我一块参加党，在乡妇女会工作。我上山她一定会同意的。俺俩结婚十多年，就生了一个小子。这孩子也着实讨人喜欢，我打心眼里疼他。胖胖的脸，高鼻梁，水汪汪的两只大眼睛显得又聪明又机灵。那时候他正在‘列宁小学’里上学，也还有工作——当童子团的分队长。功课是好样的，工作也干得挺好。三次反‘围剿’时节，他才九岁，他们童子团帮助照顾伤员，烧水，喂鸡蛋，削果子皮，端屎尿……没白没黑的干，他妈喊都喊不回来。我还记得有这么一件事，有一个受伤的干部同志把文件包丢下了，别人又不认得那伤员的模样，那孩子拎着皮包随担架队找了两三站路才找着，把文件还了那干部。那干部为了感谢他，送了他一枝钢笔；为这事学校里还奖励了他一把镰刀。……你看，说着说着，我就扯远了。那时候，谁不夸这孩子有出息？乡亲们、同志们见了都好和我开玩笑，他们说：‘老标呀，你算有福气，别觉得你这个乡主席干得蛮好，这孩子大了，说不定还能比你有出息呢！’这话我也信。他确实是个好孩子呀……”

说到这里，他把话停住，伸手摸过烟管，又吸起来。我随着他的动作看去，他那拿着烟管的、苍老的手微微有些发颤。在他脸上，刚才谈到红军长征、谈到根据地生活时的兴奋神色消失了。我问道：“你的孩子现在也参加工作了吧？”

他且不答我的话，直定定地望着我，半天，突然反问我：“你怕也快30了吧？”

我回答了他。他轻轻扳着指头，低声的说：“1934，1944……现在该是31岁了，比你大好几岁呢。开辟的那年是7岁，取名叫红七；红军走的那年是12……咳，你看我扯到哪里去了。咱再接着谈。

“当时，我向我老婆说：‘我打算上山了，反正我今年才30出点头，吃得了苦，跑得了路，到山上去多为党干点事情！’少不了还安慰了她几句，我说：‘我的脾气你也知道，干革命是干定了，为了革命，就是刀山也去爬。好在红七也大了，拖累不了你，你留下来就按县委的指示坚持下去！’

“老婆自然不会反对我这么做，只是要分开了，免不了有些留恋，她张了几张嘴，似乎有什么话要对我说。这时孩子倒插嘴了，他歪着头瞅瞅我又瞅瞅他妈，说：‘让我爹去吧，上山打白鬼子，一枪一个，跟红军叔叔一样！’看，孩子还在给他妈做工作呢。我笑了笑，问他：‘我走了你在家干什么？’他板起脸很正经地回答我：‘爹你放心走吧，我已经大了。我在家挑水、打柴、烧火、照顾我妈。还有，’他很快地弯腰钻进床底下，拿出个旧首饰盒子，找出几本‘列宁小学’的课本朝我一晃，‘我可以自己念书。老师说以后白鬼子来了，不能上学了，要自己学哩。’本来要分别了，心里不大好受，叫他这一阵话，逗得我俩都笑了。

“当晚，我把家里安排了一下，就上山了。

“上了山，组织上挑来拣去给了我一个合适的工作：当全游击支队的总务。总务这个工作，说实在些，就是伙夫头——管全队的吃饭穿衣。论说，这工作是我的老行当了，红军反‘围剿’时期，我们政府工作的头一宗大事不就是筹粮办衣、支援前线？不过那时候有根据地，我们只要发个号召，就什么都齐全了；现在呢，根据地被白鬼占了，要吃要穿得自己来，总务这活儿就难干了。

“那时候，我们游击队就住在南边离这六七十里路的大山里，找个隐蔽的山窝窝，挖个坑坑，上面罩把雨伞，或者搭上堆树枝，挡着露水，这就是房子。吃的呢，有上山以前运上来的粮食，就在晚上趁敌人看不见烟的时候把饭做好，做一顿吃一天。锅不够用，我们就把鲜竹子砍了来，把米洗净，调好水装进去，扔在火里烧，等竹子烧焦了，饭也熟了。这一阵，我这总务当得也还顺当，说声要开饭，虽然没有什么好的吃，搀了红薯丝的米饭总可以塞饱肚子；虽是少油没盐，倒也还有点咸菜什么的吃。

“就这样，我们坚持了几个月的斗争，趁敌人还没站住脚的时候，瞅机会打了几个小仗，倒也打击了敌人的气焰，镇压了反动地主，提高了人民的信心。

“不过，这只是开头几个月的情况，那时有山下支应着嘛。白鬼吃了些苦头，知道这些红军队伍虽少，可不能小看，硬打可又怕吃不消，就想出种种办法来对付我们。这一来，情况就渐渐紧张起来了。大概是腊月天吧，一天晚上，松厝的宋祥老爹偷偷上山来了，他把一担糙米和一口袋红薯丝子交给我说：‘老郝同志呀，这怕是我们送来的最后一份粮食了。白鬼现在实行‘并村’，把我们的人都弄得离山远了，把路也都卡住了，以后，我们再送东西就难了。’这位宋祥老爹是个出了名的倔强人，刚开辟根据地的时候，他就是最先参加贫农团的，白鬼把他抓去吊了一天一夜他也没哼一声，现在，说着说着倒流下泪来了。我知道，他是为我们山上这一二百个同志的困难难过呢。

“不用说，这也不是松厝一个村的情况；村村如此——敌人明斗斗不过，想困死我们。

“根据这种情势，领导上也尽力想办法，像瞅机会打个小仗，打打回乡的土豪啦等等，可以多少解决点问题。但是这时敌人刚进根据地，数量上占着优势，防范得也严，这样做代价太大。而且和山下的组织一时联系不起来，这样，供给就几乎全断了。偶尔也还有个别党员同志瞅个空隙，拼着性命绕小道上山，送点东西来，但这样做非常危险，有几个同志就因为这样做而受了损失。这种行动被县委制止了。

“于是山上的日子一天难似一天。冷了没有衣服穿，伤员病员增加了，没有药治；弹药不足，情报不通……但最困难的还是吃的。我把剩下的几百斤米分了一下，留出一部分来，专给伤员病号吃；其余的按人分配。开头每人每天能吃到半斤米，以后就是六两、四两、二两……这样，大多数同志就只好找野菜，挖草根充饥了。这山上发青的东西，我们哪一样没吃过呀，什么野菜、蘑菇、笋芽、青苔，还有各种各样的树皮、草根，林里的走兽，河里的鱼虾……只要能吃的，就往肚子里塞。人家说神农尝百草，我倒真成了神农了。每天提着把破刺刀，遍山这里找找，那里挖挖，这个嚼嚼，那个尝尝，尝到几种不苦的野草、野菜和树皮，就拿出样子，带领大家去挖。我吃过很多怪草，也病过几场。

“其实，就这么着，也不能哄饱肚子。个个都饿得面黄肌瘦，病号也一天天多起来。你不是见过寇县长吗，他当时病得可真够厉害的，天天发高烧，眼睛发蓝，浑身瘦得就剩了把骨头了。野菜汤吃不下，想吃点稀饭又没米做。我每次看到他那蜡黄的脸色，心里就难过。还算好，我们安排的陷坑打到了一只黄羊，他才算支撑住了。记得当时进行了一次小战斗，仗打得倒挺干脆，撤出战斗的时候，担任掩护的那个班里有一个叫牛光的同志负了伤。按说像他那样的轻伤,蛮可以坚持跑出来,可是,因为饿久了,身子虚,跑不动,掉了队,等我们发现了,返回去找他,他却被敌人追上,牺牲了。我听了这事以后,不由得掉了眼泪。牛光,多好的个同志啊!他不能说是打仗打死的,是饿死的。

“这时候我真后悔,当初为什么不留下来做地下工作!我想,反正在山上总务的事已经没的干了,我过去做过乡政府主席,现在倒不如趁着敌人‘并村’的乱劲,回到群众里去,和群众一道,设法往山上弄粮食。

“支队政委——县委书记批准了我的要求,当天,就派我跟上侦察员绕山脚下转,看准上山的小道,摸清敌人活动的规律,以后好和山上取联系。

“第二天黑夜我就下山了。我按照宋祥老爹上次说的地址,找到了我的老婆孩子。她们在敌人实行‘并村’以后,就随着大伙搬到松厝来。刚见面,我差点儿认不出她们来了。她娘俩又黄又瘦,原来这半年来,她们受的折磨也不比我们山上少多少。老婆见了我,也吓了一跳,我的头发胡子挺长,走路一瘸一拐,她以为我真的负伤残废了,摸着我那用破布烂麻捆扎着的腿,差点流下泪来。我把腿一伸,蹦了两蹦,笑着说:‘糊弄白鬼哩。快给我弄饭吃吧!’又把情况对她讲了讲,她才放了心。红七更抱着我亲个不住。

“我原想回家能吃到点像样的饭食呢,谁知道拿来一看:两个红薯丝子窝窝,一截子少盐没味的腌黄瓜——唉,就这也比野菜强呀。我一边吃一边想:听宋老爹说,‘并村’以后,家里还有六七百斤粮食,同志们都帮着运出来了,怎么就能没了?我问她,她说:‘见天吃嘛,还能吃不完?你吃的还是红七的饭哪,你看我吃的!’说着,又拿出两个窝窝来,可不,这是野菜做的,里面还拌合着一些树皮,撕都撕不动。她拿着窝窝往我手里递,顺手捏了我一把,又望了望红七。这一来我才明白了:一定是她把粮食藏起来了。

“晚上,趁孩子睡了,她才告诉我说,两个月以前她就作了打算,藏起了二百多斤粮食,一粒也没动,为了怕日后日子更苦了,孩子咬不住牙,连孩子也背着,就准备着往山上送。她还告诉我,几个摸得到情况的党员都组织起来了,知道山上一定困难,也都作了准备,就是白鬼看得太严,也不摸山上情况,没法往山上送。

“山上是咬着牙挨着,山下也是扎紧了腰带过日子呢。无论如何也得把粮食送上去。可是粮食不是一根针一条线,塞在裤腰里就带上去了;要送就得拿出办法来。但目前最要紧的,还是安下身来。

“为了躲避白鬼子,我不能住在家里,商量了半天,还是老婆出了主意,她说,可以在我们房后破墙根底下挖个窨子。白天我就睡在里面,晚上再出来活动。这个主意倒不错,好!说挖就挖。我叫醒了红七,小声告诉他:‘上后院挖地窨,给爸爸住!’这个小鬼可机灵呢,爬起来就跟我们去了,搬石头,抬土,干得还特别起劲。

“三个人干到天放亮,我把窨口用草掩上,把周围的土迹打扫干净。老婆又在窨上架起一些木棒,堆上些甘蔗梢子、乱草,从外面一点也看不出痕迹,倒好像是个柴禾垛一样。这就是我的屋子了。里面铺的是沙和软草,能躺能坐,就是不能晒太阳。

“第二天夜里,老婆把几个党员找到一块碰了碰头,商量送粮的办法。他们见我回来,都高兴得不得了。我的天呀,什么法子没想到呀!有的说:把米做成干粮,不显眼,也好带些;不行,——带不了那许多。有的说:把粮食放到一个地方存起来,叫山上派人来拿,也不行,——山上只能派个交通下来,带不了多少;要多派人来,就要和白鬼子明干,这样做划不来不说,暴露了组织可不是玩的。最后宋老爹出的主意提醒了我。他说:‘把粮食藏到木柴里,不就送上去了?’大家一听,‘噗哧’一声都笑了:俗话说,‘靠山的吃山’嘛,像咱们这靠山住的人家,烧的是山上的,现在烧柴正缺呢,哪有担着柴禾上山的？可我倒听着这话有点意思。我说：‘大家别笑，这办法倒能行，不过可不是担柴禾。咱们不是正缺柴吗，咱就要求上山打柴；咱的竹杠都是些空大竹，可以把竹节打空，装上米，带上山去。这么着人多点，次数多点，燕子含泥垒大窝，就能把粮运上去。’

“大家听了以后，都说这是个办法。当时没有柴烧是实情，连白鬼子也没有什么烧的了，现在老百姓要去打柴，他们当然同意。不过他们提出了个条件：打回柴来一半交公，还要派人跟着去。跟就跟呗，反正我们早就计划好了，跟着还不是睁眼瞎！

“从此，我们的人就从敌人眼皮底下往山上运起粮食来了。早上，宋老爹他们按计划成群结队地上山，到那山深林密、记号明显的地方，伐倒几棵竹子，截成竹杠晒着，把装了米或者装着盐巴、咸菜的竹杠就那么乱七八糟地一扔。傍晚，用新竹杠担起柴捆下山了。留下的那些‘米袋子’让游击队的同志收拾好了。

“我把第一次送粮的事情安排好了以后，在群众掩护下，撇拉着腿溜出村子，然后偷偷摸摸地绕小道上了山。我一到营地，同志们见了就问我：‘老郝，这几天你上哪去了？’他们还不知道我下山的任务呢。我高兴地说：‘当总务还能干啥，还不是弄粮食给你们吃？’

“‘真的？’‘搞到了没有？’‘……’大伙轰的一声把我包围了。

“我说：‘怎么不真，你们再把腰带稍紧一小会儿，天黑跟我去担粮食！’

“大伙叫着，闹着，把我一扔老高。连支队长也高兴得握着我的手说：‘这粮食来得好，正要干它一仗呢，你给大伙加了油了。’我也打心里痛快：为了咱红军游击队能够生存，为了打击白鬼子，就是把我的肉割下来我也心甘情愿啊！

“事情一直还算顺利，我在当地群众的掩护下，行动也很方便。后来，敌人甚至没有怀疑到我这个‘又老又瘸’的人，有时候，白天我也能随便走走了。

“用竹杠送粮，本来送的好好的，要是没有什么意外，我们就那么做下去了，可是就有那么些不顺心的事：秘密叫敌人发觉了。

“有一次，这些担柴的人爬山爬到半道上，想抽管毛烟歇歇，谁知跟着我们的那个白鬼一眼看上了宋老爹烟包上那个白玉坠子。那些白鬼贪心的很哪，上手就抢。这玉坠子是宋老爹老辈里传下来的，宋老爹又是个倔脾气，哪里肯让？两人就抢起来，那家伙下不来台，抄起竹杠就要来硬的，这一来我们的事就露馅了。

“事情被发觉了，宋老爹被敌人打得死去活来，但是，他老人家真不愧是共产党员，至死也不讲是谁组织的。当时几个人都被抓了去关在牢里。这还不说，难处是：敌人更加注意了，上山打柴不准了，把通山的大路上都放上了巡逻；山下的粮食都挨家查算了；稍微富裕点儿的，都被白鬼抢走了。白鬼子还规定：谁要是把粮食运出庄，就是犯了‘私通共产党’的罪。

“这些，幸亏我们早有准备，所以粮食损失得不多。

“敌人发现了我们，山周围各村也不能干了，山上又像以前那样困难起来。听说这几天倒进行了一两次战斗，估计可以有些缴获。但是，我这当过总务的知道，游击作战缴来的食物不会多，支持不了几天哪！

“一连几天我都吃不安睡不宁。一想起山上的那些同志的模样，心里就难受得不行，连自己吃窝窝也没有味道；一想到为了送粮食牺牲的宋老爹，也就更觉得自己责任重大。难道就没办法了？难道能眼看着让山上同志们饿坏了，让红旗倒下来？不行，还得想办法！

“我和其余的几个党员正谋虑着下一步怎么办呢，交通带来了山上的指示。党指示我们：想办法把粮食集中起来，放到可靠的同志手里，随时准备着，等山上局面发展了以后派人来取，或者山上急用的时候设法运上山去。

“在敌人的身边，怎么能把粮食凑集起来还不留一点痕迹呢？我们党员们开了几次会，商量了几个晚上，最后才想出了办法，做‘买卖’！我们找了几个可靠而又懂行的同志，弄了几口大缸，搬了一盘水磨，凑了几条粉袋子，开起粉坊来。

“我们这买卖做的可够奇怪了，叫做：有买卖没生意，有门面没货物。我们做了几十斤粉条，往外面一晾，就停了工。每天，我把红七打发在门口看粉架子，我们几个人把手和腕肘用粉浆抹抹，就在屋里开起会来，研究地下斗争的问题，什么反收租啦，反夺田啦，了解情报啦……工作一件一件地研究、布置，简直像过去的根据地一样。红七是个信得过的机灵孩子，他摇着根小竹鞭儿，在粉架子旁边找个站得高望得远的地方站着，看起来像打雀子，实际上他的眼珠四下里转呢，一发现有白鬼或者可疑的人，孩子就尖着嗓子吆喝：‘咄——咄！’小鞭子甩得一阵山响。高兴了他还指桑骂槐地骂两声：‘你们这些狗杂种，专糟踏老百姓的东西。’我们一听到他的喊声，就各人抓住一件活计忙起来：把磨过几遍的粉渣再磨一次，把滤了几遍的粉浆再滤一遍，白鬼看看我们还真忙咧。自然罗，有时候我们也确实去卖一点货，不过都是挑到远处镇子上去，或者是挑到现在咱住的这城里来卖，而且照例是带不回钱来的——城镇里的党组织也需要经费给山上购办药品呢。

“这个办法倒也真是好。党内同志和靠近党的群众，把俭省出来的粮食、红薯大摇大摆地挑到我们这粉坊里来。白鬼子要是盘问，回他一声：‘到粉坊去入个股！’其实，除了红薯，粮食早都让我们收藏好了。白鬼有时也来探问我们，我们也有话说：‘生意好着哩，看这红薯堆得像小山，都是赚的哪！’就这么着，个把月的工夫，千多斤粮食神不知鬼不觉地存起来了。

“粮食是有了，可是怎么运上山呢？有的同志急得不耐烦，催我：‘破着命，咱拣小路送上些去吧！’是呀，为了山上能有吃的，豁上条命倒也算不了什么，可是不到万不得已的时候，不能冒那个险；人受了损失，还会暴露了组织的活动。我说：‘别忙，等山上实在急用，党自然会来指示，到那时候再说吧！’

“果不然，过了没多久，一天晚上，交通带了书面指示来找我了。指示很简单：‘即将作战，无论如何送一部分粮食上山，当夜送到。’下面是支队长、政委的署名。平常，我们往来都是不用信的，有时用信也不署名，现在支队长、政委都亲笔签了字，又是‘无论如何’，又是‘当夜送到’，看来是万般紧急了。可是怎么送法呢？已经是半夜了，临时找人不方便，就是找到了，路也不熟悉，交通马上又要到别处去，只有我自己去了。我寻思了一下，就叫醒老婆商量。我说最好和她一道去，一来可以多带些，二来她是个妇道人家，白天回来报信方便些。她想了想说：‘还是让红七跟你去吧，红七大了，自己能回得来，村里的事我在家里好布置一下。’还是她谋虑得对，这指示要传达给那几位同志，万一我送不到，第二夜好再设法。我说：‘好吧，我们这就动身，你明天一早通知那几个同志，说我从双冲口那条路上去了，要是明晚见不到信，就是我们没送到；再派两个同志分头换两条路往上送！’

“当晚，我们收拾停当：弄了两副担子，我挑副大的，约摸七八十斤；另一副有二三十斤，是红七的。这百十斤粮食，足够山上同志们吃一顿饱饭了。我把东西收拾好，把红七叫起来的时候，他还睡得迷迷糊糊的，问我：‘天还不亮，就去打雀子？’我说：‘今天不打雀子了，去给你红军叔叔送粮去。’他高兴得呼地一声蹦下床来，说：‘好呀，山上的叔叔有枪，阿爹你给我要一支好吧？我也可以打白鬼子！’临走，我老婆拿出两个粉渣做的饼子递给红七，怪不过意地对我说：‘就这两个啦，给他回来路上吃；你回不来，就只好在山上再喝两顿野菜汤吧！’又对红七说：‘回来的时候小心点。等你回来，妈

给你弄点粉浆做顿糊糊犒劳你。’

“我们爷俩悄悄地走出了庄，估摸着敌人巡逻队的空隙，拣了条没人走的小山道，紧脚紧步地往山上爬。那情景现在想起来还真真的哪：月黑天，对面不见人影，白鬼们为了壮胆，像狼似的满山嗷嗷叫。我们沿着山道往上爬，不一会，连压加累就弄得汗直淌、气直喘了。我还得顾着孩子，走一段路就小声喊一声：‘红七！’他总是随口答应：‘噢，在呢！’听着他那奶声奶气的话，我确实有点心痛：十二三岁的孩子，没有根竹杠高呢，就得跟着我拼着性命黑更半夜地爬山。要是将来红军再打回来，革命成了功，那时候，我一定对他这么说：‘孩子，打天下的日子你也过过，你该知道革命胜利不容易哪。好好地为党、为人民干工作，把咱整个国家建设得比以前的根据地还要好！’——同志，那时候还想不到自己的新国家是什么样子，不知道会怎样建设呢——我还得告诉他：‘等日后胜利了，吃好穿好的时候，别忘了山上同志们吃草根树皮的苦日子，是他们吃了这么多苦，你这年轻的一辈才享这么大的福哇！……’

“我正没边没沿地想着呢，红七紧步跑上来了，惊乍乍地说：‘阿爹，你听……’到底是孩子耳朵灵，可不是，前面远处树棵子里刷刷拉拉直响，仿佛是有人走动，听声音人数还不少。糟糕！一定是碰上白鬼的巡逻队了。我拉了红七一把，一折身就拐到另一条小路上。可是已经晚了——我们走得急，脚步重，米筐子挂着树枝发出了响声，被敌人发觉了。他们把枪栓拉得一阵响，乱吆喝起来。这时候，我们手无寸铁，没法抵抗，我想，反正不能叫敌人抓了活的，我们撒腿就跑。跑呀，跑呀，白鬼子紧跟在屁股后面追，虽然天黑看不清，听声音是越来越近了。我挑着个担子，又得顾孩子，越跑越没劲。我一边跑一边想：看样子是难以逃脱了，扔了米跑吧，山上急等着用粮食，舍不得丢，——而且就是扔了也不一定能逃得脱；不扔吧，叫敌人追上了也是人粮两空。怎么办呢？……这时，红七还紧跟着我，呼哧呼哧直喘气呢。我听着他的喘气声，蓦地想出了一个法子。可是当我这样想着的时候，我自己不由得浑身都颤颤起来：儿子，多好的儿子……这叫我怎么跟他妈交代呢。……可是，不这样又不行，孩子要紧，革命的事更要紧！也许我能替得了孩子，可是孩子替不了我呀……

“背后敌人的吆喝声越来越近，越来越高，不能再犹豫了。我停住脚，放下担子，一把抱住了儿子。我觉得他那么小，他的肩膀多么嫩呀！我咬着牙说：‘孩子，把筐子给我，你，你顺着这山坡往西……跑，跑，跑吧！’说完了这句话，我觉得我的眼泪呼的一下子涌出来了。孩子好像还不懂我的意思，我摸了摸他的头，把脸贴在他头上，又说：‘听爹的话，孩子，跑吧，把声响弄大点！’最后这句话我仿佛不是从口里说出来的，是从心里跳出来的。这回他大概懂了我的意思了。他忽地直起身，把一把什么东西塞到我手里，拔腿就往西跑下去了。

“孩子跑了。他顺着山坡跑了。他脚步卷着碎石头、绊着草棵子跑了。他跑去的那个山坡上一阵刷刷的声响，那声响啊，那么响，那么响，就跟从我心上跑过去一样。

“这响声惊动了敌人，白鬼子们折转身向着我儿子跑去的方向追过去了，追过去了。

“我把孩子的两个箩筐叠在我的筐上，挑起了担子。嘿，好沉呀！这时我才发觉手里拿着东西。我捏了捏，那是红七他妈给孩子的两个粉渣饼子。我又向孩子跑的方向望了一眼：夜，黑漆漆的，什么也看不见。

“我挑着担子钻进了东边一丛小树林，折上了另一条小路。

“当我踏上小路的时候，在孩子跑去的方向，传来了一阵杂乱的枪声。

“我挑着担子往前走。不管石尖扎脚藤绊腿，我登山迈岭地走。

我觉得担子更重了,重得像两座山,我还是担着,担着;我觉得脚像踩着棉花,软绵绵的,我还是走着,走着……

“在天快亮的时候,我到了支队的营地。专为接我的同志们,因为走岔了路,没能遇上,这会儿,他们接过了我那两副沉重的担子。

“早晨,支队长把全队集合在一个大竹林里。把我担上去的粮食摆在队伍面前。支队长首先让我讲讲这次运粮的经过。我站在队伍前面,望着那一张张黑瘦的面孔,和那嵌在这些脸上的闪闪放光的眼睛。他们是那么憔悴,可又那么坚强。他们叫人从心眼里相信:有了他们,革命就会胜利!我心里暗暗地说:‘孩子,你死得值得啊!’我简单地讲了讲这事的经过。同志们都难过的低下了头。我向前跨了一步,说:‘我来的时候,孩子托我向大家要支枪。这自然是孩子话,可我记得真真的。现在我替我自己,也替我孩子说一句:支队长、政委、同志们,给我一支枪,让我参加这次战斗吧!’我说完了,又从怀里掏出那两个粉渣饼子,小心地放到坐在前排的一个小同志的手里。

“接着,支队长讲话了。他指了指身边那两担粮食,说:‘同志们,这粮食,是山下的同志和革命群众咬着牙省出来的,是同志们拼着身家性命送上来的。这不是粮食,这是人民的心!我们是革命的武装,人民给我们吃的,要我们更好地坚持斗争,争取革命胜利!我们要再一次用战斗的实际行动来回答人民的支持!现在,我命令:同志们,立即擦拭武器,准备战斗!炊事员赶快淘米做饭!一分队长,把红旗升起来!’

“一面鲜红的红旗扯起来了。在翠绿的竹林梢头,旗子迎着刚升起的太阳,那么亮,那么红!”

说到这里,郝吉标煞住了话。他抬起手,猛一挥,把眼角的泪水擦去。他脸上那沉思的表情也好像随着手的一挥消失了。他昂起头,两眼直盯着我,把椅子又往前挪一挪,说:“同志,我今天在会上讲的也就是这些。粮食,是农民的宝贝,我们过去为它流过血哪!你说,在那样的时光,我们都肯流着血把它交给革命,支持革命斗争,现在,要建设自己的社会主义国家了,我们还有什么舍不得呢!”

辞别了郝吉标出来,已经是夜里12点钟了。月亮清清亮亮地挂在天正中,路上显得空荡荡的。我沿着大街走着。在我低下头时,看到街心里成堆的谷子,一堆挨一堆,像一列金色的帐篷,每一粒都发着光;当我抬起头时,越过房顶的上空,看到远处高高的山顶——那就是我们人民曾经流血、战斗的地方。看着这一切,想着刚才的故事,我不由得想起了这位革命老人的话:“这些人都是些什么样的人啊!”

我站在粮食堆旁,向着那暗蓝色的、重重的山峦,望了很久很久。

1955年5月15日初稿

1956年1月24日2次修改

老妈妈

今年春节,我请假到福建去了一趟,去看看我的妈妈。

说来你也许感到奇怪:我一个江西人,妈妈怎么会在福建?而且你也听我说过,我的一家人早在20多年前就叫国民党匪军杀害了,就剩下我这个独丁,这个妈妈又是哪里来的?

不管你怎么疑惑,我得对你说,这次去看望的,实实在在是我的妈妈。

这事三言两语说不明白,你听我详详细细告诉你。

1934年10月间,我们北上长征的队伍,走到明水溪这个地方,遇到敌人的阻挡。我就在抢渡明水溪的战斗中负了伤。这次伤势并不重,只是右肩胛上嵌进了一块炮弹皮子,虽说流血多点,可是没伤着筋,没动着骨,要在平时,治个半月20天也就好了。谁知道受伤的时候不对,这么点伤倒把我的生活一下子全变了。

战斗结束以后,卫生员把我的伤口包好,我刚要坐起来,教导员就来了。他看了看我的伤势,跟我说:“老张,上级决定把你留下来。你参加红军以前,在苏区作过地下工作,现在就先到苏区医院去休养吧!养好伤以后,参加敌后的游击斗争。”你看,这不就变了?眼看着就和同志们分别了,部队往西我往东,心里真不是滋味。可是,这次部队过了明水溪,就要一个劲儿地向西挺进,前面有千山万水,有数不清的战斗;而我呢,现在已经不能参加战斗了!好吧,在哪儿还不是干革命工作?好在参军以前苏区的好多地方我都熟,再过起当年刚开辟时的生活吧!

当天晚上,我就上了担架。当地群众抬着我绕着山间小路,一站倒一站,往医院走。因为流血太多,加上走的是山林小路,颠簸得厉害,就好像是头朝下,被人倒拖着走……也不知过了多久,我昏昏沉沉地听见一个苍老的女人说话声:"哟！这不是张同志吗?"

这是谁呢?这是什么地方?我想睁开眼睛看看,可是眼皮好像被什么东西粘住了。接着,就觉得有人扶我躺在软软的铺草上,一只粗糙的手轻轻地抚摸着我的前额,又动手解开我的绷带给我换药。那人一边换药,一边叨念,那声音听来就像是从天外边飞来的……

不知是什么时候,我醒来了。一睁眼就听见身旁一个人在抖弄什么,口里低声地咕哝着:"这个鬼地方……"到底是什么地方呢?我向周围打量了一下,四周漆黑,没有灯火,只有远处约略有些亮——大概是窗子吧?我的两侧都有人躺着,不时传来低低的酣声和呻吟声。"这回可到了医院了。"我正想着,忽然,叭嗒一声,凉森森的一个水点子滴在我的脚上,我挪动一下脚,发现脚底下已有一小滩水了。我问刚才说话的那人:"同志,下雨了吗?"

那人"噗嗤"一声笑了:"哪里,头顶上一座山,再大的雨也淋不透。那是渗水。"

我怔了一下,伸手一摸,身边是一片湿漉漉冰凉的石壁,噢,原来是在山洞里!

我正要问,只见亮处一暗,一个人摸索到我的近前,低声地问:"张同志,你要喝水吗?"我听清楚了,说话的还是那个苍老的女人。

我还没有来得及回答,旁边那位同志就说话了:"渴了张开嘴,滴下来的水,准能把肚子胀破！"大概这话把她惹火了,只听她用严厉的口气说:"刘同志,你的话怎么那么多?连这点苦也吃不了,你还能干革命！"说着递给我一杯水,又爬到洞口去了。

我睡不着,就和那位刘同志闲扯起来。听他说,自从红军开始长征以后,白鬼子跟着就进了苏区,为了坚持敌后斗争,地方党政机关有的转入地下,有的上山打游击了。医院也化整为零上了山,我们二十几个伤员就住在这个山洞里,搬到这里已经有十多天了。这个同志谈话之间流露出一种不好的情绪，一会儿说警卫太少了——只有一个班,太危险;一会儿又说生活太苦,吃的东西只靠下山偷偷地搞来一点,还吃不饱;一会儿埋怨没有药治伤,只靠点盐水洗洗,看护员又少……

这些我听着觉得怪刺耳的,只是又想不出怎样说服他,我截断他的话,问道:“刚才那个女同志是谁?”

“你问她的名姓,怕谁也不知道,同志们就管她叫老妈妈。她的职务也说不清,她也算咱这个医院的副队长,又是政委、看护员、炊事员、采购员,还是情报员……反正这洞里的事她一手包干。人倒是个好人,听说是老革命了,就是年岁大了,腿脚不灵,嘴又啰嗦……”

他一气说了半天,我总弄不清这个女同志是什么人,而且奇怪的是她还认识我。我竭力思索着过去接触过的人,怎么也记不起这个人来。想着想着,不知不觉又睡着了。

过了一会,我被一阵急促的脚步声惊醒了。洞门口乱糟糟的,人们嘁嘁喳喳,议论着什么。洞里的伤员同志们都半坐起身子或者抬起头,静静地听着。看样子是有了情况。洞外的人刚才说些什么话我没有听到,只听见那位老妈妈低声说:“好,快走吧!”人们回答了一些什么,一阵紧张的脚步声,洞口的人们走了。

老妈妈转过身来,对我们说:“刚才发现山下有白鬼子,队长已经带着警卫班去了,大家别慌。要是情况紧张,有人掩护我们,也有人帮助咱们转移。现在咱把东西准备一下。”说着,她钻进洞来,帮着一个个伤员穿衣服,穿鞋子,收拾东西。还不住地抚摸着伤员的身子嘱咐说:“别怕,别慌……”仿佛她一抚摸就会把人的惊恐抹掉似的。这使我想起刚才刘同志的话:她的一举一动,真像个妈妈哪。她招呼着全体同志把衣服穿好之后，又迅速地把自己身边的东西收拾了一下,然后走出洞去,伫立在洞口,望着发现敌情的方向。

约摸过了一个钟头,北面山脚下就响起了枪声。一阵激烈的射击之后,响枪的方向转向西面,越来越远了。

洞里紧张得没有一丝声息,大家似乎都在考虑着同样的问题:情况到底怎样?

一个钟头过去了, 又是一个钟头过去了。老妈妈还在洞口站着。洞里仍然是静悄悄的,只有洞顶上的渗水,“叭嗒”“叭嗒”有规律地滴着。

天放亮的时候,队长派来联络的老孙回来了。他一进洞,就歪倒在铺草上,老妈妈赶紧给他包扎着脚上的伤口。大家几乎是同时问道:“情况怎么样? ”老孙把眼睛一闭,喘了一口粗气:“队长叫赶快转移! ”

原来他们刚到山腰,就发现敌人在布置搜山,队长马上带着队伍插到山下的胡家墩,从那里兜屁股打敌人,想转移敌人的注意。敌人果然转过身来追,他们且打且走,打算把敌人引上西边的云峰山。谁知道刚到云峰山口,就遇上了另一股敌人,由于前后受敌,同志们大部分牺牲了。队长他们拼着全力掩护着三个同志突围出来,两个人去找特委取得联系,一个人回来送信。老孙在突围的时候,脚上又负了伤,所以回来的晚些。他说,在分手的时候,队长判断:他们警卫班受了损失,可以暂时麻痹敌人一下,但是,看样子敌人怕还是要搜山的;而且又怕去特委联络的同志路上出岔子,所以要山上自己设法隐蔽或者转移一下。

一听这情况,洞里顿时乱了起来。老刘第一个放大嗓门喊着:“唉!这下子可完了,完了……”随着,洞口一个小伙子就向外爬。我也急得不知怎么是好,敌人说不定什么时候来,这不是些好胳膊好腿的人哪!

正在这时,老妈妈忽然霍地站了起来,对洞口那个小伙子说:

“和伢子,你先躺好!要转移也不能这样转法啊!”然后,她走到老刘跟前,厉声地说:“老刘呀,一伙10多个人,就数你叫得凶!什么‘完了,完了’!你想想,你说这话能对得住长征路上的那些同志不?……”黑影里看不真,只望见她的肩头在抖动,大概这会她气愤得厉害。

老妈妈把沉不住气的老刘、和伢子数落了一顿,洞里马上安静下来。老妈妈移到洞口边,倚在洞壁上,冲着大家,放开嗓子说:“同志们,咱把话说明白:这阵子是很危险,敌人包围着我们,谁要害怕、动摇,受不了苦,就站出来!我老婆子就是爬也要把他送下山去!”说到这里,她特意把话顿住,停了一会,见没有一个人想站起来,才又和缓地说:“队伍有头家有主,如今队长不在这里,这个家就由我来当。你们管我叫妈妈,哪个妈妈不疼自己的孩子?有妈妈在,就有你们在!这里不安全,咱们想办法;没有吃的,这不是,”她从腰里摸出一件什么东西,用力抖了抖,里面铮铮作响,“这是特委留下的钱,我可以偷着下山买米给你们做饭吃;钱花光了,我就是下山讨饭,也不能让你们饿着……”

她说完了这些话,就疲倦地歪着身子坐在洞口,连声咳嗽着。洞里鸦雀无声,我只觉得那个和伢子的胳膊在我眼前晃动,大概是在抹眼泪;就是咋呼得最凶的刘同志也不再吭声了。

山上的松涛呼啸着,风,把早晨的浓雾一团团地刮进洞里来。

休息了一会,老妈妈欠起身,低声地叫道:“主力上下来的张同志,你能到外面来吗?”我一边答应,一边摸索着爬到洞口,靠着她的身边坐下,她把嘴俯在我耳朵上,小声地问:“我记得你是党员,是不是?”

“是的!”我回答,对这样的人用不着隐瞒。不过那时候党是秘密的,她怎么知道我是党员?

“你这个党员，不好，不好……”她把声音压低，不满地说，“刚才乱成那个样子，你怎么不管呢？党叫你这样做来着？”

“我……我……”她批评得对，我只觉得脸一阵发烧，不好意思地嗫嚅着。最后我低声问她：“你怎么知道我是在党？”

“知道，知道……你伤口疼得厉害不？我们到外面去走走。”我点点头，她搀着我受伤的那只胳膊，慢慢地走出洞来。

洞外，是一块光坪。太阳已经露脸了。在弥漫的大雾里看去，像个通红的大火球。在洞里待得时间长了，乍一出来，简直不敢睁眼，腿也软得无力。她搀着我向一棵大树走，忽然自言自语地说：“大妈，有开水吗？我可要开的。”

听到这句话，我不由得一怔。迎着朝阳，我眯着眼睛仔细地打量了一下她的脸。到现在我才看清她的面容：苍老的脸上，刻着一条条深深的皱纹，门牙也残缺不全，在她的左眼下，有一个黄豆大的疤痕。……噢，想起来了。那是1931年的秋天，我奉命到潮汕地区去和一个新成立的组织接头。我按照交通的指点，到了山脚下的一棵大树跟前，看见一位大娘坐在那儿做针线活儿。我走到她身边，粗声粗气地说了句：“大妈，有开水吗？我可要开的！”这是党为我们约定好的联络的暗语。

她怔了一下，抬头望了望我，会意地笑了笑，掸着身上的土站起来说：“傻孩子，把我吓了一跳！开水，有，有！过两年再见了你大妈，大妈还给你酒喝呢。——来，跟我来！”她四处瞧了瞧，见没有人，便领着我钻进了一片茶丛。就在那里，我会见了要见的几个当地党的负责人，在那扑鼻香的茶花花丛里开了会。

会快开完了，猛听得山腰里传来一声嘹亮的山歌。“高山顶上一株梅，山歌越唱越出来……”是她在唱。这是告诉我们：有人来了。我们几个人便分散开，悄悄地离开了茶丛。

在那以后不久，我到了红军队伍里，东征西战，就再也没有见到她。以后听说因为闹革命,她丈夫牺牲了,她带着快要成人的两个儿子进了根据地。想不到又在这里见到了她。她比三年前老多了,看去约有六十岁的样子,嘴角上添了皱纹,鬓角也花白了。

她把我扶到树下一块石头上坐好,收敛了笑容,问我:“这几年你在部队上干什么工作?”我说:“当排长。”她说:“老张,刚才我说了你两句,话重一些,你别见怪。这里就咱两个在党,他们大部分是这块儿白了以后才上山的。咱俩得把这担子担起来。”

嗨,人家这才叫党员呢,碰到情况首先想到的是工作,是怎么把困难的担子担起来,可我呢,还没往这方面想哪,真惭愧!我把当前情况考虑了一下,说:“我看,头一桩事就是要设法挪一挪地方!”

“挪是要挪的,可是队长说得很在理:经他们这么一打,我想敌人一两天是不会上来的。眼下头一桩事倒是要弄吃的。这话只能对你说,咱已经没有口粮了。再就是组织组织,把大家的心定住。至于转移,总得先找好地方,不能让这些伤员睡在露天地里呀!”接着,她谈了谈她的打算:她要我临时担任这里的队长,她赶下山去探听一下情况,顺便弄点吃的来。

她考虑得倒很周到,只是我怕她年老爬不动山,我想:我虽然受了伤,身子虚些,可是年轻,腿脚还好,不如我去一趟。我把这个意见说出来以后,她说什么也不答应。她说:“你还有重要的事要做呢!”说着随手摸起腰里的两个手榴弹和一支驳壳枪交给我:“带上这个。”等我默默地接过武器,她才接着说:“这地方,前面是条独道道,后面是一漫斜坡。要是敌人果真来了,就得立刻把路卡住,让同志们满山坡跑。这十几个人的安全,全靠你了,你要仔细啊!”接着又递给我条米袋子,摇晃着说:“这钱,你存着。我拿了两块去买米。这是以前同志们伤好了出院时送给我的,积了这么多,我一直保存着,现在它成了咱们全部的经费了。”这样说来,特委并没有留下钱,刚才她那样说是为了要安慰同志们啊。

虽然，在战斗中，我接受过千百次任务，但今天的情景，却使我格外感动。不知怎么的，我想起了我生身的妈妈，想起了妈妈在我参加革命时，把她存了半辈子的“体己”交给我的情形来。

我们把事情商量好了，又回到洞里。大概因为我是主力上来的，又是个干部，大家都同意我暂时负责。我拿过那支驳壳枪来擦着。这工夫，老妈妈早已趁着雾大、不会暴露目标的时候，点上了火，烧了开水。她把开水舀出来一些，冲了盐水；又把米下到锅里。然后，端着一茶缸盐水，挨个给伤员擦洗、包扎伤口。她这一切做得那么仔细，那么沉着，就像一个经验丰富的老护士似的。这种镇定的情绪感染着洞里的所有的人，大家都安定下来了，人们脸上又露出了笑容，甚至有的人还在洞口地上划上棋盘玩起“堵白鬼”来。

老妈妈把事情弄完了以后，抄起一根竹杖，对我说：“我去了，等米烂了，你盛给大家吃。”又故意放大声音说：“下午我回来得晚，你舀米自己做吧！”但当她走到洞口时，却附在我耳朵上说：“别忘了，把稠的盛给伤重的同志吃呀！”

老妈妈走了以后，我用根带子把受伤的膀子吊起，四处走了一圈，察看了一下地形，又把伤员组织了一下，选出几个伤势较轻的同志轮流放哨。我们静等着老妈妈回来。

时间真难熬啊，太阳已经落了，还不见老妈妈回来。我出去瞭望了好几次，除了遍山荒草、大树、怪石，什么也看不到。更难的是粮食没有了，同志们都在忍着饿呢！

黄昏时分，我决定顺着山路去找找看。我沿着小路往下爬了约摸半里路，实在爬不动了；我靠着一棵大树，四下瞭望了一下，远远地看见路旁草丛里好像有一个人影在蠕动，我警惕地掣出了枪，问了声：“谁？”一个微弱的声音回答“是我。”我走上去一看，正是老妈妈。只见她脸上、手上满是血迹，两肘两膝上的衣服也破了。她趴在地上，头前放着一个包包，她用手和头顶着那个包包，正吃力地往山上爬。我连忙跑上去，激动地叫了声“妈妈！”她见我来了，咧开干燥的嘴唇笑了一笑。我用一只手拎着东西，她扶着我，就上了山。

她一进洞口，就忘记了劳累，挤在人堆里，看看这个，瞧瞧那个，像多久不见的亲人一样。她摸着年龄最小的和伢子的手，抱歉地说：“孩子，饿坏了吧；上了几岁年纪，走道不利索，真是……来，”说着，解开了包包。这个包包简直是个杂货摊，里面有约摸十来斤的一小袋米，有打糕，有窝窝、红薯、干红薯丝子，有一块豆腐，有一个小南瓜，还有几卷各种颜色的布——大概是给我们包伤口用的。她把可吃的东西按人们的伤情轻重分了分，说：“今天晚上先将就着吃吧，明天，妈妈给你们煮白米饭、南瓜稀饭，还给你们做个野蒜烧豆腐吃呢！”说着，点着她那花白的头，呵呵地笑了。

同志们饿了一天，现在每人都拿着一样东西吃起来。大家有说有笑，洞里的空气顿时活跃了。正吃着，忽然和伢子喊了声：“老妈妈哪里去了？”

我连忙跑出洞来找，只见她老人家正坐在一块大石头上，两手捧着一样东西在吃呢，见我去了，忙把手里的东西掖在衣服底下藏起来。我好奇地抢过来一看，原来是一块草根、菜叶、红薯丝、烂南瓜杂拌的窝窝。我猛然想起：刚才不是她拿不动这些东西，是饿得没劲了啊！我眼眶子一热，一把抱住她：“妈妈，你……”

“别嚷，别嚷，别叫同志们听见。”她赶紧向我摆摆手说，“老张，弄点吃的不容易啊！再说，山下的群众也大都吃这个。”

我硬把自己手里的一块煮红薯和她换过来。她慢慢吃着，和我淡起今天下山的经过来。真叫不容易哪：她下到村里，装做讨饭的叫化子，沿门乞讨。自然啰，这么一个五六十岁的老婆子，是不会引起白鬼的怀疑的。她去的净是些贫苦人家，看出哪家可靠，就和他们谈起红军，告诉他们“是弄粮食给受伤的战士吃的”，于是群众就挑最好的东西交给她，还给她从米店里设法买来了一点白米。可是山下地主豪绅都回来了，又是加租又是夺田，群众生活苦的很，因此讨来讨去只弄了这么些东西。说到这里，她忽然顿住，拍拍我的手说："我顺便打探了一下情况，白鬼子民团现在正在'围剿'云峰山，对于我们住的这个地方也很注意，今天就有人拿着望远镜往山上望呢。咱们更得提高警惕了！"停了一会，她好像又想起了什么，笑着说："把钱给我一半，我已经找好了可靠的群众，托他们给买了米存着，以后用起来方便。"

这天夜里，我被老妈妈的行动感动着，久久不能入睡；再加上夜里值了两次哨，早晨醒得很晚。醒来的时候，老妈妈早已做好了饭，换完了药，又下山了。

一个白天，我都花在组织伤员互助和跟他们谈话上。我把老妈妈下山搞粮食的经过谈了谈，还把老妈妈瞒着大家吃的东西给同志们看了。这件事比什么话都有力，同志们当即谈论起来，老妈妈待同志们的好处成了大家的话题。和伢子被感动得擦眼抹泪的，一定要把自己的饭留出来给老妈妈吃。最爱嚷嚷的老刘也怔怔地沉默了一天，最后才对我说："老张，我的伤势轻，有什么事只管叫我干，要不，我对不住妈妈呀！"

这天，天黑定了，老妈妈才回到山上来。今天她回来得更晚也更疲惫，但却比昨天高兴。她一见我就兴冲冲地说："老张，可好啦，总算老天有眼，我找着好地方了，又好，又安全。"

听了她的话，我才知道她出去看新的营地去了。我问她："离这儿有多远？"她说："就在东面的赤金坪，大概有20里路吧。"我思索了一下，不由得暗暗吃惊了，20里路，来回就是四十里，在一天里爬山越岭走这么多路……唉，这位老人家为了这些伤员们——为了党的工作，她什么办法没想出、什么苦没吃到啊！

第二天清早，我们开始转移。老妈妈在头前引路，腿脚还好的同志们把伤腿的搀起，把伤脚的背起，跟在后面走；我搀着一个同志走在最后,走一段,回转头去把踩倒的草扶起来。就这样,我们攀藤附葛,从一片乱石丛生的斜坡上走下了山,涉过一道小溪,又爬上了一座山头。从拂晓走到太阳偏西,才到了我们新的家。

真难为她老人家,怎么能找到这样一个好地方。这也是个山洞,但比原来那个山洞好多了,这地方,不走近前你怎么也看不出是个山洞来。它正在一个突出的山石嘴子下面,岩石上的藤葛垂下来,成了洞口的帘子;洞前的小树密密麻麻,成了个天然屏障。里面也比原来的洞子宽敞得多,尤其使我们惊奇的是,洞里打扫得干干净净,连地上的坑坑洼洼也都用碎石仔细地填平了,而且在洞口不远处的一块光坪上,平平地摊晒着一大堆茅草。现在,只要把那又干又软的茅草往洞里一铺,就可以安安逸逸地住起来了。这些,不用说,都是老妈妈干的。

我怀着激动又有些好奇的心情问老妈妈:"你怎么找到这个地方来的?"

她笑了笑回答我说:"只靠我,跑断腿也找不到这样的好地方呀!这是群众帮我找的。"原来她下山弄饭的那天,在一个打柴的老头那里打听到了这个秘密的地方。

我们再也用不着提心吊胆了。这天晚上,我们在这既安全又舒适的地方舒舒服服地睡了一觉,连老妈妈也睡得十分香甜。

就在我们搬家的第三天的拂晓,我们从洞顶上望见,我们原来住的那个方向起火了。老妈妈去侦察了一次:原来白鬼子搜查到了那里,把早先警卫同志住的寮子点着了火。但是,这些狗东西却扑空了。

日子过得飞快,自从发生了情况,我们离开组织独立生活已经有十多天了。这些天来,因为住得舒坦吃得好,伤员的伤口都见好了;我的伤口也已经封了口,掂掂拿拿也不觉吃力了,而且还帮助老妈妈到山下一个石壁缝里拿了一次粮食。可是这些日子可苦了老妈妈,她一天到晚,东跑西颠,除了做饭、换药以外,要下山弄粮食,还要抽空到原来那个山洞去瞭望,看有没有特委联络员来。这样的生活,把个老婆婆折磨得更加消瘦、苍老了。她的背似乎更驼了些,头上的白头发更多了。有时候给同志们洗伤口,洗着洗着,眼睛一花,伤口洗不上,倒往好肉上擦起来;做饭忘了添火、加水,更是常有的事。每逢这样的时候,同志们都劝她:“好妈妈,你歇一会儿,让我们自己来吧!”她总是执拗地摇摇头,说:“快给我走开,别碍我的事。你们年轻人不知道老年人的心哪!我亲手做的饭,觉得你们吃着香;我亲手给你们换了药,就觉得你们伤口痛的差些。我就巴望着过不几天,特委来了人,你们的伤也好了,我把你们领到上级跟前,说声:‘好,你看,又是个身强力壮的小伙子!你领了去打白鬼子去吧!’那我就没心事了。”真的,每当哪个同志的伤口有些好转,她就显得高兴;哪个同志多吃了点饭,她就喜得合不拢嘴。

这天,吃罢了早饭,我到外面闲逛去,蹓蹓跶跶走到了山腰的水潭边上,正碰上老妈妈在那里给伤员洗衣服。但她却没有洗,双手按住一件衣服停下来,怔怔地呆住了,衣服漂得满潭都是。我走过去一边帮她捞衣服,一边问她:“妈妈,你实在太累了,歇歇吧!”

她看看是我,叹了口气说:“我哪里是累的,是愁的呀!特委至今还没有来人,咱的那点钱也花光了,现在粮食顶多还能支持两天,吃光了以后怎么办哪!”

我一直不大过问粮食的事,听她一说,我也发愁了。我试探地问:“山下不能再想想办法?”

她摇摇头:“山下群众让回乡的土豪搞得苦得很,匀不出来呀。唉!”

她一提到土豪,我不由得心里一动,我说:“妈妈,你还记得不,咱们刚开辟的那阵子,组织起贫农团,把土豪一逮,土地一分,粮食家具一大堆……咱能不能再在这些家伙身上打打主意?”

她听我说完，眼睛顿时亮起来，拍着我的肩膀说："嘿，你看我老糊涂了，怎么没往这上面想呢。对！打打土豪，解决了困难；也告诉那些白鬼：咱们游击队还在！"

"可是，咱没有人手，又没有武器……"我说。

"看你这傻孩子，咱们不是人？咱们也有枪呀！"这会儿，她的兴头比我还大，"前两天我下山，群众告诉我：胡家墩胡绍祖那杂种回来以后狂得很，杀人害命烧房子，坏事做了无其数，早该镇压一下子了。听说自从上次让他们占了点小便宜，他就更不知天高地厚了。他自认为天下太平了，就把来给他保家的保安团全撤了。我看可以搞他一下。不过，"她看了我一眼，"打仗这桩事我不在行，就得靠你了。你跟我一块去看看怎么样？"

"好！"我爽快地答应了。

我们又商量了一会儿，决定说干就干，当天就上胡家墩去逛逛。老妈妈连衣服也顾不得洗了，我俩一气奔回洞里。我把情况和大家谈了谈，选出了老刘、和伢子和回来报信的那个警卫班的老孙等三个伤口快好全的同志，让他们准备好，天黑以后在山根上等我们，如果情况合适，当天就动手。我换了身衣裳，太阳一歪，就跟着老妈妈下山了。

黄昏时分，我们趁着天黑钻进了胡家墩。老妈妈把我安置在一家可靠的人家，又出去串了几家，把情况对照了一下。胡家的情况和白天老妈妈说的差不多：驻在这里的保安团的队伍真撤走了，护家的只有六个团丁，还有两个到别处去催租去了。为了彻底查清地形，我俩就往胡家宅院走。听说这胡家宅院是全村最大的一所房子，两进大瓦房，两丈高的围墙，高高的门楼，厚厚的门扇，闹革命以后，胡绍祖吓得窜到潮州去了。这房子就成了乡政府的办公处；这块儿白了以后，他又跑回来收拾收拾住了进去。我跟着老妈妈围着这个院子边走边瞧，先看了看大门，就往宅后转。谁知那么凑巧，一转胡同口,迎面碰上个团丁。那家伙晃悠着个电筒,哼哼唧唧地往前走,差一点和我撞个满怀。

“干什么的?”

我正要答话,老妈妈暗暗扯了我一把,上前应道:“孩子病了,去找人瞧病才回来,”她从腰里掏了掏,摸出不知什么时候预备好的一张纸递过去,“看,这是药单。”

那家伙把手电朝我晃了晃,大概是看见我这二寸长的头发和那张蹲山洞憋白了的脸孔实在像个病人,恶狠狠地骂了声:“穷鬼!”又摇摇摆摆地走了。

我真佩服老妈妈的沉着。黑影里我慢慢地跟着她绕胡家宅院走了一圈,看了个仔细,就钻进了一条小胡同。

老妈妈压低声音问我:“怎么样?好下手吗?”

我说:“人倒不多,要是干得巧,我们能对付得了,就是墙太高,门又结实,我们腿脚不灵便,进院子有困难;再就是摸不清这些家伙睡觉的地方,堵不了死老鼠!”

“要是有人从里面偷偷地打开门呢?”

“那当然好,”我说,“可是这门我们的人谁能进得去?”

“这交给我来办。”老妈妈蛮有把握地说。“胡家的那个长工老头阿盛我认识,他也是个受苦人,我去找他帮帮忙!”我躲在暗处,看着老妈妈径直向大门走去。黑暗里只听得她轻轻地扣门,并且小声地说:“阿盛哥,你行行好吧,天快下雨了,让我到里面门洞里躲一躲吧!……”接着又听见一个老头低声说了些什么,不久传来她的一阵咳嗽声。我知道事情妥了,就拔腿往山根跑去。

半夜时分,我们进了村子。四个人分成了两组,我带着和伢子和老刘,直奔胡家大门;老孙在村口担任警戒,掩护后路。武器太少,我们只能分给老孙一颗手榴弹,剩下的一颗和一支短枪,由我们带着。到了胡家大门前,我听了听动静,捂起鼻子装了声猫叫,随即贴到门上去。不一会儿，门栓一响，大门“呀”地声开了。我一步抢了进去，老刘、和伢子也跟进来，老妈妈、阿盛老爹随即把大门关好。我压低了嗓子问老妈妈：“人都在哪里？”

阿盛老爹连忙接上答道：“胡绍祖在北屋，西屋是团丁们，做饭的婆子和丫头们都在东厢房。”

我冲老刘把手一扬，两个人就奔了西屋，那里还点着灯，我在窗户外边，侧耳听了一下，屋子里鼾声打得山响。我把门轻轻地拨开，端着枪一步跳上了床。老刘忙着把墙上挂着的枪摘下来。我轻轻地喝了一声：“起来！”几个睡得糊里糊涂的团丁，从梦中惊醒过来，一看我和老刘的架势，吓得滚下床来，不住地求饶。我赶紧又补充了一句：“不许喊！”这几个人才乖乖地缩在墙边。老刘向门外招呼了一下，和伢子跑了进来，大家把四个团丁活活捆住，用破布堵住了嘴。

在这当儿，老妈妈已经把东厢房里的婆子、丫头们唤醒了，告诉她们说：“红军来了，马上就可以放你们回家。”这些都是受苦人，被胡绍祖拉了来干苦工的，巴不得赶快回去和家人团聚，现在听说红军来了，都乐得合不拢嘴。

我把西屋的门锁上，叫和伢子到门口巡风，随后带着老刘直奔胡绍祖的住房。老妈妈紧跟在我们的身后，也来到北屋。

北屋里大概听见了动静，灯光一下子暗了。我们踹开门进去，借着昏暗的鸦片烟灯一看，床上只有一个妖里妖气的女人，抱着床被子打战战，胡绍祖不知哪里去了。看样子这家伙跑了没多久——那婆娘的对面烟盘子里烟枪上还有半截鸦片烟泡没有吸完。可是人到哪里去了？翻遍了床底、天棚，也没找着。我正在发急，老妈妈捏了我一把，伸手往墙角的一只木箱子指了指。我循着她的手势看去，见那箱上的锁鼻儿在轻轻地晃动，我明白了，就举起枪，向那箱子比量了一下。那婆娘见我们发现了，嚎叫一声就扑到箱子上，哭喊着:“别开枪呀!……”话没落音,箱子里“砰砰”打出了一梭子弹,胡绍祖的小老婆被打死了,老妈妈的额角也擦伤了。老刘骂了一声,朝着箱子打出了半条子弹,箱子打得粉碎,胡绍祖像一条狗一样蜷曲在那里,一动也不动了。

我们估计城里的白鬼当晚赶不到这里,便从容地打开了胡家的粮仓。当我看见满囤子粮食的时候,又大大犯愁了:凭我们这几个人,带上缴来的枪支弹药,还能带得了多少粮食?我问老妈妈,老妈妈却笑着说:“有办法,有办法!”话还未了,外面一阵脚步声,闯进来了六七个人,阿盛老爹也跟在后边。大家像早有准备似地,一色地带着竹杖、挑箩。原来,老妈妈早在刚进庄串门子的时候就约好了人,现在听见枪响,都赶来了。

老妈妈一面招呼人们装米,一面对阿盛老爹说:“阿盛哥,我们就走,请你招呼人来分东西吧,天亮以后敌人要来的。别忘了,我们走了以后,给我们收拾一下足迹。”阿盛老爹说:“你们尽管走吧,这些事都交给我办!”

真是人多势众,大家七手八脚地装了一些米、咸盐、干菜,还搞到一块咸肉、两只火腿,几个年轻的农民担着,由老刘、和伢子带着,找着老孙绕道上山了。

老妈妈把胡绍祖家的衣物分给婆子丫头们一些,又给了些钱,让她们各自回家。

我把几个团丁放开,跟他们说:“我们是工农红军,专为穷人打天下的,你们要再帮地主们做恶,可得小心脑袋!现在给你们几个钱,各自谋生去吧!”团丁们也千恩万谢地走了。

时间已经半夜,我们也该走了。临走,老妈妈拉了我一把说:“你不是会写字吗?留下几个字警告白鬼一下!”

我就着胡绍祖的桌上,随手写了几个字:“白匪们:你们再进行收租夺田吧,再杀害劳苦人民吧!看,这就是你们的下场!”写完,我问她:“下款怎么写?”

她毫不迟疑地说:“中国工农红军游击支队!”

打了这次土豪,我们的情况大大改变了:不但我们这“医院”的问题解决了,而且打击了白匪的气焰,鼓舞了人民斗争的信心。在我们这座山的附近到处流传着红军游击队又在打土豪分田地的故事。甚至还有些人把这事添枝加叶地编成了神话般的故事,说:“山上的红军有观音老母护佑着呢,她老人家用手一指,土豪的铁门就开了;她的手一挥,民团就不能动了;她咳嗽一声土豪就吓死了……”其实,谁能想到,这件事是一个年老的妈妈领着几个伤员干的呢!

但是,打土豪的事没有继续干下去。10多天以后的一个中午,老妈妈领着我们的队长回来了。我们的队长在那次战斗中并没有牺牲,突围出去以后就去找特委取联系去了。只是特委也在流动,一时没有找到。当他见到了特委,接到了指示往回走的时候,他简直没有想到还会再见到我们,更想不到我们会生活得这样好。

队长带来了特委指示:一切伤愈的同志都要立即分配到各个支队去,开展斗争。一旦联系得好,“医院”也要很快转移了。当天,我就要随着队长到特委去。这样,我就和这位敬爱的老妈妈分别了。

在这短短的20多天里,我已经和这位妈妈建立了真正的同志的又是母子般的感情,猛一分手,心里总是有点说不出的滋味。

黄昏,我收拾停当,就上路了。老妈妈把我一直送到山腰。临别,她紧紧地拉着我的手,长时间抚摸着我的脸颊、肩膀……二十多天来,在那样艰苦的环境里,我没见她流过一滴眼泪,现在眼泪却大滴大滴地流下来。我也忍不住流泪了。她说:“孩子,这些日子,你张口闭口叫我妈妈,按年纪我也够得上做你妈妈了,听说你也是没爹没娘的孩子,就把我老婆子当你亲妈吧!走吧!妈妈没有什么话好说了,日后有机会,别忘了给我个信。还有,你要把咱这段生活牢牢地记着!”

我说:“是,记住了!”

我迈开大步走了。走出了好远,我回转头来看时,只见老妈妈还站在岭头上向我张望,她那花白的头发,迎着山风,微微地飘动着。

1955 年 10 月 8 日

小游击队员

这是1935年夏天的事。

红军主力长征以后，蔡溪的回乡地主、民团闹得很凶，收租，夺田，杀害革命群众，甚至把我们的革命家属也弄到外地去贩卖，欠下了人民好大的一笔血债。特别是自从那里驻上了白匪李玉堂第三师的一个排以后，白鬼子更加猖狂，“业主团”团长孙逊轩还扬出话来：“石头过刀，人要换种”——要把这块革命根据地的人民斩尽杀绝。为了打击敌人的气焰，鼓舞革命群众的斗志，我们游击队决定来一次长途奔袭，消灭这一股匪徒。这样，不但可以壮大红军游击队的声势，而且能解决一部分武器弹药的问题。

当时，就我们的力量来说，这就算打大仗了。敌人防备得很严，村子四周筑起了高高的围墙，隔不远就是一座炮楼，强攻硬打是不行的，所以先要摸清敌人的虚实，才好动手。

于是，这个任务就落在我这个侦察班长的身上了。

从我们游击队住的山上到蔡溪足有70里路，我天不亮就动身，绕着荒僻无人的山林小道往蔡溪方向走。因为山路不好走，又加上在山上待的时间长了，吃不饱，睡不好，身子有些虚，走了约摸40多里路，就气喘汗流，迈不动步了。看看天色还没有过午，便决定先找个地方歇歇。正好，前面不远有一个破山神庙，我奔了过去，四下里溜了一眼，看看没人，推开破山门，一步闯进去。也怪我大意——经的风险多了，凡事总有点不大在乎。谁知这一下子可碰上事了：山神像前的台阶上坐着一大堆人，清一色的灰皮——都是白匪保安团的兵。当中几个家伙正在推牌九呢,迎门坐的一个,歪戴着帽子,嘴角上叼根烟卷,两手捧着黑黑的两张骨牌,眼睛瞪得有牛眼大,正喊着:“粗——”

这些家伙大概猜到我的来路,一个个都慌了,有的赶快抢钱,有的往起站,有的忙着抄家伙。我一看这阵势,知道混不过去了,索性干个痛快,便伸手拔出驳壳枪来,朝着人密的地方猛扫了一梭子,然后回身窜出山门,一边换着弹夹,一边就往荒山里跑。

跑出了约摸一里多路,后面白鬼子追上来了,子弹“嗖嗖”地从我身边擦过,打得树叶子扑拉扑拉直往下掉,打得石头一阵阵冒白烟。看看追的是越来越近了。我刚想停下来顶他们一阵,忽然觉得左臂一热,顿时眼前发花,腿也软了,脚下像踩着棉花似的——坏了,负伤了。“不管怎么着,也不能让你们抓了活的!”我把枪往腰里一插,伸手捂住伤口,又紧跑了几步,望着一个崖头,一侧身子栽下去。只觉得身子底下被石块狠狠地垫了一下,接着沿着山坡直滚下去。

开始,树枝划脸、石块碰腰,还觉得痛;后来只觉得天旋地转,不知滚了多久,身子猛一震,才停住了。我定了定神,睁开眼一看,原来被一丛小树挡住了。拨开树枝往下看,离沟底不远;往上看,上面是约有二三百米高的一片山坡,再往上是一段壁陡的崖头,因为被这块光崖挡着,看不见什么,只听见白鬼子在上面嗷嗷乱叫。

我把枪挈在手里,在树丛里卧倒,心想:反正是跑不了啦,你敢下来,就干掉你!这时,身后树枝子忽然刷拉刷拉一阵响。我一惊,连忙掉转身,用枪指着树丛,低声喊了声:“谁!”

“叔叔,是我呀!”随着,树丛被拨开了,一个小孩的脑袋钻进来。这是个男孩子,大约有十二三岁,又黑又瘦的小脸上,嵌着一个尖尖的翘鼻子,头发有二寸来长,乱蓬蓬的,活像个喜鹊窠。浓浓的眉毛下边摆着一对大眼睛,乌黑的眼珠,像算盘珠儿、似的滴溜溜乱转。他挤过树丛,一步抢过来,伸手抓住我的胳膊,急忙忙地说:“快走,叔叔,白鬼子快下来了!”

还没等我答话,他就把我受伤的左臂搭在他的肩上。当时看看也没有别的办法,我便借着他的扶助,跟他绕过树丛,踏着山石、树根,往山沟底走。碰到难走的地方,我不得不把大半个身子靠在他身上,他挺着脖梗,吃劲地搀着我。在快到沟底的时候,小孩子一脚踏上了块活石头,石头一滚,他噗的一声摔倒了,我身子一闪,也随着他滑下去,刚巧跌在他身上。我心里一阵难过,连忙伸手去扶他,他却一骨碌爬起来,吓得小脸焦黄,双手.抱着我的胳膊说:“叔叔,摔坏了吧?”我忙说:“没有,倒把你压坏了。”我又摸着他脑门儿上碰起的一个大包说:“到沟底了,我自己走就行了!”他摇摇头不说话,只顾架着我又往前走。

他像走熟路似的,架着我跨过一道小溪,钻进了一大片蓊郁的竹林,在竹林的深处,一片荒草丛里停下来。这里看样子是他睡觉的地方,像小狗窝一样铺着一摊软草,旁边还放着一把破镰刀,一个没吃完的木瓜。他把我扶着躺在软草上,说:“叔叔,你在这里藏着,白鬼子不会看见你的!”我只好躺下来。因为刚才一路紧赶,刚刚凝住的伤口又绽开了,血像小泉一样冒出来。我正想找点什么包扎一下,只听得嗤地一声,他已经齐齐地撕下自己的一条裤腿,动手帮我包起来。他一面包扎着,一面抓过那个木瓜壳来接着透过布层滴下来的血。我好奇地问他:“你接这个干什么?”

他一本正经地说:“听我妈说, 人血是好东西。你淌了那么多血,把这吃下去,能再长出血来,那就不要紧了。”

“傻孩子,你几时见过吃这个的?”我憋不住笑了笑。他歪着头望望我,大概知道我真的不会喝下去,看看手里那半木瓜壳的血,也不好意思地笑了。

伤口包好了。我侧耳听听外面, 崖头上的敌人还在不住地呼叫。

孩子怔了一会,突然想起了什么,眼睛也亮了起来,他急速地眨巴一阵眼皮,歪着小脑袋想了想,猛地站起身,说:“叔叔,你在这等我,我去去就来!”我一把没抓住,他端着手里的木瓜壳,跑开了。跑了几步,又回转来,弯腰扒下我的一只鞋子,说:“叔叔,我拿去用用。你可别走,我一会儿就回来啊!”说着像只小兔子似的钻出竹林,不见了。

孩子的举动太突然了,竟使我不知怎样才好。他干什么去了呢?万一被白鬼子碰上可怎么办?……我越想越不放心。我爬了起来,扶着竹竿走到竹林边上,隐在一丛小树后面,把枪机扳开,向着白鬼子在的地方望着。

太阳偏西了,孩子还不见回来。这工夫,白鬼子看看崖下没有开枪,已经把人一个个用绑腿吊下来,左张右望地走到了山坡上。我的心紧张起来:那孩子哪里去了?我举起了枪。但白鬼子们似乎什么也没有发现,他们低着头找了一阵——大概是看我压的草印和血迹吧!可是他们并没有往这边搜索,甚至连向这边望一眼都没有,却迳直往相反的方向走下了沟底。因为被一片小树林挡着,看不见他们在干些什么,难道那个孩子已经躲起来了么?我费了很大的力气,才挪到一块便于射击的地方,四处一望,真怪,白鬼子们没有在沟底停留,却爬上了对面一个山包,停了一下,又转到山包后面了。

我迟疑地走进了竹林,想在这奇怪的野孩子“家”里待一会,如果见不到他,就离开这地方。我刚走到草铺附近,忽然看见一个小草堆在动。走近前一看,是他!他头上顶个草圈,身上挂着一片茅草帘子,像个大刺猬。他眼里噙着泪水,正到处找我呢。见了我,连忙扔掉草帘子跑过来,用责备的口气说:“叔叔,你到哪去了?叫我好找!”

我也像看到了久别的亲人一样，赶忙抓住他的一只小手。我望望他，他的模样大变了，衣服被撕破了，脸上、手上划了几道血口子。我奇怪地反问他："你干什么去了？"

"糊弄鬼嘛！"他说，"我把你的血印子用沙土盖了盖，把你滚下来压的草扶了扶，又在别的地方照你的样这么一滚，"他得意地作了个姿势说，"把草压倒了，白鬼就不往这里找你了。"

"多悬乎，要让白鬼看见了……"

"我人小，有草挡着呢，再说，还有这，"他指指脚下的那身自制的保护衣，笑着说："我怕他们找迷了路还要乱搜，就跑到那边小山上去，把你的血撒在显眼的石头上，一直撒到那条沟边，又把一块大石头顺着血线推下去。叔叔，我把你那只鞋也扔在沟边上了——我们在家捉迷藏都是用这办法呢。就是……你穿什么哪？……"

我哪里还管什么鞋子。我在想：这会儿工夫，孩子办了多么大的事啊。我激动得半晌说不出话来，最后，只问了一句："你不怕吗？"

他得意地冲我挤挤眼睛说："怕什么？我还跑到白鬼子面前装着采蘑菇呢！白鬼子问我：'看到人过去没有？'我说：'是个穿青布小褂的吗？往那边山梁上跑了。'我躲到棵大树上看着，白鬼子还真往山那边找去了呢！嘻嘻！"说完，他放声笑了。我望着他那副天真的笑脸，被他这个大胆、聪明的举动激动着，一股酸酸甜甜的味道噎在嗓眼里，一时竟找不出什么话来说了。待了好久，我才拉住他的手，感激地说："小兄弟，多亏了你啊！"

我一说这话，他倒有些难为情了，低着头，往我跟前偎了偎，轻轻地摸着我的胳膊，搭讪着把话岔开。他问我："叔叔，这里还痛不痛？"

我说："不痛了！"因为止住了血，也真的不痛了。

他不相信地摇摇头："你别哄我啦！割茅草不小心把手划道小

口都要痛好几天，打了那么大个窟窿还能不痛？你是红军叔叔，能熬得住就是了！以前我们童子团员给受伤的红军叔叔喂开水，那些叔叔像你一样，伤得那么厉害，连哼都不哼一声。”

“真是不痛！”我笑了笑，憋不住逗了他一句，“你怎么知道我是红军？说不定我是坏人呢！”

“不，你是红军，我知道！”

“你怎么知道？”我不由得把自己打量了一下，为了侦察的方便，我换了便衣，浑身上下没有一点红军的记号。

“骗了别人，可骗不了我！”他很得意地说，“我正在这林子外边的一棵树上摘木瓜吃呢，猛听得枪响，就看见那一大群白鬼子追你。我可不傻，白鬼子那样的坏家伙，追着打的人还能是坏人？”

“可也不一定是红军呀！”我故意地说，心里却很高兴这孩子的机灵。

“你有枪呀，老百姓还能有枪？我看你一回枪，白鬼子就倒下了两三个，我真高兴极了……”

他滔滔不绝地说起来，说我怎样从崖上栽下来，他怎样跑过去……听他讲着，我眼里仿佛看见这个瘦骨伶仃的孩子，为了救一个他心目中的好人，冒着生命的危险跑到敌人鼻子底下去的情景。

他又说：“以前，在我家里住着很多红军，他们真好，领着我摸雀子，教我识字，讲故事我听，还给我用子弹壳儿做了只小手枪哪。”说着，他又调皮地眨眨眼睛，用小指头戳着我的额角说：“你是红军叔叔，瞒不了我，看，你这儿还是白的呢。以前那些红军叔叔们也是这样，他们说是戴八角帽太久了，太阳晒不到这里。你也戴八角帽是不是，叔叔？”

经他一说，我下意识地摸了摸额头，可怪我粗心，化装的时候，倒把这地方忘了。这孩子可真机灵啊！我不由得也哈哈笑起来。谁知一笑把干燥的嘴唇绽开了，血流了出来，我连忙用舌尖舔了舔。

他望了望我的动作,忽然想起什么,说:“叔叔,你渴了吧,我去弄点水你喝!”

“不,受了伤以后喝水不好。”

他愣愣地望我一会,又问:“吃果子呢?”

他看我没有反对,忙轻轻地扶我躺在不知什么时候捆好的一捆茅草上,一躬腰钻进草里不见了。过了一会,他又从草丛里钻出来,衣兜里兜着一大堆杨梅。他把杨梅倒在草上,挑了几个自己尝了尝,然后拣出肥大的,摘净上面的草刺,很仔细地填进我的嘴里。甜甜的带点酸味的杨梅汁顺着我的嗓眼流进肚里,真好吃啊!

等我吃了几颗杨梅以后,他又从怀里掏出一个芭蕉叶包包递给我:“叔叔,你一定饿了,吃点肉吧!”

“吃肉?”这倒把我弄糊涂了:在这深山里,一个小孩子能弄到什么肉?我惊奇地接过那个包包,打开一看,是两只烧熟了的鸟雏儿,有一只已经撕去了一半,大概是孩子自己吃掉了,那鸟雏的毛也没摘干净,烧得生一块熟一块,但却发着扑鼻的香味。

孩子见我没吃,以为我嫌不好吃呢,就说:“叔叔,这是我昨天才从树上摸下来的,很新鲜。要是有点盐巴蘸着,才好吃呢。”说着,动手撕下一块大腿肉送到我的嘴边。

我口里噙着鸟肉,眼里却噙着泪,心里说不出什么滋味。这是多么好心的一个孩子呀。可是刚才一阵忙乱,我还没来得及问他的来历呢,我问:“你怎么跑到这大山里来啊?”

“找红军游击队!”他回答得很干脆。

“找游击队干什么?”

“当红军!”

“怎么只你一个人,你爹妈呢?”

他怔了一刹,一下子扑到我怀里,抽抽噎噎地说:“爹,妈,没有了……红军叔叔,替我报仇啊!”说着呜呜地哭起来。我慌忙抱住他，摸着他那乱蓬蓬的头发，安慰他说："小兄弟，有什么事对我说好了，我一定帮助你！"

他慢慢止住了哭声，俯在我的肩膀上，断断续续地谈起了自己的经历。

这孩子姓陈，叫樟伢子，家住在离蔡溪不远的松茂。今年春天，他父亲掩护了一个从长征路上回来的红军伤员，后来被白鬼子发现了。那个伤员一脚踢倒了个白鬼，当时就牺牲了。他的父母就被蔡溪的孙逊轩抓了去。当时他在外边玩，被邻居李大妈藏起来，才没被抓去。他父亲被打断了肋骨，母亲也被折磨得半死，第二天，就被拉到村外，当着村里群众的面杀害了。这个十二岁的孩子得到这个消息，就在半夜里，偷偷逃进深山，来找红军。

"我跑了一个多月，山山洼洼都跑遍了，也没见到一个红军叔叔！累了，就在茅草里睡觉；渴了，喝点泉水；饿了，就摘点野果子或是上树掏个鸟雏、雀蛋烧烧吃。我下了狠心，找不到红军，我也不回去！我要给我爹妈报仇！"

山风掠过竹林梢头，簌簌作响，这响声和孩子的倾诉一道从我的心上爬过，我觉得我的心在紧缩，眼睛也不知什么时候潮湿了。一直到孩子讲完了，我仍然紧紧地抓着孩子的手。我没说什么。安慰他吗？有什么话能够给他安慰呢？最好的安慰，是回答他的要求，打下蔡溪，给孩子、给死难的烈士们报仇！

我轻轻地抹去了他脸上的泪珠，轻声地但又是果断地说："小兄弟，我们游击队这就要打蔡溪，给你的爹妈报仇了！"

"真的？"孩子蓦地昂起头，眼里闪出兴奋的光采。他把小拳头捏得紧紧地说："叔叔，带我到游击队去吧，我也当个红军，杀白鬼子！"

我望着他那刚毅的神色，心想：现在不能带他到游击队去，但也不能把他一个人丢在这荒山野洼里，倒不如带上他，既失落不了，也是个帮手。我向他点点头，说："好，我带上你，不过不是上游击队，是到你的家乡去，到蔡溪……"

话还没说完，他的脸色刷地一下变了，猛地挣开我的手，惊讶地又带些敌意地望着我。

我知道他是误会了，忙说："小傻瓜，你看我为什么不穿红军衣服？你知道我是干啥的？侦察，懂不懂？你跟我一道，偷偷地到蔡溪去，看看白鬼的虚实，把情况报告给游击队，然后……"我把手一张，作了个消灭的姿势，"懂吗？"

他高兴地嚷道："懂了懂了！"停了一会，又怯生生地问："你受了伤怎么能走？"

我说："我刚才不是走过么？来，你扶我起来，再走走试试。"

他顺从地把脑袋钻到我的腋下，我慢慢立起身，扶着他试着走了几步，行，伤口虽然有点疼，但腿脚还是灵便的。我说："好，小同志，动手准备吧！弄根竹杖，弄点树皮，弄根绳子来。"

不多会儿，我用木棉树皮扭成了一条粗壮的绳子，围在腰里，又打了双草鞋穿上，拄着竹杖站起来，把枪拎在手里。

看看收拾停当，他又像只小猫一样，爬上一棵又高又大的竹子，在梢头向四下里望了望，然后迅速地滑下来，架起我的胳膊，说："叔叔，没有人，走吧！"

这20多里路，我们足足走了四五个钟头，每走一段，樟伢子就爬到高处或者攀上树梢，看看没有动静，才能再走一段。走平些的路时，我拄着竹杖，爬山时，樟伢子架着我；碰到崖头，他先爬到上面，把木棉皮绳子拴牢，再托着我攀上去。我的伤口虽然一阵阵钻心的疼，但有樟伢子尽心竭力地照顾着，也能挨得过去。我们歇歇走走，走走歇歇，到了蔡溪，月亮已经升起老高了。

我们在山坳里把自己身上又收拾了一下，樟伢子还特地又把我的伤口包了包。临下山坡，我告诉他应该注意的事，嘱咐他："樟伢子,要是碰上倒霉事,我掩护你,你就赶快跑。”

“我不!”他把嘴一撅,“我要跟你在一块!”

我说:“你不是要当游击队员么?红军游击队是有纪律的,你这也不,那也不,哪能当游击队员呢?”

他慌了,连忙拉住我的胳膊说:“我听话,叔叔。只要能当个游击队员,你叫我干啥我干啥!”

“对,这还差不多。”我笑笑说。

我俩偷偷地下了山坡,钻进一大片甘蔗田里,顺着地垅,一步步靠近了蔡溪庄。我爬到地头上观察起来。也算我们好运气,旧历六月十二三的月亮,把敌人的工事照得清清亮亮的:两人多高的围墙,墙上隔不远一个小岗楼,岗楼上还有白鬼子来回走动;围墙下面是一道壕沟,沟外边还拉了一道铁丝网。透过围墙垛口,还可以看到村里的大树和几处楼房的房顶。我找着北极星,判断了一下方位, 决定画一张地图。我从贴胸的衣袋里掏出铅笔头和几小张麻纸。糟糕,纸被血一湿,揉成粘粘的一团了。这可怎么办?我正焦急地浑身搜摸,想再找出点纸头来,樟伢子伸过头来了,嘴巴贴在我耳朵上:“怎么啦,叔叔?”

“想画张地图,纸坏了。”

“我有,你看这行不?”略停了一会,他说。接着把那一只裤脚撕开,拿出一张纸递给我:“这是我家遭事的时候,大妈看我人小不显眼,让我藏着的。”

我接过来,映着从甘蔗梢头射进来的稀疏的月光,模糊看出那是张打土豪分田地时候发给农民的“耕田证”。我心里不由得一热,也顾不得细看,就翻转来在上面画起来,画好了地形,标上了记号。

我俩借着甘蔗田和香蕉园子掩护着,从北面到南面,绕村子看了个遍。三星还没到中天,我们就把外部的地形看完了,甚至连从哪个方向攻,从哪里运动部队,我也都谋划好了,画到了图上。现在，只要看看壕沟里有没有水，有多深就行了，可是那铁丝网空隙怎么爬得过去？我想起樟伢子，就拉了他一把，说：“你去办一件事好不好？”他立刻应道：“好啊！”这一来，我倒又犹豫起来了：在这明光光的月亮底下，通过毫无遮蔽的空地，去钻铁丝网，万一暴露了目标可怎么办？越想越下不了决心。樟伢子急了，扳着我的肩膀追问道：“快说呀，叔叔。”我说：“你去看看那壕里水有多深，不过要当心，别叫白鬼子看见！”他一边高兴地说：“我去，我去！”一边就往前爬。我一把拉住他，劈了几个甘蔗叶子，扎了个大草圈，四周插上甘蔗梢子，给他戴上，把我的竹杖递给他。趁着一阵风来，我把他轻轻一推，孩子蹿出地头，平地一躺，一溜风地向沟沿滚过去，他那个轻快劲，真像被风吹起的个草团团，神不知鬼不觉地靠上了铁丝网。我在地头上目不转睛地看着他：好，钻进去了；好，爬到沟沿上了；好，下沟了……

就在这时候，在他爬去的方向，“刷拉拉——”传来了一阵响声。这响声并不大，却震得我的心噗腾腾地跳起来。他大概一脚踏到虚土上，顺着沟边滑下去，带起的土块刷刷地响着、滚进了水里。岗楼上敌人的哨兵听到了声音，乱咋呼起来：“干什么的！干什么的！”我吓得满头是汗，抓起枪，刚要起身爬过去营救他，忽听得沟底里“汪，汪汪”传出了几声狗叫。我听得出这是樟伢子干的，但他叫得那么像，把白鬼子的哨兵倒骗过了——大概南面的沟沿背阴，他们也看不清吧——哨兵骂骂咧咧地走了过去。我却从心里笑了：好聪明的孩子呀！

哪知道事情并没有过去，他这一来，倒把真狗也撩醒了。村里村头的狗，一只，两只，十几只……接连不断地叫起来，有两只野狗竟然直奔樟伢子待的那地方狂咬起来。这下子使得白鬼子也警觉了，两三支手电一齐往壕沟里打过来。我望见一个家伙趴在围墙上，探出半截身子，喊了声：“有人下到沟底了！”枪栓哗啦一声，推上了子弹。

樟伢子终于被发觉了。决不能让孩子受伤害！我顺手举起枪，对着那家伙的脑袋扣了扳机。那家伙枪还没扣，就连人带枪一齐栽下墙来。接着，我看见樟伢子钻出铁丝网，往我这里跑过来。敌人的枪也向着我们待的地方射击了。

我也忘了伤口疼了，抓住他的胳膊往前推着拥着，用身子挡着他，顺着甘蔗垅就跑。跑了不远，我听见围门"克啷"一声开开来——敌人出动了。

我拉着樟伢子一气跑到一条土沟里，只觉得伤口像烙铁烙着似的，浑身发虚，再也跑不动了。我把他拉到脸前，把画好的地图塞到他手里，急促地说："走，赶快把它送给游击队。"

他一把揪住我的衣服："我不……"

我声调十分严厉地说："干什么！又说这话了？樟伢子，听班长的命令！"我压低了声音，告诉他："一直往东走，跑到斜井山底下，到沙子圳去，找到一个卖油茶的姓冯的老头，把地图交给他，你说侦察班长黄光亭要他把你送上山去。见了支队长，你把你看的壕沟的情况报告他，别的，这地图上面写清楚了。记住，无论如何要送到！"

我看他还有些舍不得，我心里也升腾起一股疼爱的感情，我把他拉到跟前，脸贴脸亲了亲他，说："好孩子，听叔叔的话，到山上好好干，好好学习！给你爹妈报仇，也替我报仇！"

他像痴了似的，没有说什么，擦着眼泪把我的伤口摸了摸，把地图往裤腰里一掖，顺着沟撒腿就跑了。

我把最后一梭子弹压进弹槽，俯在沟沿上射击起来，我尽量把敌人的注意力往我这边引，敌人也毫不放松地往我这里迫近。我一连打出了八发子弹，撩倒了三个敌人，这工夫，我估计樟伢子能钻进山了。我又打倒了扑上来的一个白鬼，然后掉转枪口，对准自己的太阳穴。我的手指刚触到枪机，只觉得后脑重重地挨了一击，轰的一声，便失去知觉了。

当我被一桶冷水泼醒来的时候，我发现两臂被紧紧地捆着，躺在监牢里。

在这个黑暗的土楼里，我整整被关了三天。这三天里，我受到了一个革命战士落到敌人手里以后可能受到的一切折磨。我身上已经被打得没有一块好地方了，到处青一块紫一块，血块把衣服都粘住了，肋骨被打断了一根；原来胳膊上的伤口也发炎化脓了。在这里，我所能做的只是在神志清醒的时候，勉强爬起来，倚在唯一的小窗口上，望望远处的山峰，吸几口新鲜空气。现在，痛苦、死亡已经不算什么了，我只是担心一件事：樟伢子是不是找到了游击队？情报是不是送到了？另外，我又想起，前天他们提我去审讯的时候，我发现孙逊轩家大门前突出两个角楼来，上面还有一挺花机关，这是我的地图上没有的，同志们在攻击孙家院子的时候，说不定要吃它的亏。要是因为我侦察的不仔细而使同志们受伤亡，我心里怎么得安？

第四天的上午，我照例又倚到窗子上了，猛然，我吃了一惊：窗对面一家房檐上趴着一个孩子，正俯下身在掏家雀子，还不时地抬起头往这边张望，他抬起头时，我发现不是别人，正是樟伢子。我俩只隔一条小胡同，几乎伸手就够得着。我看他神情很疲惫，眼皮浮肿着。当我俩目光相遇的时候，他高兴得张了张嘴，差点喊出声，脚底一蹭，人也差点从屋顶上掉下来。他脸冲着我，把手向东一指，两手朝我比量了个方块儿，点了点头。

我正要作点表示，哨兵脚步重重地游动过来了。我向他使了。个眼色要他躲开，他却没有动，又弯腰把手插进墙洞里掏雀子了，一面掏着一面尖着嗓子唱起儿歌来：

日头落山莫心慌，
夜里没日有月光，
月亮没哩有星子，
星子落哩大天亮。

他一连唱了两三遍，唱着，还不住地拿眼角瞟我。其实他的意思我早明白了：情报送到了，战斗大概在明天拂晓时进行。我的心事放下了一半，但还有孙家院子的情况呢，我用手向孙家院子指指，又指指哨兵。他惶惑地望着我。我也很苦恼：怎么告诉他呢？我望望被手铐铐住的手腕，想找块破瓦片画给他看。可是找了一转也没找到，再抬头来看，他却不见了。

不一会，我又听见他的声音了，原来他已经下到我这牢房门前，在逗弄看守我的那个哨兵。只听他尖着嗓子，对那个哨兵说："你这么一大把钱，都是抢的吧？分给穷人点行不行？"大概那个哨兵正在数钱。我想，这孩子一定要吃苦头了。果然，就听得"啪"的一响，樟伢子挨了一个耳光，紧跟着就听见他骂着："你这个狗东西，还敢打人……"随着喊声，我又听见一阵跑步的声音，哨兵一边追赶，一边扯着喉咙骂："揍死你这个小崽子，把钱给我……"

我心里又是着急又是生气，不知道樟伢子为什么要惹这一场是非，万一叫人抓住，可不坏了大事？我踮起脚跟向窗外望去，只见孩子像只小兔子似的飞快地跑着，随手把钱零零碎碎地扔在后面。那哨兵又想抓住孩子，又舍不得丢了钱；他又得拣地上滚着跳着的铜元，又得抓空中飞舞着的票子。转眼间樟伢子跑出了好长一截路。等哨兵从忙乱中想过来，举枪瞄准的时候，孩子早拐进一条小巷不见了。

我正看着那哨兵手忙脚乱地拣钱呢，猛听见一声低微而又急促的声音："叔叔，有，有什么事，快，快，快告诉我！"

我一扭头，是樟伢子，他刚刚爬上对面的屋顶，累得气还没喘过来呢。我这才恍然大悟，原来他是故意调弄白鬼子呀！多聪明的孩子！我顾不得夸奖他，一口气把情况说了说。他压了压气说："队伍已经到了扇子山了，今晚就有人混进来，明天一早干！"

我点点头，又不放心地望望那哨兵，那家伙还在上上下下的忙着拣钱呢。我催促他："这里太危险，你快去报告去吧！"

他没理我，又问："叔叔，他们打你打得厉害么？"

"不要紧。"我摇摇头。

"你又哄我了！他们一定打你，一定……"刚才他被哨兵打得那个样子，一滴眼泪也没有，现在眼泪却顺着那个小翘鼻子哗哗地流下来。我心情很激动。说真的我也想多和这个可爱的孩子多待一会儿，可是那哨兵已经往这边来了。我只好说："快去！那家伙来了。"

"好！明天早晨我来接你！"他随手摸出两块东西朝我这边窗洞里一扔，又向我留恋地望了一眼，就爬到屋脊背后去了。我低头一看，扔过来的是两个烧红薯。

从白天到天黑，从天黑到半夜，一天过去了。好难熬的一天啊！我简直说不出这一天里想了些什么，一会儿计算着几个钟头以后部队就要打进来，一会儿又怕部队在突破围墙或者攻击孙家大院时吃亏，一会儿又想到坚强、机灵、救过我的性命的樟伢子。……鸡叫的时候，我的伤口又发作了，头晕眼黑，我不得不躺下来。刚躺好，"轰！轰！轰！"几颗手榴弹在南面爆炸了，接着枪声就在村子里响起来，没问题，部队顺利地突破围墙了。我挣扎着爬近窗子，向外瞭望。正南方向围墙上，闪着手榴弹炸起的火光。窗前，白匪兵、保安团杂乱的人群，提着枪，有的连衣服也没穿好，像没头苍蝇似的在牢房旁边窜来窜去。特别使我惊奇的是，孙家大院里烧起了冲天大火，火苗卷着木棒、碎草，飞扬在天空，白匪这个核心据点是失效了。我断定，这准是樟伢子把情况报告给游击队，我们的队伍把它拿下来了！

我正高兴呢，忽然铁门哐啷打开了，我们二分队长一步跨过来。走在后边的樟伢子一蹦扑到我身上："叔叔，你活着！"

"活着哪！看不到革命胜利我能死？"我也高兴起来。

二分队长也跑过来紧紧的拉着我的手，嘴里不停地喊着："老黄呀，老黄，你可受苦了！"接着他弯下身来，给我打开了脚镣、手铐。他俩一前一后搀扶着我，走出了监牢。

奔袭的战斗是不能久停的，我们很快撤出了战斗。我被放到一副竹门搭成的担架上，樟伢子紧跟在我的身旁。我问二分队长："孙家院子守卫那么坚固，你们怎么就把它烧了？"二分队长看看樟伢子笑着说："这是樟伢子的功劳！我们找到村里一个可靠的群众，就说是给孙家送稻草，把樟伢子捆进草团里，还带了两瓶，煤油……"

樟伢子不等他说完，就抢着说："叔叔，你看我现在能作个游击队员了吧？"

我还能回答他什么呢！这几天来的情况，证明他不愧是个老根据地里生长起来的孩子，是个童子团的好团员，他会在革命摇篮里迅速成长，成为一个优秀的革命战士的！我毫不犹豫地回答："应该说，你已经是个游击队员了！"

真的，支队长批准了我的请求，"从此我们游击队里又多了一个年小的但是能干的游击队员；不，应该说是多了两个，因为我这条命也是他救的呀！"

1955年12月6日

三张纸条

一

1949年渡江之后，我们这支部队接受了新的任务：继续向南进军，追歼溃逃的蒋匪军。部队像一支离弦的利箭，沿着闽赣边境的崇山密林，迎着初夏的阴雨，踏着崎岖的山林小道，向溃逃的敌人，向南方、向祖国的东南边疆，兼程前进！

这时，我在这支部队的先头团政治处工作，被分配到前卫营搞借粮。借粮是怎么回事呢？常言说，“兵马未动，粮草先行”，按说大部队远征应该准备好粮食的，但当时进入的是新区，革命政权一时还没有建立起来，没有现成的粮食；而部队进军又急。因此上级规定了一个就地借粮的办法：向当地群众借粮，打好借据，留下地址，待以后政权建立了，再由政府协助军队偿还。

江南人民热切地盼望着解放军，借粮的事当地人民很支持，真是：要粮食手到拿来，找向导拔腿就走——方便极了。

但是有一次，却碰到了意想不到的困难。

这天，接到了参谋处发出的行军路线。打开地图一看，我们营的宿营地点是在崇安县境一个叫做灵田的村子。这个村子虽然在大山丛中，但从地图上看却是一个大村庄，估计至少也有二百多户人家。这真叫人高兴：这么大的庄子，全营都可以住得下，不必露营了；粮食自然更有把握，这么大的村子还能借不出几百斤粮？说不定还可以买到口猪，弄点青菜，改善一下生活呢！

我兴冲冲地上了路。可是当我走了一夜,从拂晓的晨雾里看清了这个村子的面貌时,像一跤跌到水井里,浑身都凉了。这哪里是个村子,简直像个乱坟岗:没有一间完整的房子,黑黑的山墙歪歪地立在那里,窗子只剩了个方洞洞;遍地是碎砖烂瓦,屋里地上的茅草,有一人多深,小树也长得有碗口粗了。野鸟听见响动,"扑楞"一声从窗洞里飞出来。我从村东头一直走到村西头才看见一排排傍着残垣断壁搭起的竹寮子,看样子还有人住。

几百人待在这里,不论怎么样也得先想想办法呀。我喊过通讯员小吴,一道沿着荒草小径,向那些竹篱小院走去。太阳越升越高,我那颗心却越来越往下沉:这些人家不是妇女就是小孩,一看都是一些贫苦人家,不用说借粮,就是找个向导也困难了。

我们正失望地往回走,突然小吴喊了声"老大爷!"我抬头一看,一位老大爷的身影一晃闪进一家院子不见了。我们赶忙也跟进院去,只见那位老大爷正在低着头整理什么,听到脚步声,抬头瞟了我们一眼。

"老大爷!"我喊了一声。他抬头望望,又只管干他的活了。

我又赶着叫了声:"老大爷,跟你商量个事……"他慢吞吞地放下手里的活,望着我们,指了指耳朵,摇了摇头,恶声恶气地说:"听不真!"

这时我真有点火了,一来白跑了一早晨有点心焦,二来喊他第一声他听见了,现在却装聋了。我压住气,放大嗓门向他解释:我们是人民解放军,想临时借用点粮食。……他只是淡漠地望着我们,终于没有吭声。没办法,我只好招呼了一声通信员:"走!"拉着小吴就跨出了门。小吴倒不知愁,边走还哼着:"革命军人个个要牢记……"

走出大门没有几步,忽然后面脚步匆匆,那位老人跟着赶出来了。我回头看看,他正向我们的背影望着。我转过身又往前走,老人忽然喊道："喂，小伙子……"

我们又莫名其妙地站下来。只见那老人紧三步赶上来，伸手拉住小吴，把他推了个半转身，抓着小吴背的挂包，端详起来。他脸上刚才那种怒气冲冲的神色没有了，换上了一副惊喜的笑容。这一来却把我俩弄糊涂了，他在看什么呢？

他看了半天，小心地问："你们是中央军？"

"不，我们是人民解放军，是打中央军的。"那时候咱们人民解放军还没有佩带帽徽、符号，又没有什么特殊的标志，我只好这样回答他。

他没吭声，又把那挂包翻来掉去看起来。这时我才注意到小吴的挂包上挂着一个洋瓷碗，在装碗的布袋上，可着碗口缝着一个大红五角星，就是这个红五星引起了他的注意。我忽然想起了：按行军里程计算，现在该进入过去的老革命根据地了，是不是这老人知道我们？我连忙补充了一句："我们就是过去的红军，现在回来了！"

这句话真有效。老人顿时激动起来，忙问："可真？"这是用不着多少解释的。他一把抓住我，一只手揽住小吴，说："哎呀！可把我们盼死了！走，到家去！"这时，我觉得他的手在轻微地抖动。

走着，我开玩笑地问他："这会儿你老人家的耳朵怎么好使了！"

"谁知道你们是什么人？"他不好意思地笑笑，随即又收敛了笑容说："说实在的，这十几年就这么过惯了。那是国民党白鬼子的天下嘛，我就给他个装疯卖傻、一问三不知。"进了屋，安置我们坐下，他又滔滔不绝地说下去："前几天就风言风语地听说红军要回来了，可是一群群过的净是些国民党的败兵。你们又没个记号……你们一进门，我听口气挺和气，可也不敢认准呀，等你们走的时候，我听见这小同志唱的歌调好熟，扫眼又看见这个大红五角星星——过去咱们红军谁身上也有这东西，这就是好记号。我这才敢开口了。"

彼此一谈通,话就多起来。老人像见了多年不见的子女,激动着,絮絮叨叨说个没完没了。一会儿问问战争情况,一会儿谈谈红军走了以后的苦处,谈到苦日子的伤心事,眼里就挂上了泪珠;泪水没干,说到现在的局面,又乐得理着胡子呵呵地笑个不停。

从老人的谈话里,我才知道这块儿早在第二次国内革命战争的后期,就建立过革命政权。像南方所有老根据地一样,自从红军长征北上之后,遭到了国民党反动军队、地主、恶霸疯狂的摧残。后来又因为人民暗地支持山上的红军游击队,敌人索性一把火把这个二三百户人家的美丽的山村烧了个干干净净。

老人满怀感情地说:“当年红军临离开这里的时候说过:我们会回来的,等我们再回来的时候,天下就是我们的了。我们就是靠这些话,才活到今天啊!”

本来,我们真想纵情地谈下去,和这位革命老人叙叙离别之情,但是部队吃饭要紧哪,我只好把话转到借粮的问题上。我抱歉地说:“大爷,按说你这儿受了这么多苦,是不应该再让你受累了,可是……你看看,能挪就挪一些,要不,咱再想办法……。”

没等我说完,他把我的肩膀一拨,打断了我的话:“咳,小伙子,看你说到哪去啦!照实说,要多少,我算计算计!”那口气听起来真像父亲对儿女的腔调,又直率又亲切,叫人觉得心里甜滋滋的。话虽这么说,可是上级政策交代得明白:贫苦家户尽可能不借或少借;这村的情况明摆着:困难着哪!我吞吞吐吐说了个保守的数字,接着又再一次向他解释政策和办法。

我讲着,偷眼望了他一下,只见他手里捏着一把干草秆,一段段地掐断了,聚精会神地在地上摆弄着,摆的一堆堆的,一会儿从这堆调一根到那堆,一会儿把那堆又打乱了,还不时地用手捶着脑袋,思索着,大概在计算着什么。

我索性停了嘴,注意地看着他。好大一会儿,他把手里的草一扔,霍地站起来,伸手从屋角里抓过一把铁锹、一把镢头,把铁锹递给我,说了声:“走!”就一步跨出了门。

我们都被他这突然的动作弄得糊里糊涂,接过铁锹,怔怔地跟在他后面走着。出了门,拐了个弯,来到一座破烂房框子跟前。他朝一堆碎瓦指了指,说:“帮一手吧!”一镢头就刨下去。我俩随着他挖起来。

碎瓦刨光了,是一堆新土;新土出清了,是一块木板;木板揭起来,是一个大瓦缸;把缸上的稻草拿掉,原来是满满的一缸白米。

“怎么样?上等白米!百十口人吃一顿足够了!”老人指着米得意地说,“前天过的那些国民党兵,粮食味也没捞着闻,连一顿红薯秧子都没吃到熟的。”说着,他又纵声地笑了。

我却没有笑。我为这老人的行动深深地感动了。我激动地拉住老人的手,说:“老大爷,谢谢你!我代表全营的同志谢谢你!大爷,找秤来吧!我们借用一部分。”

“什么,秤?我没有那玩艺,也不用那玩艺!”他又恢复了刚才说话时那种执拗的神气。

“不,上级有规定,这是借粮救急,称一称,有个数,以后咱们政府好还你!”

“还?干吗要还,自己的人吃了还要还?”看样子,刚才我的解释算白说了。

我还想再给他说个明白,他摆了摆手说:“算了,来,帮我把它弄上来!”

我们把米缸抬上来,搬到屋里。刚放实,他又说了:“锅在墙角里,缸里有水,做饭的家伙一应俱全。你快叫人来做饭——走了一夜,早吃早歇息!米不够,一会儿就凑了来。”说着,从墙上摘下一只老牛角,撇着腿,一颠一拐地走出去了。刚走到门口,又拐回来说:“米,都下锅!锅不够大,到四外找;你就说程元吉——程老三说让用的！”

他走出去没多久，村头就传来一声声悠长的牛角号声。我向四外望望，四面山梁上、树丛旁、竹林边出现了人影——村里的青壮年随着号角的召唤都回来了。

我打发小吴去报告营长，并叫炊事员带杆秤来。炊事员来了以后，我把米的一半倒在米箩里，称了称，60 斤，蛮够营部吃的了。让炊事员淘米下锅，我赶出去再找那位程老大爷。转了一圈没找到。当我转回来时，却意外地听到了这老人的大嗓门："……反正已经洗了，不吃怎么办？"我知道出了事，一步跨进去，可不是，原来那老人早已回来，瞅瞅炊事员不注意，舀了一盆水，把瓦缸里的米一古脑儿都洗了。

接着，程老爹告诉我，村里的人都回来了，一说就凑出了七百多斤粮食，还凑了些青菜、笋芽、鸡蛋……

这样一来，全营一天的吃饭问题就这么顺顺当当地解决了。我怀着极其兴奋、感激的心情，随着老人挨家办理了借粮手续。为了照顾人民的生活，又退回了一部分粮食——可是真费了不少的唇舌。当时，我也把一张借据交给了程老大爷。

我原以为又要再争执一番的，谁知道这回程大爷却爽快地把那张借据接了过去。我想：也许给别人解释，他已经听懂了吧！谁知完全不是那么回事。只见他把那张借条仔细地看了又看，突然点着头，没头没脑地说："咳，18 年啦！"

他大概看出了我的疑惑，微微笑了笑，俯身钻到床底下，在一堆破烂鞋子里挑出一只破草鞋。他撕开鞋底，拿出了一个小布卷，轻轻地拂掉了上面的灰尘，把它递给我。

我打开布卷，就看见一张第二次国内革命战争时期分田地的"耕田证"。在"耕田证"里又夹着几张纸条。我一张张看去：第一张是一封信，那是以很潦草的铅笔笔迹写成的，有些字已经模糊不清了。第二张是一纸不合程式的借据,再一张又是一封短信。

除了土地证之外，我看不出什么名堂，我问他：“这是怎么回事?”

他说:“你要是没事,休息过后,咱就谈谈吧！我给你讲讲这三张纸条的来历。”

二

1931 年 9 月,整个武夷山区沉浸在一场暴风雨里。

像谁拉开了一个看不见的闸门,雨,连成一片,向着整个山区倾倒。风借雨势,雨助风威,山石上溅起浓浓的白雾,大片的竹林梢头卷摆着浪花。山泉从无数岩石的隙缝里冲出来,汇成一股激流,冲着滚滚的山石、拔着低矮的小树,涌下山来。

傍晚时分,程元吉把屋里的东西归置了一下,把薄薄的茅草屋顶上又压上了几块石头,怀里揣了几块红薯,就往外走。按说,像这样的天气,他是不该再到山里去的,但是不去又不行。那片南瓜地是一家人的命根子。两年前,爹送萧家地主小少爷进城,爬山时因为轿子抬歪了点,被小少爷一脚蹬下山崖摔死了;想打场官司争口气,官司没打赢,几亩地花了个干干净净。程元吉只好在山坳里坡坡上一锨一镢地刨出了二亩多荒地来,种上了南瓜。总算不错,南瓜长得蔓儿粗、果儿肥,远看青艳艳的一片,近看横七竖八的一堆,是个好收成。只是地处偏僻,又是这么个大风大雨的晚上,万一有个坏人打这些南瓜的主意,只有老婆和一个不满 10 岁的女孩子怎么能看得了? 再说,近来街面上实在不安定,中央军和民团的队伍一个劲地往西开,说是打共产党领导的红军。这些家伙到处抓人抢东西,东西被拿走还不说,人还被拉去扛子弹不能回家。程元吉也想趁便到山里去躲躲。

雨继续哗哗地下着。程元吉把棕皮蓑衣掩了掩,往山坳里走。

这曲曲拐拐的山路，又是这么大的风雨，实在不好走，等他翻上了山梁，望见那块心爱的南瓜地时，天已煞黑了。就在这时，程元吉望见一串黑影从山腰的矮树林里窜出来，直奔他那看瓜的小茅棚子。程元吉不由得打了个寒战：不好，这样的天气成群结队的满山跑，一定不是好人！他不敢再往前走了，连忙一闪身藏在几棵大树后面。

眼望着这一群人，程元吉一阵心跳，脑子里马上浮起一幅景象：这些人就要气汹汹地一脚踢开那扇破竹门，把屋里翻弄个乌七八糟，说不定……他不由得捏紧了拳头，向前迈了几步。但奇怪的是，那些人跑到门前却停住了，好一阵不见动静。接着这群人又离开房子，在一棵树底下围拢来，一个人指手划脚地讲了些什么，然后，人们又散开了。

程元吉刚松下的心立刻又紧缩起来：原来那些人散开之后，就跑到瓜地里去了。只有一个人在树底下蹲下来，打开电筒，垫着膝盖，在写些什么。写好之后，又回到房子跟前去。不多会儿，散开的人群又合拢了来，每人肩上扛着一个南瓜。程元吉望着这些扛着南瓜向山里走去的人们，默默地数了数，有二十多个人，这就是说有二十多个南瓜没有了。他不由得痛苦地叹了口气。

等那些人们走远了，程元吉才钻出树丛，也不顾泥泞，快步赶到房子跟前。老婆带着惊惧的神情给他开了门，随即一把拉住他，断断续续地说：

“可……可吓死我了！……”

原来那些人来到屋跟前以后，并没有行凶，只是轻轻地敲了敲门，喊了几声：“老乡！老乡！”

她哪里敢应声。接着，又是两下敲门声。这次敲得重了些，声音也提高了：“老乡，开开门，我们有事商量！”

这一喊，她更吃惊，看样子要砸门了。这小茅棚别说砸，就是稍用劲一拉就会连门带柱倒下来的。她慌忙坐起来。这时，外面另一个声音插话了："刘同志，声音小点，看吓坏了老乡。"接着，又压低了嗓音向屋里说："老乡，别害怕，我们不是坏人。你们有粮食没有，我们买点用用。"

粮食倒有一点，可是……她还是不敢吭声。半天，那人又说话了，声音还是那么和气："老乡，实在不开门，我们只好就这么做了。"只听得一阵脚步声奔到瓜地里去，看样子是摘瓜了。一边摘一边还传来这样的话："大雨天，别把瓜地踩烂了。""看，你怎么把这样嫩的摘下来了，留着还能长嘛。""小心别把瓜秧子踩断了。"忙乱了一阵，又静下来，门外又说话了："老乡，我们实在没办法，把你的瓜摘走了，钱留在东头第十棵瓜秧根上，请你收下吧！"

程元吉听着老婆讲完了这段事的经过，坐在床上，低着头直叹气，半天不吭声。待了一会儿，还是老婆先开了口，她说："去看看吧，瓜少了多少。说不定人家真给留下钱了呢。"

"想的倒美！这年头能有那样好心的人？"话虽这么说，但他还是走出去了。他来到瓜地东头，数到第10棵瓜，伸手往瓜根上一摸。可不，在那硬硬的瓜蔓上，用茅草紧紧地捆着一包瓜叶，解下来一掂，沉甸甸的。

程元吉心一阵跳，把瓜叶包拿到屋里，打开一看，里面包着明晃晃的两个银元。在两个银元的中间，夹着一张叠得四角方方的纸条。那张纸条上写着：

老乡：我们是中国工农红军，为了消灭压迫穷苦人民的国民党反动派和土豪劣绅，来到这里。因为没带粮食，又叫不开你的门，只好摘了南瓜20个，约计市价，留下银洋两元，请你收下。

中国工农红军××支队×连

程元吉两口子被这神奇的事情惊呆了。银元,除了卖地打官司以外,他们什么时候见过银元?这些叫做“红军”的人们虽然并没有露面,但是这张写着潦草字迹的小纸条,却把程元吉的心照亮了。他把这张纸条小心地保存起来,并把这个故事悄悄地在穷苦朋友中间传播开来。

半年之后,红军真的来了。程元吉最先参加了贫农团,参加了打土豪分田地的土地革命斗争。

三

1934 年的秋天,老根据地的红军参加了“抗日先遣队”北上抗日了,国民党反动派像一群黑老鸦一样,来到了根据地。这一来,程元吉和当地的人民又过起了胆汁拌黄连的苦日子。

被国民党反动派摧残过的村子,一点也看不出原来的样子了,所有的房屋都被一把火烧得净光,人们只好在这些残壁近旁搭起一排排的竹寮子来遮蔽风雨。

这天晚上,天气更加寒冷。月牙儿斜挂在西天,冷冷地瞅着这个荒芜了的灵田村。

就在这些竹寮中间,有一扇门忽然“呀”地声开了,灯光影里,一个人蹲到门口四外瞅瞅,然后低声招呼道:

“没有人,走吧!”

接着,一个个黑影闪出来,你东我西,在黑暗里消失了。

竹门又掩起来。小竹寮里只剩下了两个人:一个 20 来岁的小伙子,一个 40 来岁的中年人。那个年岁大些的,就是程元吉。经过这几个月的折磨,这位身强力壮的庄稼汉,像害过一场重病,一下子苍老了许多,两颊瘦削下去了,嘴上也留起了胡髭,看去像个半老头了,但他那炯炯发光的眼睛和微微张开的嘴角上,却流露着掩不住的笑意。他怎么能不兴奋呢，过了将近半年的苦日子，今天见到了山上红军游击队的来人，知道了红军游击队坚持斗争的情况，他像蕴蓄闷烟的柴堆，一阵风儿吹来，又冒起红彤彤的火苗来了。他把坐位往前移了移，几乎是贴在那人的脸上，低声地说："不能留一宿？这世道，见个亲人不容易，亲不够啊！"

"不啦，我马上就得走，还有工作要干哪。"那人回答了他，沉思了一会儿又说："阿叔，我留下你不为别的，实告诉你，这村在党的同志都上山了，这会儿，有一桩紧急的事……我想……"

他的话还没说出口，程元吉忙一把逮住那人的肩膀晃了晃，急促地说："咳，范同志，有什么事照直说好了。我程老三的为人，山上同志也该知道，我虽然不在党，可我知道咱们共产党是干什么的。有事交给我，我破上身家性命也能干！"

范同志笑笑说："不是我不信服你，这事危险啊，弄不好要牺牲性命呢。"接着，他把工作讲了讲。原来游击队上山以后，碰到了一堆堆的困难，吃没粮，住没房，伤了病了没药治，冷了没衣裳，而最困难的是缺乏武器、弹药。快武器很少，主要靠以前赤卫队用的鸟铳，但就连这玩艺也"没得吃"。费了好大的劲，通过地下党的关系，在县城里搞了一部分火药，因为白匪盘查得紧，一时弄不出来，就准备瞅机会往外搞。最近接到情报，敌人打算把一些被捕的同志和革命群众往城里送，游击队决定乘机消灭押队的白匪。这样，这批火药就急等着用了。山上考虑到程元吉常到城里卖南瓜、蔬菜，人缘好，地理熟，再者他是有户籍的人，进出白匪的"卡子"比较方便，才决定请他来执行这项任务。

程元吉静静地听范同志讲完了，想了一想，问："送到哪儿？什么时候送到？"

"明天，最迟后天晚上，一定要送到，我们在城南十八樊家东南角的山神庙里等你。"范同志说了联络地点和暗号，就趁着夜黑走了。

第二天，程元吉起了个黑早，拾掇了一担青菜，一溜小跑赶进了城。他把青菜胡乱要个低价卖了，按照范同志说的路，赶到了一家小饭馆，选了个座位坐下来，喊了声："老板，来碗馄饨，多加点胡椒！"

这句暗号刚说完，只听得里屋里叮叮当当一阵响，两个保安团的兵拥拥扯扯地押出一个人来。其中有一个兵手里还抱着两个大报纸包，顺着纸包的裂缝，一缕黑药轻轻地洒出来。那人被反捆着两手，脸上嘴上流着鲜血，嘴角紧闭着，满脸怒气。这怒容直到他走到程元吉身边的时候才稍稍消退了些。显然他已经听到了刚才程元吉的话，他走过程元吉身边时，平静地说："老乡，买卖遭了事，好在屋里有面，你要吃啥只好自己弄了！"说罢，恶狠狠地瞪了两个白鬼子一眼，挺了挺胸，大踏步走出门去。

程元吉好容易才压住自己想扑上去的心情，目送这伙人走远了，才走进内屋。只见屋里被翻得乱七八糟，一个生病的老太婆——大概是那人的母亲吧——在悲切地啼哭。他难过地摇摇头，把早晨卖菜的钱塞到她的手里，就悄悄地走出来。

程元吉挑着箩筐在大街上茫无目的地走着，心像刀绞着似的，又痛楚又惶乱。很明显，接头的人被捕了，要搞的火药落到了敌人手里，游击队得不到这批军火的供应了。他脑子里一会儿出现了白匪的法庭，那个亲爱的同志在敌人面前，咬着牙，忍受着种种酷刑。一会儿又想到山上的游击队，他仿佛看见山上的同志们，擦好了明火枪，在那山神庙旁边眼巴巴地等着这批火药。他仿佛又看见：一队队的白鬼子，押着我们的同志往城里走，游击队的同志就在山梁上望着，他们因为等不到这些东西，就用仅有的那几支快枪，亮着梭镖，冲向押送受难同志的白鬼子的队伍，而后，战斗失利了，同志们有的牺牲了，有的受伤了；那些受难的同志和群众又被押进了敌人的牢房……而这，都是因为火药没有送到的缘故。想着、走着，“叭喳”一声，箩筐撞到一个水果摊上了，他才惊醒过来。

程元吉连忙走到路边上，找了块石阶坐下来，点上一锅烟吸着，竭力使自己平静下来。他必须想出办法，做出决定，但是怎么也想不出。他深深感到自己一个人是多么孤单，要是有个人商量一下有多好啊！他不由得又回想到刚才见到的那个接头的同志，从他的面貌、表情一直想到他说的话……

“对了！”程元吉仔细揣想了接头同志最后的话以后，不由得两手一拍叫出声来，倒把身旁一个晒太阳打瞌睡的老头吓了一跳。

他又把这意思重新想了一遍，一点也不会错：“屋里有面”就是说城里还能买得到黑药，剩下的就要自己想办法了，这办法就是自己设法弄钱来买！他连忙起身，在城里转了一圈，跑了几家猎具店和爆竹店，大致打听了一下价钱，就动身回家了。

一进家门，老婆望着他那急慌慌的神色，担心地问：“出了什么事啦？”

程元吉且不答她的话，反问她：“咱的米还有多少？”

“还有二百来斤吧！”

“装米箩，我要卖了它！”程元吉说罢，又抓了把石子在地上摆弄着算起帐来。

老婆懂得他这说一不二的脾气，就动手装米。一边装，一边忍不住问道：“什么事用钱这么急？卖了以后大人小孩吃啥呀？”

“少啰嗦！床底下有南瓜，地窖里有红薯，还能饿着！”他又计算了一阵。算完了，他双手抱着头，发起愁来：就是卖了米，钱也还差得多呀，再从哪里弄钱呢？他打量着屋里的每一个角落，想找出点值钱的东西来。但是可怜，这个遭到白匪洗劫的家，除了一张破旧的木床，一卷破得像麻袋似的铺盖，一口锅，几个瓦盆以外，哪有什么值钱的东西？他走着、看着、想着，眼睛慢慢地在屋角里那只旧箱子上停下来。他呆呆望了一阵，蓦然狠狠地跺了跺脚："就这么办！"说完，他走到老婆跟前，轻轻地抚摩着她的肩膀，放软了口气说："兰子妈，跟你商量个事……我想把咱那块地卖掉！"

"卖地？"老婆很少听到丈夫用这样柔和的口气说话，猛一听，不觉有点奇怪；但等听完了，又大吃一惊。

"是啊，要卖掉！"程元吉说，"不瞒你，我用钱给山上置办东西。咱们，卖了地再租点地种，我多打几个长工，你多做点针线，还能过得去；可山上，……这是人命关天的大事，咱拍拍胸膛摸摸心，不能不管哪！"

老婆没有说什么。她懂得丈夫的心，也知道这事果真要紧，她不声不响地拉过箱子，找出那张地契来，交给丈夫，却不禁流下泪来——她心痛自己这点唯一的家产呀。其实程元吉也不是没有想到这一层，但是，这点地，甚至这全家人，比起解救受难同志的事来，显得太微小了。他伸手接过地契，望了女儿一眼，安慰地说："算啦，想开些吧！多想想共产党和红军给咱的好处。咱们吃点苦，将来革命成了功，多少穷苦人的福都享不尽哪！"

经过一晚上的奔走，地契又落到了萧家地主的手里。虽然价钱差得多，但程元吉也顾不上那许多了。他带上这笔钱，第二天一早又进了城。自然，在购买这些东西的时候，少不了又费了些劲：对这家店说要打猎，对那家店里说要做爆竹，好容易凑集了十来斤黑药，和一些黄药。剩下几个钱，又买了一点医药。

傍晚，他找个僻静地方，把这些东西装到粪桶里，上面隔着油纸盖上层干粪。他的身分掩护了他。他混过城门岗的盘查，出了城，一气就赶到了指定的地点。

小小的破山神庙里挤满了人，正像程元吉想象的一样，人们都眼巴巴地望着呢。队长、政委焦急地在庙门外走来走去。大家一见程元吉来了，连忙迎上去。政委接过药包，高兴地拍着程元吉的肩膀说:“老乡,真得谢谢你呀!”

“嗳,算啦,自己人嘛,说这干啥?”他本想把自己做的事瞒过去的,但想起了接头站遭到破坏的事,就说:“只是那个接头的地方再也别去人了。”接着就把事情的经过谈了谈。

队长、政委和同志们都静静地听着。听完了,政委紧紧地抓住程元吉的手,激动地说:“好老乡!你这样爱护自己的军队,我们也永远忘不了你!只是……”政委搜索了一下衣袋,为难地说:“只是我们一时没法报答你。这样办吧!”他摸出钢笔,在笔记本上撕下一张纸头,借着电筒的亮光,写下了几个字:

今借到灵田村程元吉老乡火药十六斤,药品一部。

中国工农红军游击支队支队长　柳笙

政委　吴功强

一九三四年十二月十八日

政委写完,交给支队长看了一下,盖上了图章,递给程元吉说:“请你把这个保存着,等以后局面打开了,我们再照价偿还你!”

看着这张纸条,程元吉的眼里忽地涌出一股泪水,他仿佛觉得心要跳出来。眼前的情景又使他回想到三年前另一张纸条的事了——这些人,为了劳苦群众的事,奋不顾身,可是当需要群众的帮助的时候,却是这样斤斤计较、分毫不爽啊。他用颤抖的手接过了纸条,说:“好,我收下。等你们,不,等我们胜利了以后再说吧!”

在这以后的日子里,红军游击队同志的确没有忘记这个生活在荒凉残破的山村里的农民,他们关心着程元吉一家的生活,也把一件件的革命工作交给了他。而程元吉也总是豁上身家性命,来为革命工作。

可惜这样的生活过了不久,这里的游击队向新的地区转移了,后来他们又和别的游击队合编成新四军，一直开往抗日的最前线。从此，程元吉和自己的队伍又断了联系。

四

竹林茬出了新笋，茶树绽开了嫩芽，1941 年的春天来到了武夷山区。

程元吉领着女儿兰子，到她的外婆家帮忙采收了第一季早茶，就赶着往家走。

在红军游击队走后的几年里，程元吉是咬着牙熬过来的。他老婆得病去世了，他拉巴着年幼的女儿，过着半饥不饱的日子。这艰苦的折磨，使这个年近半百的老人更加苍老、衰弱了，他留起了花白的胡子，他的背也微微驼了些，甚至走这山路也磕磕绊绊，跟不上脚了。他索性放慢了脚步，仔细地看起山景来。这条荒僻的小路上，几乎每一棵树、每一块山石他都熟悉。红军在的时候，他曾经不止一次地踏着这条小道去支援前线；后来他也曾走过这里去秘密地送过信。而那心爱的红军、游击队的同志们就是踏着这条小路走上抗日前线的。红军，什么时候打败日本鬼子再回到这里来呢？

兰子紧紧地跟在爹的身后。就像一棵翠绿的新竹一样，几年来，她已经长大成人了。她还带点孩子气，有时候，会连蹦带跳地跑到爹爹的前面，手里拿枝柳条，抽打着路旁的茅草芽儿，口里哼着山歌。跑跳了一阵，她等着爹爹走上来，便凑到跟前，小声地问："爹，你又想红军了？"几年来的生活里，她已经很熟悉地从爹的神情上看出他的心事。

"嗯！"程元吉点点头。

"你老讲红军，红军，可是红军是些什么样的人哪？他们什么时候能回来呀？"

"红军在打日本鬼子哪，打完了就回来……"

爷俩边走边谈，又走了一程，刚刚翻上一架山梁，忽然兰子拉了父亲一把："爹，有人。"他抬头一看，望见远处两个人正在交头接耳的说着什么，眼角还不停地往他们这边瞟。程元吉认出那正是本保的保长萧魁五，另一个是他的狗腿子。这家伙在红军撤走时，就回乡了，当上了"业主团"团长、保安队长，夺田、倒算、杀害革命群众，无恶不作。抗战爆发，红军游击队出征以后，他又当上了保长。程元吉恨透了这个家伙。现在从他那醉醺醺的神态和淫邪的笑声里，又觉出这家伙一定不怀好意，不由得下意识地看了女儿一眼；兰子也意识到了什么，手攥着拳头。这时，那两个家伙已经赶上来。萧魁五拉下一副皮笑肉不笑的脸孔说："老吉，抗战救国你该懂得，你的那笔壮丁费该缴了吧？"

程元吉瞪了他一眼，没有答腔。

"哼，你这块红骨头，没砸烂你就是便宜！这笔帐现在就要算，没养儿子拿女儿顶上！"那家伙喷出一股酒气，转身向狗腿子喊了声："动手！"就向兰子扑去。

兰子一步跳到崖边，对着萧魁五狠狠地说："你敢再往前走！我跳下去，也要把你这狗东西拖下去！"

程元吉觉得血一直往上涌，他毫不迟疑地弯腰搬起了一块石头，蓦地举过了头顶，要朝萧魁五砸去。"不许动！"狗腿子的一支驳壳枪顶住了他的胸膛。

正在这紧张的时刻，突然，刷的一声，一块石头飞过来，正砸在狗腿子的头上，那家伙哼了一声倒下了。接着道旁山石后面的树丛里跳下一个人，一脚踩住狗腿子的手腕，把枪夺到了手。

萧魁五早吓愣了，等他想起拔腿逃跑，一颗子弹把他的脑袋打得开了花。

那人把这些都做完了，从容地吹了吹枪口里吐出的硝烟，爱惜地把枪放在手里掂了掂，又用大拇指推上了保险机。这工夫，程元吉才仔细看了看那人。那人蛮年轻,看样子不过二十三四岁,穿着一身满绽开棉絮的灰军装,头发老长,几乎盖住了耳朵,脸颊瘦得深深地陷下去,由于失血而显得苍白。特别使程元吉注意的是那人左臂整个吊在脖颈上,肩胛处用一块破布包着,大概是受了伤,暗黑色的血渍夹杂着灰土粘在布上。而且可以看出,由于刚才的剧烈活动,伤口疼得厉害,他正咬牙忍耐着,他那雪白的前额上渗出了一粒粒的汗珠。程元吉一时判断不出这是个什么人,他以掩饰不住的惊奇的语气问:"你是……"

"是新四军!——红军!"那人笑了笑,把枪插在左肋下,伸手指了指两个坏家伙的尸体,"来,'红骨头'老乡,把这些东西收拾了,先离开这是非地以后再说。"

听说是红军,程元吉和兰子姑娘都兴奋起来了。他们爷俩帮着这个年轻的战士把尸体抬到路旁远处的树丛里藏好,又把路上的血迹收拾了一下,3 个人就偷偷溜进了一片茶林。

在这僻静的茶林里,青年战士详细地谈了他的来历。他名叫齐胜,原来是新四军的一个排长,皖南事变时因为战斗中被手榴弹震昏了,落到了敌人的手里。随后被押运到江西,准备关进集中营。就在运送的路上,他们几个人打倒了押送兵逃跑了。在逃出的时候,被敌人的子弹打伤,他只好带伤沿着山林没人处乱走,东走西转,来到了这里。他正要下到山沟里找水喝,刚巧碰上了保长行凶。

见到了自己的亲人,听到了自己队伍的消息,使程元吉又兴奋又激动。他不停地询问着红军的一切。谈着谈着,不觉太阳落山了。直到女儿提醒,程元吉才想起他们还在荒野的山林里,他抱歉地对齐胜说:"你看,只顾说话了。你打算以后怎么办?"

"到江北去,找自己的队伍去!"齐胜说。

程元吉说:"你这样满山乱跑也不是个办法,再说你伤得这么厉害,走这样远的路,怕也受不住。我看倒不如先到我家躲躲,养养伤。等伤好了再想办法。”

齐胜寻思了一会儿,也实在没有别的法子,就同意留下来。等天黑定了,程元吉和女儿搀扶着齐胜,回到了家里。

从此,程元吉家里就暗地里增添了一个客人。他在房后竹园深处的一堆稻草里给齐胜安置了一个住处。白天,齐胜就在草垛里躲着;程元吉出去给人做工、贩卖青菜,家里有兰子姑娘照顾着齐胜吃饭、喝水。夜里人静了之后,齐胜就偷偷地出来,洗洗伤口,和程元吉爷俩谈谈,和老人睡在一起。

开始,因为保长的死,风声还紧了一阵,不久就平静下去了。在这些日子里,程元吉不管白天做工多么劳累,晚上都要和齐胜闲谈,而且总是齐胜催过几次才肯睡下。兰子姑娘早在童年的时候,就听到爹爹说过红军的许多事情,红军,在这个姑娘的心里留下了深深的印象,现在,果然见到红军的人了。她像照顾自己的兄弟一样照料着齐胜的饮食和伤势,并且一有空闲的时候,也像爹爹一样仔仔细细地问起新四军部队的情况,特别是女战士们的生活。

程元吉家里自从红军游击队走后,六七年来从来没有像这些日子这样欢快过。但是有一件事却使程元吉着实发愁:原来齐胜的伤擦着了骨头,住在这里,没有药治,只能用点盐水洗洗,伤口总不见好;这几天伤口有些红肿,人也发起烧来;想买点药吧,自己没病没灾的,又怕引起人们怀疑。而且因为几天没找到工做,吃粮也快完了。他们爷俩掺粗夹杂省出米来,怕也支持不下来了。

这天晚上,齐胜突然发起了高烧,程元吉急得一夜没有睡觉。第二天刚放亮,程元吉把女儿喊醒,悄声地说:“我看齐同志的伤是非治不可了,我想把他送到城里去请大夫瞧瞧。”

“那……叫人看见了怎么办?”姑娘惊异地问。

“我就说他刚从南洋回来,因为不摸这里情形,叫民团放哨的打伤了。就是他的身分……”程元吉沉吟了一下,说,“这就要你帮一手了。你梳个髻吧！”

姑娘红着脸，会意地点了点头。

程元吉也笑着说：“好，快去打扮吧，咱这就走，爹先借钱去。”

“爹，这不是钱吗！”说着，兰子把母亲留给她的一支银簪子递给了程元吉。

趁着早晨的雾气，程元吉背着齐胜，和女儿一块偷偷地溜出了村子，赶进了城。兰子姑娘的装扮变得完全像个青年妇人了。这个装扮掩护了齐胜，他们顺利地骗过了保安团的哨卡，在城里找到一个药房。医生给齐胜看了伤，程元吉又买了治外伤用的药品和一些粮食、补品，姑娘也仔细打听了对伤者的护理方法。

有药医治着，有东西调养着，齐胜的伤势很快好起来。不到一个月的工夫，伤口已经长平了，身体也补养得强壮了些。这天晚上在闲谈的时候，齐胜吞吞吐吐地说出要走的意思。

其实，程元吉也不是没有想到齐胜该走的事，在这里待下去也不是办法，队伍里多一个人多一分力量嘛！只是打发他上路的事还没准备好，而且住久了，猛然分别也有些舍不得；更重要的是最近程元吉有了一个打算，正在谋虑着，还没拿定主意。现在齐胜提出来了，他就说：“急什么，再过两天，等身子壮实了再说。”

这以后的几天里，程元吉一直在忙碌着，赶着给人做了几个工，还借故出了趟远门，好像把齐胜走的事忘了。这天，程元吉搞来了一些米，交给女儿，让她全部做成打糕，还特地打来了半斤老酒。晚上，他把齐胜和女儿叫在一起，喝完了一杯酒，说：“齐同志，你要走，我也不打算留你了，要走，就趁今天夜里走吧！路，我已经探听好了：从这里往东北走，过松霞岭往正北，听说那块儿日本人要来，白军早窜了，趁这兵荒马乱的劲，走起来方便些。”

说完，程元吉又拿过准备好的干粮和一个纸包，递给齐胜说：“这些东西你带上，路上吃；钱没有多少，带在身边，急用的时候花。”

齐胜默默地接过干粮，却把钱递回去，感激地说："阿叔，这些日子，多亏你老救了我。这恩情也实在难以报答，只好日后再说。这干粮我带上；你老和兰妹过生活不容易，这钱还是你们留着用吧！"

"齐同志，看你说到哪去啦？你说我救了你，又是谁救了我？——咱的军队和我是一条命哪！至于说到我爷俩的生活，这，我还有话要说。"说到这里，程元吉猛地一仰脖子喝完了最后一杯酒，抓住女儿的手说："孩子，那天我问你愿不愿去参加自己的队伍，你说愿意！现在爹已拿定主意，机会难得，你就跟齐同志一块走吧！"

虽然，兰子也早有这个打算，只是她想不到爹这样突然地就决定了。她沉默了半晌，才动情地喊了声："爹！……"

"别担心我，你爹的骨头硬着哪，我总能苦熬苦撑着等你们回来！"程元吉把钱交给女儿，慈祥的语气里含着严厉和果断。说罢，看见齐胜脸上有为难的神色，又说，"齐同志，这事我已经打定了主意。为革命嘛，有东西出东西，有人力出人力！再说那天的事你也看到了，这样的世道，女儿大了我也不放心；跟上你去干革命，一来自己队伍里多个人手，二来我也了了一桩心事。再说，你们俩路上互相招呼、互相掩护着，也少遭点凶险。"

这些日子相处，齐胜也摸到了老人说到做到的脾气，而且把自己唯一的女儿交给革命，这也是这个革命老人的心愿。想了一下，就说："既然你老人家决定了，我一定好好把兰妹妹带给咱们的新四军。只是，阿叔，我怎样来答谢你呢？"

"咳，"程元吉打断了他的话，"为了革命，这算得了什么？告诉你，我程老三这颗心算红透了！"说着，他又拿出了他那珍藏很久的两张纸条递给齐胜。

看着这两张纸条，齐胜更加激动起来：这位革命老人在这么长的日子里，在各个革命时期，都是和共产党和红军紧紧地结合在一起啊！

深夜，程元吉把齐胜和自己的女儿送出了村，送上了向东北的小路。在朦胧的月色里，这两个青年人告别了老人，踏着细碎的星光，奔向北方，奔向长江，奔向抗日前线去了。

程元吉目送两个亲人的背影，直到看不见了，才抹去脸颊上不知什么时候流下的泪水，回到自己的竹寮里。刚刚坐下来，他看见油灯底下压着一张纸条，打开来一看，原来是齐胜留下的。那上面写着：

新四军主力部队，游击部队或革命政权的同志们：

我是新四军的一个排长，在一九四一年“皖南事变”中负伤，多亏崇安县灵田村程元吉老人收留疗养，从三月十八日至四月二十五日，伤愈归队。因我当时无力将医疗、饮食费用偿还这位老人，故留此信。请同志们无论什么时间、什么地方，见此信后，随时照顾这位革命老人，并望按一个革命军人应得的口粮，依上述日期偿还程元吉为盼。

新四军×部排长　齐胜

一九四一年四月二十五日

程元吉把这张纸条仔细地读了两遍，小心地折起来，把它和另外两张纸条放在一起，久久地，久久地抚摸着它们。由于感情过于激动，他的眼泪又扑落扑落地流下来了……

尾　声

傍晚时分，程元吉老大爷向我说完了这三张纸条的来历。他把三张纸条连同我写的那张借据一道，小心地收藏起来，送我出了竹门。走着，他抓住我的手，按到自己的胸前，像是开玩笑而又带些责备地对我说：“小伙子，看你又找斗又拿秤的，你能称出我老头子的心是几斗几斤么？”

走出好远，我还能听见他那爽朗的满足的笑声。

这天晚上，躺在露营地——一棵大树底下，我久久不能入睡。白天的事和这三张纸条的故事深深激动着我。不，这不是几张纸条，是人民与自己军队亲密关系的辉煌的诗篇；这不是程元吉一个人，是全国革命农民的崇高形象！

就带着这个三张纸条的故事，我来到了祖国的海防。每当我工作遇到困难的时候，我就想到这个革命老人；每当有空的时候，我就和同志们讲起这几张纸条的故事。他，它们，给了我力量，鼓舞着我前进，教导我更热爱人民！

也许同志们还要问：程元吉老大爷现在怎样了？这我也说不真。只是在1951年去南京开会的时候，我路过他的家，看望过他。他已经当了村的农会主席，土改中又分得了土地，政府还为他重盖了房子。他还是那么健壮，而且更有精神了。他告诉我，齐胜现在已经是某部的团长，参加志愿军到过朝鲜，现在正在哪个学校学习。他的女儿兰姑娘也当了某军后勤的卫生队长了。他俩在过去艰苦生活和战斗中产生了爱情，在1949年结了婚，生了小孩，不久前一道回家看望过他。谈到那几张纸条，他说，早在解放之初，政府已经按照纸条的数字加一倍还给了他。但是这些东西他都没有用，一部分献给政府救济灾民，一部分作了抗美援朝捐献，给志愿军同志买了飞机大炮了。于是，这四张纸条又变成了一张——抗美援朝捐献的证明。

现在，事情又过了几年，谁知他现在生活得怎样？他的身体该还好吧？头上的白发该更多了些吧？或许脊背也更驼了？但是，我仿佛还看见他那精神奕奕的眼睛，听到他那开朗的笑声。也许，他已经在新成立的农业合作社里担任个监察委员——这差事对他挺合适——在为公共财产而操心；也许，正坐在充满阳光的敞亮的房子里,带着慈祥的微笑,看着女儿、女婿和外孙的照片,又对着绕膝的孩童们讲起这几张纸条的经过了。

1955 年 11 月 5 日

赶 队

1935年7月里，在壤口遭遇战中，我负了伤。按说，在那样的时候，一个红军战士受点伤、流点血还不是家常便饭？可是我这次受伤却实在别扭：一来，伤的不是时候——那时部队正跟着毛主席长征，才走到中途，前面还有数不清的高山大河、开阔的草地和随时都可能发生的战斗；二来，伤的不是地方——要是碰着胳膊打着手，还可以坚持着走；可是这颗子弹偏偏打在腿弯上，别说走，就是站也站不住。于是只好到军团的卫生处去休养了。

说到休养，你不要以为我住的是平平常常的医院。那时候前有堵击，后有追兵，整个部队都在作战、行军，谁也不比谁少走一步。在这样的情况下，医院实际上就是一列带着伤病员的行军队伍，病床就是同志们肩上的担架。所以叫做到后方来休养，只不过这里没有战斗任务，并且有人给换药、照顾着罢了。

当天下午，等医院赶上来，连队里给我办好了住院和党组织的介绍信，由我们班里派了两个同志护送我“住”了“院”。当时，因为下来的伤员多，医院里忙得很。一个医生看了看我的伤势，安慰了我几句，就叫道：“小何，来给这个同志换换药！”

“哎，来了！”随着一个尖细的声音，一个女同志来到我的担架旁边。我一看，这是个十五六岁的小鬼，小小的一张圆脸，尖下巴，长长的眼睫毛下面有着一对大眼睛，短短的头发上，歪歪地扣着一顶洗白了的八角帽。如果不是帽舌下那一绺头发，我还以为她是个男孩子哩！她穿着一件长长的军装，下摆几乎触到了裹腿边，腰里的皮带把上口袋扎住了小半个。她左肩上斜挎个大挂包,右肩上背把雨伞,还有水壶、米袋子……东西很不少,但收拾得利利索索,蛮有精神。

她一蹦一跳地来到担架边,跪下来,熟练地掏出一个小瓶,捏一把棉花,拿双竹筷就动手给我换药。她的手在动作着,口里不停地说着话,一会儿问我:“同志,你是哪个师里的呀!”“哪里人呀!”一会儿又抱歉地说:“实在没办法呀同志!没有药嘛,只好用盐水;没有镊子嘛,只好用筷子:你忍着点痛,克服困难嘛……”接着给我讲一套盐水的好处、克服困难的道理。这段话刚说完,她又安慰我了:“这伤不要紧,别害怕,过几天就好了。真的,不骗你,我们少共[①]不说谎……”我听着,不禁觉得很好笑。其实,我既不觉怎么痛,也不害怕,更不会以为她在说谎。可她的嘴还是像挺小机枪似的“叭啦叭啦”地说个不停,仿佛这样就会减少我的痛苦似的。她的动作也实在快,就说这么几句话的工夫,已经把我的伤口洗净、包好了。她扶我躺下,把那条破夹被用心地给我盖好了,说:“我还有事,你躺着休息吧!”走出几步又扭转身,告诉我:“你记着,我姓何,同志们都管我叫小何。你要有事只要这么喊一声:‘小何,来呀!’我就来了。”说完,把那个大挂包往肩上一甩,转身就跑了。

我望着她的背影,想着她那副孩子似的天真样儿,觉得又好笑又担心:就这么个小姑娘,长途远征怕连自己也顾不了,还能照顾得了我们?

可是,不久我就发现:我的想法是不对的,我的顾虑也很多余。

那几天,部队还是一个劲地连续行军。每天小何的生活照例是这样的:我们伤员的担架一起动,她也开始走,那个和她的身个极不相称的大挂包,在腰里摆动着,上面有时还挂几条洗好没来得及

① 当时对共产主义青年团的称呼。

晒干的绷带,两条长长的粮袋子搭在那细小的脖颈上,长帽舌朝天一扬,两只小胳膊一甩,就开始爬山。爬一段她就立下来,站在路旁,目不转睛地望着我们这些担架,把这个的枕头扶扶,把那个的被子掖掖,问问这个同志的伤口疼不疼,那个要不要喝水。等她护理的这个班走过了,她再急步赶上前去。倒也真像她说的那样,要有什么需要,只要喊一声"小何!"她就像从地里钻出来似的,一下子出现在你的面前。

这样,担架走山路,她走道旁,一夜就是七八十里。而且好像故意跟那崎岖的山路赌气似的,开始她的话还少,越走话越多,差不多到了最后的十几里,天快放亮了,担架员打起瞌睡的时候,她的山歌唱起来了。也不知道她肚子里哪里来的那么多歌子,一会儿来个"兴国山歌",一会儿来段"麻城调",这些红军战士们本乡本土的小调,经她那清亮的嗓门一唱,谁还能再打瞌睡呢?

行军一到目的地,她更忙了:找房子、搭铺、烧水,给伤员检查伤口、换药,还要找医生汇报,和其他看护员一道开会,研究伤病员情况……这样一弄就是大半天,直到伤员们都睡了,她才抱把草堆到墙角里,稀里糊涂地闭闭眼。一起床,又是做行军前的准备。因此,在开头的几天里,我们甚至不知道她是什么时候睡下,又是什么时候起来的。

自然,说她不疲劳也是假的,慢慢地我觉察出,她在用着极大的毅力和疲劳斗争着。比如:在走过我们这些伤员跟前的时候,她把胸脯一挺,脚步加快,装出精神抖擞的样子。可是当担架走过,她掉到队尾的时候,就跛着脚走路。又比如:在黎明时分她来看望我时,也是装得精神百倍,可是手里却小心地藏着两节嫩草棍儿——她是用这玩艺来撑眼皮的。……特别明显的是第五天的早晨,她来给我洗伤口,洗着洗着,我看见她眼里慢慢地失去了光彩,那夹着棉花的筷子离开了伤口,倒擦到好肉上去了;直到一根筷子从手里掉了,她才蓦地惊醒过来。这时她的小脸羞得通红,扶着我的腿问:“碰着伤口了没有?”又连连捶着自己的脑袋:“该死,该死……”

我趁这机会劝她:“你太累了,去歇歇吧!”

她把头摇得像个拨浪鼓:“不累,不累!”

我半开玩笑半当真地逗她一句:“真不累?少共是不撒谎的嘛。”

她急了,吞吞吐吐地说:“今天我不大舒服。”

我忙问:“怎么,病了?”

“不是,是……”她想辩解,却没有说下去,脸上浮上一层红晕。我知道不好再问,又不能强迫她去休息,就替她想了个办法,我说:“这么办吧,你在这里打个盹,我吸完这袋烟就叫你,啥事也误不了。”她望望我,大概觉得这是个办法,点头说:“好,可一定得叫我呀!一袋烟,只吸一袋烟就……”一句话没说出口,脑袋往担架杆上一靠,就睡着了。我想,这回小鬼该休息一会了,谁知不凑巧,那边一个伤员翻身时不小心碰着了伤口,低声地哼了一声,声音虽然很低很低,她却猛然惊醒了。她一面揉着眼,一面生气地埋怨着我:“说是一袋烟,骗人……”拎起挂包跑过去了。

就这样,我每天从她身上发现些使我感到惊奇的东西,我对她渐渐地从轻视到痛惜,进而变为敬佩。我觉得,凭我当了一年班长的经验,已经能通过这几天的相处、通过她的表现,对这个小女同志有了足够的认识了。其实不然,我真正认识她还是在这以后。

那是在我“住院”以后的第7天。黄昏时分,我们刚走到一段山梁上,突然前面队伍乱了起来,接着就看见一队反动骑兵打着火把,唿哨着、射击着,向我们的行军队列冲来。我们因为在后尾走,距离战斗部队远,伤员又没有抵抗能力,一下子就被骑兵搅乱了。我看事不好,正想从担架上坐起来,这时前面一个担架员“哎哟”一声倒下了，担架一摔，我的脑袋猛地撞到一块岩石上，只觉得眼前一黑，什么也不知道了。

昏迷里，我仿佛梦见自己还在担架上，在爬一座大山，那担架一上一下颠得好厉害呀……突然，身子一震，我醒过来了，哪里有什么担架？原来我正趴在一个人背上；那人正深一脚浅一脚地跑哩。我一时还弄不清是怎么回事，忙问："谁？""是我，别……别作声！"那人上气不接下气地回答。听声音是小何。这时我才想起刚才发生的事。我向后望望，只见背后山头上亮着一簇簇火把，反动骑兵正嗷嗷叫着，而且有两支火把向我俩在的这个地方驰来了。我拍着小何的肩膀，说："小何，这样不行。放下我，你自己跑吧！"

"什么话？别咋呼！"她厉声地说。说话间，我们已经来到了一道沟沿上。她背着我顺着沟沿跑了几步，看看没法过去，忙把我放下，随手把一块石头推下沟去，又侧耳听了听，转回头来对我说："不深，咱们下沟！"我还没来得及答话，她抓住我的手往自己肩上一搭，纵身跳下去。

这条沟的确不深，不过是一道两丈来高的断崖，我俩"刷"地声就到了底。但是直到落实了，我才醒悟过来，原来这样跳的时候，她在下，我在上，我倒摔不着，而她却够呛了。我连忙爬起身，把她扶着坐起来，小声地问她："你摔坏了吧？"她且不答我的话，却伸手摸摸我的伤口，大概没有发现什么异样，才站起来，架着我走向附近的一堆小树丛。

我们刚坐好，两个骑兵从我们头上边贴着沟沿跑过去了。

我俩在树丛里坐着，静听着外面的动静，谁也不说一句话。由于刚才的颠簸震动，我的伤口又痛起来。伤痛，使我更心焦。那些同志怎么样了？从刚才的情况看来，敌人似乎只掐断了队伍的后尾，那么其他的同志是不是脱险了？我真恨我的伤口——要是手里有支枪、有几颗手榴弹，哪能让他们这样容易来到跟前？……想着，想着,我看看小何,只见她手里拿着个帽子,擦了一阵汗,然后,把帽子捏在手里,呆呆地坐着,想来她的心情也和我一样焦急。

好容易挨着过了约有一个多钟头, 才看见外面的火光慢慢暗下去,马嘶声也渐渐听不见了。这时小何歪过头来,低声对我说:“你在这里等着,我去看看。”

我虽然很不放心她一个人去,但也着实记挂着外面的情形,就说:“去吧! 可要小心点,注意隐蔽;情况不好再回来另想办法。”

她俯下身来,摸索着给我把伤口重新包扎了一下,又从地上收拢了些软草给我铺在身子底下,把我安置着躺下。临走,她从身上解下两件东西,放在我的身旁说:“我去看看就回来。可是,要是天亮以后还回不来,……老滕,这里不好久待,你就自己想办法,去赶队伍啊! ”说完,她拨开树丛,悄悄地走了。

我伸手摸摸身旁的东西,那是一把雨伞和一袋青稞麦。摸着它们,我心里说不出是个什么滋味:你知道,在长征中这两件东西是无价之宝,有了伞就有了房子,就不怕雨淋日晒;有了粮就能活下去。在这种极端困难的时候,她不会想不到,万一我俩失散了,她没有了粮食会怎样;但是,但是她却悄悄地给我留下了。

她走了以后,我几乎是按分秒来计算时间的。但是一点钟过去了,两点钟过去了,直到月亮从山后面升上来,照到了沟壁上,她才回来。她把背上的一些东西放下,把一件破棉衣盖到我的身上,坐在我的身旁。映着月光,我看见她的脸色惨白,两眼直直地发呆。她喘息了一阵,压低声音说:“老滕,我们掉队了! ”

接着,她谈起了那里的情形:她赶到的时候,反动骑兵早已溜走了。在出事地点,隆起了四座草草堆起的坟包,看样子前面的同志派人回来联络过,并且还就地掩埋了一些被害的同志。她沿路追了一程,一个人影也没有见到,只是看到前面同志在路旁留下了一个牌子,告诉掉队的同志:前面不远就是草地了,要赶快沿着山路去追他们。当时她要加把劲也许能追上,但因为我还留在这里,她就收拾了一些同志们丢下的东西回来了。

我看她实在太累了。就说:“你先躺下歇歇,咱们再想办法吧!”她轻轻地在我身旁躺下。这时已经是下半夜了,天空好像比往常低了许多,半圆的月亮斜挂在天上,冷冷地盯着这空旷无人的山野;零零落落的星星,显得特别明亮,偶尔有几片浮云随着风掠过,一时把月亮遮住,山谷就更显得阴森、冷落。风,不知什么时候刮大了,茅草发出刷刷的响声,小树丛狂摆着,像有人在那儿奔跑……看着这情景,我忽然想起和这差不多的一幅景象来:那是3年以前,我给财主家里当羊倌,在一个暴风雨天里,不小心走失了两头羊,我明知回去以后,那个绰号“四眼狗”的财主是不会轻放我。我偷跑回家,连一宿也没住,就从妈妈手里接过一个小包袱,拄着根棍子去找红军。那时候也曾在荒山里流浪过,也这样望过地上的树影、天上的月亮。那以后,我找到了红军,跟上毛主席东征西战,打土豪分田地,……日子过得多么痛快!这会儿,班里的同志大概也还是那么欢快吧,他们这时一定到宿营地了。一堆火烧起来,七八个茶缸子往上一放,开水咝咝地叫着,……大个子徐又该来一段“骂毛延寿”了……那个川西参军的小胖子的脚不知好了没有?……他们也许还常谈论起他们的班长哩。可是现在,我这个班长却在这荒山野岭上掉队了。掉队,这是个多么可怕又不好听的名词啊!我明白,在这时候多一个人就多一分力量,我可不能掉队!走不动,爬也要爬着赶上队伍!可是小何呢?她为了我们这些伤员,受了那么多辛苦,现在又为我掉了队……

想到这里,我心里真不是味。欠起身望望小何,她脑袋枕着两手,向着夜空呆望着,映着月光,我看见她的腮边垂着两颗大大的泪珠。我想:也许她刚才受了些惊吓,有些沉不住气了,就轻轻地晃晃她的肩膀问:“小何,你想什么?”

“我什么也想，什么也没想。”她仍然一动也不动。过了一会，她突然扭转头问我：“老滕，你有妈妈吗？”

我说：“有，只是不知道她现在怎么样了。怎么，想家了？”

“不，我妈早没有了。还是在四次反‘围剿’的时候，妈带我逃到山上，她被白鬼子抓住杀害了。妈临死的时候嘱咐我说：‘你要能逃出去，就去找红军去吧！’后来我被乡亲们救出来，就找到了咱们部队。”说到这里，她半坐起身，望着我说：“这会，在这深山旷野里掉了队，就跟离开妈妈的时候一个滋味啊！”

我看她谈到了这个，就趁机说出了我的想法，我说：“别怕，咱们掉得还不远。我想，你好腿好胳膊的，先走吧！我……”

我的话还没说完，她霍地坐起来，两只大眼睛瞪得滚圆，直盯着我，气乎乎地说：“这是什么话？你，你瞧不起人！亏你还是个党员！……”说到这里，大概她想到我是个伤员，不应用这样的口气对我说话，就又放低了声音说：“我怕，我怕什么？我怕你走不动！老滕啊，我刚才背你跑了一阵，……唉，只怪我力气小，背着你走长路，我怕走不动……”她的声音越说越低，眼里又贮满了泪水。

我说为什么她刚才掉泪了，原来是为了这个呀！我感动地说：“小何，别生气。这问题我想过了，我没有腿还没有手？走不动还不能爬？”

听了我的话，她高兴得一蹦跳起来，抓住我的手说：“真的，你有这决心？来，我扶着你，咱们走走试试！”她又恢复了我常见的那种带点孩子气的神情，把我扶起来，脑袋钻到我的腋下，扶我试探着走起来。

试了几步，我发现左腿虽然痛得伸不开，但半倚在她身上，用一只腿跳跶着走，还勉强可以坚持。我一面走着，一面笑着学她的口气说：“看，这不是能走？你，你瞧不起人！”她难为情地笑了，说：“你不知道，刚才我可愁坏了。我想，你要实在不能走，我就把你安置在这里，等把你的伤治好了再走。就是拉下再远，我们也要赶上部队，你说对不对？”

“只要能走，谁还喜欢这个鬼地方？”我笑着点点头说：“好，走吧！

她高兴起来了，连忙动手给我包扎了一下伤口。这时她忽然像想起什么，又问我：“你知道方向吗？哪是北方？”

我找到了北斗星，指给她看。

“好了，只要你能走，我们望着北斗星，一直走，一直走，一定能赶上部队！”她迅速地背上雨伞、粮袋，一只手挟起棉衣，一只手扶起了我。我们这两个人、三条腿，就踏上了赶队的路。

我们眼望着北斗星，连着走了3天，终于走出了山区，跨进了草地。

这3天的路，我是咬着牙挨下来的。但是更苦的是小何。她背着那么多东西，扶着我这样一个大人，每到休息，还要为我搭铺、换药……比我们掉队以前的日子苦多了。特别是做饭更麻烦。我们全部吃饭的锅碗瓢盆就是一个茶缸子，要吃饭，先得找水，常常是跑出很远才找到点水；煮一碗青稞麦粥不够我吃，她还得再跑一次。等我吃饱了，她把我安置好睡下，然后再拿起茶缸、米袋，跑到水源近处去洗绷带、洗器械、弄饭吃。像过去一样，我累得倒头就睡，她怎样吃饭，甚至什么时候睡觉，我是看不到的。我只是看出，几天来她的脸又瘦又黑，眼窝也陷下去了，只剩下了一对大眼睛。我劝她：“你放开我，我自己爬一会，你休息休息吧！”她总是固执地摇摇头：“不，不行！”

谁知道这几天还不算困难，踏进草地，困难就更多了。那草地从远处看，是很美的，一片绿油油的草，还夹杂着些不知名的野花；在红花绿草之间，闪出一块块油亮的清水。可是一走进去却像踏进了烂粪坑。烂水草一陷半尺深,这只脚刚拔出,那只脚又陷进去。我们两个人只有三只脚,就更不够用,走了三四里路,摔了两三个跟头,再也迈不动步了。小何更是够呛,她浑身弄成了个泥人,脸上哪是汗哪是水渍也分不清。她把衣襟撩起来含在口里,咬着牙,用肩膀扛着我,这样一步一步地往前挨。最后看看实在撑不住了,我们找了一块树丛旁的干地歇下来。

一停下,我连累加伤疼,一歪身就躺下了;她却没有休息,安置下我,径直向一堆火灰跑过去。那里,看样子是先头部队休息过的地方,她走过去,把一根根扎帐篷用的竿子和破担架杆,收拢到一起,然后剥了些树皮,横七竖八地捆绑起来。

我问她:"你在干啥?"

她笑笑说:"等一会你看好了。"

她忙了一个多钟头,用木棒扎成了一个既不像床又不像担架的木排,推到水草里去,又在上面扯上了一根粗粗的树皮绳子。弄好了,她说:"老滕,把你的皮带给我!"

我莫名其妙地把皮带解下来交给她,却意外地发现她的皮带只剩下半截了。我问她:"你的皮带呢?"

"断了!"她笑笑说,随手接过皮带,结成了圈,接到树皮绳上,然后招呼我说:"来,老滕,上来吧!"

这下子我明白了,原来是用这玩艺拖我走呀。我这么个大一人,她怎么能拖得动?我忙说:"不行,你还是扶我走吧!"她哪肯听我的,一把把我拉起来,扶到那个能拖的担架上,把衣服、药包也放上,自己跑过去拉起绳子。

拖架随着稀薄的泥浆和光滑的水草,慢慢地向前移动。果然,比两个人走快得多了,我的伤口也不致震痛了,但是,小何却更吃力了。她脚步蹒跚地在烂泥里走着,伸着脖颈,弯着腰,背上的绳子拉得绷紧。我歪在担架上望着她那背影,心里又感激又难过。这么个小姑娘,要不是参加革命,也许还正在妈妈跟前撒娇哩!可是现在,为了一个同志少受点苦,她却在这荒无人烟的大草原上,受这样的劳累……我一次又一次拉住绳子央求她,我说:“算了吧,还是你扶我走吧!”她却扭转头笑笑说:“不,我不累,这样走,我们很快就能赶上部队了!”她笑得那么愉快,仿佛真的就要到部队了似的。但是她每一次回头,我都看见,她的脸色一次比一次苍白。

这样走出了约摸十几里路,太阳已经偏西了。我正在想用个什么办法使她停下来,突然绳子一松。我抬头一看,她栽倒了,一只脚深深地陷到了烂泥里,而且正在继续陷下去。我慌忙揪住绳子,拼着全力拉她,好不容易才把她拖起来,拉到担架跟前,把她扶到担架上坐着。这时,我看她似乎有些昏迷,就抓住她的手,连连叫着:“小何,小何!”半天,她才醒过来,睁眼望望四周,望望我,又要去抓绳子。

这回我再也忍不住了,我知道劝说也没用,就厉声地说:“小何,我不走了!”

她惊愕地问我:“怎么不走了?”

这时我心里像刀绞着一样。我怎么能让这样一个好同志为我受这么大的苦呢!万一她有个好歹,我的心怎么得安?我怎么向党交代?我横横心说:“小何,还是那句话,你,你不要管我了,自己走吧!”

“那怎么行呢?”她说,稍停,她似乎看出我的心情,就指着不远处的一段高地对我说:“好,天已经不早了,我们也该休息了。”

来到高地上,她再也没有提起走不走的事。我因为刚才说话太“冲”,也不好意思再说什么。她在一棵小树底下为我安排了过夜的地方,照例地给我换了药、做了饭,安排我睡了。

当我睡醒一觉的时候,太阳已经落下山,西天上一片通红的晚霞,把一望无边的草地照成了一片紫色。我翻身一看,小何不在。是去做饭去了吗？但是粮袋子在这里，那么是干什么去了？是不是因为我刚才说话太不注意，委屈了她……越想越不放心，我悄悄地爬出树丛，四下一望，原来她在离我约有五六十步的一块光坪上坐着，身旁一簇火堆冒着青烟，火上放着那个小茶缸子。她低着头，正在朝胳膊上绑扎着什么，头发迎着晚风，一飞一飞的。我不禁觉得奇怪，做饭为什么不带粮袋？为什么不在我近旁的火上煮，而要另外生一堆？

我没有叫她，就径直爬过去。爬到她近旁的时候她才发觉。见我来了，她慌忙把衣袖放下，把茶缸从火上拿下，放在身后，神色显得有些慌乱。尽管她的动作很快，我还是看见了，她臂上是一条擦破的伤口，她正在用纱布包扎。我想，伤口怕我看见，那么煮的饭又怕什么呢？我爬到她跟前，一面伸手去拿茶缸子，一面问她："什么东西？还怕我看见？"

她慌忙用手把茶缸捂住，说："别看，别看……女同志的东西是不能随便看的！"

我略略怔了一下，却不信她的，我笑了笑问她："少共不是不撒谎吗？"她的脸刷地红了，无可奈何地松了手。我把茶缸端过来一看，心里顿时一酸，眼泪不禁哗哗地流下来了。那里面煮的哪里是饭？是几片牛耳大黄[①]叶子，还有几块用剪子剪碎了的牛皮；牛皮夹杂着野菜，煮出黄黄的汤，一股土腥味。这就是她的"饭"呀！我一下子明白了。这几天来，她做饭给我吃的时候，我要她一块吃，她总是说："反正有的是粮食，我再做嘛！"或者推托地说："我到水边上还有点事！"当时我以为是女同志的事，不好细问，谁知是瞒着我做这样的"饭"吃！我想起她向我要皮带的情形，她的皮带哪里是断了，原来是煮着吃了！我又想起今天她拉我晕倒的情形，她，不只是累

① 一种野菜。

的,是为我节省粮食饿坏了呀!

我双手颤抖着,狠狠地把她那一碗"饭"往地上一泼,一把拉住她说:"小何同志呵!你的好意我知道。可是你,你怎么能不注意自己的身体呢!"说着我的眼泪又不知不觉地流下来了。

她说:"老滕,不是我不知道爱护身体,这里粮食的困难,你是知道的,又不知道多久能赶上部队,前面有那么远的路,我好好的人倒好说,你受了伤,不吃不行呵!再说,咱前面怕也很困难,就是你吃不完,等赶上部队以后,别的同志还可以吃呀。"

我说:"你就不想想,你也是个革命战士,万一你饿得不行了呢!"

她笑了笑,说:"哪能!你看我不是好好的吗?老滕同志,你总拿我当孩子,可你不懂得我的心情呀!老滕,"她显然情绪也有些激动,接着说:"我常想,我要好好照顾伤员,伤员同志伤好了,身体棒棒的,对我说:'我们走了!'你们上了前线,继续为革命事业战斗,就等于我亲手杀了敌人,也等于为我的妈妈报了仇!我心里就愉快了!"

"这,我懂!"我说,"可不管怎么说,你得吃饭!就是为了我这个伤员能走出草地,你也得吃饭!"

她沉思了一会儿,慢慢地说:"是啊,是该吃点粮食了。不过,要我吃粮食得有一个条件……"

"什么条件?"我急急地问。

"你以后不要再说不走了!我们要有决心走出去!"

我还能再说什么呢?我说:"走,一定走!——只要你吃饭,身体好好的,我们走到哪里都可以。"

我眼看着她把粮袋拿过来,把饭煮好。她实在是饿了,端着茶缸子,大口大口地吃着。我把火弄旺了,火星在草原上飞散着,火苗迎着夜风烧得通红。透过火光,我又看见了她那天真的、孩子气的脸。我笑着说:“小何呀,以后有什么事可要跟我商量,再也别瞒着我、哄骗我啦!”

她不好意思地笑了,笑得那么开朗:“你,你真会揭人的短。我参加革命以来就撒了这么一次谎呀!”

你问以后吗?第2天,我们当然还是上路啦!虽然前面还有种种困难,但是已经有了前一段的经验,又有小何这样的同志照护着,我们又走了3天,终于在草地的中途,赶上了停下来收容的部队,回到了医院。有了医院的调治,在翻过岷山的时候,我的伤口也好了。

出院的那天,我自然要去找小何告别。临分手,我怀着感激而又惜别的心情说:“再见吧!”她却又像过去那样调皮地说:“我们这里分别的时候,都是不说‘再见’的——要是再见到你,你不是受伤就是生病,有什么好?你常写信,告诉我你消灭了多少敌人就行了。”这自然是句玩笑话,可也真被她说中了。以后我走上了抗日前线,虽然又负过几次伤,却因为和小何不在一个地区,就再也没有见到她。但是,这段生活,她那坚毅、乐观而又天真的形象,我却从来没有忘记过。每当我受了伤,或是生活比较艰苦,或是工作得不好的时候,我就想起了小何。

1956年7月10日

后 代

在战斗后的东山岛上，在一支参战部队准备上缴的物品中，我看到了一件珍奇的武器。那是一挺轻机枪。像所有新的机枪一样，乌黑的枪管，枪身的“烤蓝”瓦蓝瓦蓝的，闪闪发光；只是枪筒微微有些扭曲，有些发黄。损坏最大的部分是枪口，像被一只有力的手捏了一下似的，枪口缩小了，而且成了扁圆形，使人无论如何也想象不出：子弹会从这样的口里吐出来。

关于这挺枪，在这支部队里流传着这样一个故事：一个参军不到两年的新战士，使用着它，在这次战斗中，创建了惊人的功绩。当敌人登陆的时候，这挺枪把敌人横扫在海洋里；在掩护连队转移的时候，这挺枪把敌人杀伤在阵地前。这挺枪究竟杀伤了多少敌人，也数不清，据弹药手说：单是用来计算打死敌人数目的子弹壳就装了半箱子。究竟打出了多少发子弹，也算不清，只知道枪管打红了，射手的手上烙起了泡，帽舌也烙焦了，他还在射击！射击！最后，战斗任务完成了，机枪冷却后就变成了这个样子。

这个故事深深地吸引着我。“这位射手是怎样的一个人？是什么力量使这么一位刚放下锄头不久的新战士创造了这样的奇迹？”怀着这样的问题，我访问了这挺机枪的主人——这位为广大指战员热情传诵着的机关枪手黄承谋同志。

这是一个身材魁梧的小伙子，二十六七岁，高个子、宽肩膀，大大的四方脸上嵌着一双乌亮的眼睛，一眼就可以看出是个精力旺盛、意志坚强的人。他用夹杂着福建口音的普通话，向我讲述了他这次的战斗经过。通过他自己的叙述,对于他的英雄行为我了解得是更详细了,但是对于他的所以如此勇敢的思想基础,却还不甚理解。我不得不提出了我所不解的问题。

大概这个问题提得太笼统了吧,他窘迫地望望身旁的指导员,半天,仿佛从指导员的脸上看出了答案似的,回答说:“在进入阵地的时候,指导员对我们这些新同志说:‘你们好好想想你参军的时候,你的亲人、邻居嘱咐了你些什么,首长告诉了你些什么,你离开家庭跑到这里来为的是什么……’在战斗之前,我仔细想了想这些,我的决心就更大了。”

这时,指导员插嘴了:“你还是把你家里的事讲讲给这位同志听听吧!”接着,又向我说:“你大概不知道吧,他是一位老红军战士的儿子!”

“好吧,你要不嫌烦,咱就从头谈起,不过话得扯远一点。”黄承谋说。

下面就是他的话,也是对我的问题的回答。

我的家乡你知道,那是咱的一块老革命根据地。革命以前,我家连巴掌大块地也没有,爹在农忙的时候给地主做做短工,冬闲时节上山打打猎,哥给人家当放牛娃,一家人一年到头过着苦日子。1929 年,毛主席带着红军到了我们那个地方,我们那儿闹起革命来了。暴动以后,爹就参加了红军,在红九团当战士。听说是在三次反“围剿”的时候缴到了一挺机关枪。因为爹是打猎出身,准头好,就让他干了现今我这一行——机枪射手,跟着毛主席东征西战,打击国民党反动派。

这些,都是我妈告诉我的。那时候我才四五岁,是个抱着大人胳膊打“滴溜”、趴在地上戳“尿窝窝”的孩子,哪会记得这些事?不过以后的事我约摸就记得了。1934 年刚开春的时候,我们这块儿风声慢慢紧起来。一天，乡文书带来了一封信，是爹写来的，说他已经随着方志敏同志北上抗日去了。记得当时乡里还给我家送来了很多慰劳品。这年秋天，乡里组织了欢送红军出征的大会，妈领着我和哥哥、妹妹去参加，坐在“红属”代表席上，胸膛上还戴着一大朵鲜红鲜红的花儿，吃着菠萝、甘蔗、杨桃……

可是这个会开过了不多久，日子一下子变了——白鬼子来了。妈把我们嘱咐了又嘱咐：“见人可不敢说你爹当红军呀！”妈过去是妇女会员，最爱跟人谈红军的事，还爱唱个山歌小调的，现在也像一张封条贴住了嘴，不说不唱了。只有村东头根老爹来玩的时候，才肯眉开眼笑地说几句。根老爹也真好，不光跟妈说话，高兴了还给我们兄弟俩讲故事。有时候他扭着我的耳朵说：“伢子，想不想你爹？好好听话，别淘气，等大了好接你爹的班！”

说真的，我们兄弟俩实在想爹。有时想得厉害了，我问妈：“爹啥时候回来？”她总是半开玩笑半认真地指着村前的那棵大榕树说：“等这树上长出一匹大红布来，你爹就回来了。”说也好笑，那时候我起早贪晚地围着那棵树转，看那红布有没有长出来。

有一天早上，天一亮，我又溜到那里去了。嘿，这下子可看到了：在树顶顶尖上，挂着一大块红布，鲜红鲜红的，风一吹呼啦呼啦直响。我高兴得一蹦老高，脚不沾地地跑回了家，对妈说：“妈，妈，老榕树上长出红布来了，爹快回来了。”妈一听，也高兴地笑了。她赶紧跑到院里，向着那大树梢头望了一会儿，然后把我搂在怀里，小声地说：“我的傻孩子，那红布是咱们留下的红军挂在那儿的旗子。你爹这会儿还不知道在哪个山沟里跟白鬼子打仗呢。”

我问：“留下”的红军在哪？”

妈说：“在山上。”

“在哪个山上？”

妈不回答我了。她寻思了一会，说：“你去找着你那些小伴儿们,把看见红布的事偷偷地告诉他们。对他们说:红军就在这近边的山上,在老榕树上挂起红旗来了。”

真怪,自从这事传开了以后,村里大人们的脸色都好看些了。只有白鬼子不高兴,当天就慌慌张张把那旗子扯下来,还在那树底下放了个岗。

又过了四五天,这天晚上已经下半夜了,我们正睡得好好的,忽然窗户“砰,砰”地响了几声。妈慌忙披上衣服坐起来。我和哥哥也都惊醒了。妈把耳朵凑近窗子听。只听得外面小声地说:“承伢子妈,开门!是我。”那声音好熟呵!只见妈慌手慌脚地一面抹着眼睛一面往床下走。走到门口又犹豫了一下,才走出外屋,轻轻地开了门。

门一闪,一个人进来了。妈把门关好,点上了灯,用针线筐子把灯亮儿遮住。灯影里,我认出了,那是爹。爹的模样简直叫人不敢认了:脸很瘦,头发老长,满脸连鬓胡子都留起来了,活像个大刺猬,只有两只眼睛还那么乌黑闪亮。他拍拍哥的肩膀,摸摸我的脑袋,还把睡着的妹妹抱过来亲了亲。那乱草般的胡子缝里露出两排白牙,笑了。

妈定睛望着爹,半天,才说:“你咋回来了?”我瞧妈的脸色有点不大好看。

“怕我给你娘们丢人,是不是?"爹笑着望了妈一眼,把衣服襟一掀,一支乌亮的驳壳枪露出来,“快给弄点饭吃吃吧!”

妈笑了笑,没有再说什么,就走到外屋去弄饭去。饭好了,爹吃着饭,妈把爹的衣裳脱下来缝补着。这工夫,爹给我们讲了他离家以后的经过。原来爹在的那个部队由方志敏同志带领着北上,在怀玉山区地方,遭到敌人包围。部队突围时,爹负了伤。因为伤势很重,他一个人爬到一家老乡家里,老乡收留了他,把他藏起来,治了一个多月,才把伤养好了。以后,他偷偷地回到了赣东北老根据地,找到了党组织，想再追上部队。当地组织告诉他，部队已经下了浙江，追不上了。党决定要他回到老家来，参加当地的敌后游击斗争。他一个人，一路拣着山岭没人的地方往家走，白天找个山洞、草棵子睡觉，找点野菜充饥，晚上就赶路。就这么着赶到了家乡。随即接上了关系，上了山，参加了游击支队。因为一时还摸不清山下村子里的情况，战斗任务又紧，没捞到回家。现在趁着打了一仗，白鬼子胆寒的机会，回到这村里来布置一下工作，顺便到家看看。

爹讲了足足有一个钟头，我们都静静地听着。妈有时听着听着连衣服都忘了缝了。爹讲完了这段事，扭头对妈说："看样子这斗争长着呢，苦日子又得过几年了。这几年，为革命东跑西颠，顾不上家；这以后，还要和这些狗东西拼，少不了又得把家扔给你了。"

妈把话接过去说："快别说这个啦，什么苦苦难难我也不怕，就是这几个孩子……"

爹说："孩子倒也好说。平常多开导开导他们，让他们知道自己是什么人的后代就行了。"说着，爹把身子往前挪了挪，扶着妈的肩膀说："说实话，像咱们也不要什么人给上坟添土、接续香烟，就怕事情干不完，得有人接班啊！"

"咳！"妈看了看我们，叹口气说，"依着我呀，就该所有受苦受罪的事都撂在咱膀子上，咱们一肩挑过去，好让孩子们日后能享点福！"

他们这样说着拉着，又过了一大会儿，妈才把衣裳补好。她找出两件旧衣裳，包了个手巾包。爹伸手接过来说："时候不早了，我还得到西头老根家去趟。叫大伢子先去看看路，你再把现成干粮给我带上点，给山上的病号吃。"

哥出去了。妈一边给爹收拾着干巴窝窝，一边问："还回来不？"爹说："工作多着哩，以后常回来。你和孩子瞅空偷偷地给我安排个住的地方。"

哥回来以后，爹掏出枪，又让我们摸了摸，亲了亲还在熟睡的妹妹，跨出门，放轻脚步走了。

爹走后的第二天，夜深人静的时候，妈把妹妹安顿着睡好了，就带着哥哥和我，来到后院破墙根底下。妈用脚步把地面量了量，一锹挖下去。

妈一锹锹地挖，我和哥就把土倒弄到筐子里。这样干到天放亮，妈再把窖口用草掩上，把周围的土迹打扫干净。第二天瞅瞅没人，就把筐子用脏土一盖，挑出去倒在水坑里。

为了使爹早一天回家来，我们干得都很起劲，五六天的工夫，地窖子就挖成了。这地窖子就是个长方形的坑，上面架起木棒，再上面搭了些树枝头、红薯秧子、乱草，还留下个小洞透亮儿。看去只是个平常的柴禾垛，不弄翻草是看不出什么的。妈还特意把里面收拾了一番：铺上了稻草，放上了被窝。

地窖子挖成，爹回家的次数就多了，隔个十天半月准回来一趟；有时当夜就走，有时也住一两天。白天，待在地窖里，晚上就爬出来，逗着我们玩一阵。在玩的时候，爹总是讲故事给我听，讲过去主力红军打仗的故事：他怎样用一挺机关枪卡住二三百敌人，让我们红军部队一下子消灭了他们。一个10多岁红小鬼怎样用一块石头缴了一支枪。这些故事真好听，一听了我就翻来覆去地成半宿睡不好觉：我什么时候才能像爹那样去闹革命、打白鬼子呢？

可惜，爹这样讲故事的时候不很多，常常是讲个半截就出去了，直到鸡叫的时候才回来。有时，深更半夜的，我们家里也来些客人。这些人我大部都很面生，只认得根老爹，还有一位常来的赵叔叔。他们一来就待半夜，有时我睡醒一觉了，他们还在外屋嘁嘁喳喳说话呢。

这天，爹没有出去，我们一家子闲谈。我问爹：“你白天待在地窖里闷不闷？我进去给你做伴好不？”

爹说："不，我一点也不闷。你看，我有这个。"他从腰里掏出一个小油布包，打开来，拿出几个纸本子朝我一晃："这比你给我做伴还强呢。"

我留神一看，有两本是油印的书，另外是一本小字典。小字都密密麻麻的，连个画也没有，而且都磨蹭得不像样了。我说："这有什么好看的？"

爹把字典一举，说："你还不知道它的好处呢。我拿这个认字，认会了字，就看这个。"他又拿起一本油印书一举："你别看它不像样，这是宝贝哪！上面写的就是毛主席——毛泽东同志的话。看着它，爹就有本事打白鬼子了。你看，他说得多好：'打倒土豪劣绅！'你想想，那几年咱把土豪打倒了，日子过得多美气！这本，"他又拿起了另一本，"也很好，不过爹一时还读不大懂，以后慢慢看。写这书的人名字叫列宁！他的事以后我慢慢给你讲。"说完，他又把两本书小心地包起来，掖到衣兜里。

这天，爹和我们闲谈的兴头特别大——多会儿都是这样，一谈到毛主席，他的劲头就来了——他装上管毛烟吸着，摸弄着他那一大把络腮胡子，笑着拉了妈一把："来一段山歌怎么样？弦定低一点，不要紧。"

妈笑着瞪了他一眼："这是唱山歌的时候？要听，叫承伢子给你唱——他赵叔叔不是才教了他个歌！"

"哼，为什么不是唱歌的时候？白鬼子再凶能吓住谁？承伢子，唱！"

我看爹实在高兴，就依在妈怀里，小声唱起来：

不怕强盗不怕偷，不怕白鬼来烧楼，
破屋烧掉不要紧，革命成功造洋楼。
打起红旗呼呼响，工农红军有力量，

共产万年走天下，反动总是不久长。

屋里静悄悄的，我的声音虽小却显得非常清亮。唱着，我偷眼看看爹，只见他半躺在那里，一动也不动，两眼直盯着屋顶，脸上露出兴奋的笑容，连手里的旱烟也搁灭了。妈刚才还不答应唱，这会儿也随着我的歌调哼起来。

唱完了，屋里静了一阵。爹坐起身，用烟管戳着我的鼻子说：“伢子，你整天挖野菜、啃菜窝窝，脚上连双鞋也没有，觉得怪苦是不是？可是等你长大了，革命成了功，那可就应了这歌上的话了。嘿，那时候……”

接着，爹就兴高采烈地讲起革命胜利以后的生活来——怎样发展胜利，怎样进行建设，……自然，那时候革命正在困难时期，对革命成功以后的生活想得并不完全。可是爹讲的时候劲头足极了，满脸笑容，眼睛发亮，两手不停地比划着，就像那好日子已经就在眼前了似的。他越讲越高兴，伸手把我弟兄俩揽到怀里，把我们每人的脸都亲了亲，压低了声音说：“孩子，好好地记着，你老一辈的人，风里来、雨里去，血，一捧一捧地流，就是为的这个。现在，这一天是不远了，可是眼下刀把子还在敌人手里捏着嘛，要拼上性命去抢哪！等我们把它抢过来，交给你们，这好日月就是你们的了。那时候，你可别忘了，这是老一辈人的命换来的，就是拼上性命也得保住它，还要把它侍弄得更好……”

夜深了，屋里更静了，静得掉了根针都能听见。窗外西北风呼呼地吹，树叶刷刷地响，油灯的火焰忽闪忽闪地跳。爹把我们抱得更紧了，我觉得出他的手在不停地抖动，他的胸膛里面什么东西在咕咚咕咚地响着。

这样的日子过了半年多，算起来已是1935年8月天了，正是桔果挂满枝、稻穗打黄闪的好时候。爹已经有两个多月没回来了。这期间，根老爹前后背来过两个挂彩的同志，在爹住的那个地窖里住过，可就是爹没有回来。往常，爹也有个把月不回来的时候，但隔的时间从来没有这么长。我问妈，妈说："爹在打白鬼子呢，天天打仗，哪能三天两头回家逗着你玩？"话虽这么说，我看她也有些心神不安的。她常跟我一道去挖野菜，到白鬼住的地方去蹓跶，还断不了打发哥到根老爹家去借个瓦盆、送个箩筐的，顺便打听一下。

妈说的也真。近来南边大山里常常传来枪声。在挖野菜的时候，时常看见白鬼子保安团一队一队，怪神气地往山根下开，还带着大炮呢。过不几天，又开回来了，可是人比去的时候少多了，模样也全变了：衣服破了，鞋子绽了，个个垂头丧气的。还有好多挂彩的，有的拄着拐棍，有的胳膊吊在脖子上，还有的干脆放在竹排上抬着。一看见这些狗东西，妈总是小声对我说："这都是叫你爹和那些红军叔叔们打成了这个鬼样子。"哥从老根爹那儿回来，也讲山上打仗的事，说是白鬼子对山上逼得更紧了，一会儿"围剿"，一会儿烧山。我们也在加劲地打击他们，说是这叫做"以红对白"！

一天晚上，天黑没多久，又响了一阵子枪，还夹杂着手榴弹"咕咚咕咚"的响声，足足闹腾了两顿饭工夫。响声不远，估摸着就在南边旋风山上。

半夜的时候，我被一阵轻轻的但很急促的敲门声惊醒了，侧耳细听，仿佛还有人在喘粗气。我想："说不定又是有受伤的同志来了。"妈连忙去开门。门一开，只听得妈"啊"地惊叫了一声，接着一阵乱糟糟的脚步声走进来。我跟着哥跳下地，外屋人已经进来了。只见根老爹和那个赵叔叔抬着一个人，妈拦腰扶着他；赵叔叔背上还背着一挺机关枪。妈招呼哥点上灯。我跑上前一看，原来受伤的是爹。爹已经不像个人模样了：满头满脸都是伤，蓬松的胡子被血粘成了一片，胸前的衣服也全是一片紫红。他紧咬着牙、闭着眼，鼻孔里不断呼着粗气。

妈把爹安放在床上,没有说什么。她眼里噙着泪,对着根老爹望着。根老爹望着妈痛苦地点了点头,好像什么都明白了似的,小声地说:“伤的不轻。你赶快给他洗洗包包,把他藏起来,防备白鬼子来搜查。我们还得去找别的同志,不能久待,天一亮我就去请大夫去。”说罢,又伸手摸了摸爹的嘴唇,爹没动。他叹了口气,掏出几块光洋放在妈的手里,就走了。

爹是怎么负伤的呢？事情是这样的:

近来白鬼子对山上的游击队的“清剿”加紧了。游击队虽然打了几仗,也消灭了不少敌人,但敌人这次却比往常都来得凶。他们调动了大批兵力,把山团团围住,拼死地把包围圈缩小。我们游击队越来越困难:粮食断了,弹药不够,伤员增多了。为了保存革命力量,甩开敌人,开辟新的地区,支队决定突围。

但是,敌人包围得这么紧,兵力又这么大,要想平安地突出去,非要有一支小部队把包围圈撕开一个缺口,替部队打出一条路来不可。这时候我爹站出来了。他向支队长和政委说:“我带着我们中队来执行这个任务！反正这里地理我熟悉,等大队过去以后,我们再摆脱敌人去追你们。”

支队长答应了我爹的请求,向他详细交代了集合地点、联络记号。爹准备了一下,在太阳刚要落的时候,就出发了。临走,支队政委握着爹的手说:“黄茂有同志,你是共产党员,是毛主席亲自带领过的老战士,这次无论如何要把任务完成！”爹没有说什么,只是严肃地应了声:“是！”

战斗是很激烈的。爹把红旗一卷,往背后一插,将全支队仅有的两挺机枪中的一挺抓在手里,把队伍分成两股,直奔东面那突出的两个山头扑过去。敌人被这突然的打击吓懵了;我爹带领着全中队的同志们,边打边上,一口气攻上去,占领了山头,把敌人包围我军的这条铁链一下子扭断了。

缺口打开了。爹打出两颗手榴弹,随手把红旗展开来,迎着风一摆,支队长就带着大队,抬着伤员,顺着两个山头当中的山谷穿出去了。

支队刚过完,白鬼子也缓过劲来,就向山头猛扑,把一个多团的兵力都压到爹和他指挥的那个中队身上。爹指挥着二十多个游击队员,摆开个半圆形,把敌人死死地顶住。一直打到天完全黑定了,估计大队也走远了,才下令转移。为了拖住敌人,不让敌人追击主力,爹转换了方向,边打边往北撤。就在这时候,一枪从爹的脸上擦过,爹负了第一次伤。

按照原来的计划, 爹想靠着人少目标小, 不声不响地贴着山沟,从敌人当中穿过去,一直插到我们住的村后,奔上北山,然后再折转来向东去,追上部队。这个计划是大胆的,也是巧妙的。可是正在行动中,因为一桩意外的事被敌人发觉了:原来敌人为了破坏我们的游击队,就在主力红军撤走、留下的部队和地方工作人员上山的时候,派了一个奸细,冒充掉队的红军,混进了我们的队伍。他几次想破坏都没有机会下手。这回,就在中队悄悄地穿进敌人的防区的时候,他"啪"地打响了一枪,又大叫起来。爹一抬枪就撂倒了他,但敌人听到声音,立即扑过来了。

中队一开始就处于不利地位:敌人从三面包围过来,另一面又是七八丈高的笔陡的悬崖。爹趁敌人还没有完全合拢,就斩钉截铁地下命令:"赵先敦留下压子弹,一分队长带队;等我的机枪一响,就贴着沟边往外突!"接着,他又掏出自己的驳壳枪和一包文件,交给一分队长说:"带给支队长和政委同志!"说罢,端起枪就朝南打了一梭子。敌人火力被吸引过来,同志们趁空突出去了,只有爹和赵同志陷落在敌人的包围圈里。

敌人越逼越近,还不停地吆喝着:“抓活的!抓活的!”这时爹的前胸又中弹了。他撕下一块衣襟把伤口掩住,仍然咬着牙,把脸颊贴着枪托,一梭子,又一梭子……正打着,赵同志递过最后一个梭子,小声说:“坏了,子弹就这些了。"爹接过来掂量了一下,“咔”地声换上,对赵同志说:“阿敦,革命战士死也不能落在这些家伙手里。可这挺枪……”敌人上来了,他打出了几个连发,敌人缩回去,他又说:“这么办吧:万不得已的时候,跳崖!你抱着枪,我背起你,咱们一块跳。有我在下面垫着,我完了,你在枪也在;要是都完了,枪也就摔个差不多。记住,要是人不能动了,就把枪毁了它!来,给!”爹把枪端起来,朝着敌人打出了最后的几发子弹,就往赵同志怀里一递。赵同志还想推辞,说:“咱换……”换字刚出口,敌人冲到面前了。爹一咬牙,说了声:“好吧!”挣扎着站起身,机枪一抡,把扑上来的那个敌人打下了沟,随手把机枪往怀里一靠,又猛然贴胸抱住了赵同志,倒退着走了几步,一只脚猛一蹬沟沿,爹在下,枪在上,坠下沟去。

赵先敦同志坠下崖就摔晕了。一连几声手榴弹响,把他震醒过来。黑暗里,他伸手一摸,身子底下是机枪,枪下面就是我爹。爹已经人事不知了,但两手还紧紧地抱着他。他摸摸爹的心口还暖,试试自己的手脚还灵便。再留心听听,崖上已经没有动静,大概因为崖头太高太陡,敌人估计他们摔得差不多,投下几个手榴弹就走了。于是他趁着黑夜,背起爹和机枪,悄悄地钻出沟,一口气跑到了地下党的联络站——根老爹的家里。

这些情况,是以后赵同志对我们讲的,当时哪里顾得想这些?他俩走了以后,哥和我帮着妈把爹的伤口洗净,用干净布包扎好。妈俯在爹身上,低声地叫了好大一会儿,爹才慢慢醒过来。他睁开眼,四下里望了半天。妈问:“痛吗?”他没回答,问妈:“阿敦还在不？”妈回答了他。他又问：“枪呢？”我插嘴说：“赵叔叔扛着呢。”他听见我的声，侧眼望望我，胳膊动了动，看样子想摸摸我。我赶忙凑过去拉着他的手，妈也把妹妹抱到他面前坐着。这时，我看爹的脸色比刚进来时好些了，嘴角上微微挂着笑，还像平时给我们讲故事时那么慈祥，但，却少气没力的。他闭上眼休息了一会儿，张了张嘴，摇了摇头，困难地说：“还有多少事要干啊！……嗨，太早了……”他拉过哥和我的手，望了望妈，说：“伢子妈，要常想着这孩子是谁的呀！”说完，又问我们：“孩子，以前爹给你们说的话都记住了？”我们点点头。他又断断续续地说：“记住，一定要记住！也记住你爹是怎么死的，是……为什么死的！你知道，爹是个共产党员，不会给你们留下什么金银财宝、肥地高楼；留给你们的是……没杀净的白鬼子，是还没完成的革命工作。大了，要学好，别辱没了你爹的名字！”这是爹说的最后的话。

爹死了。我和哥都抽抽噎噎地哭起来。我哭着，又怕妈伤心。偷眼看着妈，妈却没有哭。眼里连个泪花都没有。她轻轻地抚着爹的胳膊，两眼直直地盯着前面发怔。好一会儿，她紧咬住嘴唇，重重地“嗯”了一声，一伸手把我俩搂在一起，说：“好孩子，别哭！你们见你爹哭过吗？你再看看妈！”

她把我们的眼泪擦干了，说：“来，孩子，先把你爹埋葬了。”她慢慢地换下爹的衣服，从爹的衣兜里，拿出爹常看的那两本书。随着书本掏出半个红薯、野菜和树皮拌和的窝窝来。她把这东西递到我们的面前，说：“看，你爹是那样死的，是这样活着的！孩子，这都是为了你们啊！”说完，随手撕下一片血衣，把这些东西小心地包起来。

料理好了，我们娘儿三个来到后院，把原来爹在家藏身的那个地窖上的草掀掉，把爹小心地抬起，放在里面。妈领我们跪下来。我们静静地跪在那里。一动也不动地跪在那里。直到一声鸡叫，妈才像醒过来似的，说："伢子爹，你的话我记下了，我知道这后代是谁的。"

我们磕了几个头。妈吩咐哥把铁锹拿来。我们把坑里的土填平，妈又把那半截破后墙从墙根底下往里挖了挖，然后领着我们转到墙后，说了声："推！"娘三个一用劲，墙"呼隆"声倒下，把爹的墓坑埋住了。

把一切弄停当，回到屋里，天已放亮了。妈从包袱里拿出几件旧衣裳，交给了哥，又把从爹衣袋里拿出来的那两本书和根老爹留下的光洋递到哥的手里，抱住哥，把脸贴在哥的头上说："孩子，去找你根老爹去吧，去上山！你就说，是我妈叫我来的，也是我爹的意思。"略停了一下，又说："你对根老爹说，以后有什么事，找我和承伢子！"

哥上山当了红小鬼，听说打仗很勇敢，思想好、能吃苦，同志们都说他处处像爹。有时也还偷偷地回家看看。后来，我们江南游击队合编成新四军，他随在队伍里，顺着爹没有走完的那条路，走上了抗日前线。1940年的时候听说当了排长，再往后就没有了消息。

哥上山以后，我就顶了哥的那事：有事送送信，秘密开会时通知人、巡风……干起了革命工作。妈靠纺纺纱、给人做做针线活，养活着我和妹妹。背地里还装着买棉卖线，干着地下交通的工作。这些日子里，保安团敲诈、勒索，骂我们"匪婆"、"匪崽"，那欺凌就不用说了，可我们不管这些，照样坚持着斗争。我们就这么茹苦含辛地熬到了1949年，迎接红军——解放军打过来。

讲到这里，顺便给你讲讲我是怎样参军的吧：

一解放，我自然积极地参加了二次分田的斗争。我家分了田搬了房子，我还当了民兵队长。1951年抗美援朝参军的时候，我的心就动了。可就是有一点放心不下：妈年纪大了，有个腰疼病；妹妹也该出嫁了，怎么能扔下她们走呢。我左思右想拿不定主意。

这天，妈忽然想到爹坟上去看看。我和妹妹扶着她来到爹的坟前。自从我们搬了房子，村里就帮着我们把爹葬身的地方修成了坟堆。这会，墓堆上已长满了青草和野花，墓旁的小柏树也长得很高了。妈绕着墓地走了一圈，在小树底下坐下来，半天，忽然对我说："承谋，我心闷，你唱个老歌给我听听。那个'造洋楼'咋唱来？"

我把这个歌唱了。她想了一会儿，说："我也唱个你们听吧！"我好奇怪：自从爹牺牲了，她就再也没唱过歌；解放后偶然哼两句山歌，也不常唱，今天怎么忽然高兴了？只听得妈说："这歌还是那年送慰劳鞋的时候，主力上一个同志教的哪，已经快20年了。"说罢，清了清喉咙唱起来：

……

人民翻身闹革命，红军志气高如天；

老子牺牲儿顶上，哥哥死了弟上前……

这歌，妈一连唱了两遍，唱着唱着，妈眼圈一红，掉下泪来——自我记事以来，除了解放军回来的时候，妈喜欢得哭了一阵以外，就没掉过一滴眼泪，这回是怎么了？唱完了，妈从腰里掏了半天，掏出一件东西，问我："还记得不？"我一看，正是爹的那块血衣包包。我说："记得。"妈含着泪说："16年前，你爹在的时候，你才这么高，"她用手比量着说，"你不是给你爹唱过'造洋楼'吗？你爹那时候说的话你还记得不？"接着她又絮絮叨叨把爹的事给我们讲了一遍。末了，说："如今你爹早已不在了，你哥这些年不见音信，说不定也牺牲了。现在刚把白鬼子打倒，洋鬼子又要来，国家正用人，我想再把你送了去。"

妈讲得我的心一阵阵发紧。其实，我不是不知道该去，可是……

我把我的心事给妈说了。谁知这一来妈火了。她气得手直发抖,指着我的鼻子说:“你好!你爹在世的时候怎么给你说的?你爹临死的时候又怎么给你说的?现在好日子到了手,你却不想动了?你别忘了,你是爹妈的儿子,又是革命的后代啊!”她扶着小树咳嗽了一阵,又说:“我老了,不是还有你妹妹,她能不管我了?再说,还有政府和亲友邻居!”

第二天,我就报了名。不过因为参军的人数太多,没有到朝鲜,我就要求参加了解放军,来到了海防上。

我的事就说到这里。同志,你说我怎么能不好好地战斗呢!爹说得对:老一辈用一捧捧的鲜血换来的红色江山,就在我们背后,我们要好好保卫它!妈说得好:我们青年人,不但是爹妈的儿女,也是革命的后代啊!

1956 年 9 月 10 日

歌 声

我们钻进这荒凉的原始森林，已经整整3天了。

10月里，东满的森林是阴郁而寒冷的，1935年的晚秋，却似乎比往年来得更早一些：茅草早已枯黄了，在积年的腐土上，又压上了厚厚的一层落叶。从兴凯湖面上吹来的风，像无数只粗大的手，摇撼着树梢，撕捋着松针、败叶和枯枝，把它们随意地撒开来，使得这傍晚的森林更显得阴森、凄冷。

我沿着树丛的间隙蹒跚地走着。眼看再有几十步就可以翻上前面那个山包，但两条腿却越来越不听使唤了。背上越来越重，仿佛背的不是一个人，而是一座山；脚下的败叶更软了，一脚踏下去半天也抬不起来。伤口像钻进了无数小虫子，钻心地疼，太阳穴一阵阵发胀，眼前的树干慢慢地模糊、晃动起来了。蓦地，脚被树根一绊，身子踉跄了一下，"砰"地一声半边脸颊撞到树干上了。

迷迷糊糊地，我觉得背上耸动了一下，一只袖管轻轻地摸到了我的额角上，把汗水和血水给擦了擦，接着，他叹了口气，低低地叫了声："老董……"

"老赵醒了！"这个念头使我一阵高兴，惊醒过来。老赵的伤势很重，流血太多，从今天早上就一阵阵昏迷起来，这也说不上是第几次醒来了。我伸手扶住树干，定了定神，然后蹲下来，解开那条临时当作背兜的被单，把他轻轻地放在树下的一堆枯叶上。

他斜倚着树干躺下来，用那失神的眼睛看了看我，又四下里打量了一下，问我："小孙呢？"

“在埋溜子[①]，还没上来呢。”我一面回答，一面探身向山下望望。在这浩瀚的大林子里，小孙这孩子似的身躯更显得矮小。他一手提枪，一手拿根树条子，正在一步步后退着，把我们踏倒的草扶起来。他作得那么仔细，从背影看去，好像不是在敌人的追踪下突围，倒像住屯子的时候给老乡打扫院子。

老赵挣扎着欠起身，向小孙走来的方向看了看，伸手摸摸我脸上的擦伤，长长地叹了口气：“唉，我可把你们俩拖毁了！”说着，他猛地扭过头去。

“这风……”他扬起手掌揩了揩眼睛。

他的心情我是理解的。他是我们连出名的硬汉子，再苦再难，你在他嘴里听不到一句“熊话”，在他眼里看不见一滴眼泪，可是现在……他大概也看出我实在是难以支持了。可是他就没有看看自己。这会，他那副憔悴的模样，真叫谁看了都觉得心酸：本来就不丰满的脸，只剩了四指宽的一条条，煞白煞白的，像块风吹雨打的旧墙皮；眼窝深深地陷下去，满头缠着破布条做成的绷带，额角上、肩膀上、腿上到处往外渗着血水，要不是那双闪闪的眼睛，谁能信这是个活人？

我扶他躺好了，把他伤口上的绷带又扎了扎，伸手从怀里掏出了最后的那个苞谷，掰下几个粒子放到他那干裂的嘴里去。我像是安慰他又像安慰自己，说：“好好躺一会，别胡思乱想了。要是今晚敌人不再追上来，我们歇一阵还能再走的。”

入秋以来，我们这个连队接受了一项特殊任务：全力向东北方向活动，吸引住敌人，让大部队向西发展。一个月来，我们的活动拖住了敌人，完成了任务，但连队却被大队的鬼子紧紧地钉住了。就在三天前的下午，在袭击一个林警队住的屯子的时候，遭到了敌人

---

① 部队行动时派出专人消灭掉行军的足迹，叫埋溜子。

突然的包围。部队拼死战斗了一个下午，总算突出了重围，而同志们却被冲得七零八散了。

我们三个就是在这种情况下凑在一起的。我在突围的时候左臂受了一点擦伤，伤势不重，还可以坚持着走；四班长赵广烈的伤势比我重多了，头上、腿上好几处伤口。唯一的一个囫囵人，就是连部的通讯员小孙了。我们组织了一下：老赵由我驮起走，小孙留作后卫，担任监视敌人和消灭足迹。

就这样，我们三个人钻进了大森林，和敌人玩起了“捉迷藏”。

当时，原想躲上一两天就可以把敌人甩开的。谁知鬼子发现他们上当了之后，索性集中了全力来对付我们。他们调遣了沿路的保安队、林警，紧紧地钉住了我们的屁股，一步也不放松。几天来都是这样：我们好容易把敌人撇开，还来不及烧堆野火，找点水喝，鬼子就赶上来了。

今天，可算最平静的一天，从中午到现在没有发现敌情，也许可以让我们稍稍休息一下了。

我把老赵安排好，自己也在这软绵绵的树叶上躺下来，一粒粒地嚼着苞米。这时，小孙上来了。这孩子，几天来也吃尽了苦头，原来红扑扑的一张小圆脸，如今变得又黄又尖，显得两只眼睛更大了。他是两年以前随着父亲越过鸭绿江，逃出自己的祖国，参加我们抗日联军的。我们全连的同志都像对自己的弟弟似的关心着他，亲热地用朝鲜话称呼他“东木孙一”。两个月前他和我们一道刚刚掩埋了他的父亲——我们的孙营长，现在又和我们一起熬受这种艰苦危难。

小孙还是一股孩子气，他三脚两步跑到我们身边，摊开衣兜，把一大把榛子和一堆松塔抖在我们面前。他抓起松塔，在树根上轻轻一摔，就出来一堆松子，然后用手榴弹把松子一个个敲开，交给我们。他自己却扎扎腰带，像只小猫似的哧溜哧溜爬上一棵大杉树,去瞭望去了。

我们几颗松子还没吃下,小孙又急乎乎地爬下来了。他一纵身跳到我们面前,神秘地说:“喂,咱们走到天边上来了。”

“什么?”我们以为又有了情况。

“到了界上了。”他往山包背后一指,“这下面就是国界,还可以看见苏联的哨兵呢。”他把“苏联”两个字说得很重,神情又惊奇又兴奋。

我俩都被这个意外的消息激动起来了。在这以前,指导员上政治课的时候,曾经不止一次地讲到过苏联;有的连队常常在界上活动,他们也讲述过界上的情形。苏联的革命斗争,苏联人民的幸福生活,在我们这些长年生活在丛林里的抗联战士们的心里,像神话似的勾起许多想象。那时候,谁不想亲眼看一看苏联的国土呵,哪怕只看上一眼也好。现在,这个机会就在眼前,哪能轻易地放过?何况从界上或许还可以看出一点敌人的动态呢。

原来离我们休息的地方不远,就是这片森林的边缘。我们隐蔽在一丛榛子树后面,偷偷地向外瞭望。就在我们脚下是一条清清的小溪,大概它就是国界了。对面的河岸上,一个苏联边防军的哨兵在游动。在哨兵的身后,是一块长满茅草的小小的盆地。平坦的草场被傍晚的阳光一照,抹上了一层金色,像一大匹柔软的缎子,平直地伸向远处,一直伸到一丛墨绿色森林的边缘。草场的上空瓦蓝瓦蓝的,几朵白云在轻轻浮动,两只老鹰在安详地打着旋。

草场上,一大群苏联男女正紧张地劳动着。一天的工作已将近结束了,草杈迎着阳光,一亮一亮的,一团团草捆被扔到马车上。彩色的衣裙、花头巾在迎风飘动。

这平凡的劳动景象虽然没有什么新奇,却把我们深深地吸住了。什么伤痛、饥饿、疲劳、生命的危险,谁也不再去想它。我们拨开树枝,把头尽可能抬得高些,生怕从眼底下漏掉一点东西。为了看得更清楚些,小孙索性钻出树丛,攀到一棵大树上去了。

我的眼睛里渐渐地潮湿了、模糊了。在那大雪茫茫的山林里,在战斗后休息的时刻,我们曾经多少次谈到革命胜利以后的生活呀,尽管那种生活看来是那么遥远,我们还是谈着、想着。现在,这种生活却如此平静地展现在眼前了。看着,我不禁懊恨地想:为什么仅仅这么一条窄窄的小河,却把生活分隔得这么鲜明。

我抬起头望了老赵一眼,他那双眼睛,那么亮,自从进入森林以来我就没有见它那么亮过。在眼睛下面,那突起的颧骨上,挂着一颗晶莹的泪珠。

我想跟他说句什么,突然头顶上"喀嚓"一声,原来小孙看得太出神,不小心压断了一根树枝。就在这时,一阵急促的哨子声刺耳地响起来,接着一排子弹从我们头顶上穿过去。我们被日本鬼子边界的哨兵发觉了。

我留恋地向草场上瞥了一眼,背起老赵,拔腿往林里跑去。小孙在后面掩护,他一面回枪,一面咒骂着:"……哼,连看看都不让……"

敌人的哨兵倒没敢往林子里深追,可是这互射的枪声却把我们的行动报告给了追击的敌人。当我们吃力地翻过山背时,山下已经布满了敌人的散兵和马队了。到处是敌兵,到处是枪声,我们连突了几个方向,都不得不退回到山顶上来。很明显,敌人已经发现我们在这个山包上,把这个山头团团地围住了。

我们来到一棵大松树底下,东倒西歪地坐下来。大家默默地互相望望,谁也不愿意开口说话,可大家心里明白:三个人里面有两个彩号,又经过了这连续 3 天的奔走和这一阵突围,现在别说走路,就连喘口气也几乎没有了力量,要想在这密密的重围中冲出去,已是不可能的了。

这时,太阳已经落到西边山后去了,天渐渐昏暗起来,骚乱稍稍平息了些,森林慢慢安静了。只有那"哗——哗"的松涛在晚风的激荡下，更起劲更单调地响着，间或有几只归林的飞鸟吱喳地叫两声，远处偶尔传来一两声冷枪和战马长长的嘶叫，整个森林显得更加阴森更加寒冷了。

我望望他俩。老赵半睡半醒地躺在那里，一会儿睁开眼睛，呆滞地望望树林梢头那一小片蓝天，似乎在思索着什么。小孙耷拉着个脑袋，两手不停地抚摸着那枝小马枪的枪托，半天，迸出了一句话："这……都怨我呵！"说着，抽抽搭搭地哭起来。

老赵长长地吐了口气，脑袋侧向小孙的脚边，伸手把小孙的鞋带仔细地系了系，直盯盯地望着小孙的脸问道："你今年十几了？"

"17。"小孙慢慢地抬起头。

"你年轻，又没有受伤。你得活着。我们俩往东那么一打……"

他的话没说完，就被小孙气愤地打断了："你……别说这个！咱死，死在一起，埋，埋在一堆……"

其实，这回答也是在人意中的，要一个抗联战士为了战友去牺牲自己倒可以，但要他扔下战友自己活着，那是办不到的。

话一时顶住了，谁也不再说什么。林里更静了。一阵风过处，"啪哒，啪哒"两颗松塔落在地上，骨碌碌滚到小孙的脚边，一只毛茸茸的小松鼠跟着窜下来。它并不怎么怕人。它扒着树干，不停地摇着它那长长的尾巴，瞪着一对小眼好奇地瞧着我们。小孙捡起松塔，下意识地往里面瞅了瞅，随手丢给了松鼠。那家伙轻轻一纵，抓起松塔跑走了。

又是一阵沉默。

突然，老赵翻转身，挣扎着爬起来。只见他的嘴唇哆嗦了一下，似乎想说什么，没有说出口，却吃力地把他那只受伤的胳膊抖抖索索地向我伸过来。

还有什么好说的呢？一切全明白了。我把他那只手紧紧地握住。那只手冰冷，在我的手里不住地抖着。

接着,又一只手很快地落到了我的手上。

三只手紧紧地扣在一起,三个人的眼睛互相深深地看着。一件决定我们命运的大事就这样在一瞬间无言地决定了。

老赵抽回手,从挎包里掏出了一颗手榴弹,放在嘴里猛一下子咬开了盖子,像摆一只酒瓶子似的,矗直地放在我们中间,然后把弹弦轻轻地勾了出来。淡黄色的丝弦,卷曲着吊在弹柄上,在晚风里摇摇摆摆。

一切决定了以后,人们心里似乎安静了一些。老赵向我们询问地看了一眼,说:"想想看,还有什么事该做?时间还来得及;天快黑上来了,敌人一时怕还不敢进来。"

"没有。"我摇了摇头。还能有什么事情呢?文件早在突围出来的头一天就烧掉了;牵挂罢,那还有什么好说的呢,在抚顺矿上作劳工的老爷子要是知道他的儿子是在哪里死的、为什么死的,他不会十分难过的。我只把驳壳枪往胸前放了放,从衣服里子里拿出那张一直没舍得毁掉的临时党证,叠了叠,压在枪的表尺底下——让它们和我的心脏一块儿炸掉吧!

对面,小孙也在窸窸窣窣地收拾什么,他把脑袋探向我这边,恳求似的低声说:"老董,咱俩换个地方坐吧!"他一面往我这边爬,一面解释说:"我爹临死的时候这么说过:'就是牺牲了,也要脸朝东死去——我们的祖国在那边!'"

这话说得我心里一紧一紧的。这孩子的愿望是神圣的。我刚想安慰他几句,猛地,老赵把一只手重重地按到了我的肩膀上,使劲晃着:"听!快听!"

松涛在吼着。在这海潮似的涛声里,隐隐约约地有一种奇异的声音汇合着兴凯湖上的风吹送过来。这是一个人在唱歌。歌声,不怎么高亢,也并不悠扬,它低沉而又坚决地涌进森林,压过了松涛,冲进了我们的心。

歌子是用我很不熟悉的语言唱出来的。一时，我简直弄不清这是什么歌子，只觉得它是那么亲切、那么耳熟，但很快，歌声和我心里的一支歌曲共鸣了。是它，是它！就在一年以前，我刚走进党的队伍的时候，就在这么一座森林里，在鲜红的党旗下面，和同志们一道，我第一次唱起这一支歌。这以后，我们曾经唱着它欢庆过战斗的胜利，也曾经唱着它把战友的尸体葬进墓穴……

是多么震撼人心的歌声呵！我用整个心去捕捉着每一个音符，合着这歌声，歌词从心底里流出来：

起来，饥寒交迫的奴隶，
起来，全世界受苦的……

唱着，我竭力思索着这歌声的来处。小孙首先叫起来："这是苏联哨兵唱的……"

"嘘……"老赵生气地瞪了他一眼，似乎责备他把歌声打断了。

可是，歌声不但没有断，而且更加洪亮了。开始，只是一个男中音在唱，接着，越来越多的人加进去，有低沉的男声，也有嘹亮的女声。汇成了一个大合唱。

一点也不错，正是他们！顿时，我眼前出现了那个巡逻在河岸上的苏联边防军战士(大概是他第一个唱起的吧！)，他背后那一片平坦的草场，那些欢乐的苏联男女们。我仿佛看见，他们放下了草杈，他们正挽起手，站在那个高高的土坡上，向着南方，向着我们这些被枪声和铁蹄包围着的人们，在齐声唱着这支无产阶级战斗的歌曲。

这是战斗的歌声，这是友谊的歌声。我觉得我的心在发颤，眼泪不知什么时候早已顺着腮边流下来了。我满怀着感激之情在想：就让那帝国主义兽兵的皮靴暂时在河边上走着吧，你隔得开我们这些人，却隔不断歌声，隔不开我们的心！我真想站起来大声向着他们呼喊："谢谢你们！亲爱的朋友们！听见了！我们听见了！"

歌声在继续着。歌声和着松涛，合成了一个巨大的音响，摇撼着整个森林。宿鸟惊飞了，树叶簌簌地落下来。我们都情不自禁地和着这歌声低唱起来。老赵揽着我的肩膀，紧贴着我的脸，嘴巴在抖索着，歌词从他那皴裂的嘴唇上吐出来：

满腔的热血已经沸腾，
作一次最后的斗争！……

小孙抱住了老赵，越唱声音越高：

旧世界打得落花流水，
奴隶们，起来，起来！……

我们紧紧地偎依在一起，唱啊，唱啊。唱了一遍又一遍。歌声和泪一道，从心里涌出来！

随着这歌声，我觉得我周身的血液真的沸腾起来了。几分钟以前那种绝望的心情，早被这歌声冲洗得干干净净，仿佛自己已经走进了那个唱歌的行列，和他们挽起了手，像他们一样健壮，一样有力，变得强大起来。那劲呀，莫说突出这包围圈，就是连走十天十夜也决不含糊。

不知什么时候，老赵已经不唱了。他把我们往两边推开，伸手抓起了面前的那个手榴弹，用颤抖的手指把弹弦捺到弹柄里去。然后小心地把小指套进了丝弦上的铁环。他像喝醉了酒似的，摇摇晃晃地扶着树干站起身来，目不转睛地盯着我，呵斥似地说道：

"不对！不对呵，老董！"他用力摇着手榴弹，"我们能活着出去，我们一定得活着出去！”

他说出了我心里的话。想起刚才我们那样软弱无力和那种绝望的打算，我感到脸上一阵发烧。“好！”我也霍地站起身说，“四班长，你下命令吧！”

“没有什么好说的。继续跟着那边唱，剩一个人也要把这个歌唱到底，这就是战斗命令！”他转身向着小孙，“把枪准备好，你走头里。突出包围圈就往林子里钻。黑糊糊的，敌人是没处追的。记住，注意联络！”

事情像刚才那样突然地决定了。我们很快收拾停当。小孙紧握着小马枪走在前面，我把老赵背起来。不知怎的，他似乎轻了许多。我一手拄着木棍，一手提着驳壳枪；老赵手里握着手榴弹。我们轻步走下山包。

背后，歌声还在响着。歌声像只看不见的大手，推送着我们在这昏黑的森林里摸索前进。

……

……

黎明时分，在一块林中的空地上，一堆通红的篝火燃烧起来了。在篝火近旁，我们紧紧地拥抱在一起，嚼着新爆开的苞米花，我们放开嗓子纵情地歌唱起来。

起来，饥寒交迫的奴隶，
起来，全世界受苦的……

1957 年 10 月 5 日

村野的火星

彭绍明醒来的时候,天已经黑了多时了。他真想再睡一会儿,哪怕打一个盹也好。这像头发一样披散着的、长长的榕树根,把人严严地罩住,又挡风又保密;这厚厚的树叶子又软又暖和……可是不行,时间实在不早了。他伸手从脖子上摸下一只蚂蚁,没有捏死,却把它轻轻地一弹,弹出老远,想道:倒亏它咬了我这一口,要不,还不知要睡到什么时候哩。

他仰起头望望外面。林子里漆黑漆黑的,什么动静也没有。只有树梢头鸟窠里的鸟儿,大概为了挤紧些取暖,咕咕地叫两声,把几根枯枝抖落下来。风,轻轻地摇落败叶,晃着竹林,最后在林边上抓住了几根枯黄的草叶,像吹口哨似的,发出单调而又尖利的响声。这声音使树林显得十分凄冷,使人更加心烦。

他吃力地坐起身,把盖在身上的枯草、落叶轻轻地拨了拨,把那件单军衣穿好。他顺手掏了掏口袋,从里面抓出了半截生红薯,啃了两口,又半躺在地上,习惯地把耳朵贴在地面上听了听,然后从怀里掏出驳壳枪,扳开机头,用拇指把枪栓一顶,“刷”推上了一颗红子。他关上保险,一手持枪,一手扶地,悄悄地爬出了树林。

林子外面是一片空旷的田野。月亮,像被谁刮了一马勺,剩下个细细的牙儿贴在天上,沉静地盯着地面。天似乎更高了,星星稀稀朗朗的;三星正挂在前面不远处那棵大樟树的梢头,凭经验,他知道已经是夜里10点多钟了。他心里一急,连忙站起身,但不等他直起腰,两腿却忽然一软,“噗”地声摔倒了。“今天是怎么了?”他奇怪地问自己,还想往起站,接着又是一跤。这一跤摔得更厉害,刚好一块石头硌在大腿上的伤口上,痛得他“哎哟”一声。他伸手摸了摸,伤口肿得像个发面馒头,火辣辣地烫手,痛得心里直发麻。

“坏了,一定是昨天过河的时候伤口进了水,现在发炎了!”他懊丧地想,“再说,肚子里也实在太空了。”

他倚棵小树坐下,摸索着把伤口又扎了扎,把剩下的一点红薯塞进口里。他一面吃一面想:“要是和同志们在一起该多好!”可是队伍呢?他下意识地四下里望望,田野里是那么空旷、寂静,只有淡淡的月光把他干瘦的影子斜斜地投射在地面上。

彭绍明开始这夜游的生活已经整整一个星期了。他是红三军团五师一个连队的通信员。长征的部队突破敌人第三道封锁线以后,正兼程向湘水前进。就在离湘水不远处,部队接受了阻击尾追的敌人的任务。任务是艰巨的:为了整个长征部队能安全渡过湘水,阻击部队必须不惜一切代价,把敌人挡住,彭绍明所在的部队便担任了扼守前沿阵地的任务。

战斗是异常激烈的,敌人排炮密集地轰击着这个小小的山头,整连整营的白军集团冲锋。战士们拼死地坚持着,熬过了艰苦的一天。傍晚,阵地终于被敌人冲破了,连队接到了立即撤出战斗的命令。可就在小彭向各排传达完命令,向连长报告的时候,一颗炮弹在他的身边炸开来,一阵昏黑,他失去了知觉。

不知过了多久,他醒来了,朦胧中闻到一股刺鼻的血腥气味;睁眼一看,原来他早已离开了阵地,正躺在一个人的怀里。这是连的指导员,早在中午就负了重伤。当连队仓猝撤退的时候,他正昏迷在一个掩体里,没有接到通知也未被敌人发现。敌人越过阵地以后,他忍着伤疼在阵地上爬了一转,在收拾烈士遗物时,发现了彭绍明的尸体。他看到彭绍明身体还有些温乎,便拖着他来到了这里隐蔽起来,而他自己因为胸部伤势太重又加上这一阵劳累,却大口地吐起血来，这会，已是奄奄一息了。

看见彭绍明醒来了，指导员强打起精神，把自己的驳壳枪和两条子弹，以及一条满装银元的米袋子递给了他。

“好，把这些东西交给你，”他把彭绍明的共青团团证和自己的党证放在彭绍明手里，用力抓住他的手，断断续续地说：“小彭，你记住：不管你走到哪里，你都是个少共团员，是革命的……”他又一连吐了两口血，话都含糊不清了，“就……就是剩一滴血，也要为……人民……流！”说完，他手一松，闭上了眼睛。

彭绍明含着眼泪，掩埋了自己的首长以后，带上战友的遗物和要求，沿着山石和丛林坚持着向西走。他原希望能赶上自己的部队的，但当他走到江边上时，只见江岸上一片火把通明，敌人已经修好了被红军炸毁的浮桥，大队的国民党军队正急急忙忙地拥过江去。要想赶过这密密层层的追兵，赶上自己的部队，已经不可能了。

他躲在一丛小树后面，望着那滔滔的江水和成群的敌兵，呆呆地坐着、思索着，直到天快亮了，他才拿定了主意：往回走，只要有一口气，也要回到苏区去！回到自己人们中间，去进行斗争！

从此，他走上了回头路。他知道，部队长征以来走出中央苏区已经很远；就算最后的一块小苏区，离开了也已有几天了。为了安全地通过这段白区，他不得不昼伏夜行：白天，他找个僻静的山坳、树丛躲藏起来，睡上一忽儿；夜里，当路断人稀的时候，他拄根竹杖，一瘸一拐地赶路。渴了，到水塘里喝口生水；饿了，到收获过的红薯田里扒点剩下的红薯啃啃。就这么着，一天天、一步步地往东赶。

这些，对于一个负了伤的、17岁的娃娃说来，是够困难的了，但都还能够忍受。最使他难耐的，还是这可怕的孤独。他是在红色政权下面长大的。过去，在童子团里，小朋友成群结队地在一起，念书、劳动。参加了红军，又是在一个和乐的大家庭里，学习、战斗。而现在,却是一个人,披星戴月,踯躅在这荒凉的郊野里。只有这时,他才深深地感到,一个人离开了同志们,离开了集体,是多么痛苦。这种对孤独的恐惧,对回到集体的热望,也成了他激励自己的力量。

“走,快点走,多走一步就早一点赶到苏区,早一点见到自己的亲人!”

可是,就像故意和他的这个愿望别扭似的,他前面的路是越来越困难了:人在一天天消瘦下去,步子越跨越小,开始每夜还可以走四五十里路,以后自己也觉得出,走的路一天天在缩短;而现在,由于伤口恶化,竟然连站也站不住,看来只得爬行了。

“好吧!爬也比停在这里好!”他下定了决心,把竹杖扔开,咬紧了牙,两手使劲按住了那凉冰冰的地面。

田埂一条条在他的肚皮下面退去,那座墨黑的小树林离开他渐渐远了。

月亮早已看不见了,三星越过了中天,斜挂在西边,北斗星那勺柄也歪到了地平线的下面,按时间计算,彭绍明爬了大约有四个多钟头了。深秋的深夜,像寒冬一样凉;收割后的稻根上,不知什么时候挂上了一层霜花,风,也更急、更刺人。彭绍明觉得自己仿佛不是在旱地上赶路,倒像全身浸在冰冷的水里游泳。说来也像,因为气力渐渐不支,他几乎全身都贴在地面上,霜花沾满了袖口、裤腿和前胸,后背流着汗水,差不多全身都湿透了。每一阵冷风吹来,他都要把颈子一缩,打一个寒噤。

爬行越来越困难。双手早在前半夜就擦破了,流出了一缕缕鲜血,使他不得不改用双肘支撑着往前挪动;而现在肘部的衣服也已经磨破了。伤口像无数针尖在扎,一阵阵刺心的疼。肚子早已响过多次,大概那点红薯根头早已消化完了。他紧赶了几步,来到一条高高的田埂下面,背着风躺下来。

“嘿，要是有一口热汤喝喝……”他倚着田埂，望着眼前这片收割后的稻田想道。眼前的景物唤起了他一种亲切甜蜜的感觉。以前，他是多么热爱这晚秋深夜的田野啊！四次反“围剿”的时节，部队都是在这样的夜里行军的。只要前面喊一声：“原地休息！”他就会以谁也赶不上的动作，很快把包袱解下来扔在这样开旷的稻田里，一溜烟似地向村子跑去。常常是他第一个跑进村子，轻轻地敲着一家的门：“老乡，开门，我们是红军！”于是一笼通红的火焰就在灶膛里烧起来了。然后他又是第一个提着一桶滚开的水来到路边上。连长、指导员、文书……一个接一个把茶缸子伸过来。他舀上一茶缸开水，把冰冷的手在滚烫的茶缸上暖一暖，从蒲包里抓出一小撮饭粒搁进水里，然后倚着包袱舒舒坦坦地躺下，看着天上的星星，喝着热茶，说着、笑着；要是情况允许，连长再揪着耳朵“动员”一下的话，他那尖尖的嗓子还会来上一段“兴国山歌”。那是多么惬意啊！……

想着，想着，他觉得自己眼睛发涩，眼前朦朦胧胧的，仿佛已经回到那个生活中去了。

突然，远处“汪，汪汪！”几声狗叫划破了寂静，把他从这甜蜜的回忆里惊醒过来。他慌忙欠起身，向四面张望了一下。北面，大约二三里路的地方，黑糊糊的一片，大概是个村庄吧，狗吠声就是从那里传来的。

“糟糕，怎么我早先没看见它呢！”他生气地骂了自己一句。按照他给自己订下的纪律，为了避免发生意外，看见庄子就要绕过去的，可刚才由于伤疼和疲劳，竟糊里糊涂爬到村边来了。

很快，他瞅上了右前方的一丛小树林，就向前爬去。爬着，他看见树林旁边有一片甘蔗田。心想：要是绑上一块银元，折下几根来，肚子的问题就可以暂时解决了。他下意识地摸了摸缠在腰间的那条米袋，银元在轻微地“铮铮”发响。

一个钟头以后，他来到蔗田边上。在田垅里把身子藏好了，伸手刚要去折甘蔗，忽然听见“刷拉拉”一阵声响，那声音像谁把一锹土撒开来似的，里面还夹杂着一个人的哭声。

“是谁在这时候下地干活呢？”他惊异地想，随即悄悄地掣出枪来，打开了保险，好奇地拨开甘蔗往外窥探。

甘蔗田外面、树林边上，离彭绍明约四五十步远处，有几个人影在晃动。模模糊糊地可以看得出，一个人像是个老头，正弯着腰吃力地把一锹锹土铲到一个土坑里去，在他旁边有个约七八岁的孩子正在拿个簸箕帮着弄土。一个妇女蹲在那里，一手揽着怀里的小孩，一手拣起土块往里扔；一面扔，一面唏唏嘘嘘地哭着，不时扬起胳膊擦擦眼睛。看来他们都很紧张，竭力把活干得快些。

“狗东西！一下子就是三条人命，”老头停下锹，低低地咳嗽了一阵，撩起衣角擦着汗，气喘吁吁地说，语调里含着抑制不住的怒气，“三伢子，你记着：这都是龚冲那小子丧了良心……”

“伢子，今晚上这事可对谁也不能说呀！”妇女说。

“怕什么，大不了也是个死。反正我们不来别人也会来的。”一说着，老人长叹了口气，“唉，他们这一死，全村就像抽掉了脊梁骨，剩下些老的老小的小，啥法也没有了，还不是人家案子上的肉……”

“可不，有他们在，觉得心里透亮，什么都踏实。这以后，可就作难了，”妇女轻轻地拍了拍怀里的孩子，把声音又放低了些，“听说龚冲又上镇子上去了，晚上还没回来，又不知道要出什么事了哟！……”

“哼！”老人没再说什么，用力铲起了一锹土，像把一肚子气都发泄到土上了似的。

彭绍明趴在那里，气也不敢出。看来，他们是在掩埋什么人的尸体，但从这些人的行动和言谈里，他始终觉察不出他是否来到了苏区，也分辨不出这些人是好人还是坏人。他不敢走出去，又舍不得离开,就耐着性子继续看下去。

眼看着坑里的土渐渐高起来,隆成了一个不大的坟堆。老人把土拢了拢,轻轻地用锹把土堆拍了拍,说:“时候不早了,以后再添土吧!”说完走到林边,掘来了两株小树苗,小心地把它们栽在坟堆的前面。

一切弄妥了,他领着那个大孩子,缓慢地绕着坟堆走了一圈,然后扶着孩子跪下来:

“孩子们,你们都是晚辈,可你二爷不能不下这一跪啊!你们……”他说不下去了,呜呜咽咽地哭起来。

旁边,那妇人早已跪在那里,哭得泣不成声了。只见她把怀一解开,抱起那个裹在襁褓里正睡得香甜的小娃儿,两手高高地举在面前,断断续续地说:“好姊妹们,我们知道你们是为什么死的,……你们放……放心吧……,你们的孩子,我一定把他们……抚养成人!……”

这声音越说越低,低得简直像耳语,但在这深夜的郊野里,它却是那么清晰,那么深沉,又那么悲凉。

一大片浮云轻轻地在中天里飘过去。风,还在凄厉地吹着,把甘蔗梢子摇得刷刷的响。彭绍明被这两个人的善良的话语激动着,他觉得脊背上一阵阵发冷,心里一阵阵发酸。他的眼睛潮湿了。心想:“看样子,这不是坏人……”

像是为了证实他的推测似的,老人又讲话了,声音提高了许多:“好孩子,好孩子,你们去吧1我们活着跟你们一样活,死,也会跟你们一样死!”他早已站起了身,弯着腰,把整个身子俯在锹把上,两眼直盯着坟堆,说话的声音很慢很慢,像是对活人说话似的:“苏区还是苏区,人心还是红的!你们的仇报得了,报得了!总有一天,咱们的红军会回来的!”

说完,他搀起那妇女,搀起孩子,就往回走。

“苏区？红军？”一道亮光从彭绍明的心上闪过，“我已经回到苏区了！”他觉得眼眶子一热，两大滴眼泪忽地下子涌出来，连忙低声地叫道：“老爹！”

两个人都被这意外的声音吓了一跳，他们显然有些慌乱，加快了脚步。

彭绍明连忙又叫一声：“老爹！”

他们停住了脚，却没有转身。老人问：“你是谁？”

“我，我是红军！”

这话像一声口令，几个人同时转回身。彭绍明钻出了甘蔗田，向他们爬过去。老人提着锹把迎上来，走到彭绍明面前，疑惑地打量一阵，又伸出手来，抖抖索索地放到他的头上摸着，先在帽子周围摸了一圈，然后把手停在前额那颗布制的五角星上。他的手慢慢地从帽子上滑下来，低低地叫了声：“同志……”

“是呀，老爹，我挂彩啦……”彭绍明本想把自己的情况向老人解释一下的，话没说完，老人早已一把抓住了他的手腕子，背转身在他面前蹲下来，说道：“这不是说话的地方，走，快回家去！”

村子里黑沉沉的，一点动静也没有。

那个大孩子走在头里，打探了一下，见没有人，这一行老小便悄悄地钻进了一家院子。

妇女随手点上了灯，老人把彭绍明背进里屋，小心地放在床铺上。灯影里，彭绍明才看清人们的模样：老人约有50多岁，黑脸膛，一脸花白的络腮胡子，一看就是个老实、耿直、健壮的庄稼人。这会儿因为背着人走路，又走得急，正蹲在门边，大口喘着粗气，不时地咳嗽着。那妇女约有40出头，但看来老相些，鬓角的头发都有些斑白了。她随手把门闩好，端起灯交孩子掌着，自己俯下身仔细地察看着彭绍明的伤口，口里不停地叨念着：“唉，看打得这个样了，还是个孩子嘛，小小的年纪就受这个罪！……”说着，她那本来就红肿着的眼睛，又挂上了两汪眼泪。她擦把鼻涕，连忙转到外屋的灶前烧水去了。

这工夫，老人蹲在门边一声也不响，只是一锅连一锅地吸烟。半天，忽然问："你是从西边回来的？"

"是！"彭绍明回答，他瞥了老人一眼，只见老人脸上挂着一股怒气。

"这会主力在哪里？"

"说不上，"彭绍明说，"我连走带爬走了七八天，这会队伍又走出好远了！"

"人家都往西走，你可好，屁股朝西脸朝东，走回头路……"老人把身子往前探了探，背过脸，把声音提高了些，气冲冲地说。

"老爹，我往回走是不得已啊！……"彭绍明望望老人那带着怒意的脸色，委屈地想："他是不相信我了。"就把自己的情况简单地谈了谈。

老人吸着烟，听着，没有吭声，直到彭绍明讲完了，才慢吞吞地问："你打算怎么办？"

"我想，"彭绍明看看老人，不知怎的觉得有些胆怯，"我想爬也爬回苏区，把伤养好，再和白鬼子拼……"

"苏区，苏区……"老人打断了彭绍明的话，长叹了口气，脸上挂上了一副悲伤、痛苦的表情，"刚才的事你没看见？"

"看见了！"

"到处是白鬼子，到处是血！"老人越说声音越高，"实告你讲吧，咱们的苏区，除了这里，"他竖起大拇指用力地戳着自己的胸口，"哪里也没有了，没有了！"说完，老人像放倒了一条麻袋似地，一头扑倒在床沿上呜呜地哭起来。

彭绍明正想去劝解，老大娘端着一碗热腾腾的稀饭，推开门进来，说道："看你这是怎么啦？人家同志受伤受罪，不让人好好歇歇，大嚷大叫的,也不怕人听见！”接着,她又说:“天快亮了,这小同志在家里住怕不行,你也得想个办法……”

老人擦擦眼睛,慢吞吞地站起来,伸手接过碗,放在唇边上试了试凉热,放在彭绍明的面前,虽然脸还是沉着,话可温和多了:“吃,快吃吧。我去给你找个安身的地方去！”说完,大步走出了屋。

彭绍明端起饭碗,觉得又是感动又是委屈,刚要吃饭,听见外屋老大娘在说话了:“你这脾气真是……”

“唉, 你不知道, 见到自己队伍上的人, 想想这世道, 揪心呀！……”

“难过也不能对同志这样……”老大娘渐渐压低了声音,但约略还可以听见,“这几天你不是整天说, 没有了他们, 没人领着干吗,这同志说不定就……就是他们……”

“我看不像,一个年轻的娃娃……”

老人拉开门出去了,老大娘端着碗盐水走进来。她一面给彭绍明洗着伤口,一面说:“同志,你别见怪,老头子性子急,他刚埋了那些同志,心里闷呀……唉,看看咱根据地这眼下的情形,谁不发急、难过？……”接着,老大娘便谈起了这村里的情况。从老大娘的嘴里,彭绍明才知道,红军长征的部队刚一走,反动军队就拥进了苏区,当地的干部和青壮年都参加了红军游击队,转移到外地深山去打游击去了,党的活动也转入了地下。苏区像遭到了一场暴风雪,刷地一下子全“白”了。对这个靠近山边的孤零零的村子,敌人更是注意,几天以前,一个名叫龚冲的党员在敌人的利诱下叛变了,整个党组织遭到了破坏, 全村仅留下的三个共产党员也被枪杀了。“白鬼子的心忒毒哇,人死了还不让收尸呢。还撇下这些娃娃,”她指着屋里的两个小孩,“我们几家分着抱回来养活着……”

听着老大娘的叙述, 彭绍明觉得自己的心像被什么人揪着一样,又酸又痛。说不上是因同志的死难而伤痛,还是因自己的希望破灭而失望,或者两种都有。从他下定决心走上回苏区的路的那一刹开始,他的心就整个地回到苏区了。当他走累了,躺在那深夜的旷野上时,他曾经不止一次地怀着激动的心情,望着天上的浮云和流星,想象着回到苏区以后的生活。在他的想象里,苏区还是像他在的时候那样,到处是和平幸福的生活,到处是劳动的歌声。他想象着,当他踏进苏区以后,很快会找到地方休养,然后他找到部队,雄赳赳地喊一声:"报告,红军战士彭绍明伤愈归队!"就扛起小马枪重新过起了战士的生活。可是现在……他怀着微弱的希望,问道:"这里没有红军活动?"

"听说有,可离这远着呢!"

"为什么不组织起来对付这些家伙呢?"

"唉,干来着。别看村里就剩下这一些老老小小,可心还是红的,有他们几个领导着,原想跟当年闹红的时候那样暗地里干的,可是他们这一牺牲,没了领头的,大伙心乱了……要不老头子能那么心烦?……"老大娘说着,又仔细看了彭绍明一眼,说:"同志,我想问你……你是……"她想说什么,可话到嘴边又咽下去了,临时改了嘴:"你在这里好好养着吧。现在他们都不在了,等你伤好了也好帮着老头子们出出主意。"

"不,不行呀大娘,我得找队伍去。"彭绍明连忙回答。单人独马地留在这四处是敌人的山村里, 他能干什么呢?再说他还有个幻想:也许这只是个边缘区,才这么紧张,要是到中心区说不定能找得上部队。想到这里,他说:"大娘,你们帮了我的大忙,真是救了我,可我得走,到老苏区去。你老人家帮我弄点干粮吧,我明天晚上就走……"

他刚要伸手掏钱,老人回来了。他向着老伴点了点头,伸手抓起床上仅有的那床棉被,对彭绍明说:"走,白天这里不保险,跟我到外面躲躲吧!"

他背起彭绍明,悄悄地走出庄子,来到北山前坡上一座坟丘的前面。拉开一堆茅草,低声地说,“小伙子,委屈一下,进去躲着吧。可千万别动,天明我叫孩子给你送点吃的来。”说完,小心地把小彭扶进丘子里,然后把草盖好,脚步稀稀地走了。

彭绍明摸索着躺下来,身下软绵绵的稻草散发出醉人的香气。不用说,这是老人刚才铺好了的。多少天来就盼着这么一堆稻草啊,他觉得浑身懒洋洋的,两眼干涩,可该美美地睡一觉了。但是一合上眼睛,却又怎么也睡不着,一个不快的思想顽强地抓住他的心:苏区没有了!在他眼前浮上了几位死难烈士的尸体,那老大娘讲述的整个山村的情景,和老人的那双愤恨、焦急,而又失望的眼睛。他仿佛看见老人还在用拇指戳着胸口叫着:“苏区,除了这里,再也没有了!”

想着,他刚才那种委屈的情绪渐渐消失了,觉得自己和老人慢慢亲近起来;而越想下去,越发感到愧悔和不安。是的,当全村的群众浑身鼓起了劲准备斗争的时候,突然领导的人被害了,就像一堆吐出浓烟正要燃烧的火被一脚踩灭了一样,这对于他们该是多么困难啊!他们需要的不是别的,只要一点火星把它点燃……可是他,一个红军战士、少共团员,却要在人民最困难的肘候,悄悄地从他们身边走过去。这时,他仿佛又听到一个人在他耳边大声地喊:“记住,不管到哪里,你都是个少共团员!……”想到这里,他不由得狠狠地捶了捶自己的脑袋,叫着自己的名字骂道:“彭绍明啊彭绍明,你,你可耻啊!”

可是,当他冷静下来,想到自己应该怎么做的时候,却不禁又有些茫然了。“怎么办?”要是在部队里,碰到难题,他只消跑到连部去,找到指导员问一声,就会得到完满的解答。而现在,他却是一个人,情况又这么新奇,这么复杂……他苦苦地思索着,后来一阵瞌睡袭来,他迷迷糊糊地睡着了。

太阳出来老高了,彭绍明才醒来。他是被一片嘈杂的嚷叫声惊醒的。一睁开眼,他就听见村子里咒骂声、女人的哭叫声、擂鼓似的砸门声和鸡叫狗咬,乱成了一团。他伸手摸着怀里的枪,把草扒了扒,从洞口向外张望。村子就在脚下,什么都看得清清楚楚。只见两三个白军士兵正押着几个扛着口袋、挑着箩筐的老乡向村头那座青砖大瓦房里走,几个妇女跟在后面哭喊着。有两个白军正在用枪托子砸一家的大门。一个白军架着一口缸走出一家门口,后面老大娘跟出来,抓住缸沿拼命地抢夺着,"叭喳"一声缸破了,半缸白米撒在地上。白军抡起了枪托重重地打在老大娘身上。老大娘仆倒在地,哭着,大把大把地抓着米粒……

彭绍明的心被仇恨烧得直发抖。他举起驳壳枪,从洞里瞄准了那个白军,……但是,他还是抽回了手,掩着面孔,愤怒地歪倒在土壁上。"是的,在这样的时候,我不能这样轻易地死!我,我更不能离开他们!"他的思路又回到头天夜里所想到的问题上去了。不知是因为睡了一觉,还是为眼前情况所激动:他觉得自己思路清晰了些,很快就集中到眼前的问题上了,"粮食,这是群众的命根子,首先得想法把粮食夺下,不能让白鬼子弄走!"可是该怎么下手?他却拿不出主意。他默默地想:要是指导员碰到这情况,他该怎么做呢?他下意识地把手放进怀里,掏出了自己的团证和指导员的党证,映着从洞口射进来的阳光,仔细地瞅着。证件的封面上,火红的镰刀、斧头像一撮小小的火苗,在他的手心里闪闪跳动。看着党证,彭绍明不由得想起,一年多以前,有一次他和另一个战士,跟着指导员到一个"白点"附近的村子去筹粮,进村一看,原来土豪早已得到消息,带着几个团丁跑到炮楼上据守起来。团丁们有五六支快枪,而他们只有三个人。怎么办呢?指导员留下他俩监视敌人,自己走开了。两三个钟头以后,指导员回来,向炮楼喊了一阵话,接着就大声下命令:"机枪班长准备好!同志们,冲呀!"话刚落音,机枪就"咯咯”地响起来,炮楼四周腾起一片喊声。土豪吓慌了,连忙缴了枪。当彭绍明冲进炮楼的时候,才发现这呐喊助威的原来是本村的老乡,而机枪不过是放在洋铁桶里点着的一串鞭炮。当时,他曾经问指导员:“这是怎么回事?”指导员说:“依靠大伙呀!你记住,有什么难事,只要找群众一商量,领着头一干,什么困难也就解决了。”

“对,就是这样!”随着这件事情,彭绍明心里一亮,想起了一个主意:老大娘不是说远处有我们的游击队么?看来,来的敌人不多,不过一个班;要是在他们押运粮食的路上,冒充游击队那么一打,粮食就会夺下来的。然后各家把粮一藏,把事情往游击队身上一推……但是,究竟敌人来了多少?什么时候起运?从村子到镇上有多远?路上有没有合适的地形?……这些,都是需要解决的。他多么希望找个人商量一下啊。

外面的混乱和嚷叫不知什么时候停止了。丘子里静得很,彭绍明继续思索着自己的计划,却不由得想:这是多么沉重的担子呀!他为自己能考虑这么严重的问题而暗暗感到惊奇。就在这一霎间,他觉得自己的年龄也似乎大了许多。

正想着,忽然洞口的茅草窸窸窣窣地响了一阵,老人钻进来了。他一面堵洞口一面压低声音自言自语地说:“完了,完了,这下子全完了!”堵好洞口,他摸到彭绍明身边,歪下身,把个瓦罐放在墙角里,从怀里掏出一个小布包,递到彭绍明的手里,说道:“听说你一定要走,这是老婆子给你准备的干粮。唉,这还是放在小孩的怀里藏起来的,差点叫那些狗东西给翻了去。”接着,老人又解开扎腰带,把棉袄脱下来,披到彭绍明的身上,说:“小伙子,本想留你好好地养养伤的,如今你一定要走,我卢老二也不好强留你。唉!能活出去一个,就多个报仇的人啊!”说着,他的两颊的胡须抖动了一阵,两大滴眼泪挂在胡梢上。

捏着手里的那包打糕,看着这情景,彭绍明心里又甜蜜又酸楚。他把棉袄脱下来，还给老人，激动地说："不，老爹，我不走了！"

"为什么不走？"老人惊奇地问。

"我……我想留在这里，和您一块跟白鬼子干！"彭绍明本想把理由说充分些，不知怎的却说不出。

"怎么？"这回答很使老人感到意外。他惊异地望着彭绍明，突然看见彭绍明手里的东西，连忙伸手抓过来。他凑近阳光，两眼目不转睛地看着那红红的镰刀斧头，用那颤抖的手小心地摸弄着。好像从这上面获得了答案，他那惊奇的神情不见了，换上了一副欣喜、激动和信任的表情。他紧紧地抓住了彭绍明的手："小伙子，不，同志，你……是党员？"

"我是少共，是团员。"

"好，好好！"老人连连点着头，又问了一句："你真的不走了？"

"真的！"彭绍明肯定地点点头。他望着老人那欣喜的目光，不由得深深感动了：我们苏区的人民是多么信任自己的党啊，就是像他这样一个年轻幼稚的娃娃，听说是少共团员，他们也信任他，相信他能帮大家出主意，相信他能领着他们共同从事这生死的斗争。是的，只要干起来，党和游击队就会来联系、来领导的！于是，他说："这粮食不能让白鬼子弄走啊！"

"是啊，全村都为这事发愁呢。可天下是人家的，有什么办法？"老人愁苦地叹了口气。

"老爹，你看这样行不行？……"彭绍明小心地说出自己考虑的计划。在说话的时候，他竭力想象和摹仿着指导员在这样情况下的说话语气和神情，可总觉得还是没有信心。他边说边望着老人的脸，心想："等我说完，老人该说我孩子气了。"

卢老伯静静地听着，越听身子越往前凑，等彭绍明说完了，他连连点着头说："好，能行！"接着又把彭绍明提出的问题谈了谈。一切都很理想：敌人只来了八个人；从这里到镇上约有四十来里路，就在当中有一段山坳，路两边都是立陡的山坡和密密的茶林；村里，除了被迫给敌人担挑子的以外，凑个三四十个“有嘴的”男人也没问题。

“就是……”末了，老人说，“时间来不及了，白鬼子说好是吃过午饭走的，大白天事情就难办了。”

“能不能稳住他们？”老人一说办法能行，彭绍明的胆子壮了些，他急切地盼望这办法能马上变成行动。

“人倒有，村公所的老程是自己人，可就是缺这个。”老人把拇指和食指扣在一起做了个圆圈，“就办不了事！”

“那好办！”彭绍明伸手掏出那条满盛银元的米袋子，递到老人手里。

老人掂弄着钱，半天才把手按到彭绍明身上，激动地说：“那你……”不想正按到伤口上，痛得彭绍明“哎哟”一声。

“别说这个，这是党的钱，办革命的事嘛，”彭绍明忍住疼，截住了老人的话，他觉得自己仿佛真的成了这个大行动的组织者了，“老爹，你快设法弄点酒肉稳住他们，再找几个可靠的人合计合计，看还有什么问题没有？等弄妥了，我就先走——我爬着走得慢。”

“那好说，别看我这把老骨头，驮你走个十几二十里路总还行！”老人兴奋起来，“事不宜迟，我这就去办去！”说着就往外爬。

彭绍明又嘱咐了一句：“小心点呀老爹，这事可不能走漏了消息。”

“放心吧，咱这里除了叛徒龚冲那小子以外，谁的心都是红透了的！”

“那个叛徒怎么办？”彭绍明又多了块心病。

“咳，看你这傻孩子！你的枪能打白鬼子，就不能打叛徒？”

老人走了以后，彭绍明把枪检查了一下，把伤口包了包，就倚在土壁上望着太阳等待着。他为自己能下决心挑起这副担子而感到突然，但又觉得是那么自然，好比到各排送一次命令那么自然。像无数要从事一件巨大事情的青年人一样，他有所期待又有点儿心慌。他觉得自己的心“咕咚咕咚”跳得那么快，那么响，自己都能听得见。

一切都按原定的计划在进行。太阳快落山的时候，卢老伯和另一个老人轮换着把彭绍明背到了山坳里来。凭着两年部队生活得来的军事经验，彭绍明由老人驮着，围山转了转，看了下地形，就找个靠近小路的树丛隐蔽下来。几十个老乡也在小路两旁埋伏好了。他们手里拿着用被子、衣服临时做成的红旗；还有铁锹、棍棒，那是准备万一敌人抵抗时和他们拼命的。

天快黑下来了，一行挑担走进了山坳。喝得醉醺醺的白鬼子们在蹒跚地走着。彭绍明慢慢地举起了枪。由于兴奋和仇恨，他觉得自己的心跳得更急了。他扭头看看，卢老伯正轻轻地把一只手爱抚地放到他的肩上。从这只沉稳有力的手上，彭绍明觉得出老人的那种信任和期待的心情。这种感觉使他平添了许多力量。

“可别打不中啊！”彭绍明瞄准了走在头里的那个白军。那家伙正叼支香烟，由两个兵搀扶着，趔趔趄趄地走近他的眼前。

“狗东西，叫你进苏区！”彭绍明恨恨地扣了扳机。“砰！”敌人堆里一块火红的烟头在昏暗中急骤地划了一个弧形的半圆——那个白军倒下了。

“老乡们快趴下！同志们，冲呀！”彭绍明可着嗓子大叫着，把子弹一发发地向敌人射去。随着这喊声，整个山坡咆哮起来了，茶林刷刷地响着，一面面红旗竖起来。到处有人在高喊：“冲呀！同志们冲呀！”

白军们早已慌了手脚，剩下的四五个人慌忙摘下枪零乱地放着，直往镇子的方向跑。彭绍明转身伏到卢老伯背上，沿着山坡一面追一面射击。有几个农民早已冲下山沟,拣起敌人尸体边上的枪支,也跟着追击了。

这工夫,挑粮的人早已挑起担子返回了村子。助威的人们也已集结起来,向深山走去——这是大家对彭绍明的计划的重要补充。为了更好地迷惑敌人,必须冒充游击队在山上留下足迹。

战斗结束得出人意外的快。现在只剩下一件事要做了。卢老伯背着彭绍明快步走回了村庄。

约摸10点钟左右,他们回到了村子。老大娘和那个大孩子早已等在村头了。像昨天夜里一样,他们几个悄悄地又进了村。不过,这次不是回家,而是直奔叛徒龚冲的房子。

“开门，我们家里来了个受伤的红军!”大娘一面敲门一面喊叫。

当叛徒揉着睡眼打开大门时，彭绍明的驳壳枪早已顶上了他的胸口:“跟我走！”

这是一个奇怪的行列:叛徒举着手走在前面,彭绍明趴在卢老伯的背上,举着枪,另一位老人和大娘在两边搀扶着。他们径直来到村前。

这里是全村地下党员死难的地方，这也是一昼夜以前彭绍明和老人一家相遇的地方。就在这里,彭绍明喝令叛徒跪下来。枪声响处,叛徒像只死狗似地横倒在烈士的坟前。

彭绍明从老人身上爬下来，慢条斯理地收拾着枪支，问卢老伯:“老爹,还有什么事？”

“事,自然还有,不过有了你这几声枪响,咱们的党会听到的!往后咱们就好办了！……”他嫌恶地向叛徒的尸体唾了一口,慢慢地踱到彭绍明身边,蹲下身来,久久地看着彭绍明的脸。这动作使彭绍明想到昨天夜里老人走到他床边时的情景。老人干咳了几声,压低了声音说:“唉,彭同志,我昨天晚上说话太冲,你……你可别见怪呀！”

“不，老爹！”彭绍明望着老人的脸，他从心里感到：正是老人这对党、对红色政权的不贰的忠心和深深的感情，才使得他这个年轻的娃娃在一夜之间长大成人的。而因为说到昨夜的事，他觉得自己的脸在发烧：“我不该走……我是个少共，我应该在人民需要的时候……”他的话哽住了。

老人猛地扑到彭绍明的身上，紧紧地抱住他那柔软的、还未发育成熟的肩膀，颤声地叫着：“彭同志，你是个好同志、好孩子！……”一行热热的泪水滚过那蓬松胡子，落到彭绍明那孩子般的脸上。

1957年11月7日

妈 妈

我们司的冯司长是个女同志。同志们当面叫她司长，背地里却都管她叫冯大姐。

其实，这个称呼也并不恰当。她已经51岁了，比我母亲还大2岁呢，而且因为长年革命工作的劳累，她看去比实际年龄还老相些：她的头发虽是短剪着，却差不多有1/3是白的了，脸颊有些瘦削，门牙也缺了一颗，使得上唇显得略略有点瘪。特别是当她挑起眼皮、透过老花眼镜的上缘看人的时候，在她那光亮的前额上，就聚起几条很深很深的皱纹。如果是个生人走进我们的办公室，看着她这年纪和神态，谁会想到她就是领导我们这个重要机构的首长？说不定还会以为是谁的母亲呢。

但是，我们把这位首长看得像母亲，还不只是因为她的年纪，而是她的为人。比方说，我们这些年轻小伙子，总是贪玩。晚上不是跳舞就是溜冰，再不就弄副扑克，一玩就是半宿；睡得迟起得也晚，来不及吃饭，就买个烧饼带到办公室里去啃啃。这事要让她看见了，她就会走过来："给我！"伸手拿过烧饼，垫上张纸，放在暖气管子上烘着。等烘热了，她再给倒上碗开水，一道送过来。然后，就坐在你的对面，一边看着你吃，一边轻声慢语地讲起青年人应该怎样安排生活秩序，怎样珍惜时间。这时，我们的烧饼是热的，脸是热的，连心也是热的了。又比方，我们这里很有几个球迷，一听到下班铃响，撒腿就往球场里跑。这时，她又会一声叫住你，把你的衣服扣子扣好，把围巾给围上，说不定还把你掉出来的头发给往帽舌底下塞塞。然而,要是你工作上出了什么差错,或者思想上有了什么不对头了,常常不等你自己觉察,她就又来到你的对面坐下来,还是轻声慢语地谈着,一直帮你看清了错在哪里,找出了原因,定出了改正的办法,才走开。

她就是这么个人。一天、两天,一月、两月,她就这么体贴入微地关心着我们。好像我们不是她的下属,而是她亲生亲养的一群孩子。要是她生病了或者是开会去了,不到办公室来,大家就会觉得像缺少了什么,连那个最好说俏皮话逗乐子的老何也会一天沉着脸不吭气。

但是,尽管我们都怀着深深的敬意热爱着这位首长,有几件事却使我们感到奇怪:每当她的秘书——那个姓孙的胖胖的姑娘给她送来公函、文件,她总是照例地翻拣一遍,然后问一句:“没有?”秘书点点头,她就轻轻地叹口气,脸上顿时蒙上一层失望的神色,人也更显得苍老些。不过也有不问的时候,那时她手里一定有一封信,有时是机关来的,有时是私人来的。她就急急地看这信。看完了,又是照例地叹口气,把信塞进抽屉里。

这到底是怎么回事?是怪脾气吗?还是有什么心事?

我们得承认:关于冯司长的个人生活和她的历史,我们知道得是太少了。我只是在她刚来时的欢迎会上听过处长的介绍,知道她是个老党员,党龄比我的年龄还长,过去她长期在白区做地下工作,光坐牢的时间也不比我参加工作的时间短多少,具体的呢,就啥也不知道了。有时我们也想向她打听,可是一提到这个问题,她就说:“现在的新事还讲不完呢,还翻那些老帐干什么?”

这个闷在心里的疑团,终于,遇到了一个偶然的机会,解开了。

那是1954年春节后不久的一个下午。我正站在司长办公桌前,接受下厂了解情况的任务,秘书给她送来了一张会客单。我瞟了一眼,会客单很平常。姓名:刘忆平,性别:男,年龄:二十六岁,职务：鞍钢某厂的工程师；与被会人关系没填，事由是看望。司长毫不在意地看了一遍，扔在桌上，接着又拿起来看了一遍，想了想，自言自语地："忆平……"突然，她一怔，蓦地站起来，急乎乎地跑出去。我给弄得莫名其妙，随手从衣钩上取下她的大衣，也跟着走出去。

在她推开会客室的门的时候，我赶上了她。只见会客室里一个戴皮帽子，穿灰呢大衣的青年，正在那里焦急地踱着步，见司长进去了，忙迎上来，但是，显然他们并不认识。那青年凝视了司长一会儿，说："您是……"

"我是冯琪，"司长说着，脸上露出惊喜的神情，眼睛直盯着那人的脸，一步步向前靠近。随着司长的视线，我看见，那人的额角上有一块小小的疤痕。

那青年嘴巴张了几张，再没有说话，却从衣袋里掏出一件东西来。我一看，是一只孩子戴的红骨小手串。只见冯司长惊叫了一声："平平！"张开两手扑上去，那人也叫了声"妈妈"，两人紧紧地抱在一起了。

当天，"冯司长的儿子来了"的消息，经过我的口飞快地传开来了。晚上，我们几个年轻人怀着兴奋和好奇的心情，来到了司长的家里。看来，她们母子正在叙着离别之情，但奇怪的是：两个人都没有说什么话，只见桌子上摆着一张纸，两人各拿一支铅笔，在纸上写着什么。冯司长大概也看出了我们的疑惑，一面把我们一一向她儿子介绍，一面笑着说："他是在国外长大的，本国话倒说不好。"这句话更引起了我们的兴趣，就七嘴八舌地问起来，那老何咋呼得更凶："有故事，一定有故事！给我们讲讲吧！"

看来今天司长的兴致特别好。她点点头："好，既然你们对这事有兴趣，就讲给你们听。"她来到床边，坐到儿子身边说，"你也听听！"于是她就用我们那听惯了的、缓慢的声调，讲起了关于她和孩子的故事。

“这孩子和小黄一样大，”她指着我说，“今年是26岁。我俩分开的那年他还不足6岁。那是1933年。

“当时，我和他爸爸都在汕头做地下工作。后来他被调到江西红区去，为了照顾孩子，也为了便于掩护工作，平平这孩子就留在我的身边。

“我当时的公开职业是给一个挑花工厂的老板做佣人，烧火做饭洗衣服。这个职业对于我的工作是很方便的。利用早上买菜的时间，我可以开展活动或者与党的负责人接头，接受任务、汇报工作。但是我们娘儿俩的生活却很困难。因为当时党的活动经费很少，只要有公开职业，就不能拿党的钱用于个人生活。我的工钱呢，又少得可怜，每月刚够买米吃饭，有时还得匀出一点来，支援受难同志的家属。这样，虽然我给人家炒煮的是鲜鱼大肉，但我们自己却断不了饿肚子。有时看孩子苦得实在不行，就收拾人家一点残汤剩菜，给孩子吃。这些都还好说，最困难的还是精神的折磨——这家人家也有个男孩子，比平平大一岁。这孩子每天放学回来的时间，就是平平受罪的时候，不是挨打，就是挨骂，不知吃过多少亏，受过多少委屈。

“当然，为了工作，这些只得忍着。孩子不懂，我懂，我们的生活水平虽低，可我们的事业，我们的人格，比他们高出不知多少哪！

“这天，我突然接受了一个任务：组织要我到城郊去接一个党从上海派来、经香港偷渡过来的同志。我好不容易借故向老板娘请了假，但是因为要走很多路，孩子不能带去。凑巧刚发了工钱，我买了几个烧饼留给孩子，就动身了。

“直到天黑，我才完成任务，赶回家来。一进房门，就看见孩子趴在床上，头破了，满头满脸都是血，正在抽抽噎噎地哭呢，见我来了，一头扑到我怀里，大哭起来，还不住声地哀求我：‘妈妈，走，咱们走吧！……’我一边给他包扎，一面问他。原来这又是东家的孩子干的。那孩子放学回家,见到平平在吃东西,伸手就抢,平平当然不让。那孩子掏出砚台就打,竟把平平打成了这个样子。你们看!”她抚摸着忆平的额角。我又看到了那疤痕。我仿佛看见了当时的情景,看见了他那孩子的鲜血和屈辱的泪。

“当时,我自然又是难过又是气愤,可也没法,刀把在人家手里攥着嘛。我只好安慰他:‘孩子,别说傻话了。走,走到哪里去?来,妈带你外面玩玩去。’其实,说带他玩也是哄他,我还有任务:上级同志带来的文件和一大笔钱在我身上,我必须很快把它交给党组织。为了安全,我把文件和钱包包好了,捆到孩子身上,领着他先到一个药房里上了点药,就沿着大街往秘密机关住处走。

“因为生活困难,我怕孩子要这要那,从来不带孩子到大街上来。现在一上街,孩子马上被这热闹的城市夜景吸引住了,特别是走到一家儿童商店门口,他更是一步也不走了。他望望橱窗里那些五颜六色的玩具和衣服,又望望我的脸,终于鼓起勇气说了句:‘妈妈,买!’

“‘孩子,不是给你说过,妈妈没有钱哪!’我说。

“他固执地扯着我的衣襟:‘不,妈妈,你有钱,买!’

“噢,是的,他说的是我放在他身上带的钱。这我又不能给他明说,本想呵斥他几句,可看看他那缠满绷带的小脸,我的心又硬不起来。我不由得把手插进衣袋里,抓住了那刚发下来的一块多钱工钱;捏了一阵,还是空着把手拿出来,——那得吃饭呀!

“孩子又说了:‘妈妈,人家念书,我没有,人家……妈妈,你不是说你喜欢我吗?……’说着,他眼珠一骨碌,两大滴眼泪流下来,滚过腮边,滚过那破开几个洞洞、油得发亮的衣襟上,一迸好远,连挂都挂不住。我的感情不由得冲动起来:一样是孩子,老板家的孩子吃好穿吃,有书读,而我的孩子……好吧!我咬咬牙,一把把孩子抱起来,给他擦干了眼泪,走进店里,就着这些工钱,给孩子买了一件小褂,还买了两块点心。看看手里,还只剩三毛多钱了,去他的,一不做二不休,吃饭的事以后再说吧——给他们做了半年多的活,不相信连预支点工钱也不行。我又抱着孩子来到玩具柜前。可是挑来拣去,不是不中意就是买不起,最后才看中了一副骨头制的小手串,红红的、亮亮的,又好看又结实。我用了最后的这点钱,把它买了过来。

"我把衣服给孩子穿好,把手串戴在他那小手腕上,看着他大口大口地吃着点心,我的心里舒服极了。这种心情只有做母亲的才能体会得到呀,对不对?"

我们被这个革命家的清贫的生活和她那母亲的心所激动着,谁也没有插话,都目不转睛地望着她的脸,等着她继续说下去。

"可是,"略停了一会儿,她又说道,"这件当时看来很顺心的事,却叫我后悔了20年。

"事情竟有那么凑巧。就在第二天清早,我在菜市场上和上级党的同志接头的时候,接到了党的指示,决定要我到上海去,并且把一批文件和材料带到上海转给中央。他交代了我到上海后的接头地点和暗号,只是路费不凑手,他已派他爱人去取了,要我明天下午到他那儿去拿钱,买票上船。

"接受了任务,我赶紧跑回去,造了封假信,对老板说我母亲病重,要赶快回去。办妥了,我对平平说:'孩子,你不是要走吗,咱明天就离开这儿了。'他高兴得一蹦搂着我的脖子:'妈妈,你真是个好妈妈!'

"谁想到在白区工作意外的事就那么多。当我兴冲冲地背着行李,领着孩子走到上级同志那里去时,却大吃一惊。他那向街的窗子上,窗帘低低地放下来了——这是暗号,告诉自己的同志:这里出事了。再试探着往前走了几步,看见两个警察抬着一大包东西从门里走出来;门前的台阶上,一个3岁多的小女孩正在喊爹叫妈地哭。我认得出,那正是这个同志的孩子。

“等警察走远了,我打发平平偷偷地跑上去把那个小女孩领过来,抱到怀里哄着。这时,我的心里像坠上了一块铅:另找关系去吧?地下党是采取单线联系的;回老板家去借路费吧?不给人做工人家能白给钱?何况,现在又去不得。典当东西吧?我那个小行李卷做个身分掩护还可以,别说要卖,白给人家人家也不见得要。我真后悔:当时为什么那么感情用事,把钱全给孩子买了东西,弄得现在……我下意识地掏掏口袋,掏了一遍又一遍,钱没掏着,手却触到了腰间的文件包。这使人更加焦急:没有钱,怎么上得去船,任务可怎么完成呵!

“没法,我只得豁出脸皮闯一闯,想混上船去。谁知拖大带小特别惹眼,人家一查票,不让上不说,还叫臭骂了一顿。

“我躲在码头旁边,一直等到天黑,也没有瞅上个机会。船,‘呜——’的一声开走了。

“我领着大的,抱着小的,沿着海边茫无目的地走着、走着。孩子当然不知道我的心事,这个嚷:‘妈妈,饿……’那个叫:‘婶婶,吃……’也难怪他们,已是一天没吃东西了。

“看看来到城郊,也没个宿处,我沿路拣些香蕉皮、柚子壳、甘蔗梢头,来到一家大门楼底下坐下来,把半截甘蔗梢头给平平咬着,我把这些乱七八糟的东西嚼了,填到女孩的口里。慢慢地,孩子们睡着了。我怀里搂着孩子,手按着文件,听着孩子的鼾声和那震碎人心的海涛,一夜没有合眼。

“天亮了,正想找个去处,大门开了,一位围着围裙的大嫂挎个竹篮走出来,一眼就看得出是这家的佣人。她看见我们,就问:‘你娘儿们怎么跑到这里来了?’

“我只得依样撒个谎:‘母亲病重了,想去上海看看,没上去船。’其实,我心里的焦急,就是妈妈真的病重也不能比呀。但话一出口,不由得心里一酸,流下泪来,这倒也真像了。

“看来这位大嫂是个善心人,她关心地问我:‘就不能找个亲友帮衬帮衬?’

“‘没有呵!’

“说话间,孩子醒了,又嚷着要吃。那大嫂叹口气,进去端出一大碗稀粥,给孩子们一人一口吃着。她又拿话安慰我。我从心里感激她,可两心隔肚皮,她哪晓得我的心事?我只需要钱,只要有那么一点钱就行啊。我说:

“‘大嫂,你的好心我知道,实不瞒你说,我缺的是盘缠呀!’

“‘这,这不好办。’她为难起来。但看来又不愿让我伤心。她看看我,又摸摸孩子,半天,忽然想起了什么,压低了声音问我,‘你还回来不?’

“‘回来?’我不懂她的意思,就含糊地答应:‘回来。’

“‘要是还回来, 那倒有个办法, 可是……不知该说不该说呀……’

“一听说有办法,我连忙抓住她:‘帮帮我,大嫂!’

“‘这……’我一催,她更迟疑起来了。

“我又催她:‘只要让我们娘儿三个上得去船,怎么都行。’

“‘娘儿三个怕不行。大妹你别见怪,你不是两个孩子么,我是说你把一个孩子留给我东家做小的,你带上钱去上海。’她望了我一眼,一气说下去,‘以后,以后你多忙活点,有了钱,多花些钱还怕孩子赎不回来?’

“你们知道, 潮汕地区去南洋的很多, 劳动力少, 有一种风俗——兴买儿女。名义上是儿女,实际上是买劳动力。

“这个提议太意外了,我脑子‘嗡’的一声,啥话也说不出。那大嫂见我不吭声,叹口气,自言自语地说:‘唉,我说不该说呀,这倒成了拆散你们母子了……’说完,悄悄地提上篮子,走了。

“我情不自禁地把两个孩子拉到怀里。孩子们一人一只手插进碗里，正在捞着最后的一点粥渣，这会儿都吃惊地望着我。我看看这个，又看看那个。小女儿长得真俊秀，活像她妈妈；可是现在她爹妈正在阶级敌人的监牢里受着酷刑，她大概已经见不到她的爹妈了。作为一个同志，为了死去的烈士们，我怎么也得想法把她带大。再看看平平，他头上的伤还没好，叫绷带衬着，显得眼睛更大，鼻梁儿也更高了。他那望人的神情，那吃东西的模样，多像他爸爸呀！我想起，他爸爸临到红军中去的时候，叫着我当时的名字：‘辛平，孩子留给你，受累是你一个人，幸福暂时也是你一个，可是想念他的却是我呀！’现在，我怎舍得把他扔给陌生的、又是财主家里去受罪呢？

“我想了又想：也许我去找个地方，做个十天半月的工，省吃俭用地积些钱？不行，时间不允许；也许我去沿门乞讨？也不行，身上的文件呢？……实在没法，我的思路又回到那大嫂刚才说的话上来。现在，就只有这条路能走了，可是，……我下不了决心。我还是想着、想着。忽然，‘吱——’的一声，汽笛又响了，这是上海来的船到了。这时，仿佛这汽笛在用它那震人的大嗓门呵斥我：‘辛平呀辛平，你已经是入党五六年的共产党员了，怎么还这么糊涂？’那大嫂的话也在响：‘以后，多花些钱还怕赎不回来？’……

“唉！……

“我正要下决心，那大嫂回来了。她从篮子底下摸出两个炸糕，递给孩子，对我说：‘妹妹，别伤心啦，这年头，穷人命苦，女人命更苦，……唉，另想想办法去吧！……’

“我再也不能犹豫了。我一把揪住她的衣襟：‘大嫂，就，就照你说的办吧！’这话仿佛不是从我嘴里说出来的。我的眼泪忽地涌了出来。

“大嫂问：‘当真？’

"'当真!'我咬着牙,尽量把话说得肯定些。

"'那,是哪个呀?我领孩子进去看看。'

"'啾,'我紧咬着牙,抬手向平平一指。那手呀,足有千斤重。

"那大嫂弯腰搀起平平的手:'走,乖孩子,跟大妈去吃点东西去!'

"约摸一个多钟头以后,大嫂领着孩子出来了,手里拿着3块银元,两张契纸。孩子,才隔了一个钟头,我觉得像隔了多少年。我没顾得接钱,又抱起了孩子。大嫂把钱数给我,还特地敲得铮铮地响。那敲的仿佛不是钱,而是我的心。

"大嫂含着泪安慰我说:'好妹妹,把心放宽点,只要我在这里,总不能让孩子屈着。'

"我感激地点点头,在契纸上按了手印,然后从3块钱里拿出一块,递给她:'我们这娘儿俩,船票和吃食,有两块钱够了;这钱你存着,孩子要有个三灾八难的,费心给请个大夫给治治。'说完,我再也抑制不住了,抱着孩子放声哭起来。孩子也看出了我要走的意思,一把揪住衣服,怎么也不放。那大嫂把孩子的手给掰开,哄着他:'妈妈去买船票去,一会儿就回来。'接着又对我说:'好吧,快去买票上船吧!看完了老人,快点回来。'

"孩子也叫着:'妈妈,买到票就回来呀!'

"回来。回来的可能是极少的。我最后把孩子的手抓过来贴在脸上亲着,这时,我的手触到了一件硬硬的东西,原来是那副手串,我随手脱下了一只,看了孩子一眼,狠了狠心,抱起女儿就走了。

"走出十多步,我扭回头。我看见了孩子的泪汪汪的大眼。

"走出二十多步,我扭回头。我看见了孩子那高高的小鼻子,那扭歪了的小嘴巴。

"走出几十步,我扭回头。我看见了那一圈白白的绷带;不,什么也看不清,我的眼被泪水糊住了。

“我不敢再回头了。我害怕我会再跑回去。我紧抱着小女儿，抓牢腰里的文件，眼望着轮船码头，拼命地快走。

“走，走，走出好远，我听见了孩子的叫声：‘妈——妈！’

“就这样，我和我的儿子分别了！”

她的话停住了。屋里静得很，只有外面的北风在呼叫，把细细的沙子撒到窗子上来。尽管我们距离那种生活的年代远得很，但我们仿佛看到了这一切。同志们似乎连呼吸都停止了。老何点上的一支烟早就忘了抽，都快烧到手指了；还有不知哪位女同志竟唏嘘地哭起来。我看看冯司长，她显然也已经回到当时的情景里，两大滴晶莹的泪珠挂在眼镜下缘那有了皱纹的脸颊上。只在忆平又往她身边贴近了一些的时候，她才从往事中醒过来。她不好意思地笑了笑，把后来的事讲完。

“到了上海以后，接着党就派我到红区去。我把女儿交给了党组织，又把找平平的事托付给一位党组织的同志。但是，红区没有去成。那时，敌人正疯狂地向红区进行第五次‘围剿’，城市的白色恐怖也特别厉害。我被捕了，被关进了监牢。这次入狱不是几天、几月，而是几年。这几年里，除了一个共产党员在狱中所可能受到的刑罚和折磨以外，我还怀着深深的思念：孩子怎样了？

“1937 年，抗战爆发以后，我出狱了，接着就到了延安。这时我才知道，在我被捕后不久，我托付找我儿子的那个同志也被捕牺牲了。

“这些年来，我想念着孩子，也想尽了办法找他。特别是我知道他爸爸 1940 年在战争中牺牲了以后，我更是想着孩子。在抗战期间，我托地下党的同志打听过，找不到。全国胜利以后，我自己跑去找过，这时才知道那家是个地主，在土改时逃到香港去了。但我还在找着……

“忽然，你们看见，昨天他来了。

“孩子的经历，是他刚才告诉我的。还是党救了他。当时，那个同志把我的要求托付了汕头的党组织，党帮我找到了他，把他带到了上海。因为我那时正在狱中，就把孩子托给一个女同志养着。后来，这个同志被派到国外学习，路上又需要掩护，她就把我的孩子带到了国外。自然，熟悉孩子的情况的同志都在监狱里，而我的名字又时时更换，过去无论是哪个同志还是孩子，都无法和我联系了。

“1949年解放后，孩子托人找过我，没找到。这次回国参加建设，找遍了中央各部，才找到了我。”

讲到这里，她情不自禁地拉住忆平的手，长长地抽了口气：“20年，整整20年呀！谢谢我们的党！我把他扔掉了，党把他给我找回来。现在，他又回到我的身边了！”她结束了自己的故事，“至于他是怎样长大成人的，让忆平自己给你们讲吧！”

随着故事的结束，屋里慢慢地活跃起来。忆平同志成长、学习的情况，自然是我们感兴趣的，可惜天已经太晚了。我们都深情地望着忆平。他也是第一次听到母亲的经历和自己的幼年的情形，他激动地又往母亲身边偎了偎，低声地叫了声：“妈妈！”

“妈妈！”我们都情不自禁地重复着这个字眼，最后不约而同地向着冯司长，大声地喊出来：“妈——妈！”

司长笑了，忆平笑了，我们也笑了。笑声，钻出窗棂，在这宁静的首都的夜空里，飞散得很远，很远……

1957年1月22日

七根火柴

天亮的时候，雨停了。

草地的气候就是怪，明明是月朗星稀的好天气，忽然一阵冷风吹来，浓云像从平地上冒出来的，霎时把天遮得严严的，接着，就有一场暴雨，夹杂着栗子般大的冰雹，不分点地倾泻下来。

卢进勇从树丛里探出头，四下里望了望。整个草地都沉浸在一片迷蒙的雨雾里，看不见人影，听不到人声；被暴雨冲洗过的荒草，像用梳子梳理过似的，光滑地躺倒在烂泥里，连路也看不清了。天，还是阴沉沉的，偶尔有几粒冰雹洒落下来，打在那浑浊的绿色水面上，溅起一撮撮浪花。他苦恼地叹了口气。因为小腿伤口发炎，他掉队了。两天来，他日夜赶走，原想在今天赶上大队的，却又碰上了这倒霉的暴雨，耽误了半个晚上。

他咒骂着这鬼天气，从树丛里钻出来，长长地伸了个懒腰，一阵凉风吹得他冷不丁地连打了几个寒颤。他这才发现衣服已经完全湿透了。

“要是有堆火烤烤该多好啊！”他使劲绞着衣服，望着那顺着裤脚流下的水滴想道。他也知道这是妄想——不但是现在，就在他掉队的前一天，他们连里已经因为没有引火的东西而只好吃生干粮了。可是他仍然下意识地把手插进裤兜里。突然，他的手触到了一点粘粘的东西。他心里一喜，连忙蹲下身，把口袋翻过来。果然，在口袋底部粘着一小撮青稞面粉；面粉被雨水一泡，成了稀糊了。他小心地把这些稀糊刮下来，居然有鸡蛋那么大的一团。他吝惜地捏着这块面团,一会儿捏成长形,一会儿又捏成圆的,心里不由得暗自庆幸:“幸亏昨天早晨我没有发现它!”

已经是一昼夜没有吃东西了,这会儿看见了可吃的东西,更觉得饿得难以忍受。为了不至一口吞下去,他又把面团捏成了长条,正要把它送到嘴边,蓦地听见了一声低低的叫声:

“同志!——”

这声音那么微弱,低沉,就像从地底下发出来的。他略略愣了一下,便一瘸一拐地向着那声音走去。

卢进勇蹒跚地跨过两道水沟,来到一棵小树底下,才看清楚那个打招呼的人。他倚着树根半躺在那里,身子底下贮满了一汪浑浊的污水,看来他已经有很长时间没有挪动了。他的脸色更是怕人:被雨打湿了的头发像一块黑毡糊贴在前额上,水,沿着头发、脸颊滴滴嗒嗒地流着。眼眶深深地塌陷下去,眼睛无力地闭着,只有腭下的喉结在一上一下的抖动,干裂的嘴唇一张一合地发出低低的声音:“同志!——同志!——”

听见卢进勇的脚步声,那个同志吃力地睁开眼睛,习惯地挣扎了一下,似乎想坐起来,但却没有动得了。

卢进勇看着这情景,眼睛像揉进了什么,一阵酸涩。在掉队的两天里,他这已经是第三次看见战友倒下来了。“这一定是饿坏了!”他想,连忙抢上一步,搂住那个同志的肩膀,把那点青稞面递到那同志的嘴边说:“同志,快吃点吧!”

那同志抬起一双失神的眼睛,呆滞地望了卢进勇一眼,吃力地抬起手推开他的胳膊,嘴唇翕动了好几下,齿缝里挤出了几个字:“不,没……没用了。”

卢进勇手停在半空,一时不知怎么好。他望着那张被寒风冷雨冻得乌青的脸,和那脸上挂着的雨滴,痛苦地想:“要是有一堆火、有一杯热水,也许他能活下去!”他抬起头,望望那雾蒙蒙的远处,随即拉住那同志的手腕说:“走,我扶你走吧!”

那同志闭着眼睛摇了摇头,没有回答,看来是在积攒着浑身的力量。好大一会儿,他忽然睁开了眼,右手指着自己的左腋窝,急急地说:“这……这里!”

卢进勇惶惑地把手插进那湿漉漉的衣服。这一刹那间,他觉得那同志的胸口和衣服一样冰冷了。在那人腋窝里,他摸出了一个硬硬的纸包,递到那个同志的手里。

那同志一只手抖抖索索地打开了纸包,那是一个党证。揭开党证,里面并排着一小堆火柴。焦干的火柴。红红的火柴头簇集在一起,正压在那朱红的印章的中心,像一簇火焰在跳。

“同志,你看着……”那同志向卢进勇招招手,等他凑近了,便伸开一个僵直的手指,小心翼翼地一根根拨弄着火柴,口里小声数着:“一,二,三,四……”

一共有七根火柴,他却数了很长时间。数完了,又询问地向卢进勇望了一眼,意思好像说:“看明白了?”

“是,看明白了!”卢进勇高兴地点点头,心想:“这下子可好办了!”他仿佛看见了一个通红的火堆,他正抱着这个同志偎依在火旁……

就在这一瞬间,他发现那个同志的脸色好像舒展开来,眼睛里那死灰般的颜色忽然不见了,爆发着一种喜悦的光。只见他合起党证,双手捧起了它,像擎着一只贮满水的碗一样,小心地放到卢进勇的手里,紧紧地把它连手握在一起,两眼直直地盯着他的脸。

“记住,这,这是,大家的!”他蓦地抽回手去,深深地吸了一口气,用尽所有的力气举起手来,直指着正北方向:“好,好同志……你……你把它带给……”

话就在这里停住了。卢进勇觉得自己的臂弯猛然沉了下去!他的眼睛模糊了。远处的树、近处的草,那湿漉漉的衣服、那双紧闭的眼睛……一切都像整个草地一样,雾蒙蒙的。只有那只手是清晰的,它高高地擎着,像一只路标,笔直地指向长征部队前进的方向……

这以后的路,卢进勇走得特别快。天黑的时候,他追上了后卫部队。

在无边的暗夜里,一簇簇的篝火烧起来了。在风雨、在烂泥里跌滚了几天的战士们,围着这熊熊的野火谈笑着,湿透的衣服上冒着一层雾气,洋瓷碗里的野菜"嗞——嗞"地响着……

卢进勇悄悄走到后卫连指导员的身边。映着那闪闪跳动的火光,他用颤抖的手指打开了那个党证,把其余的六根火柴一根根递到指导员的手里,同时,又以一种异样的声调在数着:

"一,二,三,四……"

1958年1月20日

三人行

“一定要走到那棵小树跟前再休息！”指导员王吉文望着前面四五百公尺处一株小树，又暗暗地下了一次决心。那棵小树的叶子早被前面的部队摘下来吃掉了，只剩下些光秃秃的枝丫，挑着几个干巴叶片，因此，在王吉文看来，它似乎比实际距离要远一些。

几天来，他一直用这个办法来给自己打气，但这办法却渐渐失去了效用，他确定的目标越来越近，而且也更常常怀疑起自己的眼睛：该不是眼有什么毛病吧，为什么看来很近，走起来却这么远？

这次又是这样，他没有走到既定距离的一半，就有些支持不住了，头开始有些发晕，腿也软绵绵的，脖颈因为用力往前探着，扯得脖筋暴跳作痛，真担心再一用力就会“咯嘣”挣断了。特别是胸前的伤口更是讨厌，随着他急促的呼吸，里面那条纱布捻子像一把小锉在来回拉动。就连路也像突然变得崎岖不平了。当一星期以前，他带着他的连队踏进这茫茫的草地的时候，这草地是多么平坦啊，他甚至想到自己曾经走过大渡河两岸的重重山峦和那高耸入云的大雪山而略略有些“后怕”；可是现在，这路却变得那么坑坑洼洼，水草那么滑，简直站不稳脚；草根太多了，稍不留神就会摔倒……

通信员小周伏在指导员的身上，觉得身体晃得厉害，凭经验，他看出指导员又撑不住了，便说道：“指导员，快休息一下吧！”

“不！”王吉文故意把话说得声音很高，他知道第一次动摇了，就会有第二次，第三次……为了不让小周那双溃烂了的脚落到泥水里，他把小周的屁股用力往上托了托，说：“不要紧，只要你再给我增加点'营养'就行！"

小周腾出一只手，把怀里那一大把车前菜叶子翻了翻，拣了两个嫩叶，摸索着填进指导员的嘴里。他们已经断粮两天了，就靠这东西塞肚子。两人管吃叫做"增加营养"。

好容易走到那棵树底下，王吉文拣块干地方把小周放下来。刚弯下身，忽然听见小周喊了声："喂，同志，哪个单位的？"

这时王吉文才发现身旁还躺着一个同志。那同志见有人来，慌忙抹了抹眼睛，却没有说什么。

王吉文连忙凑近去，亲切地问道："怎么，也掉队了？"

"不……不行啦！"那同志伸手揭开盖在身上的那块油布，指着小腿肚上一处被水浸坏了的伤口，有气无力地说。

"别泄气嘛，同志，我们来想办法走吧！"王吉文安慰他说。

"不，自己的身子自己明白。呶，拿走吧！"那同志指指身旁那枝步枪，"你要是碰到十三团二连的同志，请顺便说一声：黄元庆已经'革命到底'了。"说到这里，他喘了口气，休息了一下，从挎包里掏出了一副绑腿，扔给小周，动情地说："给你，小同志。你好好的活出去，把我的那一份工作一块干了吧！"

一阵风吹过，树上那几片孤零零的叶子啪啪响了几声。小周哽咽着接过了那副绑腿。

王吉文也觉得心里一阵酸楚。凭他作了两年指导员的经验，他知道，有的战士在战斗中视死如归，但在极端艰苦的面前，特别是看来陷入绝境的时候，却容易莽撞地选择一种最简单的对待自己的办法。他像是自言自语地说："你将来那份工作是什么？同志，你想过吗？……"他本来还想再说些什么，可没有说出口，他只顾在发愁：这两个不能行动的同志可怎么带他们走？

他正在想着，忽然看见远处出现了一簇人影，人影走近了，还有一匹马。他心里顿时高兴起来。但是当这伙人走到近前的时候，他却失望了。只见马上挤坐着两个人,牵马的那个人肩上背着两枝步枪,一手牵马缰,一手搀着一个病号。王吉文认得出,这人正是本师的师长。

师长向着他们三个人看了看,默默地从枪筒上解下半截米袋子,抓了一把炒面递给王吉文,然后厉声地问道:“为什么不走?”

“这个同志伤口犯了……”王吉文指着黄元庆回答。他知道师长是个严厉的人,不由得有些心慌。

“背上他走!”

“我,我已经背了一个……”

“同——志……”师长向前跨了一步,直看着王吉文的脸,话说得又低又慢还有些沙哑。这时王吉文看见师长的眼里闪过一种焦灼、痛苦的神情。师长没有把话说下去,却突然提高了声音说:“背上他!”

说完,师长霍地扭转身,挽起马缰,扶起伤员,又蹒跚地向前走了。

一个人背两个人,王吉文思索着这个似乎不近情理的命令,不禁有些茫然了。但他很快又想起了师长那痛苦、焦灼的眼神。这,仿佛是对这个命令的补充说明。

“对,背上他!”想着师长的话,他蓦地想出了办法。他兴冲冲地抓起小洋瓷碗,从水洼里舀了一些凉水,拌上一点炒面,给黄元庆吃下去。接着又弄了一份放在小周面前。然后抓起黄元庆的一只手,背向着他蹲下来,果断地说:“黄元庆同志,我以指导员的身份命令你:走!”

他背起黄元庆,对小周说:“你在这里等着,我一会儿回来接你!”说完便大步向前走去。

当他到了一个新的目标,觉得体力有些不支的时候,便把黄元庆放下来,然后走一段回头路,再背上小周继续赶上去。

一趟,两趟,三趟……

目标一个个留在身后去了。王吉文实在觉得惊奇:哪里来的力量又走了这么远?可是他也发现,自己是渐渐不能支持了,特别是这一次,似乎黄元庆的体重忽然增加了许多,脚下的泥水也好像更软了,眼前的景物渐渐变成了两个,身子在晃荡起来。"已经走了几个来回了?17次,还是18次?……"他正想着,突然脚下一滑,身子一拧,他连忙挣扎了一下,总算没有摔倒,可是胸前的伤口却剧痛起来,痛得他忍不住"哎哟"一声。

"指导员,你怎么啦?"

"没有什么。"王吉文回答,一眼看见自己的手正捂着伤处,慌忙拿下来,扭头望了黄元庆一眼,心想:可别被他发觉呀!

这时,黄元庆却惊叫起来:"指导员,放下我!你……"

"别说话!"王吉文大声呵斥地说。就在这时,他觉得眼前一阵昏黑,一口甜甜的带点腥味的东西涌到了嘴边。他慢慢地歪倒了。

当王吉文醒来的时候,他发现自己正仰脸躺着,身子却在缓缓移动。"这是怎么啦?……刚才的伤口?……"他往伤处摸了一把,一条绑腿已经把它包扎得好好的了。他惊奇地扭头看去,只见自己正躺在油布上,油布旁边的水草里,两条糊满泥巴的腿在往前移动,一条小腿上正涔涔地流着血水。再往前看,黄元庆和小周并排着匍匐在草地上,每人肩上挂着半截绑腿,拉住了油布的两只角,正在吃力地拖着往前爬。油布沿着光滑的水草往前移去。他俩一边爬,一面说着话:

"……一个人该有多大的劲啊!看他负了伤,还背了我们那么远。"这是黄元庆的声音。

"人就是有那么股子劲,有时自己也摸不透。你刚才还说,自己的身子自己明白,可这会儿……"

王吉文看着、听着,他弄明白了这一切,心里顿时激动起来。他仰起脸，望着天空轻轻地吁了口气。天无边无垠的，好像为了衬托那令人目眩的蓝色，几朵像绒毛似的白云轻轻地掠过去。在那白云下面，一长串大雁正排成“人”字形的队伍，“娄——嘎！”地叫着，轻盈地向南飞去。它们挤得那么紧，排得那么整齐。

1958 年 1 月 23 日

支队政委

一

同志们都说我们的政委是拣来的,这话倒也不假。我和我们的胡政委确确实实是在一个十分偶然的情况下认识的。

那是在 1935 年春夏间，我们第一次长途奔袭雷公墟的战斗里。

我们这支游击队是临时凑合起来的。头年秋天，长征部队刚走,县委机关便遭到了敌人的突然袭击,县委负责同志牺牲了,根据地也像给霜打了的树,一点点、一片片的变“白”了。当时,我正带着一支赤卫队在赤白交界的地方活动,看看平地上站不住脚,便带起队伍上了山。沿路上又有一些村、乡的工作人员和革命群众零零星星地参加进来,慢慢组成了一支游击队。

队伍一上山,就引起了敌人的注意。敌人整天围着山根转,盯住屁股追。我们就像捉迷藏似的,东山有敌人就转到西山,西山打打再转到东山。这样在山林里和敌人兜了几个月的圈子,虽然也杀伤了一些敌人,可是我们的日子也越来越难过了:冷了没衣服,饿了没粮食。今天这个问:“队长,子弹快完了,能不能补几发?”没有。明天那个问:“伤员的伤口化脓了,给点盐化点盐水洗洗吧!”也没有。看着这情形,我心里着实发急,可是究竟该怎么办呢?过去在县里当个军事部长,什么事都由上级安排得停停当当、交代得一清二楚,只要带着队伍打就行;现在什么事都要自己拿主意,可就难啦。

实在苦得不行了,我下了决心:到山下去闯一闯!听说山下土豪们都回来了,打它一家伙,要是能搞到点东西,也能解决些困难;要是敌人多,拼一仗打死了也比这样困死强!

出乎我的意外,这次战斗进行得很顺利。原来敌人的主力都集中在山根搜山, 这村里只留了十几个民团。我们打了它个措手不及,一枪没放就把他们收拾掉了。

打这次仗本来是为了解决困难的。我们搜索完敌人,没顾上干别的,便直奔一所高大的地主宅院。我原想在这家土豪身上能肥肥地捞一把的,可是进门一看,屋里空荡荡的,人也都跑了,只有一个穿着破烂的、五六十岁的老婆子偎在当院墙角里打盹。我问她:“你的东家跑到哪里去了?”她抬起头好奇地看了我一眼,没有答腔,又两眼闭着,打瞌睡去了。我瞅了瞅屋里那两口破缸,心里真有点窝火:头一次打土豪,就碰上这么一家;大概这家伙回来还没顾上安家哩。敌人说不上什么时候来,要换一家怕来不及了;这里东西虽然不多, 但能搞到一点也是好的。我冲二班长喊了声:“林大富同志,敌人很快就来了,快搞东西!”

同志们忙起来了:有的装米,有的找盐巴,有的抓咸菜……七手八脚地乱成一团。我正想再向这老太婆打听一下这家土豪的下落,一眼看见院里墙根下有个黑乎乎的东西在动,原来是一只猪。我心里顿时一喜,心想:同志们好几个月没闻到点油味,这下子可该改善改善生活了,连忙三脚两步赶过去,伸手就抓。谁知这家伙又偏偏不听话,“咴咴”的叫着满院子里跑。我赶了一气,好容易瞅准了,一把揪住了它的耳朵,正要动手卡它的脖子,忽然听见一个大嗓门在喊:

“住手!”

这是哪里来的喊声?我一怔,手一松,猪铁趺撞撞地又跑了。我直起腰四下里望了望, 除了正在搞东西的战士和那个对着墙角发愣的老太婆以外，什么人也没有。

“真是活见鬼！”我气愤地骂了一声，连忙又去追猪。

“把东西放下！”

这一声比那一声更高。随着这声音，只见墙角里那堆稻草松动了一下，唿喇一下子飞散在两边，一个人的半截身子露出来。我扭身举枪指着他，打量了一下：这人约有三十上下，脸黄瘦黄瘦的，眼窝和两颊都瘦得塌陷下去了，显得眉头和颧骨很高。胡子有寸多长，老长的头发像个“连毛僧”似的披散着，再加上那双乌黑的、充满怒气的眼睛，着实怕人。他平伸出一只手指着我，用命令的口气说：

“你，你告诉他们，把老乡的东西放下！”

“你是干什么的？”我厉声地问他。

“你是干什么的？”他反问了我一句，口气也很硬。

“红军游击队，怎么样？”我真有点火。

“红军游击队？我看不像呀！……”他摇了摇那头长到耳根的头发，讥讽地笑了笑，“红军游击队我见过不少，可没见过随便拿老百姓东西的！”

这话说得真刺耳！真是，人到倒霉的时候，喝口凉水都塞牙缝子，——头一遭打土豪就碰上了这么家穷鬼；偏偏半道上又出来这么个挡驾的，你看叫人恼火不恼火。

“怎么不像？”我生气地往前跨了一步，扭身指了指那栋青砖大瓦房，“看，不是红军游击队能打土豪？”我越说越有气，要不是那个老太婆拉了我一把，我真想给他一巴掌。

那老太婆不知什么时候来到了我的身边。她把我的枪苗子往旁边推了推，一摇一晃地走到那人跟前，弯腰搀住了他的胳膊，给他把头上、身上的碎草叶子掸了掸。一边掸、一边责备地说：“咳，看你这火爆性子，有话不能慢慢地说？”说着，便扶着他往草堆外面爬。

这时我才看清：他穿身灰军装，在左腿上，齐短裤边的地方缠着一些布带子，带子上正渗着血水。大概不是受了硬伤就是生疮了，看样子还不轻，连站都不能站，只得两手扶地、一颠一蹦地往外爬。他一面爬，还在接着我的话往下说："土豪，土豪，你怎么知道这家就是土豪？调查过了没有？"

看到他的打扮，听了他的话，我知道这不是坏人了；而且他说得对，为什么没有调查呢？难道这家不是土豪？……想着，我的气平了些，可口里却还想辩解几句："住这样的好房子还不是土豪？就说这不是土豪，可我们真是红军游击队呀！……"

"知道，知道！要不知道你们是游击队我能出来？"他说，语气比刚才温和多了，"可是刚才要不是听你们称呼'同志'，你们这阵行动差点让我不敢认了。你就忘了这是我们的根据地，土豪的房产早就分了？你们不经调查就乱打，这不对呀同志！"说完，他在院子当中的地上歪坐下来，然后揭开衣服，撕开了缝在衣里子里的一块补钉，拿出一件东西，递给我。

那是一张临时党证，上面写得明白：胡志得，红二师四团二营的教导员，正式党员，党证里夹着一张师政治部签发给他的因伤"寄留"的证明。"自己人哪！"我心里一阵激动，连忙把东西还给他，就势拉住他的手，叫了声："同志！"

"同志——"他一下子扑到我的肩膀上，紧紧地抱住了我。我觉得他是那么衰弱，他的肩膀、胸膛和那瘦得皮包骨头的手指都在瑟瑟地抖。

这工夫，战士们早已弄懂了是怎么一回事，赶紧悄悄地把米、菜归置好了，都围拢过来。胡志得同志松开了手，擦了擦眼睛，深情地望了望同志们，又对我说，"队长同志，请你派几个人，去把这村里那个叛徒收拾掉，把那个刚回乡的土豪崽子抓起来。"

“好。”我说,“就是敌人可能马上要来,得先商量一下怎么安置你。”

“不慌嘛！”他笑了笑说,“大队敌人在楸树冈,离这里二十多里。你们刚才没有打枪,这会儿只要把叛徒和土豪搞起来,是可以安稳一阵的,倒是天黑回山好些。”他又对那位老妈妈说:“三妈,你快去告诉阿榕哥,要他派个人领着同志们把方学武那家伙整了,把潘猴子抓起来。还有,要他们都来一趟,把我们准备的东西也带了来。”

这会儿我才发现,原来这位老妈妈的身体很硬朗,腿脚也挺洒利。她伸手解下包头,把身上的尘土撣了撣,扭身问我:“哪些同志跟我走哇？”

我一面叫二班长派人,一面和她开个玩笑:“老阿姆,咋不再睡一觉？”她嘻嘻笑着朝我扬了扬巴掌:“这会又跟我逗乐子了？刚才把人当土豪打,差点没把我这老婆子给吓死哩！给你讲,你老阿姆还没老糊涂,什么事都得看清楚了才办哩。”一顿话说得我脸通红。

二

趁同志们去处理坏人的工夫,我把胡志得同志扶进屋里,靠桌边坐下,和他谈起来。原来他是在部队长征突破第二道封锁线的时候负的伤。因为伤势较重,组织上决定把他“寄留”在老乡家里养伤。他原以为苏区还在,加上“寄留”的地方是新区,他怕连累了群众,便决定返回苏区来找党。往回走的这段路实在不容易:腿不能走,便在手上、膝盖上绑上四只破鞋底,一步一步地往回爬。白天,找个树棵子或者坟洞子睡睡,夜里,就沿着荒山小道往东爬;饿了,挖点笋芽、红薯啃啃,渴了,在河沟里舀捧生水喝喝。这样,餐风饮露、忍饿受冻地一连爬了一个多月,就在爬到这里的那天,伤口发作了,昏倒在树林里,被这位老大妈早上拾柴时救回家来。这村子里的党组织在他到这里以前，就因叛徒的出卖，遭到了破坏，他就躲在这里，一面养伤，一面暗暗地联络起了村里的积极分子，和叛徒、白匪、回乡土豪进行着秘密斗争。经过了这几个月，他的伤快收口了，全村的斗争也搞起来了。

“不容易啊！”他讲完了自己这一段艰难的经历以后说，“离开了组织，一个人瞎搞，实在是不容易啊！”说着，他的眼睛突然一亮，悄悄地凑近我，压低了声音说：“怎么样？你们和上级党有联系吧？”

“没有。”我把游击队的情况简单地向他谈了谈。

“唉，也是很困难哪！……”他眼皮一垂，眼里顿时蒙上了一层晦黯的神情。

听了他的这一段经历，想着他在军队的职务和刚才初见面时的情景，我觉得自己打心眼里爱上了这个“连毛僧”了，不由得涌出了一个想法：政委，真想有个政委！山上多么需要这样一个人啊！我向他谈了谈自己的这个想法。我说：“上山去吧，我们没有个政治委员，你来干好不好？”

“不成，不成，这个担子我挑不起。再说，”他指了指腿上的伤说，“我这腿还没好全，要给你们添麻烦的。”

我说：“那有什么？只要你不怕苦，我们可以背着你走！”这是真心话。只要他能上山，我们情愿整天背着他。

“那……”他沉吟了一阵说：“上山倒也可以帮你干点工作，不过……等过些日子伤好利索了再说吧，这会儿我们先联合起来干。”说着，他又掏出了他的党证，仔细地看了看，问我：“你是党员不是？”

“是。”

他把党证递到我手里：“交给党支部的负责人，把我编进去吧。”

“党支部？”这句话说得我一阵心跳。因为和上级党没有联系，又加上在山上东转西转的，把人都给转得糊里糊涂的，倒把这样重要的问题给忽略了。我只得吞吞吐吐地告诉他："没……没来得及组织。"

我的话刚落音，他的脸刷地一下子变了，变得像我第一眼看见他时一样，又严肃、又气愤。

"就是剩一个，他也是个共产党员嘛！"他气冲冲地说，声音有些发颤，"你……你为什么？为什么不组织起来？"

"……"我，我没有什么理由好讲。

一阵紧张的沉默。

他定睛看看我的脸，又低头望着地面，过了好大一会儿，突然"哐啷"一拳砸在桌子上，斩钉截铁地说：

"上山！"

就在这时，那位老妈妈领着几个农民进来了。他们有的扛粮，有的拿菜，你一袋、我一篮，在门前堆了一大堆。刚才我追的那只猪也不知什么时候被他们捆倒了，扔在门旁直哼哼。还有几枝枪、十几排子弹和一提篮手榴弹，也摆在桌子上。原来这些人都是老胡在这里组织起来的农民积极分子。他们正打算组织一支游击队和敌人干呢，东西大致都准备好了。这会儿把这些东西连同几个青年人，一道交给了我们。

在这样的情况下，是不能过久的停留的。当时便由老胡主持着开了一个会。我们一道研究了山上的需要、山上山下联系和配合的办法等。随后，他又把村里今后的工作布置了一下：怎样进行关于红军游击队的宣传，怎样扩大斗争面，向别村发展，怎样进行保粮保田的斗争……他了解情况那么具体，工作想得那么周到。我望着他那乱蓬蓬的一头长发，看看那些精神奕奕的农民们，我怎么也想象不出：这样一个轰轰烈烈的地下斗争，竟是这么一个瘦得皮包骨头、拖着一条伤腿的重伤员领导着干的。

傍晚时分,我们背起老胡,带着东西,返回山上去。路上,他又要我详细地谈了谈山上的情况,还要求我把他交给已经知道的党团员同志替换着背。这么着换了一个又一个,他们边谈边走上了山。

到了山上,天已经快放亮了。一天两夜走了一百多里路,又干了一仗,实在困得不行,我布置完岗哨,找了棵树底,抓了把茅草一铺就睡下了。刚刚合上眼,老胡往我腰眼里捅了两拳,凑到我耳边上说:“我已经和他们谈过了,他们都同意,我看明早咱们把支部组织起来吧?”我点了点头。他要我把游击队成立以来的工作报告一下,又说:“老黄,准备一下吧,你还要在党员大会上作检讨!”

“检讨什么?”

“你的错误呀!”他说,“第一,你不经调查就乱打土豪;第二,你没有及时组织党的活动。”

听说要我当众检讨,我又有点抗不住气了。我生气地打断了他的话:“谁让我检讨的?”

他把声音压得很低但又很果决地回答:“党!”

有什么话好讲呢。挨了他两次批评,又要向大家作检讨,这就是老胡给我的“见面礼”。可是,我高兴。我在那软软的茅草上平躺下来,透过树叶的缝隙,望着那红艳艳的一抹朝霞,我觉得两个肩膀像轻松了许多。

三

打了这一仗,倒把敌人迷惑了一阵,但几天之后敌人又发现了我们,一连几天,都紧钉住我们,穷追不舍。

经支部决议,老胡临时代理了游击支队的政委。他由同志们替换着背着,随着大队一道和敌人跳圈子。见天,爬山过河,风吹日晒,他的伤口不但没有痊愈,连快收口的伤口又给累犯了。没有药治，也没有时间治，每天能找到条小溪水把烂肉冲冲、化点盐水洗洗就算不错了。我看他似乎比刚上山时更憔悴了些，眼眶子也塌陷得更深了。可是不知他哪里来的那股劲，行军的时候，他总是不住嘴地讲着；一到宿营，他便找棵大树一靠，把那条伤腿在石头上垫得高高的，一会儿叫个班排干部来汇报情况，一会儿召开个党的会议，同志们的情绪如何？有没有掉队的？生活怎样？保密灭迹搞得好不好？直至当天的警戒、第二天的行动，他都要和我一块来处理。只是当事情都弄妥当，同志们休息了，他在我身边躺下来的时候，我才发现他是那么痛苦、那么困难。有时，伤口疼得他狠命揪着自己那满头长发，牙齿咬得嘎嘎响，久久不能入睡；有时，半夜"哎哟"一声被伤口疼醒了，一哼就是大半天。每逢这时候，我真后悔不该把他弄上山来。我劝他："下山去养几天吧！"

"不！"他总是固执地摇摇头，然后长叹一口气，"就是……把同志们给拖累苦了。"

记不清是第 7 天还是第 8 天上，早晨，我们伏击了敌人一下，接着便一气走出了六七十里，半夜时来到一道山坳里蹲下来。睡了一觉以后，我起来查哨去，一摸，身边空荡荡的，起身一看，锃明的月亮底下，同志们睡得正香，只是不见了老胡。前些日子都是晚上转移、白天休息，他也有几次不在，当时总以为他大概去洗伤口去了，也不在意，这会儿深更半夜，东一沟西一壑，他拖拉着条伤腿跑出去干啥了？

实在放心不下，我便借着查哨，去看一看。我转了两个哨位，正走到一丛竹林边上，猛听得林子里传出了一个奇怪的声音：

"嘿唷！嘿唷！……"

那声音很像一个人在背着一袋沉重的东西走路，被压得直喘粗气。我悄悄地蹲下身，向竹林深处一看，原来正是老胡。只见他站在那里，两手紧握着两棵竹子撑住身体，先迈出一只好腿，然后两手用力,"嘿唷"一声,把那只受伤的腿试探着跨向前去。一步,两步……

"他这是干啥呀?"我奇怪地想。好一会,我才明白他是在干什么。这时我觉得自己的心像叫谁使劲捏了一把,又紧又痛。他……这简直硬是在难为自己嘛!我真想把他叫住,抱住他哭一场;又想狠狠地骂他一顿。可我什么也做不出,还是悄悄地走开了。

我迈着沉重的步子往我睡觉的那棵樟树底下走。步子那个沉啊,就像老胡挨的那一枪是打在我腿上似的。我愣愣怔怔地来到树下,平躺下来。这时,月亮已经偏西了,晨风掠过山林,沙沙的响;清亮的月光拨弄着树影,是那么乱。我的心也像那树影一样乱,乱得连老胡爬到我的近前都没发觉。

他大概以为我已经睡着了,便蹑手蹑脚地挨我身边侧身躺下。看来伤口又疼得不轻,躺下就连哼了几声。我望着他那抽搐着的肩头,心里更是激动。我把手放在他的肩膀上,问他:"老胡,你刚才在竹林子里搞什么鬼?"本想把话说得凶些,不知怎的却说不出口。

"你看见了?"他翻转身看了看我,蓦地坐起身,抓住了我的手。他那袖管都被露水打湿了,冰凉;手却滚烫滚烫的,像块烙铁。他长长地叹了口气,深情地说:"唉,老黄呀,我能整天在同志们脊梁上过日子?要能走,走个三步五步也好让他们歇歇啊……"

"胡来!"我生气地打断了他的话。

"是啊,看来这法子怕不行……"

我说:"这回你听我的,下去休养休养吧!!"

"嗯……我想想……"他又轻轻地叹了口气,一面慢慢侧身躺下来,一面自言自语地说:"唉,要是能一下子好了,那该有多好啊!"

四

天亮的时候,我做了一个梦,梦见我像是负了伤,正在爬一个崖头，崖头那么陡，又那么滑，怎么也爬不上去。忽然，老胡来了，他变得跟棵老黄松似的，又高又大，伸出像个小葵扇那么大的一只手，拉住了我……哟，手指让他捏得好痛呀……一睁眼，可不是，我的手正在他手里攥着呢，他正坐在我的身旁，两眼呆呆地望着我的脸，似乎在想着什么。

“老黄！”见我醒了，他把我的手捏紧了，突然问我：“老黄，咱俩是同志，我，我求你个事成不成？”

“怎么不成！”我奇怪的看了他一眼。他的脸被这拂晓时的月光一照，更是苍白，简直像块白石头刻出来的。

“我让你干什么你就干什么？”他又追问了一句。

“一定！”

他微微一笑，扭身戳了戳正在酣睡的林大富。小伙子一骨碌爬起来，愣眉愣眼地问：“要出发？”

“不，有任务！”老胡说着抓起脑袋边上的一个挎包，对我说：“别把同志们惊醒了。走，咱们到那边竹林里去。”

我疑疑惑惑地背起他，三个人又来到了那片竹林边上。这时，启明星贼亮贼亮的，东天已经现出鱼肚白了。老胡四下里看了看，选了一棵粗大的毛竹，靠在上面坐下来。又问了我一句：“真的叫你干啥你就干啥？”

“真的！快说吧！”我被他弄得又糊涂又心焦。

“好！”他伸手从挎包里掏出不知啥时候准备好的两根绳子，“噗”地一声扔在我面前，然后两手往竹子后头一背，厉声地说：“把我绑起来！”

“该不是叫伤口疼得他神经错乱了吧？”我想。本想不干，无奈已经有言在先了。我一面绑，一面问：“这是干啥？你疯啦？”他没答我的腔，只是一个劲叫着：“绑紧点，绑紧点！”等我们把他两手绑好，他又把那条伤腿伸开，蹬住了另一棵竹子：“把这也绑住！”我们也照办了。

看看我们都弄妥了,他咬咬牙说:“好同志,来,使劲挤它!”

直到这时,我才明白他的意思,原来是要用这办法来挤掉伤口里的脓血呀!我本想劝住他,可是我知道他这脾气,说也无益;而且我的嗓子里也像塞进了一团棉花,什么也说不出。我叫过小林,轻轻地打开了他伤口上的布带子。伤口,像个发得过了火的开花馒头,又红又肿。这会儿,既没有器械,又没有麻药,硬是把脓血从伤口里挤出来,这痛苦……我双手捂着那滚烫而又霍霍跳动着的伤口边缘,心也在霍霍地跳个不停。

“快,快下手呀!”他在催我。

“我,我干不来!”我痛苦地说。真的,要我一气砍几个白鬼子,我眼睛都不会眨一眨,可是这事……

“你答应过我嘛,黄兴和同志!”他哀求似地说,“你总不能瞪着眼看我受罪呀,是不是?俗话说,‘疮口出了脓,比不长还受用’,帮我挤挤就好了。好了,那不给队上减少了个累赘?又可以多帮你干点工作。”对我说完软的,又对小林来硬的:“林大富同志,三大纪律头一条就是服从命令是不是?二班长,我命令你:挤!”

他说得也对,我不能眼看着他遭罪呀!再说这样的环境,要是拖下去说不定……我横了横心:“干!”便让小林抱住他的腿,我两手握着伤口按下去。随着手劲,我觉得手底下他的肌肉猛地哆嗦了一下,我不由得心头一阵紧张。我问:“老胡,怎么样?”

“没关系,你,你别管我!”

我继续用力挤着伤口。这会儿我真想看看他是不是吃得消,却又不敢看。为了分散他的注意,减少些痛苦,我故意把话岔开来:“老胡,你看打了这一下以后,今天敌人还会不会再跟上来?”

“说……说不上……”他低声回答。他把上字说成了“桑”,听得出话是从牙缝里挤出来的。

“要是再追上来我们可该怎么办呢?”我又问。虽然我明明估计敌人一时追不上来。

“嗯……”他猛地抖了一下。

随着我每一次用力,他就这么抖一下;那两株竹子也跟着索索地抖一阵。露珠,像一阵小雨似的,随着这突然的颤栗,沙沙地洒落下来。

“要是真来了,咱就再干它一下,好不好?”

“嗯……”又是一阵小雨。

一连两个问话没有回答,我心慌了,连忙停住手,扭头斜眼向他望了望。只见他两手紧紧抠住地面。因为过分用力,指头都深深地插进了泥土里,手背被憋得乌紫乌紫的。他紧咬着牙,腮边颧骨突起得更高了,那被痛苦扭歪了的脸上,像被谁兜头泼了一盆水,几绺长发贴在了脸颊上,汗水顺着那浓黑的眉毛和鬓角,一串串地流着。

我赶忙回转头,一眼看见了小林。他不知什么时候早已停住了手,这会儿正低着头蹲在那里,一手按着驳壳枪套,一手撩起缚在枪套上的手巾在擦眼睛。我用脚踢了他一下,向他作了个擦脸的手势。他才慌慌张张地解下手巾,噙着泪把手巾捂到老胡的脸上。老胡却没让他擦脸,他把两道黑眉毛一拧,一张口把手巾噙进了嘴里。

我费了好大的劲才抑制住自己滚在眼眶里的泪水, 压下了想住手的打算。我火辣辣地喊了声小林:“快,快去化杯盐水来!”

毛竹梢头的露水抖了一阵又一阵,露水早已摇完了,竹叶却还像打摆子似的,沙沙地抖个不停。蓦地,竹子剧烈地颤动了一下,两片硬硬的小碎骨片跳到了我的手上, 然后滑过指缝掉落到脚下的草丛里。我停住了手。这才觉得自己的脊背一阵发冷,原来衣服不知什么时候已经被汗水湿透了。

我俩把他的伤口用盐水洗净，包扎好了，然后解开绳子，扶他在草地上平躺下来。他安安静静地躺在那里，紧闭着眼，像睡着了似的。我捋把野草擦着手，坐到他的身边，小心地把他嘴上的手巾拿下来。手巾的当中像被谁用刀子戳过，布满了破洞。小林正在掰着他的手指，手指里紧握着一把潮湿的泥土。

太阳已经出来了。阳光淡淡地撒在他的脸上。他无力地睁开了眼，脸上掠过了一丝笑意。他握住我的手，深深地吸了口气，说："老黄，痛——啊！"

我没有说什么。我紧握着他那沾满泥土的手，激动地望着他的脸。那脸上挂满了豆粒般大的汗珠。汗珠映着阳光，晶亮晶亮的。我觉得自己的眼睛仿佛被这晶亮的反光刺得发痛，一滴咸咸的东西滚下来，流到了嘴角上。

五

经过这样一番"治疗"，他的伤果然好了许多，伤口慢慢平复了些，已经用不着天天爬来爬去，可以拄根竹杖走几步了。但是，敌人对我们的"围剿"却丝毫没有放松，他们除了调动两个主力团和几个挨户团轮着班钉住我们追以外，又改变了战术，开始采用了"驻剿"的办法，把我们经常来往的道路要冲修上了碉堡，派上了部队，企图连追加堵，把我们消灭在山上。我们活动的圈子越来越小，道路越来越少，和敌人遭遇的情况更多了，部队还受了一点损失；加上供给又完了，伤病员增加了，这样拖来拖去实在是困难。我心里又愁又烦，不由得埋怨起那次下山来了。心想：当初为什么那么冒失，搞那么一次奔袭战斗；这可好，烧香引出鬼来了！看看老胡，他大概也在为这处境发急呢，一空下来就躺在树底下沉思，宿营的时候还是照样翻来覆去睡不着——不过这不是因为伤口痛了，是愁的。

这天，好容易敌人“给”了一个中午的时间，我打算找老胡商量商量去。

一道小山沟里，横七竖八的到处都是人，有的在挖起土灶烧饭，有的在溪水里冲洗野菜，有的干脆枕着枪托子躺在树荫凉里打着鼾。……我打听了几个战士，才在半山坡上小树底下一个睡着了的同志身边找着了老胡。睡觉的是二班长林大富。这个愣小子大概睡下以前想都没想这树影还会移动，这会儿正被太阳曝晒着。老胡坐在他的身边，旁边立着个用树枝搭成的架子，架子上挂件他的衣服，给小林挡着身子；他手里擎着只很大的芭蕉叶子，遮着小林脸上的太阳。旺毒的太阳正晒在他那光脊梁上，汗水像脚下那条小溪似的，顺着他那干瘦的脊梁骨流下来。他却像什么也没有发觉，只顾大睁着眼睛，注视着小林的身上。忽然他轻轻抬起手，把爬到小林耳朵边上的一只大蚂蚁捏下来，接着，又一翻手把爬近小林身边的蚂蚁捻死一个，又捻死一个……他做得那么仔细、那么专注，活像一个年轻的妈妈守候着酣睡在摇篮里的娃娃。他那长长的头发轻轻搭在额前，脸色那么舒泰、那么温和，嘴角上不时掠过一丝笑意。我惊奇地发现，他原来是个那么年轻，又是那么文静的人。

我拍了拍他的肩膀：“你这家伙，怎么不睡……”

“嘘……”他生气地瞪了我一眼，似乎怕我把小林惊醒了。其实这很多余。这孩子睡得跟一坨泥块似的，这会儿别说说句话，就是在他身边敲通锣鼓怕他也难得睁睁眼。他拉拉我的衣角要我蹲下来，然后指了指小林的脸，柔声和气地说：“看，这鼻梁高高的，厚厚的嘴唇……多好的孩子！……”

小林倒真是个好孩子，才 17 岁，一股子孩子气，脾气倔得像个牛犊子，可打起仗来，哪里危险往哪里钻；这几天来少吃没喝又不住脚的跑，皮带一连紧进去了四个新眼也没叫过苦。我说：“不假。要不是白鬼子，这回他怕还光着屁股捞鱼摸虾呢，可昨天，他一枝枪打掩护，把白鬼子撂倒了五六个。”

“逼的嘛！知道不？上山前不几天，他一家子被白鬼子杀了个光……”他沉默了一会儿，又问我：“你家里怎么样？”

我回答了他，又问他：“你呢？”说也是，我俩还没顾上好好聊聊呢。

“我可没有你那福气。全家就剩了我这么个独丁丁。爹、妈、老婆，还有个一岁半的小伢子，叫土豪一个坑给……”他摇摇头叹了口气，把下半截话咽下去了。他低下了头，伸手把爬到小林手上的一只毛虫揪下来捏死了。

“算了，扯点别的吧。”好半天，他抬起头，把话岔开去说，“咱这样净叫白鬼子跟着个屁股追，这不是事呀。”

他这一说，正触起了我的心事。我说：“有什么办法呢？我这队长又不能下命令叫他们不追。”

“下命令叫他们不追……”他重复着我的话，沉思着。忽然，他一把扳住了我的肩头：“你说，要是我们派一支小部队下山，散在敌人屁股后头去活动一下，怎么样？打打民团，搞搞宣传工作，那样，一来可以发动起群众，二来，我们的吃穿群众可以帮我们解决；我们的伤员和部队也可以安安稳稳地休息几天了。说不定还可以打开个局面呢。”他的话说得又快又流畅，看来这个想法他想过好久了。

我没有马上答话。自然，这倒是个办法，可是他这个大胆的想法却又使我吃惊：过去大家在一起，被敌人追上来还要受些损失，现在一分开……我把我的想法告诉了他，我说：“怕不行吧？这样太暴露了。”

“怕暴露？你不活动敌人就不知道你啦？”他不满地摇了摇头，向我偎近了些说：“给你讲，这些日子我对你有意见哩！”

“什么？”我惊奇地问。怎么又有意见了？

“就是这一条呀！”他说，“我在山下待了好几个月，可是不知道近处就有自己的游击队。你光是怕暴露，敌人还是知道你，可就是群众不知道你，你说这算什么？再说，你不想和上级党联系了？”

“谁说我不想？”

“想，就要有办法呀。我们到处展开活动，让敌人弄不清我们在哪里，让群众知道红军还在。你把红旗打得高高的，还愁党发现不了你？”他越说越快、越说越兴奋。

对，说得对！随着他的话，我觉得自己窝在心里的疙瘩慢慢解开了。我仿佛看见了敌人到处应付的模样，看见了我们安安稳稳休整的情形，看见了上级党的来人……我劈胸给了他一拳：“嘿，你这个脑袋！”

“我？我才没有那么个好脑袋呢。这都是他。”他指指小林，对我诡秘地笑了笑，“前天夜里这小家伙讲他偷土豪的果子的事，还记得吗？”

噢，是了。前天晚上我俩去察看同志们宿营的情况，几个战士正在树丛里围着一堆木瓜和野香蕉，在吃着、谈笑着。老胡拉拉我，悄悄走近他们旁边，正赶上了小林的一个话尾巴：“……我就下手了。我爬到树上，故意弄得树叶子稀里哗啦的。那家伙耳朵灵着哪，一听声就提根矛子追过来了。他肥得像个水牛样，能追得上我？我三转两转就把他甩得没影儿了。我找个地方歇口气等着，不大工夫六伢子就背着满满一口袋来了。他在那边，一不担惊二不受怕，从容得很，净拣大个的摘。哈哈……”人丛里爆发出一场大笑。我们走出了好远，隐隐约约还听见有个同志在讲：“偷果子还得俩人哪！可咱们……”这天晚上，老胡一个人靠块树根闷着，直到快睡的时候，才没头没脑地说了句：“同志们批评我们哩！”当时，我也没拿它当回事，倒是他把这句话捡起来了。

他爱抚地向小林望了一眼，说：“看，说得多好，‘偷果子还要俩人哪？’”

我觉得怪不好意思，就把话岔开来，问他：“你看，我们俩谁下山？”

他定睛看了我一眼，笑着指了指鼻子：“我！”

六

这几天，是我们游击队成立以来最安生的日子。一个月以前，胡志得同志带着一个分队下了山。他们一下山就分散成若干小组，展开了活动，搞民团、打土豪，秘密组织群众，为山上筹粮办菜……这一来，敌人连忙抽出了兵力赶了回去，在几个主要村镇驻扎下来。我们这里果然轻松多了，不但有了喘息的机会，还瞅空子打了一仗，搞掉了敌人一个排。尤其使我们高兴的是，就在他们下去半个月以后，特委派人找到了老胡他们，取上了联系。两天以前，特委陈书记还亲自上山来了一趟，了解情况，布置了工作。陈书记给我们讲话时，表扬了我们，说我们搞得对、搞得好。他帮我们整理了部队，当时就批准，正式任命胡志得同志为我们游击支队的政治委员。特委给我们的任务是：准备配合其他各地游击队，“以红对白”，向敌人展开一次反击。并要我们设法很快捕捉一个白军正规军的俘虏，搞一批敌人的服装，作袭击敌人的准备。

我当即写了封信让交通带给老胡，把上级党的指示传达给他，又把我拟定的计划和他说了说，并且请他尽可能上山来一趟，商量一下如何行动。

这天吃过晚饭，我给战士上时事课。这讲课提纲是老胡在山下搜集了些敌人的报纸，分析推断以后编成的。刚讲了半截，突然，“砰，砰砰！”山腰竹叶冲方向响起了一阵枪声。

我立即命令大家准备战斗。这时，一队老百姓急匆匆地向我们跑过来了。他们有的挑担子，有的背口袋，看来是送东西的。走在头里的是二班长林大富。他一下子扑到我的面前，下气不接上气地说：“政……政委要你派……派几个班，从水晶坳下去，抄敌人的后路！”

我厉声地问：“政委呢？”

“他在那里阻击，……一个人，受了伤……”他抽抽搭搭的哭着说。

我一听，像谁迎头给了一棒子，眼前直冒金花，胸膛像要炸开了。我抡起驳壳枪，敲着他的头骂了句：“你，你把咱支队的脑袋给扔啦！……”拔腿就跑。

跑出几步，才冷静了些，我急促地向小林问了问情况。原来政委接到了我的信，便带上小林和几担粮食往山上走，想不到在山根上和敌人一个排碰上了。他看看敌人不多，孤军进山，是吃掉他们的好机会，正好合了我诱敌进山的计划，便故意用粮食担子作目标，把敌人引进竹叶冲。然后他卡住了冲口，命令小林回来报告我。我按老胡说的，派三分队长带上七八十个人，火速从水晶坳插下去，然后喊上小林，带上两个班，脚不沾地的向出事的地点跑去。

快到竹叶冲冲口的时候，远远就看见老胡跪在路口一块山石后面，右手握支驳壳枪，脸前摆着小林的步枪，他抬手打几个连发，再抓起步枪打几下。

看看和他只隔百来步远了，忽然一块乌黑的东西落在了他的身边，嗤嗤冒着烟在打转转。“趴下，快趴……”我的话刚出口，“轰”地一声，一团黑烟把他裹住了。

我眼前跟这团烟一样黑。我命令小林带这两个班去把敌人反下去，自己便三脚两步地奔到了老胡的身边。

他平平地躺在小山道上，把条小路挡得严严的。胸前像被谁乱抓了几把，衣服全烂了，满胸膛都在流着血，也看不出究竟伤着了哪里。血，把小山道上的土染得通红。

我坐在他身旁，扶起他的脑袋搁在我的腿上，低低地叫了几声。他慢慢醒来了，那眼睛像蒙上了一层灰，呆滞地望着我，好半天，认出是我，眼睛顿时睁大了："是你？你……谁叫你到这……这里来？……"他话说得很吃力，却透着怒意。这神情使我倏地想起了初见面时他的模样。

"……"什么时候呀，还管这个。我觉得眼里像揉进了一把砂子。

"去，去！。他挣扎着离开我的臂弯，用手拼命地往外推我，不知是伤痛的还是气的，话都说不成句了："去，去插，插断他们呀！……俘虏！……衣服……"

"你看，"我激动地扶起他的头，向山道下面指了指。他选的这地形实在好，从这里下去正是一条山沟，两边都是笔陡的悬崖。小林他们反扑下去以后，三分队长他们也已堵住了山口，敌人全被压缩在这条沟里，像一窝堵在死胡同里的老鼠，正在一簇簇的手榴弹烟里爬来滚去。

他笑了。他把脑袋往我身上一靠，宽慰地笑了。

我弯腰把他抱住，说："走，到山上去！"

他冲我无力地摆了摆手，闭住眼停了一会，问我："支部会开过了？"

"没有。"

"开一开吧。……讨论……林大富，我……我介绍他……"他的话越说越不连贯，声音越说越小，忽然牙齿一咬，又昏过去了。

我叫了几声，他没有应声。我含着泪撕开了他的衣服，想把他的伤口包一包，突然手触到了一个硬硬的东西。在他衣服里子上缝着一个小包。打开一看，是几块银洋，还有他的党证和一张用毛纸画成的敌军分布图。党证和地图已经被血染得全红了。

我撕下自己衬衣的袖子，刚想动手给他包伤，他又醒了。他一眼看见了我手里的东西，眼睛一亮，精神又来了："差，差点忘了。这，这是……第一批新党员的……党费，"他把"第一批"说得特别用力，眼里爆发出一星喜悦的火花。大概这种心情支持着他，他话音提高了些："党员名单、地址，交，交给小林了。接头户是……是个铁匠……"

因为说得太急，他不停地喘息着，随着急促的喘息，血，从胸部伤口里汩汩地流出来。我按住他说："别说话啦！"

"不，来，来不及了。"他继续说，"联络暗号是……问，问一句：'这里的……柴刀，好吗？'他，他回答：'好，好，……是……是纯钢打成的！'……"

起风了。风，掠过山林，搅起松涛，"哗……哗"地响。风，拂动着他那低垂着的长发，一飞一飞地飘动。我紧紧地抱住了他那渐渐变冷的身体，脚步踉跄地往山上走。在我的身后，同志们押着一长列俘虏，一眼望不到头。我没有理他们。我觉得自己的脑袋仿佛成了个空壳壳，什么也没有了，里面只是回旋着他那最后的两句话：

"这里的柴刀好吗？"

"好！是纯钢打成的！"

1958年6月8日

普通劳动者

林部长随着刘处长走下公共汽车，解下脖子上的毛巾把脸上的汗擦了擦,便急急地扛起行李往工地上走。他原想能在下午两点钟以前赶到营房,随大队一道上班,去参加劳动的,但是上午的会散得迟了些;更不凑巧的是,汽车没到昌平就“抛锚”了,又耽误了近半个小时,当车到营房跟前,已是3点过5分了。于是他们不得不临时补了一张车票,直接到工地上来。用林部长的话来说是:“既然掉队了,就得赶快补课;做个‘插班生’也比‘留级’强。”

6月中旬的天气已经够热了,这下午三四点钟时分,更是一天里最难耐的时候,公路上焦干、滚烫,脚踏下去,一步一串白烟;空气又热又闷,像划根火柴就能点着了似的。将军一手扶着肩上的行李卷,一手提着装有脸盆、牙具等杂物的网兜儿,大步走着。还没有拐上山口,他的脊背已经被汗湿透了。汗水,沿着他那斑白的鬓角和草帽带子涔涔地流下来。

走在后面的刘叔平上校紧走了几步赶上来，把手里的零碎东西往将军面前一递,喘呼呼地说:“部长,把背包换给我。”

“算了吧,你也不是小伙子。”林部长看了刘处长一眼,笑了笑说,“咱们两个彼此彼此。”

上校的确也够呛。他真的不算年轻了,而且因为身体胖,更不禁热,这会儿,他整个上身像在水里蘸过了似的,汗水在他那络腮胡子根上聚成了一粒粒晶亮的露珠。

“要不,就稍微休息一会?”他询问地看了将军一眼。

“不必啦,倒倒手就成。”将军停住脚,索性把那件洗得发白了的灰布上衣脱下来,搭到肩膀上,只留件背心;又把行李换了个肩,然后向一个过路的同志问道:“工地快到了吧?”

“呶,过去那就是。”那人指指迎面的一座牌楼。

果然,他们刚跨过牌楼,一片喧闹的人声混合着机器声、喇叭声就迎面扑来,整个坝后工地都展现在面前了。这是一个巨大的劳动场面:一条高大整齐的“山岭”把两个山头联在了一起,一条条巨蟒似的卷扬机趴在大坝上,沙土、石块像长了腿,自动地流到坝顶上。坝上坝下到处是人,汽车、推土机在匆忙地奔跑……将军一面走一面四下里看着,他被这劳动的场景深深地激动了。对于这个地方,他并不陌生。这里是作为一个军事重地留在他的记忆里的。九年多以前,他曾经为了攻取这一带山岭又要保护住这里的古陵而忧心过;他不止一次地在作战地图上审视过它,在望远镜里观察过这里每一个山头,至今,对面那几个山头的标高他还依稀地记得起来。但是,现在变了,作为战场的一切特点都变了,当年敌军构筑的防御工事早已被山水冲平,那依山筑成的小长城也只剩了个白痕痕,连那座小山头也被削下了半截填到大坝上了。几年来,他每次看到过去战斗、驻扎过的地方在建设,总抑制不住地涌起一种胜利和幸福的激情,而现在,他又作为一个普通的劳动者来到了这里,这种感觉就更加强烈;所有疲劳、酷热全被忘记了。

他俩按着部队的代号,找到了要去的单位的劳动地点。为了能借劳动的机会熟悉这些他平时接触较少的人,他们特地选择了这个单位来“入伍”。人们正在紧张地劳动着。在一道一公尺多高的土崖下面,平躺着一列斗车,战士们分成三部分,一部分拿锹铲土,一部分挑土;他们从三十多公尺的远处,把砂土挑到崖边,再由另一部分人把它倒到车里去。将军觉得自己像个迟到的学生走进课堂一样,很不好意思,他拉了上校一把,悄悄地把行李放好,然后把草帽往前拉了拉，走上前去。工具没有了，只找到了两个空筐，他俩便每人抓起一只，用手提起土来。

用手提土真不方便，走得慢，不出活，又勒手，为了不妨碍别人还得走道外边。将军刚提了几筐，就听见一个尖细的声音在喊他："喂，老同志，怎么还是个'单干户'呀？"

将军被这个友好的玩笑逗笑了，抬头一看，原来说话的是个年轻的战士，他不过有20岁，一张圆脸，厚厚的嘴唇上抹着一层淡淡的茸毛，一绺头发从软胎的帽舌底下掉出来，被汗水牢牢地贴在前额上，显出一股调皮劲。他正挑了担沙土颤悠颤悠地走过将军的身边，调皮地笑了笑，露出一对白白的小虎牙。将军笑着回答："我是个新兵嘛！"

"那……你等等。"青年战士连忙把筐里的土倒下，然后拔腿跑到滤沙架子底下拖来了一只大抬筐。他把抬筐往将军身边一搁，说道："来，咱俩组织个'互助组'好不好？"

"好。"将军高兴地回答。连忙蹲下来帮着他整理抬筐的绳子。

"你这可不行，"战士一面理着筐绳子，一面真像个老战士似地批评起来，"这样毒的太阳，你光着膀子一会就晒爆皮了，可痛啦。"说着就去给他拿衣服。等将军顺从地把上衣穿好，他又认真地介绍起经验来。告诉他：因为天太热，要多喝开水，"等会来了咸菜要猛吃。"告诉他："下班时候要把鞋子里的沙土倒干净，要不走到家就会打泡的！"还告诉他：睡觉前要用热水烫烫手脚，因为"条件很好，每人可以分得两勺子热水。"……

将军感激地望着他那孩子气的脸，一一答应着。他觉得这个青年人实在可爱，便和他攀谈起来。他很快就知道，这个战士叫李守明，是通信班的，才21岁，是1955年参军的老战士。并且从这张爆豆锅似的嘴巴里，很快地知道了工地和这个单位的一些情况。这样边干边谈，等把抬筐收拾好，他俩已经成了很熟稔的朋友了，仿佛两人老早就认识似的，将军亲热地管这个青年人叫“小李子”，小李也毫不拘束地管这个穿灰衣服的老同志叫起“老林”来了。

他俩抬起抬筐，走下了装料的沙坑，装上满满的一筐。将军还不满足，又在上面加上一个“馒头”。可就在这时候，他俩发生了第一次争执。原来趁将军弯腰上肩的时候，小李偷偷把绳子往后移了半尺多。这个“舞弊”的做法被将军发觉了。他扭回身抓住绳子往前移过来，不满地说：“这，这不行。”

“我身体好，这边稍微重点没啥。”小李把绳子又移过去了。

“你这是欺负我看不见。”将军伸手抓住绳子又往前移了过来，“咱俩加起来够 70 岁，我就占了三分之二还多，你还糊弄我。”

“……”

一场争执刚结束，抬了两趟，又争起来了。这会是小李先开口：“不行，不行，你的腿脚不灵便，从这些筐头子空里穿，不安全，栽倒了咋整？”

“没关系嘛！”

“啥没关系？”小李眼珠一转，又出了个点子，“你走得慢，当车头不行，咱俩净挨压！”

“……”将军没话讲了。因为腰上、腿上都负过伤，他带头的确走不快。

“来，你掌舵，我带头。”小李胜利了。其实，他走得一点也不快，不过他领头走能灵活地绕过沙堆，踢开空筐，老年人摔跤的危险是没有了。

争执归争执，他们合作得却非常的好：小李头里走，将军在后面喊着“一、二、一”，两人走着谐和的步子；他俩分吃一块咸菜，用一个水壶喝水，随着每一趟来回，两人都觉得出，他们这“忘年交”的友谊在迅速地增进。

抬空筐的时候，小李怀着深深的敬意，望着将军那帽沿边上的汗水和那一圈花白的头发,那里仿佛汗水随淌随凝结了,结成了一层盐粒子,均匀地撒在头发梢上,简直分不出是白的多还是黑的多。他心想:别看这老同志年纪大,干劲可真不小,明摆着铲土比抬土轻些,他却偏偏要拣重的干。

将军也深深地爱上了这个年轻人。抬着土走的时候,将军望着小李的背影,在那件淡黄色的背心中央,一个大大的"5"字;而这青年人抬土也像在球场上一样,没有一霎安生。比方,装料台上净是一排排装满土的筐头子,他们只要挨着边放下就行了,他却总是蹒跚地走到最前面,为的是"装车方便些"。而在回路的时候,他又总爱放开嗓子叫一阵,舞弄着胳膊指挥一番,要不就嘟哝着把放得不合适的筐子整理整理;临走,还得带上几个空筐。他的意见也特别多,一会嫌装料的人少了,窝工;一会叫:"别乱扔空筐子,砸着人!"而这些意见又常常和将军的感觉是一致的。将军觉得:他每走一趟,就对这个青年人多一层了解。这些年来,自己虽然也常下部队,就在前天,他还在"试验田"(连队)里呢;他也不止一次和战士谈过话,但似乎都没有在和这个青年战士共同劳动的几个钟头中,对一个战士的思想感情了解得这么真切。他从小李所表露的那种主人翁态度,那主动精神,集体主义感情……联想到试验连队,想到他那一部的工作……想得很多,以致有几次差点被脚下的筐子绊倒了。

他就这样边思索、边劳动,一气干了 3 个多小时。

6 点半钟,两个炊事员抬着一大筐馒头和一桶咸菜来了。斗车开出之后,也没有再开回来,看来卸料台也在吃饭了。于是人们便哄地声围住了馒头筐子。将军也挤过去,从人缝里伸手抓了两个馒头和几条咸箩卜,然后找了个细沙堆躺下来。

直到这时,他才觉得实在有些累了。本来,像这样的劳动活,对他来说也不是什么新课,28 年以前,他决定参加红军的时候,已经是水口山矿上的一个有3年工龄的矿工了,砸石头、挑矿砂,他什么活没干过?更不要说参加红军以后那些艰苦的战斗生活了。但,这毕竟是多年以前的事了,这会一连抬了3个钟头的沙土,他才意识到,自己的体力是不比从前了:头被烈日晒得有些昏;肩头已经有些红肿,腰部、两腿酸溜溜的,腰上的伤口也开始隐隐作痛了。那地方在1936年东渡黄河的战斗里,被阎锡山的队伍打断了一条肋骨。他把腰眼贴在沙土上。被太阳晒得滚烫的沙土,烙得伤处热乎乎的,像敷个热水袋似的,十分舒服。他咬了口馒头,扬起拳头轻轻地敲了敲腰眼,暗暗想道:"没有关系,只要今天能坚持得了,过了明天就没有问题了。"

他嚼着馒头,倚着沙堆,向大坝看去。一大片乌黑的雷雨云正从蟒山背后涌起,急速地升上来。被浓云衬托着,大坝仿佛是一只停泊在海里的大军舰,更加雄伟了。大坝的两头,像两个炮群在集中发射,不时腾起一簇簇棉朵似的烟尘,爆发出一连串隆隆的响声。似乎借着这响声作节拍,扩音器里正播送着雄壮的歌曲:

我是一个兵,
来自老百姓,
革命战争考验了我……

看着这场景,将军觉得十分快意。这时,他才发现沙堆背后有人正在兴高采烈地谈着什么;一个粗重的话音传来:"……嘿,那才叫紧张呢,整天是沙土、木料,木料、沙土,哪里还分几个钟头、多少班次?干就是了……"

"修好了吧?"一个人焦急地问。

"当然。师首长都亲自拿着铁锹干哪,修不好还成!我还跟师长一块抬过一根大梁哪。林师长一边抬着木头走一边喊:'同志们,干哪！咱们把工事修好了，叫敌人连一滴水也淌不进来。’看，说得多好。”讲话的停了一下，咯吱咯吱嚼了阵咸菜，又补了一句：“你们说，要用那股劲修水库，咹?！……”底下的话被一阵哄笑淹没了。

将军微微笑了笑。他听得出这人讲的是哪一次阻击战。当时他是不是讲过这些话，他是记不起来了，但这段话却把他引到那些满是硝烟的日子里去了。他情不自禁地又向那高大的水坝瞥了一眼。心想：“他这鼓动工作挺不错，那件事和眼前的情景还很有些相像呢。”

他刚想欠起身去看看讲话的是谁，忽然身边扬起了一阵灰土，小李一蹦一跳地过来了。

“你什么时候跑到这里来了，叫我一阵好找。”小李把一草帽兜馒头递过来，又摸起腰间的水壶，一仰脖子喝了两口，然后伸手递给将军。

将军一面喝水，一面问：“你找了好久了？”

“没。找不到你，我去听故事去了。”

“咳，”将军爱抚地看看他那满是汗水的脸，把擦汗毛巾递给他，略带责备地摇了摇头，“看你热的。干这样的重劳动还不够你受的，还到处瞎跑。”

“咱这算什么，小事一段。”小李一面擦汗，一面反驳。看来刚才听故事所激起的情绪还没有过去，他激动地说：“干这么点活，有房子住，有白面馒头吃着，还能说累？那人家老红军长征的时候爬雪山、过草地那么苦，怎么过来的？”他咬了口馒头，问将军：“老林，你听说过老红军长征的故事么？”

将军微微笑了笑，没有回答。

“没有吧？你们，不是门房就是伙房，啥也听不到。我可听说过。”谈到这事，小鬼流露出显然的激动，馒头也忘了吃了，“指导员给讲过，红军长征可苦啦。过草地的工夫，没的吃，吃草根，吃野菜，听说有个同志饿得没法,把条皮带煮煮吃了一天。”

说到吃皮带,这个小同志显然是加上自己的想象,把听来的故事夸张了。将军知道,皮带并不像吃鲜黄瓜那样清脆可口,一天可以吃上一根;那时,他那只牛皮鞋底是吃了三天才吃完的。但他也很为小李讲到这事时的激情所感染,没有给他纠正。只是说:“那样的环境嘛,不吃那个吃啥?”这倒也是实在话,在将军看来,当时这样做是十分自然的,丝毫没有什么特别之处。

“什么?”小李被老同志这种淡漠的反应激怒了。他急得脸通红,结结巴巴地说:“咳,你,你这人真是……你根本不知道人家那些老革命多么艰苦!”说着,他动了真气,像不屑于和这个不通情理的人说话似的,一翻身躺下去,枕着手,望着天,停了半天,又自言自语地说:“那些老革命,牺牲了那么多!受了那么多苦,这会把打下来的江山双手捧着递到我们手里,说:‘你们好好地保卫它,把它建设好吧!’你说,我们要不好好地干,日后要是碰巧见了他们,叫我们咋说?……”

将军侧身望着他那激动的脸,顿时涌上一种温暖、甜蜜的感觉。这青年人对自己的责任的理解虽然还不十分完整,但是将军从他身上分明地觉察到:老一代战士们经历的那艰难困苦的生活,那艰苦奋斗的光荣传统,已经作为一种宝贵的精神财富被新的一代接受下来了。它滋养了他们,成了鼓励他们献身于社会主义革命和建设的动力,并且在新的条件下爆发出新的火花。

想着,将军也不禁动情地说:“想想那时候,这会该拿出更大的劲来工作才行啊!”

“对,这才像话。”小李的气平了些,他又咬了口馒头,随即把嘴巴俯到将军的耳边,悄声地说:“知道不,我们将军的工作可忙咧。你见过将军吗?”

将军又笑了笑,没有回答。

“不信？我可见过。”他霍地坐起身，略带神秘地说：“那天，都下3点了，收发把我从被窝里拖出来，叫去给将军——我们的政委送一份急件。我想，将军忙活了一天，这会一定休息了。你猜怎么着？”他带着掩饰不住的敬意，把话停顿了一下：“将军还伏在桌子上写东西呢！”

“将军也得工作嘛。你还不是一样？三四点钟爬起来工作。”

“看，你又来了。我睡过一觉了呀！……”小李不满地把嘴巴一噘，正要再说什么，忽然被一阵大风噎住了。一大滴水点滴到他腮帮上，接着，疾风挟带着沙土扑过，大白点子雨急骤地撒落下来，打在沙土上，激起一股股细烟。

这雨来得又突然又猛烈，袭击得人们手忙脚乱，有的忙着找雨具，有的忙着找避雨的地方，一时，沙土坑里，滤沙架子底下、沙堆背后，甚至厕所席墙的旁边，凡是能挡挡风雨的地方，都挤满了人。小李看了看车道，见斗车还没有来，便一把把将军拉起来，三脚两步赶到一个木作棚底下蹲下来。

雨，越下越大，风，越刮越急。不知谁的什么东西找不见了，在直着嗓子喊叫；不知谁的草帽被风吹离了地面，像个风筝似的一翻一翻地跑了。就在这时，呼隆呼隆，空斗车被拖拉机牵引着，像只掐了爪的大蜈蚣，蜿蜒着、颠簸着，开进了装料台。

“那边卸料的同志在等着，得马上装料才行，但是……这么大的雨。”将军思忖着，四下里望望，只见有几个同志走出了避雨的地点，向装料台走了几步，但看看别人没动，他们又犹犹豫豫地退了回来。身旁小李早已沉不住气了，大声嚷着：“分队长！分队长！”

“分队长去开会了！”不知谁在回答。

将军看着这情形，心里一动。他知道，部队里常常有这样的时候：一件事情，大家都知道该这么干，恨不得马上就干，但是就因为没有人出面，却不能动手；这种时候，只要一个人说句话，就会立即行动起来的。于是他拉了小李一把:“小李子,咱们去干吧!”

“好!就是分队长没来……”

“咱们先干嘛!”将军一按小李的肩膀站起来,随手把小李拉起来,接着便提高了声音喊道:

“同志们,走哇!”

说完,他一躬腰走出草棚,钻到暴风雨里去了。

这句话像一道命令,人们都站起来了,一个,两个,三个……跑进了雨里。他们哄笑着,叫嚷着,跟在将军后面向装料台奔去。将军一边跑,一边回头看看。这情景很使他兴奋。“有多少年没有这样做了?”他暗暗问自己,脑子里忽然浮上了另一幅情景:那是在草地上,也是这么个暴风雨的傍晚,被疲劳寒冷和饥饿折磨得衰弱无力的战士们,为了躲雨,都直往树丛里钻。但是,作为一个连长,他知道,要是天黑之前找不到干些的地方宿营,摸黑在烂泥里钻是很危险的。当时,他也是这么喊了一声,队伍又前进了。

他和小李跑到装料台边,浑身已被雨浇透了,沙粒、雨点吹打在脸上,麻沙沙的疼,但他顾不得这许多,两人抓起铁锹,装了满满一筐沙便抬起来紧跑。正跑着,迎面两个人跑过来,走在前面的人一把抓住了将军的扁担梢,喘吁吁地说:“首长,……这活太重,你……”

将军一定神,才看清那人臂上的红袖章,跟在后面的是刘处长。他随手拨开分队长的手说:“嘿,什么首长,在这里我是战士,你才是首长哩。”说完,他把土筐落下,又补充说:“分队长同志,我有个意见:你得赶快把大家组织一下,风雨里看不清,要特别注意安全!”

“对。”分队长无可奈何地松开手,一面辩解着:“段上叫开会,我刚回来……”一面急匆匆地往前走。走到小李身边,他又伸手挽住小李的肩膀,低声地说:“将军年岁大,又负过伤,你可得留心照顾着点！”

“将军？”小李不由地惊叫起来。这情况太意外了。他分不出自己是由于感动还是由于紧张,他觉得到自己的心跳得很急,眼里像灌满了雨水,又湿又涩。他连忙放下扁担,走到将军面前,结结巴巴地说:“将军同志,我不知道你是……”

“嗨,你这小鬼。”将军爱抚地把手搭在他的肩上,顺手轻轻地推了他一把,说道:“快,快掌好舵,我这车头要开啦！”说罢,他一弯腰抄起扁担,搁到了肩上。

小李激动地抓起扁担,望着将军那花白的头发怔了一霎。雨水混合着汗水,正从那斑白的发梢上急急地流下来。他深深地吸了口气,趁势悄悄地把筐绳又往后挪了半尺。

这回,将军却没有发觉。他一手扶肩,一手甩开,挺直了腰,迈开大步向前走去。他走得那么稳健,又那么豪迈。当他带着他的连队走过荒无人烟的大草地时,就是这样走着的;当他带着他的团队通过日寇的封锁线时,当他带着他的师跨进“天下第一关”时,他也是这样走着的。

1958年6月29日于十三陵水库工地

亲人

离下班的时间还有半个多钟头，桌角上的电话铃突然急骤地响起来。曾司令员放下手里的红铅笔,伸手抓起听筒。

电话是从将军的宿舍里打来的。公务员带着掩饰不住的兴奋说:“首长,你的父亲来了！”

父亲？将军不由得心里一震:“噢,他果然来了！”

像一块石子投进湖水里，将军那平静而专注的心情被这突如其来的消息搅乱了。他下意识地抓起桌上的文件,举到眼前。按照将军那严格的生活习惯,他是要在今天下午把这份报告看完的。但是,这份刚才那么使他感兴趣的“新兵工作”报告,这会儿却失去了吸引的力量。在他眼里只是一些蓝色的花条在那半透明的打字纸上跳动,怎么也读不进去;而脑子里却老是在翻腾着一句话:“他来了,怎么办？……”

这个问题使将军困扰了差不多快半年了。今年5月间,他突然接到了一封信。信是江西一位农民写的,交报社转来的。他疑惑地把信拆开来，在信的开头，紧接着他的名字后面是四个粗黑的大字:“吾儿见字”。当时,司令员曾哈哈大笑着向政委说:“看,来认我做儿子了！……”

但是,当他继续读着信的内容的时候,随着那一个个黑字,他那开朗的笑容却被紧蹙的双眉代替了。信上写着:“……5年以前,白杨嶂的广善回家了,他说你早就不在了,在过大草地的时候牺牲了。我难过,哭了一场又一场。可我又不信你会死……前天听人说你在报上发表讲话了。天下重名重姓的人不少,可不能那么巧……我给你写这封信,要是你是我的儿子,就给我来信,你要不是我的儿子……”信就在这里断了。大概这位老人再没有勇气把下半截话说出来,代笔的人怕也是被老人这念子之情所感染,没有再加添什么。下面只落了一个陌生的名字。

显然,这位老人是错认人了。按常理,既然非亲非故,写封回信解释明白就行了。可是不知怎的,将军却没有这么做。他按着老人来信的地址,写了一封信寄到县的民政科去查问。回信很快就来了,这位烈属是个孤苦伶仃的老头,政府和社里已抚保着他的晚年。他那个和将军同名的儿子是 1931 年参加红军的,据调查,确实在过草地时牺牲了。

接到信的当天晚上,将军伏在桌上给老人写信了。他写了扯,扯了写,直到夜深了,信还没有写成。不管措词是多么委婉,可是每当他写到“我不是你的儿子”这几个字的时候,手就不由得微微发抖;到后来,就连想到这几个字,也觉得脸都有些发烧了。直到夜里一点多钟,当他在信的开头写下“父亲大人”四个字,并且重重地点下两个圆点以后,他觉得自己的感情才能顺畅地表达出来。他写好了信,第 2 天亲自跑到邮局去,装上 20 元钱的汇票,把信发出去了。

这个做法是这样的出人意外。当将军发信回来,公务员赵振国就忍不住悄悄地把这消息告诉了汽车司机老韩:“人家认儿认女,可咱首长,高高兴兴地认了个老爷子!”

其实,小赵又哪里知道将军在这个差不多通宵不寐的夜里所涌起的心情呢?将军早就失去了父亲。早在 20 多年以前,国民党军队向苏区进行第四次“围剿”的时候,老人家就被害死在村南那道长满大榕树的山坳里了。当将军读着这位烈属的来信的时候,当他现在捏着钢笔,为了斟酌回信的每一个字句而沉思的时候,他曾经不止一次地回忆起自己所能记忆的父亲的面容。他不知道这位失去儿子的老人的模样,不知道他的年纪,除了这个陌生的名字,他几乎什么也不知道，但是他却总不由自主地把这位老人想象成自己父亲的样子:乌黑的胡髭,眉毛老长老长的;额角的两端一直秃进去,耳边的头发像撒上了两小撮面粉;甚至在左耳朵底下也一样有着个铜钱般大的瘢痕……不，当然不会是这个模样——这位老人只是等待自己的儿子就已经等了二十多年了。

那么,老人的儿子呢?怕是真像那位同志说的,早已牺牲了。随着这个念头，将军的思路不由得转到过去那些在他身边倒下的战友上。他索性放下笔,呆呆地望着窗前那棵老槐树沉思起来。也许老人的儿子是当年的四班长曾庆良?他是掩护部队渡湘江时牺牲的。或者是四连指导员曾育才?他是过大雪山时为了抢救一个挑夫而掉下山沟去了……这些同志并不和他同名,可是不知怎的,他却总想把他们和这位老人联在一起……

将军继续沿着自己的战斗道路想着,慢慢地眼前那一丛柏叶幻化成了一片茫茫的绿野。那是大草地，到处是腐烂的水草、污泥,一汪汪的水潭,水面上浮泛着一串串黄绿色的水泡。他掉队了,正忍受着难耐的饥饿在蹒跚地走着,突然,脚下一软,一条腿陷下去了,他拼命一挣扎,另一条腿又陷了下去。整个身子在向下沉,水,淹过了大腿,淹上了肚子……就在这时,一支枪托平伸在他的脸前。接着一个沙哑的嗓子喊:“快,快躺下,往外滚!”他连忙躺倒下来,就在这一瞬间他认出那人是六班的战士曾令标。借着这拖曳的力量,他滚出了烂泥。等他在一块硬实的泥堆上站起身,就看见曾令标因为全身用力,早已深深地陷进了泥里,他惊叫一声:“老曾……”慌忙摘下肩上的枪,已经来不及了。曾令标一声“再见”还没说完就沉进了泥水里,水面上只留下一只手,高擎着步枪,枪筒上挂着半截米袋子。旁边一串水泡和一顶缀着红星的军帽在浮动着……

“我这条命是战友给的呵！”想到这里，将军情不自禁地望望身边的那张小床，床上，他小儿子一只胖胖的小手搭在被子上，睡得正香。他觉得自己的眼睛有些模糊了，血在一个劲地向脸颊上涌。从那个难忘的日子起到现在，无论是战斗、工作还是学习，将军总是严格地警醒着自己：“多干些！再多干些！”这里面除了一些更重要的原因以外，就是他从心底里感觉得到：他肩上还担负着另一些人的未完成的一切，哪怕能代他们做一点儿也是好的。但是现在他却突然发现，这些还不就是一切，只要有可能，他似乎还应该担负起另一项义务。

这个义务是什么呢？他的眼睛不由得又落在老人的那封来信上。不错，曾令标的家庭情况和地址他没来得及知道，而且在这位战友与老人之间也没有什么必然的联系。但事实却是：老人的儿子也像曾令标同志那样英勇地死去了，而老人却在怀着微弱的希望，在那白色恐怖的日子里茹苦含辛地等着，等着，等了 20 多年。

“要使这位失去唯一的儿子的老人得到安慰，最好的办法是还给他一个儿子！哪怕是暂时的也好！”就怀着这种复杂的感情，将军写下了那封回信。

这以后，将军就成了赡养和安慰这位老人的亲人。每月，当发下薪金的时候，不管工作有多忙，将军总要挤出一个夜晚用在写“家信”上。慢慢地，将军惊奇地发现，随着一封封信的往来，他和老人的心在一天天靠近，他仿佛觉得，这陌生的老人就是曾令标同志的父亲；不，简直已经成了他的家庭中的一个重要的成员了。每当天气凉了，他就会告诉爱人高玫：“给老人织件毛衣吧？还得弄双毛袜子去！”每当家里谁伤风感冒了，他也会忙着写封信向老人问候……而老人的来信中流露出的每一点愉快的表示，将军也感到极大的快乐。

尽管这样,但将军却仍然暗暗不安,生怕书信中哪一个字会露了马脚,被老人发觉。特别是上月“父亲”来信说要来这里看望“儿子”的时候,他更加不安起来。他曾经连着写了两封信,要求老人不要来。理由嘛当然很多:他工作忙,老人年纪太大了……并且肯定地告诉“父亲”:只要他工作一空,他会带着小孙孙去看家的。他希望这样能把老人暂时稳住。因为他知道事情总会要被老人知道的,如果事情来得迟些,那会使老人的感情得到温暖的时间长一些。可是,毕竟将军对这位老人思念儿子的心情体察得还不够周到,现在,老人竟不顾“儿子”的种种劝阻,还是来了。

“现在,可怎么办呢?”将军苦苦地思索着。这位身经百战的司令员,从来不是个优柔寡断的人,过去,多少次战斗,多么复杂的情况,他总能够果断地下定决心;可是现在他却像一个迷路的人走到三岔路口上,左右为难了。直到下班铃响了,他走出办公室的时候,还没有找出答案。

汽车迎着晚霞,在秋风里平稳地驶着。将军怔怔地望着车窗外那向后逝去的梧桐树,忽然欠起身:

“开得太快了!”他觉得这些树向后退得快极了,简直像一株株倒下来似的。

司机老韩笑着扭头望了司令员一眼:“不快呀!”说着,用指甲轻轻地敲了敲速度表。表针正在“20”和“40”之间微微颤动着。

“慢点,再慢一点!”将军对自己的幻觉也感到有点好笑,但他实在希望慢一点到达宿舍,好让自己有时间再把这件事想一想。也怪,似乎车子越驶近家门,这个问题变得越简单了。“看来只好这么办了,”将军下了决心,“把一切都告诉他,反正我会像那位死去的战友一样,对这位老人尽一个做儿子的责任。”瞬间,他甚至把安慰老人的话都想出来了:“不,老伯,你的儿子是为革命牺牲的,我们活着的就都是你的儿子……”他觉得这两句还不够亲切,又想道:

“老伯,你没有了儿子,我也没有了父亲。我认你作爹爹,你就认我这个儿子吧！……”

想着,将军竟抑制不住地激动起来,把话低低地说出了声,倒弄得老韩有些摸不着头脑。

车子渐渐走近宿舍,将军的决心也更加坚定。他简直毫不怀疑地相信自己一定能好好地处理这次复杂的会见。

将军怀着激动而又多少有些惴惴不安的心情,跨上楼梯,轻轻地推开了房门。

他的4岁的男孩子亚非怀里抱着只橙黄的大柚子，一蹦一跳地跑过来:“爸爸,爷爷来了！”

将军顾不得逗弄孩子,他停住脚,向屋里张望了一下,只见那矮脚茶几旁边，一个矮小瘦弱的老人正把身躯深深地埋在沙发里,两手拄着根红竹烟管,脑袋俯在双手上,在半睡半醒地打着盹。显然,长途的汽车、火车使这位年迈的老人太疲乏了。将军两眼直盯着那一丛斑白的头发:“这老人是多么衰老呵！”他的心头不由得涌上一阵酸楚。他知道,只要他再走前几步,那斑白的头就会蓦地抬起来，然后一双贮满泪水的眼睛便会深情地盯住他的脸，望着他的嘴巴，期待着会听到那盼了20多年的声音——“爹！”而他,却要告诉他:“不,我不是你的儿子！”这,这对于这位年迈的老人实在太……

“不,不能这么做！”突然,一股强烈的感情冲动着他,他觉得自己眼睛潮润润的，模糊里，他眼前又闪过了露在水草上面的那只手,那支枪,那微微抖动的枪皮带……刚才一路苦想出来的想法和做法,这会都不知哪里去了,他阅读老人的来信的时候,他拿着笔写回信的时候所涌起过的那种感情，又以更大的幅度占满了他的心。他缓慢地拂开孩子的手,大步走过去,在老人身旁蹲下来,伸手轻轻抚着老人那瘦弱的肩膀,低低地叫了声“爹!……”

这话一出口,将军不由得一愣:从他的口里有二十多年没有吐出这个字了。这个字眼是那么满含感情,又那么生疏。接着一个念头掠过:他就要发觉了。

正像他所想象的那样,老人惊醒了,猛地抬起头,手一松,烟管“吧嗒”歪倒在地板上。但出乎将军意外的是,老人的眼睛并没有射出那期望的光。那双被蛛网般的密密的细纹包着的眼睛,有一只已经深深地塌陷下去,另一只微微红肿着,好像故意眯起来似的,只留着一条细缝。像所有丧失视力的人一样,老人竭力把那只眼睛睁大,两只干枯的手却习惯地平伸在胸前,不停地抖动着,在将军的肩章、脖颈、头发上胡乱摸索着,最后他紧紧捧住了将军的脸颊,嘴唇哆哆嗦嗦地叫道:

“大旺子……”

这不知是哪个人的乳名,对于将军来说是那么陌生,但听起来却那么亲切!他直盯着老人的脸回答:“爹,是我!”

随着这应声,老人那张像揉皱了的纸似的脸孔登时舒展开了。他长长地叹了口气,把身子向“儿子”更凑近了些,抱住将军的头,用力地瞅着、摸着,好像在找到了一件丢失很久的东西以后,在辨认这东西是不是自己的一样。将军顺从地把脑袋俯在老人的胸前,任他抚摩着。这时候,他觉得有一滴热热的东西滴在自己的腮边上……他觉得仿佛直到现在他才第一次体验到父亲对于儿子的那种真挚、慈爱的感情。

半天,还是将军先打破了这沉重的寂静。他直起身,坐到老人的身旁,说:“爹,你……老多了。”这话说得有点慌乱。他还没有完全走进做儿子的境界里去,竟差点像以前对来队的军属那样,习惯地问一声“你多大年纪了?”话到舌边才临时改了嘴。

“是呵!20多年啦!”老人长长地叹了口气,“我记着你是头一次开全苏大会的那年走的，那年你才17，可现在胡子都扎手了。你今年该是40……”

“40……”将军连忙把话接过来，又沉吟了一下，“43了。”他没有把自己真实的年龄说出来。像所有那些不得已而说了谎话的人一样，他觉得一阵不安。为了掩饰自己的狼狈，接着把小亚非拉过来，往老人身边一推，补充了一句：“你看，走的时候我还是个娃娃，现在都给你抱孙孙了。”

“可不，26年了嘛！”老人伸手把小亚非揽在怀里。孩子略带羞涩地叫了声“爷爷！”把脸偎在老人的脸上。孩子这个天真的动作在将军的心头漾起一种甜蜜的感觉：“要是这个新的家庭组成了，该是多好呵！”

孩子好奇地用小手梳理着老人那花白的胡子，像想起了什么，仰起脸问道：“爷爷，我爸爸不是说你早就叫国民党给杀死了吗？”孩子嘴里突然冒出的这句话，使将军吃了一惊，他刚想解释几句，老人却毫不在意地把话接了过去。他摸着孩子的头说道：“傻孩子，不看到你们我能死？”说完，他扬起头哈哈地笑了。

这爽朗的笑声赶走了将军的疑虑，使屋里的空气增添了欢乐。将军有意把话题扯开些，便笑着说：“这是个小的，大的已经8岁了，在学校上学，过几天就能回来。嗨，一个比一个调皮！”

“龙生龙，凤生凤，你还能生出个安生孩子来了？你忘了你小时候了？天上的鸟儿你不揪他两撮毛才怪哩！”老人说得又诙谐又慈祥，这是只有父亲对自己的子女才说的话呵！听着，将军有些不好意思地想：“我父亲也会这么说的！”

老人说完，吃力地站起身，蹒跚着走到门边，从一个提篮里摸出两只大柚子，递给“儿子”，笑笑说：“怕有多年没吃到自己家乡产的这玩艺了吧？”

“嗯，柚子倒没少吃，咱家乡的味道可就没吃到过。”这倒是确实的。将军知道老人的家乡是有名的柚子产地，当年四次反“围剿”的时候，他也曾到过那一带，可这道地的果产他还没吃过呢。他拿起小刀，熟练地把柚皮剖开，剥出那粉红色的肥硕的果实。

“还记得不？”老人把一片柚子摸索着递给小“孙孙”，转脸向着“儿子”，“你离开家的时候柚子刚熟，那天，我和你妈把你一直送到村头咱那几棵柚树底下，你还非要带上几个给同志们吃不行。那时候我身板壮，眼力也好，我亲自爬到树上摘了几个扔给你，从那里一直看着你走出几里路……”

“记得！”将军含糊地应了声。他脑子里浮起的却是另一幅情景。他是在一个黑夜里，土豪堵着大门的时候，翻过墙头逃到红军去的。那时父亲手托着他的屁股，把他推到墙上，然后递给他一个衣包，把仅有的50个铜元放进他的口袋里……那时父亲的眼睛……他望望老人家的眼，问道：“爹，你这眼是怎么糟蹋的？”

“还不是那些狗东西造的罪？”提起眼睛的事，老人顿时变得十分激动了，滔滔不绝地讲起来：那是红军长征走了以后，这位忠于革命的老农民就暗暗做起了红军游击队交通员的工作。不幸，在1936年的秋天，由于叛徒的告密，老人被捕了。敌人知道他熟悉通往游击队密营的每一条山径，在把他残酷地拷打之后，又逼着他给白军带路。就在白军准备动身的前一天，老人向看守骗来了两大把石灰，咬着牙揉进了自己的眼里……因为残废了，老人才活着被抬出了敌人的监狱；亏得亲友邻居的细心照料，总算保全了半只眼睛。

“孩子，”老人激动地结束了他对过去艰难遭遇的叙述，“这些年来，我这做老人的没有给你丢脸呵！”

将军怀着深深的敬意，听着老人的叙述。关于老区人民在敌人残酷的白色恐怖下坚持多年斗争的情形，他在1951年秋天回到故乡时，曾经站在自己父亲的坟前，怀着悲痛和敬意听乡亲们讲过。

而现在老人的话又勾起了那一幅情景。将军不由得再一次想到草地水面上的那顶浮动着的褪色的军帽和那高擎着步枪的手……仿佛直到现在，将军才更清楚地体会到为了革命胜利人民所付出的全部代价。这里面不只有血,还有那数不清的眼睛所流的眼泪。“对于这些为革命事业献出了一切的人，你怎么爱他们也不会过分的！”他觉得自己的心和老人靠得更近了。他深情地抓住了老人的手:“爹,那些年你可受了苦啦！”

“苦,不怕！为革命嘛！当时我就跟人讲:‘给我剩下半个眼,我也用它看着这些家伙完蛋,看着咱红军回来！’可不是,就让我看到了！”老人抖抖索索地装上一管毛烟,等“儿子”给点燃着了,猛吸了一口,又说:“唉！说实话,这半只眼还有一个用处,就是等着能看一看你。你不知道,为了你,就这一只眼流的眼泪也足够个小伙子挑的呵！”

将军默默地掏出手绢,把老人眼里的泪水揩了揩,说:“爹,别难过啦,我不是在这里吗！”

“是呵,想看的我都看到了！可是,”老人略略顿了一下,脸上浮上了一种不快的表情,“别怪你爹数落你的不是:胜利了这多年,人家活着的都回家看过了,可你怎么连封信也不往家写呀？”

老人责备得对,作儿女的怎么能对老人这么冷淡？将军懊恼地想:为什么没有早些和这位老人相识呢？但是又怎么向他解释？他嗫嚅着,说着临时涌到嘴边的“理由”:“这些年我在学习……”“信,我写过……”可怎么也觉得理屈。

正在这时,房门开了。将军的爱人高玫走进来,才打破了这尴尬的局面。

“高玫,你看爹来了！”说着,他轻轻地扯了扯她的衣角。

高玫会意地点点头,连忙跑上去,亲热地叫了声:“爹！”

“爹，别净想那些伤心事了,”将军伸手挽住了老人的胳膊,

“来，吃顿团圆饭吧！”

在一张圆圆的小桌周围，坐下了这老少三代的一家人。老人的心情显然平静得多了，他把儿子拉在自己身边，不停地瞅瞅这个，看看那个，那凄苦、不安的表情早就消失了，幸福和满足的笑容挂在他那苍老的脸上。

为了使老人增添些欢乐，将军倒满了一碗老酒，端到老人的面前。

“你还没有忘了哇？”老人笑着接过酒，呷了一大口，扬起手掌擦了擦胡子。在他眼前浮上了多少年前让孩子端只瓷碗去打五个铜子的老酒时的情形。而在将军眼里，老人这爱好，这动作却又是那么熟悉——“连这些地方也像我的父亲呢。”

将军竭力回忆着自己父亲的一切爱好，把记得起的父亲爱吃的菜连着夹到老人的碗里去。老人却没有怎么吃，他不时停下来，向前探着身子，瞅着“儿子”吃饭，好像这比他自己吃还要紧。

“看，还是那么狼吞虎咽的，这又不是小时候了，没得吃！……”老人直盯着“儿子”的嘴巴，忽然，他用筷子戳着将军的嘴角问道：“我记得你这里有个瘊子，怎么刚才没摸着？”

“那……”将军刚要回话，高玫笑着把话接过去，“他嫌刮胡子不方便，早就弄掉了！”

过一会儿，老人又发现了什么，感叹地说：“年岁久了，人都变了，我记着你小时候都是左手拿筷子……”

“受了伤，不改不行嘛！”将军赶忙捋起袖子。左手腕上凑巧有一个伤疤，那是广阳战斗叫日本鬼子一枪打穿的。

借着这个话题，将军连忙避开谈论他“儿时”的一切，他历数着自己身上的伤疤，谈到这些年来的战斗，谈到爬雪山过草地的艰苦，爱人和孩子的情形……他想出一切动人的和逗趣的故事，讲给老人听。大概因为这环境太特别,这些故事吸引了老人,将军自己也深深地激动了。

这顿饭吃得时间特别长,当老人喝下最后一匙菜汤,已是夜里10点多钟了。将军和高玫小心地搀扶着被醇酒和疲乏搅得昏昏欲睡的老人,走进了为老人预备好了的卧室。

不知是因为酒醉还是什么原因，老人睡到床上，却突然坐起身。用他那枯老的双手猛地抓住将军的肩膀,拉到自己的身边,拼命地睁着眼望着、望着,用一种变了音的腔调惊叫着:

“你是大旺子?……”

“是!”将军不安地回答。

“你是我儿子?……”

“是呵,爹!”将军情不自禁的紧紧地抱住了老人。

“呵!可看到了!……”老人放声大哭起来。

将军,这位身经百战、被打断了两条肋骨也没流过一滴眼泪的人,这时候,泪水却顺着腮边流下来。

老人,这经受了百般磨难的老人,在哭声里睡着了。将军目不转睛地望着老人那张挂着泪痕和笑容的脸,它是那么苍老,又那么和善、安详。他轻轻地给老人盖好了被子、关了电灯,踮着脚走回了自己的寝室。

将军点燃了一支烟,在寝室里来回地踱着步子。他的脚步和他的心一样沉重。死去的战友的印象,故乡土地上那累累的坟茔,父亲的面容,老人的眼睛……一齐在眼前晃动。

高玫走近他的身边，低声地问:“也许这是你常说的老曾的父亲?”

“不,也许是,也许不是……”

孩子一面啃着柚子,一面说:“爸爸,把你看地图的那个放大镜给我吧,明天让爷爷好好看看我……”

“明天,咱俩一块出去一趟,给……给老人家添几件衣服……”高玫说。

“是啊,”将军含糊地应着。他望望爱人,又望望孩子,缓缓地点了点头,像是回答他们,又像是自言自语地说:“多少年的斗争,我们的人付出了一切!现在,我们活着的,要把担子挑起来,能多干一点也是好的!”

说完,他霍地转过身,来到了窗前。他猛地推开了窗子。窗外,天空清亮亮的,满天星斗,间或有几颗流星无声地扫过去。窗前那棵老槐树的叶子早已脱落了,那鹿角般的枝桠正倔强地指向夜空。傍着槐树,那棵柏树的蓊郁的枝叶,正伸搭在槐树的干枝上。

将军深深地吸了口气,忽然,他放大嗓子喊了声公务员:“赵振国,明天去医院帮我的父亲挂个号。记住,挂眼科!”他把“我的父亲”四个字说得声音特别大,大得连自己都有些吃惊。

1958年10月27日

休 息

“嗨,这脑筋……”范副司令员生气地扬起拳头捶了捶额角,霍地站起身,从门边抄起根手杖拄着,蹒跚地走出了门。

妻子慌忙抓起件单衣追上去,一面扶他走下台阶,一面责备他说:“刚有些见好,又到处跑!”

“病人顶需要的不是闲着,”将军紧皱起眉头,“没有痛苦就好,是不是?”

“唉,你这人……”她轻轻地叹了口气,没奈何地把衣服给他披上,然后目送他向海边走去。

傍晚的海滨是优美而又宁静的。阳光,从几团浓黑的云团的缝隙里冲出来,把海空的几片浮云照亮,又把海滩映得一片火红。海,咆哮了一天,这会像累了似的,躺在那里轻声地喘息着;随着它的呼吸,海波轻盈地涌到岸边,然后又卷带着浮槎、细沙,悄悄地离开。

将军沿着这条弧形的海滩慢慢走着。潮湿的海沙上,留下了一串深深的脚印。他的思路又回到了刚才思索的那个问题上:

“……那是侯厝还是鹤子墟?……记得那次打的是广东军,到底是什么鬼番号却记不起了……”他想得是那么入神,以致裤腿被海水溅湿了一大片也没有发觉。

这件事,按照妻子的说法,真是有点“自讨苦吃”。本来是来休养的嘛。一个星期以前,将军带病来到了这里。开头几天,因为病情较重,他只好静静地躺着;但是昨天发现血压降低了些以后,他却再也躺不住了。他很想能找点工作做做,可是这里啥事也没有,家里为了能使他安心休养,按照医生的指示,“冻结”了一切与他有关的文件,甚至连封关于工作情况的信也难得收到。“干点什么好呢?”想了好久,才想到了写稿子的事。原来,在一年多以前,政治部就约请他为总政发起的“解放军三十年”征文,写一篇关于红军时期斗争生活的回忆录。这是政治任务,当时他爽快地答应了。只是因为工作实在太忙了,一直没有动笔。“现在,趁这机会把它搞一搞,回去就不用再为这事耽误工夫了。”

按说,可写的材料是很多的,他那近30年的战斗生活,简直是一本大书。但是要从这里面选出一个中意的片断来,却像从一棵果实累累的树上挑一个好果子一样,困难极了。昨天,他躺在床上翻来覆去地想了一天,好容易选定了反“围剿”中的一次战斗,可是今天刚提笔要写,却又碰到了难题:事情过去得太久,具体时间、地点都不记得了。多亏妻子提醒,他才想到了任局长。这位红军时期就在一起的老战友,因为患着下肢麻痹,已经在这里休养了好几个月了。于是将军决定去找找他,一道回忆一下当时的情况。

从海滩到那座草绿色的房子,虽然只不过2里多路,将军却走了很长时间。当他走到大门跟前的时候,他才发现心脏怦怦地跳得又很急了。他倚在门框上,按住胸口休息了一会儿,便推开门走进去。

这是所安静宽敞的院子。窗前,两棵大马尾松底下,放着一张小桌子,桌上散乱地摊着几份文件。一根长长的电话线从窗棂里扯出来,搭拉在桌面上。桌旁安了张行军床。这情景不知怎的使将军想到了战地的指挥所。任局长正斜倚着枕头半躺在床上,抓着听筒在讲话:

“……我的好主任啊,”他柔声和气地说,“把情况告诉我嘛!简要地……你说那几个省的协作会议啥时候开?”

大概对方回答得使他不满意，他又生气地叫起来了："好，不给讲就算！我那个关于三厂的意见你可得快报告给部长。明天，不，等一会儿我还要给部长去电话。"说完，他悻悻地把听筒向桌上一扔。

"还是那个劲呀，老任，"将军笑着在桌边坐下来，"养病也不能退你三分火。"

"就得吵呀，"任局长看见范副司令员，不好意思地笑了笑，"人一生病，就来上个大'封锁'，能把人憋死！"

"你吵就能吵得到了？"

"嗬！根据这几个月的经验，这是唯一正确的方法，"任局长得意地抓起桌上的文件，抖得沙沙的响，"你吵一次，多少总得给点。"

"我没有你那份本事，就得想法找……"将军把自己要写革命回忆录的打算向任局长谈了谈。

"仗是打得不坏，"任局长听完以后说，"可惜简单了点。混进围子去，手榴弹一打，完了。"

"那……你看写哪一段好？"

"人家不是要你写印象深的事吗？"局长沉思了一会儿，"依我说，写我们那次休息倒挺有意思。"

"休息？"这个提议很使将军感到意外。他不以为然地摇摇头，"写篇稿子总要有点意义嘛。大家都在大跃进……"

"谁说没有意义？"任局长打断了将军的话，"自从闹了这个病、被迫休养以来，我时常想到那回事。"

"你说的是哪一次？"

"就是你踢了我两脚的那一次嘛。"

"踢你？"将军更觉得茫然了。在他带兵 20 多年的经历中，他从来不记得打骂过任何一个人。

"嗨，看你，打了人还不认帐。1935 年，在锁蛟岭，记得不？"说着，他伸手摩挲着大腿，故意苦着脸说，"那两脚真够呛。呶，就是这里！”他的苦脸做得很逼真，好像那地方至今还痛似的。

1935年，锁蛟岭……这熟悉的年代，熟悉的地名，把将军引进了一个深深的回忆里。他呆坐在那里，透过那稀疏的树梢，向远处望着。那里便是有名的西山风景区。晚霞正映衬着一片突起的峰峦、茂密的树林……

……突起的峰峦、茂密的树林。一支不大的部队正沿着这丛林中的小路急匆匆地走着。这是个奇怪的行军行列：从队首到队尾扯着一根绳子，战士们一个个紧抓住绳子，脚步踉跄地往前赶。整个队伍仿佛是靠着这根绳索拖曳着前进，又像是这绳索把人们拧成了一条钢铁的锁链。

这便是他所指挥的那支红军游击队。

这天，秘密交通送来了上级的命令：要他们立即动身赶到武功山区，和大队会合，共同进行一次大的战斗。命令像钢钉砸在铁板上似的：必须在五天内到达！但是，他们一离开根据地，就被敌人盯上了。敌人调动了沿途的军队和民团，前堵后追，紧紧地咬住不放。为了保存力量，如期到达指定地点，和敌人纠缠是不行的，他们只得钻进山林，兼程前进。

除了战斗就是赶路，日夜不停地赶路。谁负伤了，背起；谁脚上打泡了，扶起。衣服被划破了，一条条一片片地挂在身上，有的已经围上芭蕉叶子遮体了。煮饭的时间是没有的，战士们一边走着一边从粮袋里抓出把生米，再随手捋把嫩树叶子，一道塞进嘴里。但是，最难耐的还是困倦。一连三四个日夜没有合眼，谁的眼皮上也像坠了一块铅。一个个像喝醉了酒，东摇西摆地走；稍微一停步，队伍里就响起了鼾声。

人们多么需要睡一觉啊！

一个战士抓住了他的衣襟，那红肿的、布满血丝的眼睛直直地盯着他：“支队长，休息一下吧！”

他，接过了那人的步枪，轻轻地抚摸着那个同志，又厉声地说："不行！"

一个战士噗地一声摔倒了，却没有爬起来，口里含糊不清地说着："……支队长，别管我了，让我……"话没说完就睡着了。

他搀起了那沉重的身体，挽住他的肩膀，让那同志的脑袋靠着他的肩窝，一面推拥着他走，一面动情地说道："这么睡一会儿吧，同志！让你休息的权利不在你，也不在我啊！"

第四天上，他弄来了一些树皮搓成了一条长绳，人们抓着绳子走着闭一会儿眼睛。这也好不了许多：这一个，好像故意似的，身子一趔趄，一头撞到树干上，然后蓦地惊醒过来，揉着肿起的脑袋追上了队伍；那一个脸被树枝划破了；又一个脚被山石碰伤了。……管它呢，总可以多少睡一会儿了。

可就因为这，发生了一件令人痛心的事：在走上一道崖边时，一个战士因为睡得太沉，手一松，一失脚，掉下山沟去了。为了能取得时间去抢救这个同志，他不得不组织了一次阻击战，又伤了两个同志，才堵住敌人，派人下到山沟里，把这个战士找到，但他已经牺牲了……

"在那些日子里，我们不但有战死的英雄，也有累死的烈士哪！"想着，将军不由得激动起来。他深深地爱上了这个材料，而且有充分的信心能按照征文的要求把它具体地写下来。但是，当时为什么决定休息的？什么时候打过人？却怎么也想不起来了。

"那到底是怎么回事呀？"想着，他不由得说出了声。

"什么？"任局长把眼睛从一份电报上离开，一时有些摸不着头脑。

"打你的事呀！"将军说，"我干吗打你呢？"

"嗨，不就是为了睡那二指嘛！"

噢，对了，这都是睡那二指的过。

就是那天下午，他们抬着战友的尸体，在树林里一阵急走，暂时甩开了敌人，来到了锁蛟岭前那道山沟里。他们挖开碎石，把战友埋葬了。

当一切安排好，他照例第一个走上小路，向大家喊了一声："快走哇！"但是走出几步以后，却发现差不多半数的人没有跟上来。——刚才子弹在头上嗤嗤的飞着，他们还可以拼死战斗，还可以走上这十几里路；这会儿一停下来，疲困却更强烈地袭击了整个队伍，人们有的已经睡熟了。

这里面就有副支队长任丕祥。他吃力地扶住一棵小杉树，焦躁地喊道："老范，给我半个班吧！我去给大家争取点时间睡一睡！"

"不！"他和任丕祥一样焦躁。为了睡觉而打仗，这不成；而且前面还有七八十里路。

"要不，就让大家稍微打个盹，只睡，……睡二指就行……"任丕祥的话声越说越低，眼睛阖上了，扶着树干的手松开了，腿像被抽掉了骨头，身子沿着树干慢慢地滑下来，蓦地，咕咚一声栽倒在地上，口里还在喃喃地说着："稍微……二指……"在他摔倒的时候，脸被石尖扎破了，殷红的血一滴滴地落到草梢上。但他丝毫也没有发觉。他睡得那么香，长长地打着鼾，脸上泛起满足的笑容。

他弯下身，把任丕祥的身体放平了些，把他脸上的血水擦了擦。他的心一阵紧缩：任丕祥是整个支队中数得着的硬汉子，他都撑不住了，那……就在这一刹那间，他大声地喊道：

"休息！"

现在，事情已经过去了整整23年，将军却仍然能够回忆起当时说出这两个字时的复杂的心情。谁知道敌人什么时候到来？这每一分钟的睡眠是要用同志们的血来换哪！他应该为这一百多人，为明天的战斗负责，可是……

想着，他不由得瞥了任局长一眼。这会儿，他正歪在床上，聚精会神地看着文件,不时地在文件上批写着什么。望着他那斜躺着的姿势,那专注的神情,他觉得这个倔强暴躁的副队长仿佛从那时候就这么躺着的。后来发生的一切都清醒地记起来了:

看看大家都睡好了以后,他从一个战士的枪上抽出了一根枪探条,来到了一个高高的山包上,把探条笔直地插进土里。一条细细的影子斜斜地映在地面上。他伸出两个指头按住地面,在阴影转移的方向二指远处划上了一条细线。凭经验,这是半个多钟头。

"等影子走到这里,我一定得叫醒他们!"他暗暗下了决心。然后又警惕地向远处眺望了一下,山路上空荡荡的,看来敌人还远。

只到这时,他才觉得眼皮是那么沉重。

"就是困死也不能睡着了哇!"他找来了一节竹筒,接了一筒泉水,含上口水,朝天一喷,冷水像小雨似的撒下来,人清醒些了。可是喷了几次以后,这办法失去了效验。于是他又找来了两根草棍儿,把眼皮撑起来,这样眼皮是不会垂下来了,可是过了不久,眼前又变得云遮雾罩了。

就在这时,眼前一簇黑点晃动起来,他蓦地一惊,揉了揉眼睛,这才看清在他目力所及的远处出现了一群人的影子。回头望了望那根枪探条,影子距离他划的线还有一指多。

"狗东西,来得这样快!"他咒骂着,一面端起竹筒,撩起水湿着眼睛,一面向睡觉的同志们跑去。

似乎在他一生中没有比叫醒这些同志们更困难的事了。怎么叫也叫不应。他刚把这个拖起,要拖那个的时候,这个又扑倒了,费了好大的劲才叫醒了三个人。"怎么办?"他举起了驳壳枪。他知道最好的办法是开枪,枪一响他们就会爬起来的。但是敌人正在向这里走着呢。他焦急地来到任丕祥身边,使劲晃着他的肩膀。他哼了声,翻了个身,咂咂嘴巴又睡着了。没有时间磨蹭了,他抬起脚向着任丕祥的腿上踹了两下,接着又把手里的一筒水猛地泼到他的脸上。

冷不丁打一个寒噤,任丕祥醒来了。

“老任,赶快想办法把同志们弄醒,向苏家墟转移!”他气冲冲地说完,带着那3个战士,迎着敌人跑去。

当他向敌人打出了第一枪以后,好大一会儿,他才看见队伍爬上背后那一道山岭……

一阵急骤的电话铃声,把他从这段紧张的回忆里拉回来。他四下里看了看,只见一个电话听筒正从窗棂里伸过来。任局长伸手抓住了听筒:

“喂,噢,王部长,我是任丕祥……”

将军望着任局长那兴奋的神情。这一瞬间,想把这件事情写下来的愿望强烈地激动着他。他向任局长作了个要走的表示,便离开了这个庭院。

在走出大门的时候, 他还听见任局长在大声地吵着:“……啥都不缺,就是缺点事干,给点工作!工作……”

回到宿舍,将军扭亮了台灯,拿出了纸,在上面端端正正地写上了两个字:休息。随即头也不抬地写下去。

夜深了,正是涨潮的时候,哗哗的海涛声混合着海风起劲地吹进来,翻弄着桌上的纸片。那上面写满了字迹。

妻子悄悄地走近将军的身边,把杯子里的冷水倒掉,又换上了杯热水。这已经是换第四次了,可是桌上的药水还没有动过。她又轻轻地叹了口气。

“就吃,就吃……”将军抱歉地笑了笑,却还没有动。他正急速地写着这篇稿子的结尾:

“我们常说:永不休息。这话并不确切。人是需要休息的。但这事对于战士说来,却有他们自己的方式!”

1958年10月

早晨

列车再过 15 分钟就要进站了,可我还没拿定主意:到底是下车还是不下车?

本来,归途的计划早在家里的时候就订好了:剩下 5 天时间,坐 3 天火车,用半天的时间渡海,还有一天多的时间,或者是在那个滨海城市里逛逛,或者是在上班之前休息它一天,和同志们聊聊这次休假回家的见闻。但是,这个看来挺好的计划,眼看就要被一件偶然的事情搅乱了。

半个钟头以前,车厢里还黑沉沉的,我正睡着,忽然耳边传来列车员的声音:“各位旅客,有下车的没有?前方停车站是……”大概列车员怕打搅了旅客的清梦,故意把声音压得很低。但我还是醒了。列车员报出的那个城市的名字,一下子冲进了我的耳朵,使我猛地一惊,顿时眼前浮起一张苍白的脸和一双乌亮的眼睛。那是班长傅传广。10 年前,他就是用这双眼睛盯着我,说:“要是将来胜利了,再到这里来看看,那有多好啊!”这个愿望,傅传广同志是不能实现了,但是我呢?我忽然涌起了一个念头:下车去看看怎么样?

其实,这个念头也不是现在才有的。自从当年我躺在担架上穿过那个被炸坍了半边的城门洞子、离开这个城市的那一刹那起,这个想法就埋在心窝里了。但是,就从那一天开始,总是步步往南走,一直走到海边,渡过了大海,在一个小岛上一住就是近 10 年,这事就只能搁到心里了。这期间,每当和几位老战友凑到一块,天南地北地闲扯的时候,总少不了要谈到这次战斗,谈到傅传广同志;而且不管谈多久，照例是用这句话来结束的："这会儿，要能去看看有多好啊！"现在，这个地方就在眼前，如果把休息的那一天时间挪到这里，下了车，办办签字手续，然后走进城去……

这个念头是那么使人激动，我怎么也躺不住了，索性坐起身，撩起窗帘，向车外望去。天快亮了，左前方远处，浮现出一片鱼肚色的亮光。几片轻纱似的薄云正缓缓地向高处移去。被这白色的晨光衬托着，城市的轮廓渐渐显现出来。接着，郊区那矗立的烟囱、高大的厂房都看得清楚了。就在这些建筑物后面，突然露出了一座古塔。高大的古塔的身影，像欢迎什么人似的，正急急地向前移来。对，当年那一切都发生在这里，发生在离那古塔不远的地方。瞬间，一切变得清楚而又简单了。我伸手从衣钩上取下衣帽，穿戴整齐，抓起行李便下车了。

办完了签字手续，把行李存妥，在车站小摊上胡乱吃了点东西，便往市内走。可是，当我走到那拥挤的人行道上时，才发现自己这新计划里有一个明显的疏忽：对于所要去的地方，在我脑子里只有一幢房屋的印象，至于这所房子在哪条街上，我根本不知道，而今，要从这千万间大小房屋中找到那幢并不显眼的房子，实在是件难事。幸好，这座古塔还在，它标明了一个大概的方位。于是我便望着古塔走到了城东北角，找到了当年攻城时的突破口。往后呢，就只好凭着自己的记忆，按照战斗发展的方向和能够依稀记起的方位物，慢慢往前寻找了。

说来奇怪，当我在那遥远的海岛上想到这个城市的时候，当我从车窗口凝望着它的时候，我知道，城市一定是变了。10年了嘛，我上岛时栽上的果树都已经收过四次了，城市怎能不变呢？可这会儿沿着马路往前走着的时候，我却怎么也摆脱不掉战时的感觉。那一幅在晨光中模糊辨认出来的战斗情景，总是顽强地在眼前浮现出来。

看，那不是那堵高墙吗？在投入冲锋之前，我们就在这墙根底下隐蔽过，在这里啃过几口干粮。那时候这块大墙上写着一个大大的“當”字。现在，那刺眼的字被一幅画代替了，上面画着三个胖娃，咧着嘴，扛着个大棉桃。

呶，街口上那棵大刺槐树还在那里。不过记得那棵树原是在铺面后面的大院子里的，那时这院子是团的后勤处，领弹药的骡马驮子，抬伤员的担架，来来往往，正是个热闹地方，我就是在这里换过药，然后被抬出城去的。可这会儿，那树仿佛长了腿，跑到人行道上来了。树下是个新建的大文具店。

就是这些表面无法辨认的标志，呼唤着我的记忆，引导着我跨过大街，弯过小巷，最后，来到了一条巷子里。

按照走过的道路计算，那房子差不多该是在这条街上，可到底是哪座房子呢？因为从巷口开始，部队就靠打穿墙壁向前发展，如今从巷子里是一点标志也找不出来了。我沿着路边一面走一面张望，一连走了两个来回，还是一点头绪也没有。

这时，已快 7 点钟了。太阳从巷子尽头的一棵树梢上露出来，把街心抹上一层金色。我实在有点沉不住气了，决定找个人打听一下。就在我四处打量的时候，一眼看见一个约摸六七岁的男孩子从对面跑过来，看样子心挺急，不知怎么脚下一绊，摔倒了，手里的一个纸包甩出了好远，孩子哇地一声哭了。

我抢前几步想去扶他，忽然前面大门里一件白色衣服一闪，一个人飞似的来到孩子身边，把他扶起来。这时我才看清，原来是一个长辫子的姑娘。她一面搀着孩子走，一面爱抚地拍打着孩子身上的土，安慰地说：“你忘了我给你们讲的那个故事了！那个解放军叔叔叫敌人打得浑身都是血，人家连一滴眼泪也不掉！呶，”她一眼看见我，向我笑了笑：“不信你问问这个叔叔！”

不知是孩子想起了所说的故事呢，还是我这身军装的效用，孩子怔了一霎，看了看我，两眼使劲一闭，挤出了两滴泪水，笑了。他向姑娘身边偎偎，把纸包递到她手里说："给，我妈叫我带给你吃的，是她自己做的哪！"

姑娘笑笑，领着孩子走进路南的一个大门里去了。我随着她们的背影向门里瞥了一眼：一座楼房，正对大门的窗子忽然开了，两个小孩的脑袋伸出来，齐声叫道："老师好——"说完，两个蝴蝶结一闪，小脑袋又不见了。

"是什么时候见过类似的一幅情景？"我心里一动，便跨进门去，对着楼房仔细端详起来。

这是座不大的二层楼，看样子是修葺过了，青灰抹过的砖缝，整整齐齐的，窗棂上也刷上了崭新的乳白色。但还是看出来了，不错，是它！看，从左数第二个窗子旁边，约有一尺见方的地方，砖是新补上的；原来那里被敌人打穿做了枪眼，一挺美造机枪的枪管就从那里伸出来。正门两侧窗框上的砖块参差不齐，像被谁用刀砍了一阵似的，那是被我们的机枪扫的，因为那里一挺汤姆式正封锁着突击道路……我漫步向楼上走着、看着，就是这些特征，把我引进一个深深的回忆里去了。

那也是这么一个晴朗的早晨。我们班连着向这座楼突了两次都没有奏效，最后只好用爆破了。就在机枪压住了敌人的火力，爆破员挟着炸药冲向楼门的一瞬间，楼里一阵乱，传来了敌兵的咒骂声和孩子惊乍乍的哭喊声。接着呼喇一下子，楼上几个窗子全打开来，五六个敌兵，每人手里抓住一个五六岁的孩子，把他(她)们狠狠地按在窗台上。孩子们哭喊着、挣扎着，两手悬空乱抓，拼命地踢蹬着小腿……就在这些娇嫩的小腿中间，一枝枝乌黑的枪管伸出来，向着我们瞄准、射击了。

就在这紧张的时刻，班长咬着牙向机枪射手挥了挥手，大声喊道："停止，停止爆破！"

枪声暂时停止了，战场上顿时静下来。这种寂静是难耐的。孩子的哭声显得更凄惨、更揪心。窗上的孩子大部都离开了，但还有两个敌兵仍然卡着孩子的腰，故意在窗口上晃来晃去，一面大着胆子把脑袋从孩子身边伸出来，阴阳怪气地叫道："炸呀！有种的来炸呀！"

没有比这再急人的了。望着敌兵那狰狞的面孔和那一条条乱踢乱蹬的小腿，我觉得眼前一阵阵发黑，心尖子仿佛被那些小腿蹬着，麻沙沙的疼。"怎么办呢？"我们的眼都转向班长了。班长还像冲锋前那样，单腿跪在窗前，脸颊紧贴着窗边的墙壁。汗，像小河一样流着，把墙皮湿了一大片。他眼里布满了血丝，凶得怕人，从和他相识以来，我就没有见到他的眼这么凶过。他就这么呆呆地望着，手正在扭动着胸前的衣扣，一个衣扣碎成两半，脱落了，又揪住了另一个……蓦地，他把揪在手里的一个扣子一扔，压低了声音命令道："上刺刀！"

我和班长抬着梯子向楼房奔去。当敌人弄清了我们的行动，开始还击时，班长已经攀着窗口跳进楼里。我紧跟着他攀上窗口，他已把赶上前来的一个敌兵戳翻了。另一敌兵正一手抓着个孩子的衣领、一手提枪向窗口奔来，一见班长进来，竟举起孩子，恶狠狠地向他砸过来。就在这紧急的当口，只见班长把枪往臂弯里一挂，摊开双手，猛地接住了孩子。随着向后趔趄的劲儿，身子一侧歪，把孩子挡在胸前。可就在他这一转身的工夫，身体的侧面暴露给了敌人，敌人一个前进刺，刺刀戳进了他的肋下，他倒下了……

事情过去已经整整 10 年了。现在看着这陌生却又熟悉的景物，回忆起当时的情形，我的心还像被谁捏着似的，痛得钻心。那以后……记得战斗发展到楼东头的房子里，我们被敌人反出来过一次，还看见班长一手捂着伤口，在走廊里爬来爬去地招呼孩子。再往后，他牺牲的情景也还能记得起来，不过……那一切似乎不是发生在这楼上。到底是在哪里呢？一时却记不起来了。

我正苦苦地想着呢，忽然楼下一个人叫起来："哟，在这里哪，我说你不能到别处去嘛！"听声音是个老太太。

也许因为这句话正巧接上了我的思路，我的注意力一下子被吸引过去了。接着，是一个年轻女人在热情地招呼："我刚想去接哪，你又跑一趟。"

"嗨，"老太太说，"前些日子闹得你星期天也捞不着休息；这下子可好，连晚上也得拖累你啦！真是……"

"大娘……"

"不光是孩子咧，还有这，"老太太把一包什么东西噗地一声扔在地上，说："他爸爸打信来，说急等着穿，她妈下乡了，又得两个月才回来，我又碰上这么个事……你给拆洗拆洗寄走吧，反正地址你也知道。唉，要不是他姑生孩子事急，说怎么我也不肯麻烦你呀！"

"大娘，您说到哪去啦，这是我应该做的嘛！"

"应该！这也应该，那也应该，你就不该歇歇？……反正说你也不爱听，就这么着吧，我得去收拾收拾上车去啦，惜华，晚上跟着老师睡，可得听话啊！"听脚步声，老太太走了，一面走，嘴里还在唠叨着："真是实心实意哪！……唉，不知道是什么人，调教出这么好的人来……"

直到听到末了这句，才弄清老太太夸赞的是这里的一位老师。我忽然动了个念头：找找这位老师，请她谈谈关于这座房子的变化。

楼前是一块空旷的院子，院子正中，有十几个孩子正围着一个花坛忙着栽花。离花坛几十步远处，紧靠院子的西南角，独独地长着一大丛美人蕉。花旁堆着一些砖块，也有一群孩子挤在那里，其中有一个姑娘，大概就是刚才说话的老师了。他们有的拿棍子，有的拿锹，正在吃力地撬着一块水泥地板的碎块。有一个孩子眼尖，发现了我,便扯着小嗓子喊道:“解放军叔叔,来帮帮我们呀!”

这一叫,那位老师也直起腰望着我了。我一看,原来正是我在门口碰见的那位姑娘,看来她不过20岁,细长个儿,长脸盘,腮上有一个很深的酒窝。那红通通的脸,那望人的神情,都还流露着一股孩子气。再配上两条长辫子和那身稍稍嫌长的白底花点的连衣裙,不知怎的,我觉得她不大像个老师,倒像个大孩子。她见我走过去,连忙搓掉手上的泥巴,把垂在胸前的辫子往后一扔,笑着问道:“有什么事么,同志?”

“没有,随便看看。”为了不使她继续追问下去,我伸手从一个孩子手里抓过十字镐,照着石块的边缘狠狠地刨下去。

“谢谢你,同志!”等我把这块水泥片子掀起来,搬到墙根下放好以后,她热情地和我握握手,说:“这房子去年才拆掉,这些碎砖烂瓦,清理了好久也没弄干净。”

房子?听她这么说,我心里一动,不由得四下里打量起来。她大概想起了我“随便看看”的那句话,又介绍起来:“看,这花,全是同学们栽的呢。”

看看花坛,花栽种得十分匀称,花种花色配搭得也很得当,看得出设计人的精巧的心思。可惜这一丛极好的美人蕉栽得不是个地方,太偏僻了。

听了我的意见,她的脸上顿时浮上了一层红晕。“这……”她嗫嚅了半天,忽然转身指着楼房说:“你看,几个教室的黑板都在东头,上课的时候打窗子里一望,就可以看见它了。”

我一听,不禁笑了:到底还是个年轻人,上课嘛,还看花。

她大概看出了我的意思,脸更红了,一直红到了脖子根,语气却变得严肃了:“你别笑嘛,看着它,课会上得更好!”

“为什么?”

“因为,”她更严肃了,声音更缓慢了些,“当年这里曾经牺牲过一个解放军同志！”

她的话还没落音，我心里一亮，一下子都想起来了：是这里，就是栽着一丛红花的这个地方。那时候，这里是一间房子。那场肉搏战结束了以后，因为我胳膊上受了伤，在继续向前发展的时候，副班长要我留下来照顾班长，顺便收容一下那些孩子。我把孩子们哄到一个房子里以后，找了好大一会儿，才在这小屋里找到了班长，原来卫生员为了担架走动方便，把他背下来了。

我进房的时候，班长紧闭着眼睛，躺在水泥地上，正急促地喘息着，血，随着呼气，不停地冒着血泡，从伤口里涌出来。在他身边趴着个小女孩儿，我认出，她就是拼刺刀时班长用手接住的那个孩子。她趴在班长的肩膀上，正叉开小手扒着他的眼皮，一面轻轻地叫道："叔叔，你说，我长大了能找到我的爹妈么？你说呀……"看见我进来了，慌忙停住了嘴。

"能，一定能……"半天，班长才应了声，随着睁开了眼睛。一看到我，指了指孩子说："看，这孩子非要跟着我不行。知道么，这里是个孤儿院呀！唉，没爹没娘的……可那些狗东西……"他痛苦地咬住了牙，眉头皱起一个大疙瘩。每逢谈到敌人，他就是这个样子的。

他喘息了一阵，又伸手抚摸着孩子的头，问道："珍珍，你长大了，除了找你爹妈，还干什么？"

"我就走！"孩子说，脸上流露出一种果决的神情，"我走了，嬷嬷就再也捞不着打我啦！"

这话说得真揪心。班长长抽了口气说："看，孩子的心眼都给堵得死死的了。对于将来，这孩子要求得太低啦！"他抱着孩子的脑袋，仔细看了一阵，忽然脸色舒展开了，眼睛变得乌亮——每逢谈到顺心的事，他就是这个样子的。他向着我动情地说："老刘啊，要是将来胜利了，再到这里来看看，那有多好啊！"

就在这时，卫生员带着担架来了，我们正要扶他上去，谁知他的伤势突然恶化了，喘息得更急了，血大口大口地涌上来。他竭力地压着喘息，向我望了一眼，伸手指了指口袋。他的意思我明白，是想找点什么留给孩子。但是，在一个突击班的战士身上能找到什么呢？我翻遍了他的所有的口袋，只找到了一个小笔记本。他闭上眼睛，攒了攒力气，然后对着孩子说："好孩子，记住！长大了以后，不管什么事，只要是为了将来的、是为了人民的，就应该下劲去做！哪管是一星半点……"

话就在这里停住了。孩子怔怔地听着，还在一股劲地揉着班长的胳膊："叔叔，你说呀！……"

但是，这位叔叔的话已经说完了，他永远不能再对她说什么了。

我知道，要让这么小个孩子懂得这个道理是困难的，但是，这是一个战士心里的声音，一个战士留下的遗嘱啊！我掏出钢笔，把这句话端端正正地写到小本子上，交给了孩子……

10年了，当年的房子已经拆除，连我对这地方也记不真切了，怎么这个年轻姑娘竟知道这里曾经牺牲过一个同志？莫非她就是……但是那次傅传广同志救出的孩子很多，她会不会是听别人讲的呢？而且，我怎么也不能把这个美丽、热情、俨然成人的姑娘和那个满脸泪痕的女孩子联系起来。我忙问了一句："你知道这件事？"

"怎么不知道？我还是那个同志救出来的哪！那时候我才这么高，"她比量着身边一个小学生说着。说着，她突然脸一红，仿佛说到这里才意识到自己的年龄，忙把话回到刚才的话题上去，动情地说道："你不知道呀，同志，这地方，教我懂得了好多东西哪！"

这几句话她说得很慢，但是那么坦率，那么真挚。我情不自禁地又看了看那簇红花。那盛开的花朵，这会儿正被早晨的阳光照耀着，像一簇火苗一样，又亮、又红。花，使我想起了那血和火的日子，想到了这个姑娘，也想到了刚才那老太太的话。是的，这火一样红的鲜花,如同是烈士的鲜血;这鲜花一样的青年人,就是战士的血调教出来的孩子啊!

那姑娘显然也激动了。她弯腰从花根底下摸出了一个皮面的笔记本,一面开拉链,一面直盯着花丛说道:“看到这地方,我就想起我小的时候听到的一句话:‘长大了以后,不管什么事,只要是为了将来的、是为了人民的,就应该下劲去做’……”

笔记本打开了,在那透明的胶板底下,压着一个红红的小笔记本。

我再也不能控制自己的感情了,一下子把话接过来:“哪管是一星半点……”

她愣住了。她呆呆地望着我。在那长长的睫毛下面,在那双清亮的眼睛里,我又看见了一簇花。这花像她面前的花一样,亮闪闪的。

就在这一刹那间,她抓住了我的手,激情地叫道:“叔叔!……”

1959年9月9日

理 财

一早起来，我把有关的材料和线索又看了一遍，就一路打问着，往胡行长家里走。

访问胡行长，是为了给一篇革命斗争回忆录补充材料。一个多月前，编辑部收到了海军某部魏政委寄来的一篇回忆录，写的是：一支不满200人的红色游击队，被敌人重兵围困在一片苦寒的山区里。他们餐风饮露、茹苦含辛地坚持着，从1934年到1937年，整整坚持了3年艰苦的游击战争。稿子写得很有特色，可惜有些情节太简略了，用我们编辑的话来说，“水分少了些”。于是，编辑部指派我专程赶到这个城市来，找作者充实些材料。

将军热情地接待了我，对于这一段斗争的历史背景和战斗情况作了些补充。但是，当话题接触到当时生活上一些细枝末节的时候，他却提供不出什么具体材料了。这情况使我十分犯难。大概将军看出了我的心情，他把一只大手深深地插进浓黑的头发里，抓了好半天，忽然笑了笑说：“对，这样办吧！这方面的情况，你去找找咱们的‘财神爷’去。”

将军说的这位“财神爷”，就是当年那支游击支队的供给部长、现在省人民银行的胡行长。

抓住了这条线索，我接连向胡行长的办公室跑了几趟，都因为他工作太忙，没能见到。实在急了，我只好拿出我们常用的办法：利用星期天，赶到宿舍里去“堵”住他。

胡行长的住处不算远，拐过两条巷子就到了。我找到了他的家，便径直闯进院里。这是一所平常的四合院，院子不大，却很整洁、安静。北房门口的向阳地里，有两个人在忙着。靠右边窗下的是个六十来岁的老头，正提着把水壶往一排花盆里浇水。花盆里栽着些花不像花、菜不像菜的秧子；看样子是刚栽进土，叶子还有些蔫巴。左窗前的一位，年纪轻些，披件旧棉袄，蹲在那里，身边是一大堆碎煤球末子加水搅拌好的煤泥。他伸手从煤泥堆上抓下一坨，两手团弄几下，往窗下砖台上一搁，一个麻桔模样的煤球就做成了。他做得那么专心，那么有兴致，直到我走到他面前才发觉。

“对，我就是。”听我打听胡行长，他连忙张开两只满是煤泥的手，把我往门口让，“快，快请屋里坐。”

屋里也像院子里一样，温暖、干净，陈设简单。正中的地上安着一个煤炉子；一张床占了屋子的三分之一，那布床单下面，露出了解放战争期间常见的那种美国军毯的边边；靠床边放着一张桌子，一把木椅。最显眼的要算靠墙的两个摆满了书籍的书架和桌前的那张半旧藤椅了。老人似乎也是主人，他先走进来，拖过了藤椅让我坐。

正推让间，胡行长匆匆地揩着手进来了。这时我才看清了他的模样：他约莫五十出头，个子不高，背微驼，人瘦得厉害，似乎身体不很健康。只有那宽阔的前额下面的一双眼睛，却没有衰老的样子，那么清亮、和善，炯炯有神。这是属于那样的一种眼睛：在它的注视下，你什么也瞒不住；也用不着隐瞒，什么都可以向他倾吐。我敬了个礼，把介绍信递过去。他左手接信，右手迅速握住了我的手。他的手是那么有劲，简直不像是这么个干瘦的人能有的；而且在两手相握的时候，我觉出他的手有些异样。偷眼一看，原来这手残废了——虎口上的肌肉凹陷下去，食指被削掉了半截。

“噢——，要抖落老帐哩！”看了介绍信，他哈哈笑着坐到床沿上，两眼直盯着我，问道：“说说看，需要些什么？只要我肚里有的、记得起的，都给你谈！”

话一出口就很干脆，显然是个开朗爽快的人。于是我直截了当地把要求说了说，并感谢他对我们的支持。话没落音，身后那位老人插话了：“谢他干啥？你又不是向他要银子要钱；要材料嘛，他有什么不大方的？”

我怔住了。那边胡行长佯怒地瞪了老人一眼：“我的老爹嗳，说话好生无理！什么银子呀钱的，莫不成我还克扣过你的钱财？”

“这可难说……”

“好了，好了！这在谈正经事呢。你不来救驾，倒跟我扯起银钱官司来拉！”胡行长说笑着，站起身给我作了介绍。

老人笑着和我握了握手，说：“我这正是帮你的忙哩！”说罢，转身到里屋去了。

胡行长告诉我：这老同志姓李，打游击那个时期，这人一直在山下活动，做过地下党的支部书记、交通站长，对于支持山上斗争出过好大的力，如今是县的人民代表。那时候，为了部队供应，胡行长和他打过数不清的交道。他俩抗战开始时分手，自从1949年大军南下时见过一面，十几年来就没有见面的机会。这次他到北方来看望在军队的儿子，昨天路过这里，便留下来玩几天，顺便把胡行长三番五次要的东西带了来。

说话间，老人从屋出来了。他手里攥着个青布挎包，很显眼，那挎包上钉着一个大红五角星。老人把挎包往桌上一搁，说道：“你要见‘财神爷’，先得见识见识他这个‘聚宝盆’才成哩！”

胡行长高兴得直拍手：“对，对，怎么把这玩意儿给忘了？有了它可就好办了！”

老人且不答他的话，转头笑着问我：“你从老魏那里来，老魏没向你介绍介绍？老胡这个人真是一个钱捏得出水来，是出了名的‘皮笊篱’哩！来，我找点具体材料你看看。”他打开挎包，掏出一个流水帐簿，冲着胡行长一扬，故意板起面孔说："你别想赖帐，咱俩还真有银钱官司哩！你看，这是1935年3月的帐，白纸黑字，写得清清楚楚，"他揭开帐本，找出了一行，用手指戳着念下去，"'3月16日，收到冬根送来大洋58元整，米34斤'；'4月7日，收到冬根送来打糕15块，盐巴3两'……嘿，这样的东西多得很。可你再看看这一笔：'4月8日，老根去鹤子墟购粮食，支洋980元；打尖用，铜元6枚。'年轻人，你听听，这就是当今咱们的国家银行行长干的事呢！叫去办上千块大洋的东西，6天吃饭打尖只给了我6个铜子。6个！他那手多紧，要把我的喉咙捏断哩！"

说罢，老人抹了抹胡子，开心地笑了。胡行长也跟着笑了。

我见过不少老同志见面的时候彼此拿战争时期的趣事开些玩笑。但这番话，特别是那些莫名其妙的来往帐目，却使我摸不着头脑。我从李老手里拿过帐簿看看。这是一本很标准的老式流水簿子，毛边纸，宽宽的红板格格。只是纸页发了黄，那贴着碎金红纸条的深蓝色麻布面子也磨损不堪了。里面，一笔笔帐目，有收有支，日清月结，很是清楚。

不知是因为重见了分手近30年的旧物，还是李老的话引起了对于战争年月的回忆，胡行长脸上流露出了激动的神色。他把帐本接过去，放在手里掂弄着，沉思着，半天才对我说："李老讲的虽是个笑话，倒给我们的谈话找到了个很好的线头。这个帐本也能帮我俩回忆起好多事情。对，忘了告诉你，这件东西能保存至今，是李老的功劳。三年游击战争期间，这是我行走不离身的东西，直到下山改编的时候，才把它装在那个挎包里留给老根保存。那以后经历了十几年白色恐怖的日子，是老根舍死忘生，才保存下来。他对这东西比我还珍贵，胜利那年见面的时候还舍不得还我呢！前年省里筹备革命博物馆，问我要东西，我三番五次去信催讨，昨天才给带了来……好罢，咱们就顺着李老刚才提的那个话头往下谈。好在李老在这里,我俩想想凑凑,兴许能回忆起点具体东西来。”

胡行长点燃一支烟,然后,轻轻地打开了帐本,翻过两页,便对我谈起来。

“一点也不错,正是从 1935 年 3 月间,也就是老根送钱来的那时候起,形势就紧了。敌人占领了苏区,一面实行‘移民并村’政策,拘禁了山下的群众,一面向山区反复开展了‘搜剿’。这时,山下的供应被切断,而我们上山时带的点东西也耗费得差不多了。于是困难的日子开始了。

“安家立业般般样,淘米吃饭是头一桩。粮源断了,唯一的办法就是:勒紧了裤带子,熬!收到老根送来这宗粮食的当天,我就把三个中队的司务长找了来,要他们把粮食全部交出,由我统一支配。粮食是抓到手里了,可是一看,总共也不过才三四百斤。就是平平常常地吃,全支队还不够吃两天。

“究竟这裤带子该勒多紧?为了这个问题,我差不多从夜里想到了天明。你看吧,这就是折腾了一夜的结果。”

胡行长把帐本推到我面前,紧接着刚才李老念的那笔帐念下去:

“‘17 月,发出米 24 斤半’——每个人一下子就减成了 2 两。‘18 日,发出米 12 斤 4 两’——每个人只合 1 两米,煮成了饭还不够一口吃的;放进野菜汤里,连个药引子也不如呵!看着那一翘一翘的秤杆,眼眶子又酸又涩。我咬着牙,把它分成了三份,交给了各中队的司务长,随手把秤杆一扔就去找政委去了。

“赶到支队长、政委宿营的那个山d子,看见一块石头上边,通信员小程正在烧火。半边砂罐子里煮着清水,魏政委正把一大堆洗净了的野菜叶子撕碎了,一把把地往水里扔。他们在等米下锅呢!我一把抓住政委的手,眼泪呼地一下就涌出来了。我说:‘政委,这米实在发不下去了。’

“政委头都没抬，他把我的手往旁边一推，厉声说道：‘先给我把眼泪擦干！’

“看我把泪水揩干了，他又说：‘发不下去就不发！’

“‘这……’我的心痛得像刀子绞：主力长征了，苏区没了，留了这么把革命的骨头，抛家舍业地上山来坚持。党叫我给他们当供给部长，如今要我一个米花也不给，给他们一谷寒风、满山青草？……受不了，真受不了！……

“沉默了好一会，政委伸手在后脑勺上挠了两把，然后欠身挪到了我旁边，手搭在我肩膀上，轻声慢语地说：‘老胡啊，你心里难受，这我知道。可你入党也不是一年两年了，你该懂得：闹革命，不能只看眼前的一步棋，要看它个两三步、四五步才成。眼下，你觉得你很穷，发给每人一天一两米太少了；可是照我看，你很富，你发下了很多好东西。你给这六七十个党员，四十几个少共，不，你给全体同志吃了一副大补的补药呢！’

“‘吃补药？一天一两米就算是补药，又能补到哪？’一时，我脑门子胀了，迷糊了。我呆呆地望着魏政委。

“‘对，吃补药！’政委没有一点开玩笑的意思。你大概知道，他是个挺爱开玩笑的人，可这会他严肃地点了点头：‘俗话说：一碗米养恩人，一斗米养仇人。这恩人、仇人自然是旧意思，可这道理倒值得琢磨哩！你想想，咱这辈子人，肩膀上就只挑这么多？咱闹的这场革命，三年五载就能成事了？这场游击战，三锤两棒子就胜了？不——这苦才开了个头，前边还不知道有什么风风雨雨等着我们呢！’

“政委折了根树枝，把锅里的菜汤搅了搅，又恢复了他常有的那种愉快、诙谐的调子：‘咱们跟吃苦受罪没有什么特别的交情，可是它来了，咱也不躲躲闪闪。带算盘子没有？有笔大帐要算一算：你把粮这么往手里一抓，一卡紧，这不就逼着同志们不去瞅你的腰包，掉回头来啃这座方圆百十里的大山了？这么着，吃着吃着，你发到同志们肚子里的东西少了，可他们脑子里的东西——革命意志、革命精神可就越来越多了。敌人逼着咱们这么一磨练，日后碰到再严重的情况，不也能顶得住了？你不要担心，等情况好转了，你有了，你一天发我斤把米的时候，我不会不敢吃的！'

"说到这里，政委哈哈大笑起来。这会轮着他揩眼泪啦——笑出泪来了嘛！笑了一阵，政委又说：'自然，我们办法一定要好好想，和山下的关系要快点打通，特别是党的工作、政治鼓动要好好搞。这，咱们再研究研究。'他又抓起头皮来了。

"这番话着实使我开窍，跟着，我的决心也下定了。临走，我问魏政委：'明天这米是不是再减减？'

"政委斩钉截铁地说：'对！再打个对折：半两！'

"粮食，就这么减下来了。"胡行长打住了话，抓起支烟点着了，香香地吸了一口，向李老问道："老根，是不是这样？"

胡行长讲着的时候，老人一直默默地听着，一锅连一锅地吸烟。这会才慢腾腾地说："那阵子我在山下，正急得裤裆里起火哩！这段情况说不清。不过日后听人讲，就是发二两粮的时候，有人已经把嘴吊起来，光吃野菜了……"

"别打岔嘛！"胡行长打断了他的话，问我："你看这样谈行不？"

我还能说什么？我已经被引进了一个难以想象的艰苦环境里去了。我把所有的话都记了下来，并在边上打上了注意的符号——这是必须加进稿子里去的。但是，还有个问题搞不清楚。我指着帐本问道："这里还写着：'20日，又，发米4斤半。'是怎么回事？"

"9个伤病员，每人半斤，这是不能少的。这就是李老刚才提到的'银钱官司'里的那份粮，全留给了他们。'

"这半两米……"

"那不过是'露水珠儿引河水'罢了。政委不是交代过么，主要是吃山——吃野草野菜,还有野果野味。那阵子,怕是这一生中吃野菜的数量和品种最多的时期了。经过那一段生活的人怕够得上半个植物学家!”胡行长感叹地说。他忽然想起了什么,抓住我的手,就往起站,“对了,有实物为证,来,请你观察观察。这次李老到北方来,特地托他找了几种带了来。”

他拉着我来到门外那一排花盆跟前。这时,我才知道这些盆里栽的不是什么赏心悦目的奇花异草。他蹲下身,爱抚地摸着第一个盆里的那丛像莴苣一样的草叶子,说:“这叫苦麻菜,叶子肥,掐下来流点白水,可以像牛吃草一样生吞活嚼,满清口。”他又连着指了另外几盆:“这叫苦栽,上好的猪草;那是野芹菜,这是糯米草……”

“算了吧!”老人也跟出来了,插嘴说,“什么好东西,难道还打算让这些年轻人再去吃它?”

“吃,怎么不可以吃,兴许还是非吃不可哩!”胡行长那双清亮的眼睛在我身上转了一下,“给你讲,就这玩意儿,把我们那支队伍从根到梢狠狠地给考了一通。老根,还记得不?那个……那个姓何的,就是这时候鞋底上抹油——溜了。那家伙叛变以后送上山来的头一封信就是给我的,开头就说:‘你们天天嚼野芋苗,啃猪草,没有前途……’吃不住这么一考,糠皮,秕子都给漂掉了。”

老人这回没有顶撞, 赞同地点了点头:“你倒也得注意着点身体哪!”

“就是为的这,才托你千里之外往这带呀!栽起来,偶尔吃一点。”胡行长眼睛更亮了,话也更快了,“老魏说得对,这是补药呢。它能使你身体健康, 能教你看得远, 想得透, 学会对待富裕和贫困!”说着,他猛地转回身,大步走进屋里,从门后头抱出一大把菜叶子,叫道:“说干就干,这点栽不了的残余,咱们马上就消灭它。承晔,来,拿去让妈妈给洗洗!”

从南屋里跑出一个十二三岁的男孩子,接过菜叶子跑走了。

望着跑去的孩子，望着那蓬在红领巾旁微微颤动的翠绿的野菜叶子，我思索着胡行长的话，心头热乎乎的。我仿佛亲眼看到了他刚才讲述的一切。一句话情不自禁地说出了口："那时候，实在够难了！"

"难是难呵，可话又说回来，要是没点子艰难在脸前碍手绊脚地磕碰着，闹起革命来还缺点味道哩！艰苦，用你们，不，用我们当兵的话来说，不能只是过沟爬城的板桥、木梯，也不只是守住阵地的战壕，应该是整块的冲锋出发地……看，扯到哪去了，屋里坐，咱再接着谈！"胡行长拉着我进了屋。

"你说这样的生活困难？不，"坐定了，胡行长翻了翻帐本又谈起来，"这还真是第一步棋，别住马腿的时候还在后面。

"到了二十四五号，形势更紧了，敌人搜山比前些天更勤了，不断发生些小战斗，伤员增加了，弹药减少了，再加上在另外一个山区活动的兄弟部队的四五十个人，因为战斗中失掉联系，也转移到了这里。这下子可就真落到难处了。

"怎么办？别的路没得走，还得在裤带上打主意。当时，我也翻来覆去地思量：这半两粮食难道还能再减？可再一想，不行，眼前是个第二步，还有个第三步，第四步……我横了横心，宣布了一个新章程。

"26日早上，几个司务长端着洗脸盆领粮来了。我给兄弟部队按一人半两发了，给伤员每人发了二两，末了，对其余的人说：'回去吧，粮食停发了。'

"刚才老根骂我说：'一个大钱捏得手心出汗'，真不假，那时节，我这手还好，硬是能把钱捏出水来哪！经历这么一段生活，我才真正知道了一斤米、一两盐是件什么东西，值多大个价钱。每发一件东西，手就有千斤重，总是掂了又掂，想了又想。分队长来给电筒换电池了，没有；卫生员来要药了，核桃大的一块盐巴一砸两半，拣块小的交给他。甚至还有这样的事：茗田的交通站长，老根认得的，上山来送情报，沿路讨了点剩红薯、烂南瓜带上山来，都由我亲手切成了大小块，按伤员伤势轻重分了。

“起初我还担心同志们顶不住。可是咱们这些阶级战士，就是好哇！除了刚才说的那个家伙，谁都咬住了牙。前些天减发粮食的时候，还有个把人讲句把怪话，这会宣布停发，各中队支书把情况一说明，连怪话也听不到了。

“别看发的时候每人两把半两不济事，可这么一闸住，‘一人一口，众人一斗’，再加上山下偶尔也送点来添补着，归我指挥的那个‘经工队’①，在山下行动也比以前更活跃了些，几天工夫，倒攒起了一个家底子。来，你看看这个月底的结存数。

“怎么样，不少吧！那几天，我这个‘聚宝盆’，几乎是天天往上长。‘经工队’打土豪的罚款，山下交来的党费……金条、银元、票子塞得满满的，弄得我走路都怪不得劲。有一次行军爬个崖头，叫这些玩意儿坠着，怎么也爬不上；靠了一个战士托着屁股才翻上去。又一次转移跑得急，挎包带子断了，金银钱财撒了一地，幸亏几个同志帮着拣，才算没受损失；为这，政委还专给我派了个警卫员。粮食，除了伤病员吃，也积存了一点。行动起来，挑的背的，还怪有个样子哩。

“大概李老就是这时候上的山，还记得不，老根？”胡行长朝着李老爹问道。

“怎么不记得？我是上山向你展开斗争的嘛！”老人还是一副拌嘴的架式。

“斗争我？”胡行长怔了一下，随即笑了，仿佛思路更活跃了，“对，对，想起来了，火力还满厉害哪……”

---

① 即“经济工作队”的简称，任务是为红军筹粮筹款。

极好的个话头被打断了，一个人走了进来。来人似乎是省行里的一个干部，他径直走到胡行长身边，打开公文包，把一份文件放到桌子上，对胡行长说："二厂扩建要预支的那笔款，就是那天常委研究过的，要得急，请批一下。"

我斜眼看去，看出那是一份报告，申请批拨的是一笔数以亿计的款项。胡行长从口袋里掏出钢笔，打开来，逐字戳着，看着。看完了，在上面签上了自己的名字。他那手的动作很引人注意。我惊奇地发现：那么一只有残疾的手，竟把钢笔握得那么稳实，书写得那么方便。大约是刚才匆忙间手没有洗干净，纸角上印上了一团淡淡的灰渍。

来人接过了批件，又说："还有两个厂申请借拨点钱发薪的事……"

"这倒要考虑喽！"胡行长严肃地说。他向我望了一眼，朝那人扬了扬手，站起了身。一面往里屋走着，一面说："对这样的单位，就要卡紧一点。你卡得紧，他才肯想办法，才能从国家怀里站起来……"因为进了里屋，话音低下来了："自然，还是派几个人去进一步了解一下情况……"

跟我毫无关联，我不想再听下去了。我怅然坐在那里，心情有些懊丧：多好的话题，多饱满的情绪，这个开了的头，等一会怎样才能再扯回来呢？再看看老人，他却和我相反，还在专注地听着，脸上泛起兴奋、喜悦的光彩。他手指重重地叩着桌面，自言自语地说："好，好！……"

"什么？"

"没变。"

"什么没变？"

"人呀！对，人是老了，摊子也大了，可是没变。'皮笊篱'，还是个汤水不漏呵！"老人又叫起了胡行长这个不太文雅的绰号，但刚才拌嘴取闹的味道没有了,换上了一副感叹赞许的神情。他笑着把脸朝向我,问道:“老魏没给你讲起过老胡的这个外号?也没说老胡挨斗的事?”

我摇了摇头,偷偷地打开了笔记本。

“给你讲,这个外号是我给他起的,就是斗争他的时候叫起来的。你还想听?那我就接着给你说说。

“这帐上记得准,我是4月8日接到的通知,当天就上了山。

“半个来月没上山了,这回四下里转了转,真是吓了一大跳。同志们的脸又黑又瘦,身上的衣服也破得不像样子,有人干脆把上衣脱下来交给了女同志穿,自己穿上了野香蕉叶子。一个个精神倒挺好,照常有说有笑的。我也碰上了老胡,他本来就矮小黑瘦,这会更是皮包骨头肉缠筋,再背上那一袋子金银,外加一米袋子银洋,走起路来,弯腰驼背,一歪一歪,简直像只干虾。

“我俩相识得早,交道打得也多,那时候就常爱拌个嘴打个闹。我说:‘看山上苦成这样子,你这个供给部长倒清闲罗!’

“‘此话怎讲?’

“我说:‘你供给个啥?就你这副模样,连你宰了也熬不出盏灯油。’

“‘门缝里瞧人,你把人看扁了。你摸摸这聚宝盆。’他神乎乎地对我眨眨眼,‘来得正好。晚上到我那里去,有你的好差事。’

“本来,我以为要我上山是报告敌人情况的,谁知当天就碰上开中心县委扩大会议。会是在个小竹林里开的,由中心县委书记——支队政治委员魏杰同志主持,分队长以上的干部都参加了。

“会的内容原订是研究困难情况下的政治鼓动工作,可是开着开着变了样。有人提出让供给部长报告一下供给情况。老胡翻开他那流水帐,一桩桩、一件件地把家底亮了出来。这下子,像一瓢凉水泼进油锅里,会场可就爆啦。

“不说你也明白，在那种情况下，没有粮食，大家勒紧了裤带坚持，倒也心安理得；可瞪着眼看着有钱有东西，想想苦味道，还能没有意见？因此，老胡的报告还没结束，下面就争着发言了。

“一个分队长话一出口，问题就提得挺尖锐：‘你，你把我们害苦啦！’

“另一个问：‘有那么多金子、银子，为什么不想办法去买粮？’

“又一个说：‘明明消毒药还有半瓶子，为什么给伤员化盐水洗伤口？’

“外号叫‘梭镖’的三中队副老黄，是全队出名的直性汉子，还在老胡报告的时候，就气得抡拳头把地砸了个坑坑，这会干脆跨到老胡面前，指着他的鼻子骂起来：‘你，你像个反革命！200多斤米卡住不发，叫同志们饿得前心贴在后背上，你安的是什么心？是不是想学那个姓何的样……’

“同志们一发言，老胡就把那一个挎包和一米袋子银洋往怀里一抱，找了块石头往上一靠，坐起来。他手拿着帐本，两眼直盯着竹林梢头那个山尖子，脸不红，气不喘，好像大家骂的是他背后的那块大石头。直到老黄指着他的鼻子，他才微微摇了摇头，淡淡地回了句：‘还不到时候！’

“‘手都快摸到棺材边了，还不到时候！’

“‘你胡说！’老胡的声音高了些，‘你敢担保没有更难的时候？’

“‘……’吃这一顶，老黄的拳头攥起来了，他又逼前了一步，‘你到底发不发？’

“老胡把东西紧抱在怀里：‘不！’

“旁边一个人说软的了：‘要不，按每天一两，先发点？’

“老胡腮帮子一挺：‘不！’

“他这种硬劲把大家惹火了，好几个干部哇哇地喊起来！

“‘撤他的职，另换一个供给部长！’

"'把党证交出来！'

"'对，马上交支部讨论，开除他党籍！'

"'……'

"干部们的心情我懂得，他们是带兵的嘛，眼看着出了这样的事，能不发火？别说他们，连我这没吃野菜的也气得眼里直冒火，真恨不得上去给他两巴掌。再看看老胡，他还在安然地望着那个山尖子。

"我站起来发言了。我要代表山下的同志们狠狠地批评他一顿。我说：'你，不是工农红军的供给部长，你是个汤水不漏的皮笊篱……'

"才说了这么两句，哨上枪响了，发现了敌情。政委一按膝盖站起来：'散会，带队转移。问题交下一次会议讨论！'"

老人嘘了口气，把胡子擦了擦，伸手去装烟。这时，我才发现屋子竟是那么静，里屋也没有了声音，胡行长不知什么时候出去了。

没等老人把火点着，我就急急地问："问题怎么解决的？"

"别急嘛——等我想想。那天是……对，三十多里。

"翻了两架山，一气赶出了三十多里，甩掉了敌人，天已经黑定了。看着那些疲惫不堪的战士们提着刺刀、攥着小插子在月亮地里找野菜，我的火又上来了：'好个一毛不拔的小气鬼，银钱粮秣放在这么个人手里，真是……'我烧了碗野菜汤喝下去，便去找老胡。

"月亮把条山沟照得清清亮亮的，不大工夫就找到了他。他正坐在一棵小榕树底下，脚蹬根木棍棍，聚精会神地打草鞋。他随手从身上那件破衣服上撕下条布条，又随手打进鞋里去，怪悠闲的。

"我一屁股坐在他对面，张口就骂上了。我说：'山底下的同志们，亲人们天天在白鬼子刺刀尖上过日子，舍不得吃，舍不得用，省出点东西，豁出性命往山上送，为的啥？'

"他勾下了头，没停手，也没吭声。

“‘大家都把保养革命同志的千斤重担托给你了，你知道不？’

“他默默地点了点头。

“‘那你？……’我手心出汗了。我浑身都在发抖。我的胳膊举起来了。

“这时候，他突然把手里的一根布条一摔，一把擎住了我的手腕子：‘老根爹，你行行好，别往我伤口上撒盐花子啦！你当我的心里好受。给你讲，你别跟人说：你看我的眼吧，我已经好几天没睡着觉啦。’

“我朝他的眼睛望了望，看不真，倒看见里面泪花花的。我缩回了手。

“他又说：‘不错，粮食、金银都在我手里，可是吃苦受难的同志们也在我眼里！你不知道，发东西难，留住东西更难，比啥都难呵！’

“‘那你为什么不发？’

“‘咳，你糊涂嘛！’老胡长抽了口气，‘干革命，不能只看眼前的一步棋。你从山下来，最近敌人调动的情况，你不知道？’

“‘咋不知道？我上山就是为的这事。’

“‘这不只是你那一方的情况。到处敌人在增兵，一场大围剿就在眼前。特委指示，要我们就地坚持，拖住敌人。要是咱们粮丰弹足，倒是该早发下去，把队伍养个兵强马壮；可如今就是这点点，不来个有钢使在刀刃上，怎么行？’

“咳，原来是这么回事。可我憋不住又骂他了：‘你真浑！白挨这么一顿骂，怎不对大家讲讲呢？’

“‘你才浑，’他那张嘴也不饶人，‘别说骂几句，就是打两下，算得了什么。看看干部们为队伍的战斗力操心、发躁，我的心比熨斗熨过还舒坦哩！情况，我讲什么？讲军事行动计划？要不，讲这是县委的决定，让老魏他们也像我这么挨一通？那才真叫浑呢！’

“我没得说了。我得承认自己是浑，浑在没有他看得远，浑在跟

他往来这么久，没有看透这副干瘦的骨架里还包着这么大的一颗心！我问：‘情况这么紧，光靠积点省点怕不行吧！’

“他说：‘这不是，正在想办法呢。’他对我讲：各村分别往上送点，人员损失大，又不解渴；这些日子他一直想法和城里党组织取得联系，想从下面买。直到昨天早上，县委才和城里接上了头，指示他们买了批东西。接头关系、运输人力、往来路线他都安排好了，还亲自找出了条上山的秘密小道。一切齐备了。考虑到要在两个地方接头，而我在这一带活动多，有社会关系，地理也熟，就等我来和他一块去拿哩。

“说话的工夫，他手里的草鞋已经收了梢。他拣起块石头把草鞋砸了砸，又从腰里解下件铺叠整齐的长衫，一并递给我，说：‘打扮打扮吧，你去鹤子墟！’

“我指了指他那身破衣裳，问：‘你呢？’

“‘我的行头现成，秃子当和尚——将就材料儿，就扮个叫化子。’

“‘什么时候走？’

“他笑了：‘这事还要求神打卦看黄历？分了钱就走。’

“对了，你来的那会我俩扯起的那‘银钱官司’就发生在这时候。现在当笑话讲，那时还真争吵了两句呢。

“当时，他把不知什么时候预备好的一个钱褡包和一卷钞票交给我说：‘查清了，380块大洋，600钱票子，一共是980——你看看帐本，对不？’又从挎包里摸出那6个铜板，‘犒赏三军！这是你路上打尖的。’

“我一看，真不像话。我又骂上了：‘说你是个皮笊篱，还高抬了你；你简直是个马勺！’真的，一去三四天，就算吃一个子一碗的素面也不够哩。我半真半假地求他，说：‘我的好财神爷呀，我给你烧高香，给加点吧！’

"'不！'他那劲又来了。

"'看,装的是个阔老,总得多少像个样子吧！'

"'这好办,你要是会用,这还有余呢。来,我教教你,'他还是个不松手,'你头一顿买干的——买好点,买烧饼,咬几口,瞅瞅没有人就装进袋里。下一次你要点汤,说声:自带的！再啃上几口……'

"'算了,算了！'讲到在白区应付环境,他比起我来还是个雏呢！我想:反正不能叫你耍弄我,我故意挤他:'写帐,写帐,六个就一律六个！'

"他瞪了我一眼:'我说你浑嘛！你见过几个叫化子住店打尖的？'"

老人胡子抖索着,笑了个前仰后合。

"后来呢,东西搞来了?"看看已是12点了,我急于知道个结果。

"那是自然,县委和老胡安排得挺妥贴,人到货齐,三天工夫就赶回来了。

"当我俩每人带着两副装满弹药、粮食的挑子赶回来,在山底下碰了头,踏着老胡看好的小路,挑着、扛着往山上走的时候,老远就听见枪声响成了一锅粥。我们紧脚紧步地往上赶。在通过敌人包围圈的时候,被敌人发现了,还是靠老胡掩护着才冲了过去。你看他那手,就是那回受的伤。

"我们偷偷地穿过一道山釜口,赶到阵地上,同志们正难为着呢！子弹打光了,每支枪至多剩个一发两发;不少同志已经用石头了。老胡喊了声:'各分队来人领子弹！'我把麻袋包一撕,嘿,真跟打开了'聚宝盆'一样,明晃晃、金闪闪的子弹,成排成排地往战士手里塞……

"你说战斗有这么一宗东西支应着,仗还不就好打了？在战斗的间隙里,三中队副老黄端着半截竹筒子走过来了,他把竹筒往老胡手里一塞，就势在老胡面前一蹲，一甩袖子脱成个光脊梁，说：'胡部长，老胡同志，你，你打我一顿吧！'那竹筒里是满满一筒白米稀饭。这是用那点存米煮的。老胡临走时给司务长们交代得明白：战斗情况一发生，就按每人半斤往下发！

"当时老胡伤口痛得吃不下去，我可不客气，端起来喝了个干净——我饿坏了哇！要不，我说这是宗'官司'，至今还骂他呢！这家伙……"

"得，得！把你那难听的留给自己吧！"胡行长不知啥时候进来了，他大概听到了我们的话尾，把手里的一小盆野菜汤往桌上一放，随即接话了。他说："我当时就说过，他连六个铜子也用不了，你瞧这！"他翻了翻帐页，指着写得抬头很高的一笔收项，念道："'收老根交回打尖节余，铜元二枚。'你看他浑不浑，拿着哄鬼的符子当圣旨，当真买了几个烧饼挡挡眼，省下两个大子又带回来了！"

他说罢，我们一齐笑起来。

……

由于胡行长的热情挽留，也因为那盆野菜汤有一股特殊的诱惑力，我留下来，和他们一家人一道吃了这顿午饭。

当我怀着一种感激和激动的感情，喝着那碗苦涩的野菜汤的时候，我已经忘掉了自己到这里来是为了采访，倒像跟他俩一道坐到了那浓密的山林里了。我真想在他们身边多待一会儿，可是不行，下午3点钟，胡行长还得赶去参加一个肉类联合加工厂的开工典礼。我只得站起来告辞。

胡行长一手领着孩子，一手挽着老人往外送我。"真不像话。你老远跑了来，没有好好招待你，倒让你嚼了一顿野菜。"他抱歉地笑笑，随即又说，"不过，你要想吃的话，还可以再来！"

"没道理！"老人又顶上了，"除了你，人家谁还找上门来'讨苦'吃！"

我说:“不,对我来说,这是上课哪!”

胡行长沉思一阵,接着又说:“说得好!现在不是还有人瞧不起咱们,说咱们穷么?我们是穷,但是穷得有志气!我们建设社会主义,还得有这么个劲儿哩!”胡行长又有些激动,那双清澈的眼定定地望着我,并且把手伸给了我,我连忙握住,久久舍不得放开。

1963 年 9 月

征途上

一

司号员赖兴华刚刚绕过面前的一道浓密的树丛,就怔住了:前面,连里的同志们没有像他想象的那样,零零散散地往前走,却拥拥挤挤围成了一堆。

"在这时候停下来,是不是又有同志……"他心里一急,连忙三脚两步地跑过去,挤进人群里。果然,意料中的事情发生了:一个浑身泥污的红军战士,紧闭着眼,直挺挺地躺在那里。有一个同志坐在旁边,正把脑袋紧贴在那人的胸前,焦急地叫着:"同志,我的好同志,你说呀!……"

没有回答,连呼吸的声息也听不到。

望着这情景,小赖的心像被火燎着一样,焦急而痛楚。他心慌意乱地周身摸索着,伸手扯扯干粮袋,又摸摸腰间的洋瓷碗、小马灯,想去弄水,又想点灯照亮。忙乎了一阵,又放开嗓子喊道:"指导员——"可话一出口,才想起,指导员因为伤口犯了,从中午起就掉在后面了!

"嘘——"正在呼唤的那个同志生气地朝着小赖喝了一声。就在这时,躺在地上的那个同志说话了。声音很轻,断断续续地,像说梦话似的:"西,往西,大树林里……我们连……"

"你们连怎么啦?"问话的嗓门挺粗,可话却像说话人的声音一样轻。

“……”话头像根被风吹断了的细丝,再也接不起来了。那个同志只来得及伸出一个手指头,向嘴边指了指。接着,手一下子松开,一大把咬掉了梢头的牛耳大黄叶子噗落落撒了一身。

在连续六七天的草地行军里，小赖看到过不少同志身受伤病和饥寒的折磨，但眼见自己的同志在这样情况下牺牲，还是第一次。他捂住脸,扭转头,哭了。

“哭！想点办法,不比哭鼻子强！”那个同志不满地说了一句。

小赖不好意思地擦擦眼,一面摆弄着小马灯,一面往四下里看了一眼。同志们,有的低下了头,有的扭过了脸,有的在悄声谈论着。只有刚才问话的那人还在张罗。他欠起身,从腰间解下面巾,轻轻地盖到死者的脸上;又小心地摘下那同志的军帽,把散乱的野菜一根根捡起来,放进帽子里。然后扬起头,愣愣地望着天边,像在想什么。就在这一霎间,那顶军帽形状引起小赖的注意,忙问道:“你们是……”

“对,他是兄弟部队的。”

“那你？”小赖举起了马灯。灯光扑到那人的身上,小赖才看请楚他的模样:粗大的身量,一张宽阔的大脸,除了额角和鼻子外,全都被一大把连鬓胡子严严地遮住了。那胡子又黑又长,有几根已经白了。它上连着两道小刷子似的浓黑的长眉，和一头乱蓬蓬的头发;下接着件反穿的灰秃秃的老羊皮背心,使人觉得这个人整个身子都裹在一丛长毛里了。打量了一阵,小赖并不认识他,便又问道:“你是哪个单位的？”

“六团的马伕,老姚,姚恒义。前天才掉队下来的。”那人淡淡地回答,仍在呆呆地望着,想着。

小赖也随着望过去。那边,太阳早已落下去了,只剩下一抹淡淡的余光,给几大块雷雨云镶上了惨白的光边。乌云,被风推搡着,正在缓慢地汇拢起来。看着，小赖的心也像那些云块一样活动起来:“……想一想,……那个同志牺牲前的话是什么意思呢?对,在西边,就在同一块草地上,大概就在那团团的乌云下面,有那么一个树林;在那里,有兄弟部队的一个连队,他们派出了同志到这边来联系。那么他们……”他向着牺牲的同志望了望,又看了看老姚手里的帽兜。“噢,对了,他们断粮了。”一时,他仿佛看到了那个荒僻的树林,看到了兄弟部队战友们那一张张憔悴的脸。说不定有的人已经像这个同志一样,吃完了最后一把青草,耗尽了最后一点力量,倒在那潮湿的土地上了。想着,他不由得激动起来。他向老姚身边靠了靠。急急地说道:“老姚同志,我们得去救他们呀!”

“哦,”老姚应了一声,还在想什么。

“粮食,我有。”小赖一抬手举起了腰间的军号,那上面缠着自己的粮袋子,“给他们,都给他们!”

“什么,你说什么?”老姚蓦地扭过了头,一把抓住小赖的肩膀,盯住他的脸说,“我的好同志,你,你真的这么想?”说着,他又抓起粮袋,仔细打量着。

听了老姚的问话,小赖才意识到自己的想法太不实际。他望着那一小截粮袋子,叹了口气说:“唉,有啥用呢,就那么一点点……”

“不少,不少!”老姚从军号上解下粮袋子,一面比量着,一面把长长的空袋子一节节叠起来,口里还在叨咕着:“一个人这么多,十个人这么多……”

“就是有粮,谁带着送去?”小赖越想越觉得难题多:连长早就牺牲了,只有一个排长,还因为吃野菜中毒了,正被同志们抬着走;指导员又走不动……他想给老姚说说这个情况,话说了一半就被打断了。老姚说:“这,我知道。带队的人嘛。倒有一个……”

“谁?”

“有,有就是了。”老姚边说边站起身。不知起得太猛还是怎的,身子踉跄了一下,差点栽倒。他站稳身子,把军号往小赖手里一塞,

“还是把人集合起来。我的好同志，你吹号吧！”

随着号声，连队迅速集合起来。

老姚来到队前，向着队伍扫了一眼，一下子举起了那顶军帽：

“同志们，看，这是什么人的？”

场子里静下来了。对于这样的帽子，同志们早在甘孜会师[①]的时候就认识了。这帽子的样式，和他们自己头上的那顶不大一样，但有一点却是共同的，那上面同样有一枚鲜红的五角星。

沉默了一会，从后排传来一声回答：“兄弟部队。”

“对，兄弟部队——一个妈妈生的亲兄弟呵！再看看这，”老姚从帽兜里抓出那把野菜，声音提高了些，“同志们都看见了，咱们的兄弟部队在吃这个，在吃草……”

他的嗓子哽住了，张了几张嘴，却再也没有说出什么。他把手里的东西往胸前一揣，后退了几步，解开肩上的被单，抖了抖，平展展地铺在地上，用马灯把角角压住了，然后从腰间解下一条干瘪瘪的干粮袋子，往被单上倒下去。一面倒，一面轻轻地拍打着。焦干的青稞面粉，在马灯近旁扬起一团淡淡的烟雾。这一切，他做得那么慢，那么仔细，慢得叫人心焦。

小赖定睛注视着老姚的动作。他觉得自己心直跳，血直往脸上涌。他快步走到马灯近旁，伸手把老姚推开，提起自己的粮袋往被单上倒。粮袋长，面粉少，小赖手忙脚乱，怎么也倒不出来。他向手里那拳头般大的一截粮袋看了一眼，往单子上一扔，抹着眼睛，扭身走开了。

“回来！”老姚喊了一声，弯腰拣起小赖的粮袋，只倒了一点，又还给了他。

“不，我……”小赖一手招架着，一手还在抹眼睛。

---

① 1936 年 5 月红二方面军与红四方面军在四川甘孜会师。

“拿着！”老姚把粮袋子搭到小赖的肩上，推了他一把，“去看看，指导员来了，马上告诉我！”说完，他又对着队伍喊道：“同志们，来吧！”

队伍里排头的一个战士，一步跨到被单跟前。看样子他早已准备好了，粮袋在他手里抖动了一下，一半在手里攥住，一半倒到被单上。倒完，他把粮袋往脖子后头一撂，走过去了。他后面是个拄棍子的同志，为了倒粮食，不得不跷起一条腿，蹲下身子。接着上来的，是两个互相搀扶着的病号……

老姚站在马灯旁，怔怔地望着这一切。直到走过了一个班，他才像从梦里醒过来似的，缓慢地站起身。这时，马灯旁，一个机枪射手刚匀了粮，正肩起枪要走。老姚向着他那灵便的两腿看了一眼，快步走到他身边，低声问了句：“是党员么？”

“是，”那同志严肃地回答，“1933 年，在东线……”

老姚正想说什么，身后传来了一声低沉的命令：“留下！”

机枪射手横跨一步，站到了路边上。指导员由小赖搀着，来到了老姚的身边。他已经从小赖嘴里了解了这里发生的一切。他抓住老姚的手，感情地说：“老同志，做得好，做得对！”

“这……”老姚变得局促起来，嗫嚅了半天，才俯到指导员的耳边，悄声地说：“我，我是在党的啊！”

连队在继续前进。长长的行列，像彗星一样，无声地绕过那盏昏暗的马灯。一个个战士从自己那干瘪的粮袋里撒下星星点点的面粉，又默默地奔向前去，消失在无边的黑暗里了。

队伍刚走完不久，一切也都收拾得停停当当了：连队唯一的一条牦牛，遵照指导员的命令留下来，五条饱胀的粮袋子扎实地搭在牛背上。老姚紧挽住了牛缰绳；紧傍着牦牛，小赖手提着马灯站在那里；牦牛后面，留下来的十个战士整齐地排成了一行。

指导员默默地握住了老姚的那只大手：“困难呀，老姚！”

“是啊，是难，”老姚严肃地点了点头，“不过，我们能挺得住！”他抡起胳膊，照着牛胯上狠狠地捶了一拳。

“叮——当——”牦牛颈下的铃声清脆地响了一声。这支临时组成的小队，离开了大队走去的方向，踏进烂泥，踏进了水草，向西前进了。

二

踏着烂泥，踏着水草，这支小小的队伍紧脚紧步地走了三天。

傍晚，正是草地行军中最好的时候。清凉的晚风，吹散了闷人的热气。照老姚的计划，是要在天完全黑定之前再赶一段路的。但是，眼看这个计划要被破坏了：太阳刚落，西天上便出现了浓黑的乌云。暴风雨说来就来，过了眼下这块高地，再找个合适的宿营地就难了。老姚看看天色，愁闷地叹了口气，喊了声：“休息！”

同志们忙起来了，寻柴草、找牛粪、生火、搞水……一堆篝火点起来了，大家围着火堆叫着、忙着。

小赖洗净了小洋瓷碗，舀来了一碗清水，放在火上摆稳了，便伸手去扯粮袋。粮袋是扯下来了，还没有来得及抖开看看，一阵风吹来，袋子却像个酒旗儿似的飘起来，和军号上的那条大红绸子绞在了一起。

“就这么点粮食，还要给我吹跑哇！”小赖本想说句笑话，谁知话一出口，心里一酸，眼睛湿了。

直到现在，他才清楚地意识到：这次任务，实际执行起来比他想象的要严重得多。三天以前，当他缠住指导员要求参加这支送粮队伍的时候，当他挑起小马灯，开始踏上这段路的时候，他也知道，这事是艰苦的。但是，苦又怎么样？七八天的草地还不是走过来了？再说，少共嘛，还能怕苦？当时，支援阶级兄弟的热情是多么激动人心，和兄弟部队会合的情景又是多么诱人哪！在第一天里，他不止一次想到那个倒下来的送信的同志，想到兄弟部队的同志们。他想象着：走那么一天，至多两天，就可以看到那个树林了。他将亲手牵着牦牛，送到兄弟部队同志的面前，那时，兄弟部队的同志会怎样呢？他们一定会一下子围住他，用感激的目光看着他，说不定有个首长还会摸着他的头说："小同志，你真好……"那该是多么光彩？被这种想法激励着，甚至在第一天的上半天，他还专心一意地数着自己的脚步。午间休息的时候，他便对老姚说："半天工夫，走了28里。说不定，晚上就可以见到他们呢。"可是，当天，直到宿营还没有看到那个树林，他却沉不住气了。他皱着眉头，揪着老姚的老羊皮背心，焦急地问起来："还有多远哪？是不是走错了方向？"尤其使他恼火的是自己那个不争气的肚子，它要的那么多，饿得那么快。第一天还可以勉强支持，第二天就心慌腿软，而今天，竟然头晕得天旋地转，眼前一阵阵发黑，有几次要不是老姚扶住，准会栽到烂泥潭里去。现在，粮食就剩了这么一点，可怎么得了？

轻飘飘的粮袋子，从左手倒到右手，右手又倒到了左手，他犹豫了一阵，最后横了横心："干脆，全倒完算了。"

可是，他那举起粮袋子的手，还是停住了。他放大喉咙喊道："老姚——"

要老姚一起煮饭，这是他们之间的一条约法。还是吃第一顿饭的时候，小赖因为管束不住自己，倒多了，老姚曾经批评过他。此后，小赖越来越觉得自己的手不听指挥了，只有老姚抓住他的手脖子，才能往碗里下粮。

老姚正坐在离篝火十多米远的小河边上忙着。他让牦牛卧下来，把自己煮饭的一只破铜瓢放在牛嘴底下，随手抓起一把野菜叶子，在水里洗了洗，摘了几片嫩叶塞进嘴里，把老叶扔进铜瓢。看着牦牛大口吃着野草，他又慢慢把手伸进羊皮背心里，咬紧牙，摸索着解下一根长长的皮条，放在水里洗起来。这会儿，听到小赖叫唤，他答应了一声，慌忙闭住了嘴。

小赖来到老姚身边，说："老姚，该开饭啦！"

老姚抬手指了指嘴巴，没有答腔。小赖好奇地看了一眼，只见老姚胡子抖动着，似乎在嚼着什么，不知怎的，头上却挂着一粒粒汗珠。"老同志大概和我一样，也饿坏了呢。"小赖想，顿时觉得自己肚子一阵难受，便说："快走，帮我下粮去吧！"

"好，就走。"老姚一仰脖子，咽下了嘴里的东西，又抓起把草塞到铜瓢里去。"看你，又不是个吃奶的孩子了，为什么不自己下？"

"我，我……"小赖说不上来，他头一次想这个问题：真的，为什么不能自己下粮呢？他不好意思地转身要走。

"喂，等等。"老姚一眼看见小赖腰间的马号上，溅满了泥点，还夹着老长的一节草刺儿。他想说句什么，但一看小赖那脚步蹒跚的样子，临时改了嘴说："你先烧着水，我随后就来！"

老姚收拾完东西，牵着牦牛来到篝火边上，小赖已经把水烧开了。开水，翻滚着小泡泡，冒着淡淡的雾气，嗞嗞地响着。

小赖看了看老姚，拿起粮袋，鼓起勇气对准了小碗。粮袋轻轻地抖着，炒面像群小虫子似的，哆哆嗦嗦地从袋口里流出来，飘出一股扑鼻的香味。

"好了。"老姚喊了一声。

"是。"小赖应了一声，手却还在抖着。但是，才抖了几下，手腕子就被老姚那只粗大的手卡住了。

小赖望望碗里，水都没有变浑，连碗底那块疤痕也还能看清。水面上，几片小小的麸皮，随着亮亮的水泡儿在轻轻地浮动。看着，他觉得眼里像揉进了沙土，一阵酸涩。他仰起脸低声地说：

"再下一点？"

"不。"

"再下一点吧，"小赖举起了大拇指，看了看老姚的脸，随即又换成了小指,“只下这么一点点。”

“不。”

小赖望着老姚那严肃的神色,突然,他一把抓住老姚的胳膊,喊了声:“同志,我饿啊!”说罢,他扑到老姚怀里,低声地哭了。

老姚揽住了小赖的肩膀,慢慢地低下了头。“我饿啊!”这句话在平时听起来,算不了什么,可是现在,在草地中央听到了这句话,从一个少共的口里听到了这句话,却像一根尖利的钢针,一下子扎到了他的心尖上。不是真的咬不住牙,这个娃娃是不会说出这样的话的。他左手把小赖抱紧了,右手扯下自己的粮袋子,悄悄地抓出一把面粉,撒在小碗里,用树枝搅了搅,然后扶起小赖,柔声和气地说:“来,我的好同志,就这么吃了吧!都吃光了,明天怎么办哪?”

“明天,明天说不定能见到他们了。要不,”他犹豫地指了指牦牛身上,“那里还有……”

“什么?”老姚一愣,一把揪住了小赖的肩膀,“你,你说什么?”

小赖瞟了老姚一眼。只见他一手捂住牦牛身上的粮食,胡子不停地抖着,两眼闪着逼人的光。那神情,仿佛要把他一口吞下去。几天来,他只见老姚躬着腰走路,哼着曲儿喂牛,和颜悦色地讲话,却从未见他发过这么大的脾气。他没敢答话,只觉得脖梗发烧。他胆怯地低下了头。

“你,你要打这些粮食的主意?不成!”老姚气呼呼地说着,又瞥了小赖一眼,随手从自己粮袋里抓了把面,悄悄扔进小碗里,“你,这是没骨气嘛!”

“……”小赖的头勾得更低了。

“好了,好了。来,小同志,接着。”对面,一只攥满了炒面的手绕过篝火伸过来,要往小碗里装。小赖刚想抬头看看,那只手却被老姚一下挡开了:“‘加一点吧,加一点吧,’饿了,你就加,这怎么成?打仗嘛,敌人一攻,你就退,退!”趁小赖低头的工夫,他又从自己粮袋里抓起一把面，扔进碗里，嘴里还在数落着："要知道，吃苦，是个革命的本事，硬是得学哩！"

"这娃娃也算是好样的了，"篝火那边又有人插话了，"这，是第一次嘛……"

"第一次？有初一，就有十五！"老姚盯住小赖的脸，"叫你自己说说看，为什么从昨天起，你不唱歌啦？为什么……"他用小树枝子把小马号敲得当当响；乘小赖低头看号，又向碗里扔了一小把面，"一整天，没听见你吹一次号、拔一次音！咹？——"

他越说火越大，声音越高，索性一按地皮站起来；刚一直腰，身子一晃，打了个趔趄，差点倒在火堆上。他慌忙捂住了肚子，蹲下身，就势把小碗里的糊糊搅了搅，话却没有停：

"哭，眼泪要能把革命泡成功，大伙抱着头哭好了，还要咱们这些穿军装、扛枪的干啥？"他生气地把小碗从火上端下来，搅着，轻轻地吹着，好一阵才用树枝敲着碗边说："吶，这顿饭，就是这些，多_点也没有。要想动这个，"他拍着牦牛背上的粮袋，斩钉截铁地说，"不成，一丁点儿也不成！"

老姚的话停住了。草原上一时变得很静。静得只听见火星爆裂、牦牛嚼草的声音。西面的远处，传来了低沉的雷声。乌黑的雷雨云，变得更浓了，更黑了，它像被根看不见的大棍子搅着似的，翻滚着，奔跑着，飞快地布满了天空。老姚默默地抬头望了一阵，然后端起小碗，放到唇边试了试，递到小赖手里，缓慢地说："好了，快吃了吧。前天不是就给你讲过：'吃粥不愁，越搅越稠'嘛，看，这不是好了？"

小赖擤把鼻涕，接过碗，大口大口地吃起来。不知吃得太急还是什么原因，还呛了一口。

老姚看看那张沾着面糊的嘴巴，猛地转过脸去，扬起手掌揩了揩眼睛。

停了一会，他干咳了两声，又说话了："我的好同志啊！你饿，我也知道。可闹革命嘛，还能一年到头都使顺风船？肚饿，脚软，骨头可千万软不得啊！"他把话说得很慢，沉甸甸的，说着，从怀里摸索着，又拿出了那顶军帽，小心地放到地上，抓着里头的草抖落着。草叶早已干了，发出刷刷的声响。"看看，那边的同志们能吃草为生，咱就不能把裤带子勒紧点？想办法嘛……"他扶着牦牛站起身，从牦牛背上把一捆捆野菜拿下来。野菜，有的有点蔫巴了，有的还很鲜嫩，一律洗得干干净净，捆得整整齐齐。这，只有小赖最清楚，这是老姚两天来沿路拣了、又精心挑选出来的。

老姚抱着一捆捆野菜，围着篝火一瘸一拐地走着，把野菜分给每一个同志。看看同志们把菜放进各自的碗里了，他从腰间摸出那条皮条，又从一个同志腰间抽出把刺刀，把它一截截切开。一面切，一面还叨咕着："把这玩艺吃了，日后有了马，使什么牵哟——"说着，脸上浮上了惋惜的神色。

这工夫，小赖已经吃完了最后一点面糊渣渣，并且换上了水，煮上了野菜，正聚精会神地看着老姚的动作，听到这话，凑过来，好奇地问："这东西也能吃？"

"能，怎么不能？我的好同志，这还是从江西带出来的，吃吃看，还有点家乡味哩。"他切下了一小段，扔进柴炭里，用树枝拨弄着。牛皮嗞嗞地叫着，浮起轻烟，发出一股焦糊味儿。

把烧好的一截牛皮拣出来，吹掉了浮灰，扔进小碗里煮着，他又挑了一段稍长些的，然后向小赖身边挪了挪。

"看，这一截是明天早上的。怎么样，不算少吧！要赶路多吃点嘛，这叫做'早饭吃饱'，懂不懂？"他量出了四指长的一段，刻上了一条道道，"这是中午饭，——'午饭吃少'。"他又划出了一段，比第一截少些，比第三段又稍长了一点，"晚上，吃这么多。再配上点野菜，撒点面粉，改善改善生活，——嘿，'晚饭吃好'嘛！"他划着，唠叨着,短短的皮条上刻上了五条白印子,刚好可以吃两天。刻好了,他摸着小赖的脑袋说:“就这么吃,往后别哇哇叫啦。吃饭嘛,老要人卡着手脖子咋成?我老姚能跟你一辈子?”

小赖接过了牛皮,心里热乎乎的。他瞅着那一道道白印子,心想:明天,就按这个印印吃,我一定不叫他,一定自己来。

“学问就在这里。一顿两顿,心一硬,就学会啦。来,咱们尝尝!”老姚笑着,把刺刀伸进小碗里,挑起了那块牛皮,咬了一口。他用力嚼着,长胡子急速地抖动了一阵,突然孩子似的叫了:“要得,要得,简直抵得上宣威火腿呀!”他一抹胡子,纵声地笑起来。

“宣威火腿?……”小赖噗地一声笑出了声。

整个篝火四周,全笑了。

三

不知是因为肚子里有了东西,还是老姚说的“宣威火腿”引起了谈话的兴致,这个小部队一下子活跃起来了。篝火,烧得更红了,火焰噗噗地欢跳着,不时噼啪一声炸裂开来,迸起的火星,随着晚风飘向半空。人们似乎早已忘了这是荒无人烟的大草地,倒像聚在家乡的打谷场上。老姚笑眯眯地瞅着自己的小烟袋,烟锅里咝啦咝啦响着,淡淡的烟雾挂在胡子上,久久不肯散去。小赖早已点亮了马灯;借灯光照着,正解下军号用心地擦着,号上那条大红绸子搭在肩上,忽闪忽闪地飘卷,像一簇火在燃烧。红军战士们,擦武器的,烤衣服的,打草鞋的,谁都在忙,谁都在说,谁都在笑。什么没谈到呵!从打开宣威时吃火腿吃得牙根发肿,谈到和兄弟部队会师时的情景;谈苏区,谈陕北,还谈到等小赖的胡子像老姚一样白的时候,革命会是个什么样子……要不是突如其来的暴风雨,人们简直忘了还要休息,说不定小赖提议的联欢晚会也要开起来了。

暴雨来得又急又猛,先是几大滴水点,接着便是桐树子般大的冰雹。水碗被打翻了,篝火冒出几股水汽,熄了。

“散开,各人找地方隐蔽!”老姚喊了声,抬手把个铜瓢扣到小赖头上,便牵起牦牛,拉着小赖,向着河边跑去。跑出五六十步,迎面有个小灌木丛,老姚推了小赖一把:“快蹲下!”就在这时,老姚突然哎哟一声栽倒了。

“怎么啦?”小赖问。

“没什么,叫树根绊了一跤。"老姚扯紧牛绳,让牦牛在树边卧下,又招呼小赖:“来,靠着牛肚子躺下。”

小赖把怀里的军号、马灯抱紧了,贴着牦牛肚子躺下来。果然,有牛挡着,冰雹砸不着了。只有被雹子打落的树叶子,随着雨点飘落了下来。他喊了声:“老姚——”

没有回答。

他慌忙欠起身向牛背后望去,一颗大雹子正打在他的鼻梁上,眼前陡地冒起了一阵火星。定了定神,他摘下铜瓢,护着马灯玻璃向牛背后瞧了瞧,只见老姚两手抓着牛角,胸膛紧贴着牛脑袋,正沉重地喘着气。冰雹还在劈头盖脸地打着。他那蓬松的头发上、老羊皮背心的卷毛上,冰粒子落了白花花的一层。

小赖急得直喊:“嗨,你真糊涂,怎么趴在上风头,快过来呀!”

“好,你快,快躺下,我就来。”老姚断断续续地回答。

小赖躺了一会,却不见老姚过来。便叫道:“快过来呀!”

“好啦,雹子过去啦。”老姚说。真的,雹子稀了,少了,只是雨还在哗哗地下。

又过了一会,老姚爬过来了。他挨着小赖坐下来,伸手在小赖头上、脸上抚摸着,低声问了句:“没砸着吧?”

“没。”小赖回答。他觉得老姚的手滚烫,而且听见他的喘气声更急了。忙问:“你怎么啦?”

“没什么,睡吧,睡吧!”他扬起巴掌,在小赖肩头上轻轻拍打了一会,又解开羊皮背心,把自己的身子往小赖身边挤了挤,然后,拉起罩子,噗地声吹灭了马灯。

小赖一面靠着牦牛,一面靠着老姚那火热的身体,身上立刻有了暖气。被这暖气烘着,他觉得浑身热乎乎的,眼皮像被谁扯着似的,直往一块凑。迷糊里,他还断断续续地想着:老姚,他,他到底是怎么啦?……

小赖醒来的时候,天已经亮了。

他是被一种什么声音闹醒的。朦胧里,他听了听,雨似乎停了,四野里很静,只有风还像睡下以前那样,呼呼地响。风声里夹杂着一种单调的声音:"叭嗒——叭嗒——"

他用力睁开眼,没有惯常那样看到青天或是星空,却看到一个黑乎乎的东西悬在离鼻尖半尺高的地方,一只瘦骨嶙嶙的手握着它,响声就是从这个东西里发出来的。每一滴水落进这里面,便清脆地响一声,迸起星星水雾,被风吹到脸上,凉森森的。琢磨了一阵,才看出这是老姚的破铜瓢。原来雨已经比夜里小了,细细的雨丝,落到残存的树叶上,不断往下滴。为了让水滴不至掉到他脸上,老姚便用这铜瓢接住。他侧过脸,一眼便看见自己脑袋右边不远处,有个盆大的小水潭,水已贮得满满的了;被冲倒的水草上,沾着一层泥点子。

"这一夜,那只手从我脑袋顶上倒掉了多少水啊!"小赖心里一热,微微抬了抬头,这才看清,自己的上半截身子正被老姚的胸膛遮挡着。老姚歪坐在那里,上身俯到牦牛脖颈上,那件老羊皮背心下摆披开来,一半搭到自己的腿上,一半盖住了那几袋子粮食,他的全身却像从水里捞出来似的,全被雨水泡透了。水珠一亮一亮地挂在他那长长的头发和羊毛背心上,不停地滴着。

"这老同志多好啊!……"小赖看得出了神:老姚,那么怪,像那头牦牛一样:长长的毛,执拗的性子,还有那两只远看着吓人、近看着和善的大眼……老姚，又那么好。这也像那头牛：躬着腰、探着头，不声不响地背着那么沉的东西，踏着烂泥水草走路，默默地吃着野菜，用热烘烘的身子暖着同志的身体……一时，他那么强烈地想看看老姚那双眼睛，想跟他说说话，想听听他那苍老、粗浊的声音。于是，他叫了声："老姚——"

"呃？"老姚略略挪动了一下，答应了一声，声音很低，很重，像从地底下冒出来的。

"你，你是党员？"小赖本想说点什么，可话到嘴边，却变成了句没头没脑的问话。

"这，这叫我怎么说？"老姚直起腰，揉着眼睛说，"要说不是，我口袋里装着党证；要说是嘛，说起来怪臊人的：无能，不能给党分忧啊！"

"老姚，你，你真好！"

"嗨，你这孩子，不多睡会儿，净磨牙！"但他还是接着自己的话茬儿说下去了："不能给党分忧啊！该干的事那么多，可我只能干那么一点点……唉！"他叹了口气，略停了一会，又说："不过，闹革命嘛，不怕手巴掌小，就怕心不大呀，是不是？"说着，他显然动了感情："我的好同志，得好好干呀！好好学，快点长，慢慢地翅膀硬实了，就能给党担劳分忧啦！"

"是。"小赖答应着，不知怎么忽地想起自己那条粮袋子和那个沾上泥点子的军号，他想起了老姚的话："吃苦，硬是得学理！"

"对，是要学呀。多吃甜的多长肉，吃苦吃辣长骨头。有副硬实实的骨头，还愁日后长不出肉来？"老姚的大手轻轻抚摸着小赖的脑袋，说得更动情了，"我的好同志呀，眼下，敌人把咱们逼进了草地，根据地丢了，人也少了，是难啊！可是，自己的党有了难处，要度过去靠谁？就是靠你、靠我嘛！"

老姚的话越说越慢，越说越弱，渐渐停住了。

小赖却没有注意。他在细细咀嚼着老姚的话。这些话,他一时还解不透,可又觉得那么有味道。他听着,思索着。停了好一会,他抬起头,这才看见老姚脸绯红绯红的,额角上沁满了汗珠;那双一向灼灼闪光的大眼,像蒙上了什么,变得灰暗无光了。小赖吃了一惊,连忙一把抓住老姚的手,叫道:“老姚,你怎么啦?”

“……”老姚的嘴动了动,却没有说出声,只是把胡子上挂的几块碎野菜叶子抖落掉了。

小赖心里一酸,把老姚的军衣解开,把手伸到他胸口上去。就在这时,他的手触到了一件东西,掀开衣服一看,原来是三天前见到的兄弟部队同志的军帽,被一条草绳子紧紧地捆扎在肚子上。军帽上沾满了血渍,已经变成暗黑色的了。从那血迹看出,伤势还不轻。看着看着,小赖再也不能控制自己了,一下子抱住老姚的肩膀,哭喊起来。

听到小赖的哭喊声,老姚清醒过来。他定了定神,略带责备地说:“哭,怎么又哭啦?”

小赖捂着老姚的伤口:“你,你带着这么重的伤,怎么不告诉我呀!”

“告诉你?为什么要告诉你?”老姚看看自己的伤口,又看看小赖的脸,笑了笑,“让你知道了好多哭一次鼻子?”

“不,我没哭,我不哭!……”小赖抬起手背擦了擦眼。

“好,懂事的孩子!”老姚把小赖揽在胸前,把他脸上的泪水擦净了,缓慢地说道,“小赖同志,昨天我说你了,话重了点……”

“你,你说得对。”小赖不由得又向自己的粮袋子瞥了一眼。

“你记下了?”

“记下了。”

“那就好。你看,再苦,再难,你牙一咬,腰一挺,你就赢啦!”老姚喘息了一阵,声音更慢了,“要知道,兄弟部队的同志们,比我们还难。他们想看到我们,看到粮食,看到牦牛,也希望看到我们挺起胸膛走路,大声唱歌,开心地笑……”

话一煞住,手一松,老姚又昏过去了。

小赖这回真的没有哭。他怔了一下,弯腰听了听老姚的胸口,把他的伤口包了包,又轻轻地扶起他,放到牦牛背上趴稳了。然后,一下子举起军号。

清清亮亮的进军号声,透过蒙蒙的雨雾,在旷野上响起来。牦牛颈下的铃声又“叮——当,叮——当”地响了。

四

老姚再一次从昏迷中醒来的时候,队伍已经走出了二十多里。

雨已经停了,雾气正在渐渐消散,草地的水、草、树丛正在一点点地显现出来。老姚抬起头,第一眼就看见小赖那伶俐的背影。他头扬得很高,腰挺得笔直,一手拉着牛绳,一手提着马灯,正迈着大步往前走。腰上的军号在泛着亮光,号上的红绸在闪闪飘动。他第一次发现这个小战士是这么漂亮。他看了一阵,才拍了拍牦牛的脖颈,说:“小赖,停一停,让我下来走。”

小赖没有听见。

“咳,你看你……”

“怎么,”小赖猛地回过了头,欣喜地问:“你也看见了?”

“什么?”

“树林!”

果然,在西边的地平线上,现出了一抹暗黑的影子。可就在这时候,“砰”地响了一枪,接着,枪声疏疏落落地响起来。

“走,快走!”老姚命令着。

队伍在奔跑。随着雾气的消散,看得清楚了:一支十几匹马组成的骑兵队伍在绕着树林奔驰,射击。

老姚喊住小赖,一翻身从牦牛上滚下来。他扶住牛背站稳了,大声命令道:“准备冲锋!”接着,向小赖挥了挥手:“吹号!”

小赖举起了军号。冲锋号声震天动地地响了。同志们散开来,借着雾气掩护,一边射击,一边向林子飞跑过去。

号声,撕裂着雨雾,震动着草原。响着,响着,突然,小赖觉得一阵头晕。就在这时,一只手重重地落到了他的肩上:“吹呀,我的好同志,鼓起劲来吹!”

小赖扬起了头,号声又响了。反动骑兵被我军密集的火力追击着,正向着北面逃窜。小赖憋不住叫了声:“敌人跑了!”

“吹!继续吹!”老姚把小赖的肩膀搂得更紧了,“兄弟部队的同志们还在听着哪!”

直到反动骑兵看不见影了,老姚才扶着小赖坐下来。他从怀里掏出了那顶军帽,递到小赖的手里,接着就去解自己的粮袋子。小赖却像被火烧着似的,一把按住了那只瘦骨嶙嶙的大手,迅速地解下自己的小洋瓷碗,随手扯下粮袋子猛地一抖,把炒面全都抖进碗里,然后端起来就向林子奔去。

他一手端着小碗,一手摇着帽子,一口气跑进了林子。一眼就看见,一个同志正倚在树上,举着驳壳枪在瞄着林子外边。他亮着嗓子喊了声:“同志——”

“什么人?”

“红军!”小赖把那顶军帽举到了同志的面前。

“红军?”那个同志脸上浮上了一丝微笑,扶着树干的手一松,身子顺着树干滑倒在地上。

小赖抢上一步,伸手从树叶上拍下水珠,把炒面拌了拌,扶起了那个同志。就在这时,身后传来了一个粗重的嗓音:“我的好同志,快来吃!”老姚端着一铜瓢仓猝调好的面糊糊,蹒跚地走过来。

“来,一块吃!”那同志接过了铜瓢,招呼着。

老姚连连摆了摆手："不，我不饿了，我……"说着却一侧身子栽倒了。

老姚醒来的时候，只见身边围满了人。原来两支队伍已经会合在一起了。那个提驳壳枪的同志弯下腰，亲切地望着他，动情地说道："同志，你们来了，来得好，也来得不容易啊！"

"是啊，是难！"老姚紧紧地握住了那个同志的手，"不过，只要是应该做的，我们就要做，什么也不能挡住我们！"

他仰起脸，轻轻地笑了。

透过树梢，他看到几只苍鹰正在矫健地盘旋。

熠亮的阳光，正斜射进这古老的树林，射到了同志们的脸上。东方，一片火红，太阳正冉冉上升。那曾经撒下雹子、泼下暴雨的乌云，正被朝阳撕裂着、驱赶着，破成了浮云片片。

1962年6月10日

夜

夜，漆黑。

这是个战斗的夜。远处传来阵阵枪声。

已经是3月末的天气了，可在这黔北山区，深夜里还是很凉的。冷风不停地钻进窗棂，灌到屋里来。

勤务员小韦冷不丁打了个寒噤，醒了。他觉着肩上沉甸甸的，原来不知什么时候有人把那床旧夹被披在他的身上了。他紧握着夹被，先向墙角瞥了一眼，看见那块用砖头支起的门板上，毯子还是整整齐齐地铺在那里。再向桌边望望，只见首长依然坐在那里，对着桌上的地图看着，不时抬起头凝神思索一会，然后用铅笔在图上划上点什么。

小韦坐在竹凳上，双手托着下巴，静静地注视着首长。他看见，这张轮廓鲜明的脸上，眉毛还是那么浓，嘴唇和颔下的胡髭还是那么密，可是两颊却明显地消瘦了，就连衣领也宽出了许多。在遵义开过会以后，刚发来这件军衣的时候，本来穿着是正好的嘛。

他轻轻叹了口气，从挎包里拿出一支蜡烛，走到桌边。他一边点着蜡烛，一边低声说道："第三支啦！"

"嗯，嗯。"首长朝小韦微微一笑，又俯身看图了。

"看，看，"小韦本来想好了话，要劝首长几句的，可话一出口，却变成了埋怨："一张地图，老是看，也不睡会儿。"

首长抬起头，看着小韦，亲切地说："你来看，看那里。"他抬手向窗外，向枪声响着的远处一指，"我们的红军战士们在干什么？"

小韦向黑夜瞥了一眼："打仗呗！"

"你再看，"首长站起身，揽住小韦的肩膀，走向窗前，指着不远处一个窗口透出的灯光："那是什么地方？"

"我知道。"小韦答道。就是水塘边上那所泥墙草屋，几个钟头以前，他曾经摸黑去送过一趟信。"毛主席在那里工作嘛。"

"是啊！可你倒要我休息。"首长目不转睛地望着灯光，好一会，才深情地说道："长征的路，有千里万里，我们要把每一步都走好，走出胜利来！"

说完，他从小韦手里拿过蜡烛，抓在手里，又回到桌边。

听着首长的话，小韦觉得心里一亮；可又觉得首长并没有回答他现在考虑的问题。于是又向那空空的床铺瞥了一眼，回到小竹凳上坐下，轻轻地抓起一把碎稻草，填进那床夹被里去。这点碎草是和饲养员争执了一番才弄到手的，必须瞒着首长填进夹被里才行。俗话说："寸草遮丈风"嘛。天这么凉，从江西带出来的那床旧毯子太薄了，又磨出了好几个窟窿；要是今晚首长能多少睡一会儿，那么，在毯子上边压上这么一床"草被"，就可以暖和点儿了。

碎草填完了，再把夹被在门板上铺开，把草摊平；只要在开口的地方缝上几针，这"草被"就做成了。小韦正兴冲冲地理着针线，忽听得桌子上"叭哒"响了一声。他扭头看去，只见首长依然端坐在那里，两眼凝视着地图，右手还是握笔的姿势，铅笔却掉到了桌子上；左手握着的蜡烛，不知什么时候倾斜了，烛油正一滴一滴地落在手背上，已经积了拇指大的一堆。

"他睡着了……他，太累啦！"小韦眼眶子一阵发酸。自从长征开始，他被调到首长身边工作，这样的情景他见过不是一回了。他连忙奔到桌边，轻轻地扳开首长的手指头，把蜡烛拿过来。他一面往桌角上滴下烛油、安放着蜡烛，一面编出了几句"厉害"点的话，想狠狠地埋怨一番，可是，就在这一霎间，他改变了主意，又轻手轻脚地回到了竹凳上。

他托着下巴,定睛看着首长。一分钟,又一分钟……首长——这个把自己的生命和精力一点一点挤出来,献给了革命战争、献给了共产主义事业的人,还是那样端端正正地坐着,但是小韦的心头却轻松多了。他高兴地想道:“睡吧,哪怕就这么坐着、睁着眼睛睡一会儿也好呵!”

突然,门外传来了脚步声。小韦吃了一惊,慌忙扑向门边,可是已经迟了。门开了,军委卢参谋走进来。他急匆匆地敬过礼,走向桌边。

首长一怔,抬起了头,问道:“你来啦?什么事?”

卢参谋把一份电话记录递过去。首长接过了文件,默默地看了看;捏着文件的手慢慢地搁在地图上。

卢参谋打开笔记本,握住了铅笔,注视着首长。

一两分钟过去了,首长没有说话。

为了不打扰首长思索,卢参谋绕过桌子,来到小韦身边。他用铅笔敲了一下小勤务员的鼻子,奇怪地问:“你这孩子,怎么啦?看这嘴噘得能挂住个油瓶……”

“这风……”小韦扭头擦了擦眼睛,声音哽咽地:“你呀,来的真不是时候……我,我刚刚给他偷来了几分钟,又叫你给抢走了……”

说话声惊动了首长。他轻轻咳嗽了一声。

卢参谋掏出怀表看了看,慢慢走到桌边,俯身低叫道:“周副主席!”

“唔,”周副主席漫应着,转过脸来,招呼卢参谋坐下。

卢参谋简要地报告了情况:先头部队根据军委的命令,就利用这漆黑的夜,胜利突过了乌江。现在,部队正在乘胜向前发展。关于下一步的行动,部队有几个问题向军委、向周恩来副主席请示。

周副主席伸开双手,重重地在脸上搓了两把。手掌擦在胡髭上,发出沙沙的声响。他把文件放在面前,一面剥着手背上的蜡壳,一面仔细阅读着,读完了,略微想了想,然后向卢参谋说道:“部队过江以后,继续按照军委的部署,向东南方向前进!”他指着地图,“就在这一带,寻求新的时机!……”

“是。”卢参谋迅速记录着。

“要加强政治工作。”下达完命令,周副主席补充道,“告诉部队,毛主席安排的全军佯动的行动,完全成功;敌人被调动了,乌江以南空虚了,我们就一下子插到敌人心脏里去。看,敌人很听话哩!”说完,他快意地笑了。

在这爽朗的笑声里,卢参谋收拾好文件、笔记本,转身要走。周副主席又叫住了他:“行军序列要安排好,尽量让暂时不行动的部队休息,多睡一会儿也是好的。”

小韦扭亮了手电,送卢参谋走出门去。在门口,卢参谋低声嘱咐道:“看见了没有?首长眼睛都熬红了。你可要提醒他注意休息啊!”

小韦委屈地点了点头:“谁说不是呢!他还是在过赤水河的时候,站在河边靠着马鞍子打了个盹,到现在,整整三天三夜没合眼啦……”

听到背后的脚步声,小韦把话停住了。他望着向门边走来的首长,看出了什么,慌忙指着门外,提醒地说:“看,天这么黑……”

“黑夜?好哇!”周副主席也看出了小韦的意思,笑着把话接过来,“我们就是要在这样的黑夜里,行军,打仗。走好了,打赢了,胜利的明天就是我们的啦!”他亲切地抚摩小韦,却又略带责备地说:“你这个同志呀,刚才卢参谋来了,怎么不叫我一声?”

小韦噘起了嘴:“你,你老是不肯休息……”他说不下去了,两大滴泪水忽地涌了出来。

“嗨,看你……”周副主席扬起衣袖,给小韦揩着眼睛,“这孩子!你今年才15岁,对不对?”

这跟年龄有什么关系?小韦点点头,不解地望着首长。

“等你再长大一些,你就会了解我们了;你就会明白:应该这样做!”周副主席把话略停了停,像是让这年轻人嚼一嚼话的味道,然后,又指着门外,充满感情地说:“想一想,在全中国,还有全世界,有多少劳苦的人,有多少像你这样的孩子,他们的生活还像这黑夜一样黑、一样冷呵!我们共产党,我们红军,就是要加倍地工作,工作,让他们看到太阳,得到解放。”

小韦深情地看着周副主席。他觉得,这个人,这个极度疲劳又浑身是劲的人,仿佛全身都发着光。这光,照暖了、也照亮了他这个少年红军战士。

就在这一瞬间,一个巨大的问题,一下子闯进了这个小红军的心:每个人都有同样多的时间,每个人都有醒着和睡着的时候,可是,一个红军战士究竟应该怎样利用这一切,去正确地对待生活和坚持战斗?

他长了15岁,想到这个人生的大问题,还是第一次。

他霍地转过身,摘下墙上的驳壳枪,一下子背到了身上,紧抓着手电筒,大步来到周副主席身边。

周副主席满意地点了点头,又扬起手掌,在脸上搓了搓,随即拍了拍小韦的肩膀:“走吧,到前边看看去!”

小韦没有再说什么。他扭回头,又看了看墙角里那张门板,伸手抓起那床“草被”,用劲一抖,把里面的碎草倒掉,把夹被轻轻地披到周副主席的肩上。然后,紧跟在首长后面,一躬身,钻进黑暗里去了。

夜,漆黑。

枪声更紧了。

1976年12月19日

足迹

拐过那道挂满冰柱的断崖，大雪山的山顶就在眼前了。

就在这时候，山背后突然腾起了一片雪雾，冷风推送着一大片浓黑的乌云，疾速飞来，遮得天昏地暗；接着，风吹起的积雪，夹着天上飘来的大片雪花，劈头盖脸地落下来。远处的山峰，近处的断崖，都笼罩在一片雪帘雾幛里，前面部队刚踩出来的路径又模糊不清了。

指导员曾昭良望着这突如其来的大风雪，忧心地摇了摇头。他深深地吸了口气，把搀在病号腋窝里的那只手攥紧了，又吃力地向前走去。

他是在部队行进到山腰、就要进入积雪区的时候被指定参加团的收容队的。一路走着，他收容了三批因病掉队的同志，组织好人力，把他们送向前去。他本来可以走快些，赶上本队。可是，就在半个小时以前，他遇上了这个病倒在路旁的同志。搀着一个同志走，就慢了，终于没能赶到起风之前翻过山去。

路，越来越难走了。曾昭良觉得自己的脑袋仿佛胀大了几倍，眼前迸散起一串串金星。两腿好像被积雪吸住了，足有千斤重，每挪动一步都要积攒浑身的力气。特别难耐的是胸口，好像猛地塞进了大团棉花，透不出气来；心跳得怦怦响，似乎一张口那颗热乎乎的心就会一下子从口里眺出来。这时候，要是能够坐下来歇歇，该有多好啊！可是不行。还在接受收容任务的时候，他就听说过：山顶上空气稀薄，在身体衰弱又极度疲劳的情况下，只要一坐下，就再也起不来了。

被搀扶着的病号显然也感觉到了这一点。他停住了脚,倚在曾昭良的肩膀上,说道:“我可是一点劲也没有啦!”他喘了几口粗气,仰起脸,乞求地,“同志!听我说,把,把我扔下,你……”

“瞎说!”曾昭良生气地打断了他的话。像是为了回答,他更加快了脚步。

“力量……”走了一阵,那个同志又说话了,“这会,要是有人能,能把力量这种东西,给,给我们,哪怕给上一点点……”

曾昭良咧开干裂的嘴唇笑了笑。这同志说的,和他这会想的,竟然一模一样。可是,这种事,在心窝里想想也就罢了;要不,也只有神话里才会有。现在,在这鸟兽都绝迹的茫茫雪山上,在人们最后一丝丝力量都快用完了的时候,怎么会出现这样的奇迹?他把口气放软了些:“别说傻话啦,同志,把剩下的力气省着点,我们能爬上去!”

一步,两步……尽管走得很慢,雪路却终于一尺一尺地移到身后去了。约莫经过了一个多小时的奋斗,他们终于走完了这段艰难的路。

当两个战友互相依傍着跨出登上山顶的最后一步以后,那个病号脑袋一歪,倚在了曾昭良的胸前。曾昭良也发现,自己已经把最后的力气都在这一步里用完了。

可是,就在这一瞬间,曾昭良却被眼前的景象惊住了。只见在这不大的雪坪上,东一个、西一个地坐着好几个红军战士;还有几个人大概是刚刚赶到,正摇摇晃晃地寻找着地方,准备坐下来。看来,这些同志也刚刚经历了在暴风雪里翻上山顶的一场搏斗,已是精疲力竭了。

曾昭良的心像是被谁揪了一把,又紧又疼。他忙扶着病号站好了,指着下山的路,嘱咐几句,然后,脚步踉跄地向一个坐着的战士走去。但已经迟了——那个同志的胸口已经和胸前的手榴弹一样冰冷,再也起不来了。他把手榴弹袋取下来挂在肩上,又奔向旁边的一个年轻的司号员。可是,就在他刚刚抓住小司号员的肩膀的时候,那个被他扶上山来的病号却噗地坐下了。

曾昭良焦急地跺了跺脚:“怎么办?”

像是回答他的问话似的,一只手伸了过来,挽住了小司号员的另一只胳膊。

曾昭良的心头立时松宽些了。他抹去了眼角上的雪水,定睛看了看来人。这人穿一身普通的红军单军衣,只是面容有些特别:连鬓的胡须上挂着冰碴,堆着白雪,浓密的眉毛上沾满了雪花,看去简直像神话里的老人了。那双眼睛,那么和善、亲切——这是一双熟悉的眼睛,可是到底在哪里见过,曾昭良却想不起来了。

那人深深地喘息着,显然也在积蓄着力气。过了一会,才点头示意:“来!使劲!”

两人一齐用力,把小司号员搀了起来。

这时,曾昭良才发现,就在这人的身后,跟着上来的三四个同志,也都分散开来帮助坐下的同志去了。

那人爱抚地扬起袖子,掸了掸司号员脸上、头上的积雪,然后扭转身,向着山顶上的人们说道:

“同志们,革命,需要我们往前走哇!”

这话声音不高,却有一种震撼人心的力量。顿时,坐下来的人们都一齐向这人望过来。那一双双眼睛里,都闪出兴奋和喜悦的光彩。人们低声传告着什么,有的在努力往起站,有的已经在同志的帮助下站了起来。人们扛起了枪,挽起了臂膀,结成了一条人的长链,缓缓地向着下山的路移动了。

曾昭良看见,刚才他搀的那个病号正和走过身边的一个人说着什么,忽然,他一按雪地爬了起来,蹒跚地往前走去。快要走到身边的时候，曾昭良连忙伸手去扶他；他却坚决地把手推开，昂起头，说了声："我能走！"

"这都是因为他，和他刚才那句话的力量啊！"曾昭良怀着深深的敬意望着那个同志，暗暗想道。

一个警卫员模样的人，扶着一个炊事员来到那人身边，低声地说道："走吧，你身体不好。"

那人轻轻拂去警卫员伸过来的手，没有应声。他默默地望望山后，又看看曾昭良。突然，他把一只手搭到了曾昭良的肩头上，问道：

"是党员吗？"

"是。"曾昭良回答。

"你累了吧？"

曾昭良望着那双亲切的眼睛，点了点头。

"是啊，困难！"那人深深地喘了口气，"可是，要是不困难，要你，要我，要我们这些共产党员干什么呢？"他手抚胸前，喘息了几下，又向曾昭良靠近了些，压低的声音里透着关切，"同志！——你看见了，这里需要留下一个人。"

"是，需要。"曾昭良应了声，思索着这话里的意思。

那人伸手摸了摸曾昭良的衣服，然后抚摸着自己身上，又打量着周围的人。曾昭良思忖道："他大概是想给我找一点御寒的东西。"可是，他身上除了那件单薄的军衣，又有什么富余的衣物呢？

警卫员显然弄错了首长的意思，连忙打开皮包，把纸和铅笔递过来。

那人笑了笑，拿起铅笔，向着手上哈了口热气，然后飞快地写着：

"不要停下，继续前进！"

曾昭良完全明白了自己的任务。他严肃地立正，问道："这命令是……”

那人微微一笑，在命令的后面签上了三个大字。

曾昭良看着这个整个红军都衷心敬爱着的名字，顿时，浑身的血液都热起来了。啊，这个带着疾病、挂着满面霜雪、和他一道走过这段艰难道路的人，这个和红军战士们肩并肩、心贴心的人，就是协助毛主席统率全军、组织这万里长征的人啊！

“是！周副主席！”曾昭良激动地接过命令，举手敬礼，并且庄严地复诵着：“不要停下，继续前进！”

“同志！”周副主席沉重地点了点头，“我们要走的路，还很长很长。这路上，有各种各样的关口。共产党员就要出现在这些关口上！”他紧紧地握住了曾昭良的手，“好，你带走一批之后，把任务再交给下一个同志。”

说罢，他搀起了小司号员，向前走去。

走了几步，他又回过头来，关切地嘱咐道：“同志，记住！千万不能停下啊！”

风雪更紧了。

曾昭良紧握着命令，深情地望着长征部队走去的方向。只见敬爱的周副主席，搀扶着战士，迎着迷茫的风雪，在大步走着，走着……

在他的身后，在这千年积雪的雪山上，留下了一长串深深的脚印。

看着，看着，一串感激的热泪，滚过他的腮边，滴到了衣襟上。

看着，看着，他明白了：不是幻想，不是神话，确确实实就有那样的人，能够把战士的心照亮，能够把战士心底蕴蓄着的力量唤醒，能够把自己的力量交给别人——无私地交给别人。

1976 年 12 月 20 日

肩 膀

西天，一抹晚霞正在消褪；远处，起伏的丘陵后面，淡淡的雾气慢慢地升腾起来。

通信员小秦望着这幅草地景色，又向前方看了看，忍不住皱起了眉头。凭经验，他知道离天黑大约不过还有个把小时；按照草地行军的习惯，这会儿该是宿营的时候了。先头部队正忙着搭帐篷、拣柴禾，或许有人已经点燃了篝火、煮起了野菜。可是现在呢，整个草地空荡荡的，看不见火光，听不见人声。小秦抚摸着肩上的扁担，愁烦地想："要不是它，也许早就赶上队伍了。"他轻轻叹了口气，把扁担换了个肩，又吃力地向前走去。

这副担子，是两个钟头以前才落到小秦肩上的。

还是刚过正午不久，他觉得左臂的伤口有点疼痛。那是一个月以前，在一次战斗中送信的时候，被敌人子弹打穿的，现在已经收口了。他怕同志们发现了，又要照顾他，便悄悄离开了大队，躲在一丛矮树后面包扎起来。自从进入草地以来，他这样做倒也不是头一次：没关系，包扎好以后，脚底上使使劲，再赶上队伍就是了。可是，这次因为找到的那一潭清水吸引了他，洗完了伤口，又高兴地洗了把脸，等他从树丛后面钻出来，部队已经走远了。恰在这时，又来了一阵暴风雨，风雨里看不清路，走错了方向。

正当他冒着暴风雨在烂泥里奔跑的时候，猛地撞到了这副担子上。这是两个不大的木箱，被棕绳紧紧地捆在一根小竹扁担上。里面装着不多的药品、纱布和几件医疗器械。就在担子前边一米多远的泥塘里,这副担子的主人——一位中年的红军战士牺牲了。小秦摘下他那顶小小的八角军帽，默默地注视着这位没走完长征道路的烈士。从现场的情况判断,这位同志也是在赶队的情况下,遇上了刚才那场风雨,陷进了这可恶的泥潭。还可以看得出,就在这位同志在陷进烂泥之前的一霎,他还拼着全力,把担子抛到了泥潭边边上。这样,担子保住了。担子,又成了预示危险的标志;小秦就是靠它拦了一下,才没有掉进泥潭。

于是,小秦含着眼泪埋葬了这位不相识的红军战友,挑起了这副担子。

起初,这一切是多么简单呵:担子,是战友留下的革命财产,必须挑上它;再说这担子也并不算重,参加红军以前,他给地主放牛、割草、砍柴,哪一担不比这重得多哪。因此,他满怀信心地相信:他一定能挑着它赶上队伍,走到宿营地。他甚至一边走一边想象出赶上队伍以后的情景:篝火边上,指导员接过担子,抚摸着他的头,当着同志们夸奖他说:“看,是谁办了这么件大事?是小秦嘛!嗯,像个样子,可以参加共青团喽!”想着,他高兴得差点笑出声来。

但是,长征道路上的艰苦和困难却是无情的,它们像铁锤一下下敲打着小秦的体力和信心。现在,当他走了两个小时以后,他却发现,坚持下去是越来越困难了:他觉得自己肩上好像挑着的是两座山,肩膀被压得钻心地痛;两腿软绵绵的,抬不起、迈不动,还直打绊子;路,似乎也忽然变得崎岖不平了。再加上寒冷和饥饿一齐袭来,他头晕得天旋地转,浑身一点劲儿也没有了。

他咬着牙,挺着脖筋,好不容易跨过了一段烂泥塘,跌跌撞撞地爬上了一块小高地。就在这时,脚下被草根一绊,猛然摔倒了。他歪坐在地上,望着在眼前晃动的水草、矮树和那对木箱,心里想:“不行了,我是挑不动啦!也赶不上队伍啦,就在这里歇一会儿。只一会儿……不要紧的,反正后面还有部队,反正……”这么一想,他觉得浑身骨头架子都散了,那抓着扁担的手一松,倒了下去。

小秦睡着了。他做了一个梦,梦见他跟着连里的同志们,正在和敌人争夺一座吊桥。好高的铁索吊桥呀!在桥当中,他抓住了一个敌兵,一用劲,倏地一下,和敌兵一起掉进了河里。哎呀,水真凉,冷得他直打哆嗦。忽然,妈妈来了,他一头栽进了妈妈怀里。嘿!好暖和呀,……可就是,妈妈的头发老在脸上扫来扫去,真痒……于是,他一晃脑袋,醒了。

朦胧间,听见有人在说话,那话音是那么远,像从天边飘来的:

"……怎么办?"

"带起走嘛!"答话的是个浓重的四川口音,"锻炼一下子,这娃儿会成为一个好战士的!"

"这不是妈妈的声音呀?"他想着,用力睁开了眼。不错,自己正是在一个人的怀里躺着呢——一位同志一手把他抱在怀里,另一只手在他额角上轻轻抚摸着。他仰脸望去,只见这位同志已经不年轻了。一张饱经风霜的脸,宽阔的额角上,刻着几条深深的纹路。大约好些日子没有刮脸了,敦厚的嘴唇上生着一抹浓密的胡茬。"刚才,大概就是这些胡茬把我弄醒了的,"小秦暗暗想道。尤其吸引他的是,就在那两道平直的一字眉下面,一双炯炯有神的眼睛正在注视着他。

"醒了!"那同志微微一笑,那双眼睛更温和、更慈祥了。他向旁边的战士问道:"做好了没有?"

"好了。"一个背驳壳枪的战士端着一个小搪瓷碗走过来。

这时,小秦才看清,在他身边已经升起了一堆篝火,七八个同志正围在火旁忙活着。

那位老同志接过碗,放在嘴边试了试,又轻轻吹了吹,然后慢慢送到小秦嘴边。

碗里,是加上青稞面粉煮的野菜汤。小秦吃着却是那样香甜。

看着小秦狼吞虎咽地吃着，那老同志亲切地问道:“你多大啦?”那浓重的四川口音和他那慈祥的面容一样,使小秦觉得十分亲切。

“13 岁……半了。”小秦回答。往常每逢有人问他,他总是多说两岁的,但对着这慈祥而又亲切的老同志,他照实说了。

“13 岁,还有个半！”那同志笑笑,又问:“怎么掉队啦?”

小秦吃着菜汤,简要地把事情的经过说了说。

“对,那是一个好战士呵!”老同志深情地点了点头,“小鬼,你也是个好同志。看! 你接过来,又把它挑了那么远。”

得到了老同志的夸奖,小秦不好意思地笑了笑。

“可是,”老同志亲切地摸着小秦的臂膀,又问了:“你为什么不继续往前走了呢?”

小秦坦白地说:“我,我想歇歇。”

“噢,想歇歇?”老同志指了指木箱,“那么,这东西怎么办呢?”

“这……”小秦觉出自己有什么地方不对了。他嗫嚅地说:“我一点劲儿也没有了……”

“不！”老同志收敛了笑容,慢慢地摇了摇头:“你有劲儿,知道吗?你有很多很多的劲儿。”

小秦不解地望着这位老同志,心想:真怪,我哪里来的劲儿哟。再说,我有没有劲儿,他怎么能知道呢?

老同志没再说什么。他把小秦扶着站起来,从背驳壳枪的战士手里拿过一个皮盒子,慢慢打开,拿出了一件东西。小秦认得出,那是一架望远镜。老同志把望远镜拿在手里,调整了一下距离,然后递给了小秦。

小秦把镜子举在眼前,向着部队前进的方向望去。草地顿时变得清晰起来,就在夜幕垂下的天际,现出了点点火光。他高兴得跳着叫起来:“篝火！”

“对，那里就是今天的目的地。”老同志把一只大手搭在小秦肩头上，轻声地说：“篝火后边是什么地方呢?”

小秦仔细地看了半天，摇了摇头：“我看不见了。”

“看不见吗?”老同志笑了，“那里，是草地的边边。再往前，是陕北革命根据地——那里，就是我们明天、后天的目标。”

“陕北?”

“对，陕北。”老同志深情地重复了一句，“党中央带着红一方面军，去年就到了那里。现在，毛主席正在等着你，等着我，等着我们大家哪!”他那双搭在小秦肩头上的大手按得更重了：“在那里，有好多好多事情正等着我们去做呵！”

小秦觉得这些话又亲切，又有意思。这些话，像眼前的镜子一样，为他显现了未来的目标。这些话，像只看不见的大手，在推着他，拉着他，向一个新的天地前进。小秦放下了望远镜，激动地望着这位老同志。

“小鬼，要鼓起劲儿来，继续前进！”老同志接过望远镜，又继续说下去，语气更温和、更亲切了：“要知道，将来，革命的将来，属于你们，也依靠着你们呀！”

话，一下子钻进了这个小红军战士的心，引起了他深沉的思索。

就在小秦想着的工夫，同志们已经踩熄了篝火、收拾好行装，准备继续上路了。他这才发现，这支小队伍里，有一半是病号。

刚才讲话的那位老同志，搀着一个病号走到小秦的身边，把病号交给了他，然后弯腰抄起了扁担，放到自己的肩上。他挑着颤悠悠的担子走了几步，又转过身来，向着小秦说道：“小同志，赶上前去呀，不要掉队！”

这时，小秦又看到了那双温和而又慈祥的眼睛。

只见，那老同志挑着担子，迈开大步在队伍的前头走着。那魁梧的身躯和宽阔的肩膀,那么结实,那么健壮。仿佛就靠这个坚强的人的带动,整个队伍才走向前去。

小秦搀着病号,跟在后面走着。远处的篝火一步一步移近了。

这时候,一个干部模样的人,跑步迎上前来。向那位老同志敬了个礼,低声地说着什么。

小秦向身边的病号问道:“那位同志是谁呀?”

“哪一个?”

“就是刚才抱着我的那个人,那个在前头挑担子的同志。”

“嗨,你这小鬼!”病号笑了,“那是我们的朱总司令呀!”

“啊,是他?!”小秦怔住了。刚才,那使他感到温暖、引导着他奋力向前的那些情景和那些话,又重新清晰地浮现出来,占满了这个红军小战士的心胸。他连忙把病号交给跑过来的那个干部,自己拔腿向前跑去。

小秦赶上去,紧紧抓住了扁担。

“我说你有劲嘛!”朱总司令爱抚地摸了摸小秦的肩膀,举起扁担搁在小秦的肩头:“好,挑着吧!肩膀,挑重担子的肩膀,就是在前进的路上磨出来的!”

小秦把肩上的担子扶稳了。就在这一霎,他又看到了那双眼睛。这眼睛是那么温和,那么慈祥。

小秦挑着担子,望着朱总司令那健壮的背影,踏着前边的脚印,大步走着。就在这时,他明白了:这副担子本来就是属于他的。现在是他的,将来也是他的。

1977 年 5 月 30 日

草

二班长杨光从昏迷中醒过来的时候，天已经放亮了。他欠起身子，四下里打量着、回想着，好半天才弄明白：自己是躺在湿漉漉的草地里。

昨天，也就是过草地的第四天，快要宿营的时候，连长把他叫了去，要他们班赶前到右前方一个小高地上，担任警戒。他们赶到了指定地点，看好哨位，搭好帐篷，天已经黑下来了。就是他，动手去解决吃饭的问题。他提着把刺刀，围着山丘转了半天，才找到了一小把水芹菜和牛耳大黄。正发愁呢，忽然看到小溪边上有一丛野菜，颜色青翠，叶子肥嫩。他兴冲冲地砍了一捆拿回来，倒进那半截"美孚"油桶里，煮了满满一"锅"。

谁知道，问题就发生在这些野菜上了：换第三班岗的时间还不到，哨兵就捂着肚子回来，把他叫醒了。他起来一看，班里同志们有的口吐白沫，有的肚子痛得满地打滚，有的舌头都僵了。倒是他和党小组长因为先尽其他同志吃，自己吃得不多，症状还轻些。于是两人分工，一个留下警戒和照顾同志们，一个向上级报告。就这样，他摸黑冲进了烂草地；开始是跑，然后是走，最后体力实在支持不住了，就在地上爬。爬着，爬着，不知什么时候昏过去了。

当一切都回想起来了以后，他的心像火燎一样焦灼了。他用步枪支撑着，挣扎着站起来，踉踉跄跄地走上了一个山包。

这时，太阳冒红了，浓烟似的雾气正在消散。他观察着，计算着，判断着方位。看来，离开班哨位置已经是 10 里开外了，可是看不到连、营部队宿营地的影子。显然是夜里慌乱中迷失了方向。不行,得赶快找部队去,救同志们的性命要紧呵!

他正要举步,忽然薄雾里传来了人声。人声渐渐近了,人影也显现出来,是一支小队伍。走在前面的是几个徒手的军人,后面是一副担架。

他急忙迎上几步,看得更清楚了:前面一个人的挎包上还有一个红色的十字。

“好,同志们有救了!”他狂喜地喊道。跑是没有力气了。他索性把枪往怀里一抱,就地横倒身躯,沿着山坡滚下山去。

就在他滚到山包下停住的时候, 正好赶在了那支小队伍的前头。

人群和担架都停下了。背红十字挎包的人飞步跑来,弯腰扶起他,关切地问道:“同志,你怎么啦?”

杨光定了定神,把事情讲了讲。末了,他紧紧抓住了那人的挎包,恳求地:“医生同志,快去吧! 晚了,人就没救啦! ”

医生看看背后的担架,又看看杨光,为难地摇摇头:“同志,我们还有紧急任务! ”

“什么任务能比救人还要紧?”

医生指着担架:“我们也是要救人哪! ”

杨光这才看清楚,担架上躺着一个人。一床灰色的旧棉毯严严地盖在上面。

“那边的同志很危险!”杨光焦急地叫起来。他伸开手拦住了路口,大声地:“你不去,我就不放你走! ”

担架响了一声,毯子动了一下。

医生有点愠怒地看了杨光一眼:“你这个同志, 有话不会小点声说?你知道吗?这是……”他压低了声音,说出了那个全军都敬爱的人的名字,然后解释地说道:“他病得很厉害哪,昨天开了一夜的会,刚才又发起高烧,人都昏迷了。”

“什么,周副主席?”杨光立时惊住了。对于这位敬爱的首长,杨光不但知道,还曾亲眼看见过。在遵义战役之前,这位首长曾经亲自到他们团作过战斗动员。在部队开上去围攻会理的时候,连队在路边休息,他也曾亲眼看见周副主席和毛主席、朱总司令一道,跟战士们亲切交谈。可是,现在竟然病倒在草地上。而他,却在首长赶去卫生部救治的路上,拦住了他的担架……他惶惑地望着担架,一时竟不知如何是好了。

就在这时,毯子被掀开了,周副主席缓慢地欠起了身,朝着杨光招了招手。

杨光不安地走过去。他深情地注视着那张熟悉的脸,却不由得大吃一惊:由于疾病的折磨,这位首长面容变化多大呵!他觉得心头像刀在搅,眼睛一阵酸涩,竟然连敬礼也忘了。

周副主席显然刚从昏迷中醒来。他费了好大的劲,才把身躯往担架边上移开了些,然后,拉住杨光的衣角,把他拽到担架空出的半边坐下来。

靠着警卫员的扶持,周副主席在担架上半坐起来。他慢慢抚摸着杨光那湿漉漉的衣服,又摸了摸杨光的额头,亲切地说道:“这么说,你们是吃了有毒的野菜?”

“是。”杨光点了点头。

“那种野菜是什么样子呢?”

“这就是。”杨光从怀里掏出一棵野菜。为了便于医生救治,他临走时带上了它。

周副主席接过野菜,仔细端详着。野菜已经蔫巴了,但样子可以看得出来:有点像野蒜苗,一层暗红色的薄皮包着白色的根根,上面挑着四片互生的叶子。看过以后,不知是由于疲累还是怎的,他倚在警卫员的肩头,仰起了头,眼里浮上了异常的严肃的神情。

杨光担心地看着周副主席,他弄不明白:首长为什么对这棵野菜这么关心。他刚想劝首长休息,周副主席又问了:“这野菜,多半是长在什么地方呢?”

杨光想了想:“在背阴靠水的地方。”

“味道呢?你记得吗?”

杨光摇了摇头。因为是煮熟了吃的,没有尝过。

周副主席又举起那棵野菜看了看,慢慢地把它放进嘴里。医生惊呼着扑过来,野菜已经被咬下了一点。

周副主席那干裂的嘴唇闭住了,浓密的胡须不停地抖动着,一双浓眉渐渐皱紧了。嚼了一阵,吐掉了残渣,他把那棵野菜还给杨光,嘱咐道:“你记着,刚进嘴的时候,有点涩,越嚼越苦。”

杨光又点了点头。周副主席把声音提高了些,用命令的语气讲话了。他的命令是非常明确的:要医生马上按杨光指出的方向,去救治中了毒的战士们。他又要担架抬上杨光,用最快的速度赶到总部去报告。他的命令又是十分具体的:他要求总部根据杨光他们的经验,马上给部队下发一个切勿食用有毒野菜的通报。在通报上,要画上有毒野菜的图形,加上详细的说明,而且,最好是附上标本。

一个年轻的卫生员,还在听到谈论有毒野菜的时候,就在路旁打开了挎包,把满满一挎包沿路采来的野菜倒出来,一棵棵翻拣、检查着。这会,听到了首长下达的命令,惊慌地叫起来:“那……你呢?”

“你们扶我走一会儿嘛!”

医生走过来,劝说道:“你的病情很重啊!”

周副主席微笑着伸出了一个指头,又摊开了手掌:“看,是一个多呢还是五个、或者上万个多呢?”

谁也想不出更好的做法了。而争辩是没有用的。一时,全都默不作声了。只有晨风吹过荒漠的草地,撕掠着青草,发出索索的声响。

卫生员抽噎了两声,突然抓起一把野菜,光火地:“都是蒋介石这卖国贼,逼着我们走草地,逼得我们吃草!”

“吃草。嗯,说得好啊!”周副主席严肃地点了点头,“革命斗争,需要我们吃草,我们就去吃它。而且,我们还要好好总结经验,把草吃得好一些!”

稍稍喘息了一下,他又说下去:“应该感谢这些阶级兄弟,他们用生命和健康为全军换来了经验。也要记住这些草!”他的话更温和了,语气里透着深深的感情:“等你们长大了,就会想起这些草,懂得这些草;就会看到:我们正是因为吃草吃得强大了,吃得胜利了!”

这些话,从那瘦弱的身躯里,从那干裂的嘴唇里发出来,又慢,又轻,可是,它却像沉雷一样隆隆地滚过草地,滚过周围几个红军战士的胸膛。

杨光激动地听着。就在这一霎,他觉得自己变得强大了、有力了,这力量足足能一气走出草地。他向着周副主席深情地举手敬礼,然后,那紧握着野菜的手猛地一挥,转身向总部所在的方向跑去。

医生向卫生员嘱咐了句什么,也紧抓着那个红十字挎包,向另一个方向跑去。

周副主席望着两个人渐渐远去的背影,耳边传来警卫员的话音。话是对着小卫生员说的:“……看你说的,为革命嘛,我们吃的是草,流的是血,可我们比那些花天酒地的阶级敌人高尚得多、也强大得多呀!……”

周副主席那浓浓的胡须绽开来,宽慰地笑了,他笑得那么爽朗、那么开心。自从患病以来,他还是头一次笑得这么痛快。

1977年5月31日

食 粮

枪声,由稠密渐渐变得稀疏,最后只剩下了几声冷枪的残响。刚才一度热闹起来的草地,又变得空旷而荒凉了。

供给员梁思传按着一块草墩从潮湿的草地上欠起身, 向着战场方向看了一眼,然后把腰间的皮带往紧里扎了扎,又随手掳了两大把车前菜叶子,塞进嘴里,一边吞咽着,一边说道:“该是我们的事啦,走吧! ”

他把运输排分成了两部分,一半留下来看管着那几挑子银元,一半由他带着向战场走去。

他们刚刚举步,就看见一骑快马奔驰而来。梁思传认得出是总部的骑兵通信员,连忙问道:“战斗怎么样?”

“完全消灭! ”通信员高声回答。他勒住马,低声问道:“供给员,有什么吃的没有?”

梁思传默默地摇了摇头。

通信员轻轻叹了口气,声音更低了:“不是我要,是……”

“什么?”尽管通信员的声音低得像耳语,可梁思传还是像突然听到了炸雷一样,惊住了。他,这位全军敬爱的总司令,也像他一样,一天没有吃东西了,而且还在坚持着指挥战斗!

他看了看手里那把野菜,心,一下子紧缩了。

他的这种紧张痛苦的感觉,已经不是头一次了。他担任供给员工作还不久。就在这次北上过草地之前,他才从连队调到了粮秣科来。可是,就在这不满一个星期的供给工作中,他才真正看到了红军部队为了战胜大草地所付出的巨大代价，看到了长征征途的全部艰难。粮食,跨过大草地所准备的全部粮食,就是搭在每个红军指战员肩头粮袋里的、那短短的一截青稞面粉。无论怎样省吃俭用,还是用完了。就在前天宿营的时候,不少人已经在自己的小洋瓷碗里煮上了野菜。而他这个供给员,供不出一粒米,给不了一把面,也一样拍打那空空的粮袋子了。于是,供给工作就全部交给了这荒凉的草原——让同志们从这千年万代生长着的草丛里，寻找可以下咽的东西。

咬嚼着又苦又涩的野菜，看着同志们那消瘦的面孔和蹒跚的脚步,梁思传的心像火在烧、刀在搅。他多么希望能做一次真正的本职工作呵！——用自己的手，发给同志们一点真正可以吃的东西;哪怕只有一点点,也是好的呵!

就在昨天傍晚,部队首长把他叫了去。映着篝火的光亮,政治委员戳着地图上的几个小方块,向他交代了任务:提前出发,赶到这个藏民村子去,为部队筹粮。政治委员的命令是严肃的,但在梁思传听来简直像是在乞求:“同志,尽力想办法,我们的伤员和病号不能不吃点人吃的东西呀！”

终于有了一件真正的工作了。忍着难耐的饥饿,不顾草地的泥泞和艰险,梁思传带着运输排摸黑上了路。可是,当他在烂泥里走了一夜,借着熹微的晨光走进这个藏民山村的时候,却像兜头浇了一盆冷水,连心窝里都凉了。这是一个三面被山岗抱住的山村,从东到西,散乱地摆着十多家藏民房子。可是,不论是石块砌成的碉楼,还是木料架起的楼房,家家门上不是拴着铁链、就是吊着大锁。整个村子里,看不见人影,听不到人声,就连在藏民区里经常听到的牛羊叫声也没有了。只有门边挂着的辟邪的红布条,在晨风里摇摆着。

藏民不在家,是不能进房子的。梁思传愁闷地叹了口气,把队伍带出了村子。他放好了警戒,又在村头草地边沿划出了部队露营的地区,然后,组织大家动手采集野菜了——让在烂泥里跋涉一天的阶级兄弟们能领到点现成的野菜，就是他这个供给员所能作出的最好的供应了。

时过中午,部队陆续赶来了。当他抱着一堆野菜递到先头连连长的手里的时候,前面枪声响了。情况很快查明了,原来是前卫部队截住了一支国民党反动派的骑兵,正在激战。

听到了这个消息,运输排三班长老刘跌跌撞撞地走过来。他一手抓着枪,一手举着一把水芹菜,扑到梁思传面前,几乎是央求地说道:“供给员同志,听我说:你只要给我一点点吃的,我就能一口气冲上去!……”他喘息了一阵,又叫道:“让我去打!消灭了敌人,也给同志们搞点儿……”他的话没说完,身子却歪倒了。

梁思传连忙扶住了老刘。他望着那擦得乌亮的步枪,又望望那张黑瘦的面孔,不禁一阵心痛。这个全排有名的黑大个子,三天以前,还挑着一担银元、外加两枝步枪,走得飞快！可断粮两天以来,却被饥饿折磨得连站都站不稳了。现在他只要一点点吃的,一点点比水芹菜稍微耐饥的东西,为的是能去冲锋,去战斗,去为饥饿着的阶级兄弟们夺获点食物。可是,他却没有,连一点点也没有。他扶着老刘慢慢地坐下来,安慰地说:“别急,先歇会,会有我们的任务的！”

运输排没能参加战斗。但是,枪声和老刘的话,都使梁思传心底里燃起了希望:既然是打仗,也许,能缴获到一点东西呢!

就是怀着这种期望，他没等枪声停息，就带着一些人向前奔去。

果然,当他们爬上一带丘陵,一幅令人喜悦的景象就展现在眼前了。只见,一队战士扛着缴来的枪支走在前面,他们后面,是一群牦牛;影影绰绰看得出:牦牛还拖着两匹打死的马。紧挨着牦牛群,是一大片雪白的羊群,几个红军战士正挥动着树枝在驱赶着。

梁思传什么都忘记了。他欢叫着飞步跑下山丘,一把抱住了一个赶牦牛的战士,连连说道:“同志哥,谢谢你!”

直到他松开了手,才发现这个同志左臂负了伤,靠一只手拽着牦牛缰绳在蹒跚地走着,两眼却直盯着他手里的那把车前菜。

梁思传点点头,把野菜递到那同志的嘴边:“吃吧,同志,吃吧!再坚持一个钟头,你就能吃上煮羊肉了!”

刚才还是冷清、寂寞的小村庄,顿时热闹起来了。四五十头牦牛、三四匹马,还有二百多头羊,被赶进了村头一个土墙围着的大院子里,运输排的同志割来了茅草,正在喂养着这群牲畜。到处响起了牛羊的叫声。

梁思传倚着土墙,正在聚精会神地计算着。刚才,他已经和前卫团的首长办完了交接手续,现在,必须很快作出计划,把这批牛羊给部队发下去。谁说没有供给工作?看,现在就要由他亲手给部队发放食物了。他仿佛已经看见,一堆堆篝火烧起来了,战士们的小洋瓷碗里正煮着新鲜的牛羊肉,冒着泡,泛着油花,发着扑鼻的肉香……他是那样的专心,老刘叫了他几声,都没有发觉。

老刘正在用力磨着刺刀,边磨边叫道:“供给员,咱们杀哪头呀?杀那头瘦些的吧?……”

“嗯,三的三,三三见九……”梁思传叨念着,“每人先吃它三两……”

“不行!”传来了一声低低的声音,接着一只大手落在了他的肩头上。

“要不,就先按二两发……”

“一两也不行!”说话的声音提高了,“立即停止发放!”

梁思传愣了。他抬起了头,这才看清来人的模样:那宽阔的双肩、健壮的身躯，整齐的灰布军衣上那宽宽的皮带，还有背上那个大斗篷，就连那胸前的望远镜，都是梁思传熟悉的；只有脸颊明显地消瘦了，眼角的纹路更深了，那一向慈祥的眼里闪着严肃的神情。梁思传认出了是谁，连忙站起身，整了整衣服，举手敬礼，低低地叫了声："总司令！"

朱总司令点了点头，突然问道："同志，你，是不是红军呢？"

"是。"梁思传回答。他听出了问话里责备的意味。

"是红军，"朱总司令向着牛羊群一指，语气严厉地，"怎么能违犯红军的纪律？"

梁思传连忙解释道："这是部队从敌人手里缴获的。"

"敌人的牛羊，又是从哪里来的呢？"朱总司令又问道，口气稍微和缓了，"调查过么？"

"……"梁思传答不上来了。刚才急于把牛羊赶回来分发，竟没有向参战部队查问。

就在这时，参谋和警卫员领着十几位藏民走进了院子。朱总司令向着梁思传一招手，两人一起迎上前去。

朱总司令招呼老乡们坐在石条上，亲切地和他们交谈起来。一边谈，一边还不时地向梁思传看上一眼，好像在说：怎么样？明白了？

是的，听着谈话，梁思传弄清了：原来部队缴获的这批牛羊，是敌人从这村子里抢去的。他懊恨地跺了跺脚，大步走到三班长老刘的身边，把那把磨得风快的刺刀插进了刀鞘。

朱总司令向藏民老乡作了些解释，然后叫他们把自己的牛羊认领回去。

老乡们欢欢喜喜地牵着牛羊走了。院子里重又变得冷清起来，只有两头受伤的牦牛和几只小羊在叫着。

直到这时，梁思传才感到难耐的饥饿和疲劳。他望着朱总司令那变得消瘦了的面容,想起了刚才骑兵通信员的话,他的心又紧缩起来了,不由得轻轻叹了口气。

朱总司令向着梁思传看了一眼,慢慢地走过来:“怎么啦,同志,不高兴啦?”

“……”梁思传嘴唇动了动,没有说出声。的确,他的心情是沉重的。

“应该高兴嘛!”朱总司令说。他的话不像刚才那么严厉了,透着由衷的喜悦,“看,我们不但在战斗里消灭了敌人,我们在政治上也打了一个胜仗!”

梁思传默默地点了点头。

“是啊!我知道你在为部队的给养操心,你是供给员嘛!”总司令拉着梁思传坐下来,把话音略略提高了,“可是,我们当红军、打仗,是为了什么呢?是为了人民群众嘛!我们就要好好地执行我们的‘三大纪律、八项注意’,处处维护群众的利益。至于部队供给的困难,”总司令稍微停了停,抬手指着草地,“看,我们还有这么大的一个仓库嘛!”

梁思传抬起湿润的双眼,望着总司令:“那你……还有同志们……”

“吃点野草野菜,又有什么?这里面还有一笔帐要好好算一算哩。”朱总司令打断了他的话,满含感情地说道,“你发下去的东西是少了,可是,同志们的革命意志、革命精神,却在这场斗争中增加了,这又是一个胜利!”

梁思传默默地听着。这些看来平常的话语,使他看到了这位敬爱的首长的宽阔的心胸。他觉得自己的胸膛也变得宽阔了,充实了,亮堂了;好像正被这些话牵引着,在向着高处一步步走去。他严肃地说道:“总司令,我明白了!”

“好!”朱总司令赞许地点了点头,“自然,办法还是要想的。我们已经派出了人，继续向藏民群众作宣传，动员他们卖些粮食、牛羊给我们，供应部队。”他把腰间那条宽宽的皮带往紧里扎了扎，然后伸手从梁思传手里拿过了纸和铅笔，“来，我们先把发给伤员和病号的马肉计算一下吧！”

个把小时以后，村头和草地又像市集一样热闹了。一队队陆续到达的红军战士们，都在为晚饭的野菜忙碌起来。

当梁思传向部队首长传达过朱总司令的指示，背着一捆青草、抱着一大把野菜走回来的时候，西天上已经挂上了一抹晚霞。只见村头一棵小树底下，朱总司令正一边摘着野菜，一面向参谋口述着命令。在那所大院子里，三班长老刘正在细心地照料着那几只牛羊。他大背着枪，抓着一把水芹菜，在牛羊中间晃晃荡荡地走着。他咬上一口野菜，咀嚼、吞咽着，然后把野菜凑到牦牛的嘴边……

就在这时，一个健壮的藏族汉子飞也似地跑进院来。

“这一定是来认领牛羊的。”梁思传想道，连忙扔下草捆迎上去，拉着他往牦牛旁边走。那人却轻轻推开了他，只是愣愣地对他望着。好半天，才用不太熟练的汉话问了一问：“你们，都是些神兵？”

梁思传被问愣了。他看看藏民、又望望老刘，摇了摇头。

“那……你们怎么不点烟火，不吃饭呢？”

原来，村里的藏民受了反动土司的欺骗，在红军到来之前，关门闭户上了山之后，一直躲在密林里观瞧着。奇怪的是，一整天了，这些被叫做“红军”的兵，既不举火，也不冒烟。现在，他们认领回自己被国民党反动军队抢走的牛羊、开始了解了这支队伍之后，便大胆地派人前来探听这个秘密了。

梁思传感到实在为难：“怎么回答他呢？”

他正在想着，老刘抢着说话了。他吐掉了口里的野菜渣，结结巴巴地说道："我们，吃，吃过了。"

"吃？你们吃什么？"

"这……"老刘慌忙把抓着水芹菜的手往后藏，但已是迟了。

那位藏民伸手抓起老刘手里的那把水芹菜，又看了看地上的野菜渣。看着，看着，两行眼泪涌出来，挂在了他那黧黑的脸颊上。他紧抓着腰间的牛角号，突然转身跑出了院子。接着，村外响起了悠长的牛角号声。

随着号声，这个草地的村庄更加热闹起来了。藏民们背着娃娃、带着衣物、赶着牛羊，走下山来。一家家紧锁着的房门打开了，接着一大群的藏民，牵着牛羊、背着苞谷，涌进了院子。

梁思传和运输排的同志顿时忙得应接不暇了。他们打开了银元箱子，点着银元，数着牛羊，秤着粮食，计算着价钱……这可是一桩真正的供给工作呵！

当一切都就绪了以后，梁思传快步来到了朱总司令身边。

朱总司令喝着野菜汤，静静地听着汇报。听完了，对于给养的分配作了指示，然后他紧紧地握住了梁思传的手，缓慢地说道："同志，记住：我们红军所处的环境，是有变化的——可能十分困难，也可能非常富裕。可是，不管遇到什么情况，要永远想着：我们是共产党领导的红军，是有革命纪律的人民军队；我们革命军队的本色是永远不能变的！"

"是！记住了！"梁思传庄严地答应着。

确实，他记住了。这深沉的话语，和这天发生的一切，都深深地刻进了他的心上。就在这一霎间，他懂得了，什么是真正的工作；他也明白了：党的政策、革命军队的纪律，本来就是和胜利紧紧联系在一起的。

1977 年 6 月 16 日

标 准

天色渐渐昏暗下来了。

草地行军，这黄昏时分是一天里最好的时光。连队，从满是泥泞的沼泽地里走出来，在一块小高地上停住了脚，宿营了。傍着矮树丛，用布单、包袱皮搭起了各式各样的帐篷；拣来树枝茅草，燃起了一堆堆篝火。在风雨和水草、烂泥里跋涉了一天的红军战士们，围着这一簇簇篝火，烤着湿透的衣服，擦拭着枪支；篝火上架着的脸盆、口杯里，清水在响着，冒着热气。于是，歌声和笑声就随着这火苗、轻烟和雾气，一块儿在大草地上升腾起来。

但是，司务长宋新华的心绪却没有往常宿营那么愉快。他提着个竹篾背兜，在篝火间蹒跚地走着。见到一个战士，就从背兜里拿出拳头般大的一块牦牛肉递过去，随口嘱咐道："注意，省着点吃，这可是一天的口粮！"说着，他心里暗暗叹一口气："唉，这算什么伙食标准哟！"

确实，这样发放伙食，在他当司务长以来还是第一次。昨天，当战士们从粮袋里把最后一点青稞面粉倒进小碗里以后，连队就完全断粮了。他冒着风雨赶到团里，领到了一头瘦牦牛。团供给处长把牛绳递到他手里的时候，交代他说：走出草地之前，这是最后的一次供应了。而且还小声补了一句："这还是根据上级的指示，照顾连队。总部机关从前天起就已经只靠挖野菜过日子了。"他把牦牛赶回来宰了，狠着心，留出了一半作为第二天的伙食；把这一半切成了小块，按人头发下去。

走过了一处又一处。背兜越来越轻了，可他的心却越来越沉了:在这样的水草地里连续行军,一天只吃这么几两肉,怎么能支持得了?而且,往后呢?

正想着,忽然一个声音引起了他的注意。

"……好!你这个办法要得!"讲话的是四川口音,话音里透着高兴,"同志,要是在这个里边加上点野菜呢?"

"掺上野菜?对!"一答话的是江西口音,"要加上把辣椒,就和你们四川的回锅肉差不多啦！"

"好,好!"四川口音的人爽朗地笑了,"这样子吃法,解决好大的问题哩！"

宋新华循着话音望去,只见两个人正凑在一堆篝火边上忙着。四班长老谢在火上烧着什么,另外一个人站在旁边看着。他看得那么专注,而且显然看了有些时候了,湿衣上流下的水在他脚下积了许多。

宋新华连忙走过去,抓起一块牛肉递给四班长,又抓了一块递给那个站着的同志。

那人推开了他的手,却弯腰察看地上的背兜了。

"拿着吧!" 宋新华轻轻叹了口气,"困难嘛,只好按这个标准……"

那人摇了摇头,说道:"我不要！"

"不要?"宋新华惊奇地叫起来,"这可是一天的伙食呀!你不要,想要什么?"

那人把手伸进背兜里翻拣着,半天,才说道:"我要牛皮。宰了牛,牛皮呢?"

宋新华摇摇头:"扔了！"

"什么?!"那人提高了声音问道,"骨头呢?"

"你这人,真是的……"宋新华被对方说话的声调激怒了,他生气地说，“那些玩艺，又不能吃……”

他本来要重重地说上两句的，却突然住口了。就在这时，那人抬起身来。他看到了一张熟识的脸：方脸膛，宽宽的额角，瘦削的双颊上长满了胡髭。穿戴也是熟悉的：用自捻羊毛线织成的衣服，扎着那条宽宽的皮带，背上是一只牛皮斗笠。但是，两道浓眉下那双一向温和的眼睛，此刻却照直注视着他，闪着严峻的光。他慌忙立正，低声叫道：“总司令！”

朱总司令摆摆手，接着刚才的话茬说下去：“不能吃？那么，你来看。”他把宋新华拉近火堆，朝着四班长老谢一指。老谢却没有注意这些，他还在专心地忙着。只见他拿起那只牛皮鞋底，用刺刀从边上切下一小条，挑在刀尖上，伸到火苗上去。噼啪一阵响，牛皮上的毛被燎掉了，皮面上冒起一层黄黄的油泡，发出一股淡淡的油香味儿。

“看见啦？”朱总司令向宋新华看了一眼。

“……”宋新华这才明白，刚才朱总司令和老谢谈论的就是这件事。他觉得自己耳根一热，慌忙低下了头。他想起了被自己丢在小河边上的那张牛皮和骨头。

这工夫，老谢把烧好的一截牛皮扔进小碗里煮着，然后，拿起两根树枝，从碗里挑出了一块煮软了的烧牛皮，一边吹着热气，一边走进矮树丛后面的帐篷里去了。

朱总司令慢慢蹲下身，拿起那只牛皮鞋底，看着。鞋底用一块生牛皮剪成的，有的地方已经磨光了，但却洗得干干净净，显然早就做好了准备。他看着，又仰起头想了想，然后，解下自己的皮斗笠，拿起刺刀，切下了一条边边，照样放在火里烧着。

“总司令，我……”宋新华欠起身来，“我这就去把牛皮、骨头拿回来。”

“等等。”朱总司令止住了他，又抬手向着矮树丛一指。

树丛后面，传来了低低的说话声：

“……你吃。这牛肉嘛，留给二排长，他的伤比我们重……再说，还有七八天的路哩，哪能只看眼前这一步棋？……”

“那你……”说话的是个年轻战士，“我知道，你是在党的……”

“唉，应名是个党员，能力小，不能给党分忧啊！”老谢又说了，“咱们的党和红军遇到了难处，不要紧，咱把苦、把困难砸碎了，你拿一点，我拿一块，分分扛起来……”

声音渐渐低下去了。

“听见啦！”朱总司令又向宋新华看了一眼。

宋新华觉得自己整个脸都在发烧，他的头勾得更低了。

“多好的战士啊！他们，要的那么少，可想的、干的又那么多！”朱总司令把手搭在了宋新华的肩头上，话，比刚才温和多了，“我们当干部的，就要把心贴在战士们的身上；要学习他们，关心他们，就能把工作做好了。”

“我知道，你很作难，也很辛苦！”稍停，朱总司令又说了：“我们手里掌握的东西，关系着战士的生命。家当不多，可工作不能少，思想不能差呀！”

宋新华静静地听着。他觉得出肩头上的那只大手按得更重了。

牛皮烧好了，朱总司令拿起来轻轻吹了吹，欣喜地看着。

他向黑暗里招了招手。一个警卫员走过来，把烧好的牛皮接过去。

“这些人，都是革命的种子啊！”说着，朱总司令，又从皮斗笠上切下了一小块牛皮，放在火里烧着：“我们要用这有限的财富，用最好的工作方法，把战士带出草地，带到陕北，带到毛主席、党中央身边去！”

话说得很低，很慢，但像这暗夜的篝火一样，把人烘暖，把人照亮。听着这深情的话，宋新华觉得浑身都热了。他激动地站起身来，用颤抖的声音说道:“总司令,我错了! 我不该老想着过去的供给标准。”

“标准!是啊,无论是供给,还是思想和工作,我们都需要有一个标准!”朱总司令把烧好的牛皮,递给警卫员,然后,慢慢地站起来,严肃地说道,“但是,这是草地的标准,革命的标准!”

说罢,他向警卫员招了招手,大步向前走去。

看着朱总司令走了,宋新华忽然想起了什么。他伸手抓起了一块牦牛肉,递给了警卫员。

“这倒不要,可就是……”警卫员把手里的烧牛皮和一把野菜一扬,“发现了这个,首长今晚又要到各单位去宣传,不知道什么时候才能吃饭哩!”

宋新华站在篝火旁边,目送着敬爱的朱总司令那渐渐远去的背影,深情地喃喃自语着:

“草地的标准,革命的标准!”

就在这一瞬间,他忽然想到:将来,这样的供给大概不会再有了,但标准却会留下来。也许会有那么一天,人们将用这个标准来衡量和检查自己的生活、思想和工作。

1977 年 6 月 26 日

启 示

经过两个多小时的滚跌、跋涉,赶队的小部队终于走过了这段充满着艰难和危险的烂泥潭。

排长钟彦标踏上了一块大些的草墩,两脚站稳了,把背上的伤员轻轻放下,然后,又往回迎了几步,帮着两个担架员把担架抬过来。这工夫,走在最后的通信员小胡也搀着一个病号跨上了草墩。

突然,小胡尖声地叫起来:"同志们,部队宿营啦!"话刚出口,劲一松,腿一软,他和病号同时跌坐在地上了。

钟彦标却没有像小胡那么兴奋。他抬头看了看天,太阳还在老高处挂着;只是在西北方向,一块乌云正缓缓地漫上来。再向前望去,只见不远处一块高地上,有一大堆人在活动着。看着这一切,他的心不由得一沉。

自从进入草地的第二天起, 他就开始带领本连的三个伤病员赶队了。三天来,他们每天都是出发走得早,宿营歇得晚,就这样,紧赶慢赶,还是掉在了后卫团的后面。现在,天色还早,不是宿营的时候;高地太小,也不是宿营的地方。

"情况不对!"他焦急地想。随即弯腰把伤员背到身上,大声命令道:"快走!"

他们加快脚步赶到了那块小高地。只见这块不过亩把地大的高地上,散散乱乱地挤着五六十个红军战士;有一多半是伤病员。一望而知,这些人都像他们一样,是掉队下来的。人们有的吵吵嚷嚷,在辩论着什么;有的在拍打着空空的粮袋,有的寻找着野菜,有的干脆在矮树丛间找柴禾、生篝火、搭帐篷，准备宿营了。

钟彦标把同志们安置在一簇树丛边歇着，自己在高地上走了一转，这才弄明白：原来兄弟部队有几个伤员在这里休息，后来的一批批赶队的，也就跟着停了下来，于是，越聚越多，就都集中在这里。

吵嚷和争辩还在继续着：

"谁爱走谁走，我可是不走了！"

"对，反正是赶不上大队了，明天早点走还不是一样！"

"不行！"人群里有个人提出了反对的意见，"暴雨马上就到，得往前赶呀！……"

钟彦标循着这个声音望去，只见讲话的是个重伤员，从他那帽角略大的八角军帽上，可以看出是四方面军的同志。他从一个临时绑起的担架上欠起身，喘息着，焦急地摆着手："同志们！……"

可是，他那微弱的声音却被杂乱的吵嚷声淹没了。

钟彦标看看那越来越近的雷雨云，又望望这混乱的人群，他的心也像这黑云一样沉，和人群一样乱。他知道，艰苦的草地行军，当人们和大伙一道前进的时候，再苦再累，都还能坚持着往前走；可是，一旦离开了本部队的建制，失去了集中的领导，再遇到什么意外的影响，却容易使人松懈下来。就像握着的一把豆粒子，手一松，散了劲，就不好收拾了。现在，他所见到的，正是这么一种局面。

"是啊，这个同志说得对，这样下去是危险的！"他向着那位重伤员看了一眼，想道：这么多伤员病号，远离了大队，又断了粮，而且，一场暴雨就要来了，必须赶快往前走。可是，这五六十个人，就包括了两个方面军、三个军和军团、六个团的番号。这不同建制的人员，这又松又乱的思想情况，怎样才能把大家动员起来，继续往前走呢？

突然，一声闷沉沉的雷声打断了他的思路。那块浓重的乌云，被风吹送着,已经挟着电闪、带着雷鸣,来到了小高地的上空。他顾不得再想下去了,连忙叫来了通信员小胡和两个担架员,分派他们去把最重的伤病员背到树丛边上来;自己赶紧解开毯子,动手搭防雨帐篷。

可是,不管他们怎样着急,已是迟了。小胡他们把第一批重伤员运过来以后,刚刚走开,他的帐篷也才挂起了一只角,暴雨已经铺天盖地地袭来了。

雨,来得又突然又猛烈。西北风斜推着急骤的雨点,夹杂着指尖大的冰雹,密集地扫射过来,打落了树叶,冲倒了野草,在浑浊的水面上激起了高高的水花。受到这突如其来的袭击,本来就乱着的人群,更是混乱了。

钟彦标也被搅得心慌手乱。他随手把毯子盖到了自己刚才背过的那个伤员身上,又转身绕到上风,俯到担架上,掩住一个伤员的上半身。可是,一个人怎么能护得过五六个伤病员?眼看他们毫无遮挡地淋着,冰雹在他们的身上迸散着,他却分不开身。不远处,一个同志正在急急地往一个病号身边爬来。钟彦标认出这是那位戴大八角帽的重伤员。看样子那同志想用身体掩护战士,可是,显然气力不支了,一跤摔倒在病号旁边,他就势抱住了病号的头……

钟彦标的心急得像几把刀子在戳、在搅。他一会儿招呼伤员向他这边靠,一会儿又喊叫小胡快来,恨不得一下子把自己分成几半。

就在这时,忽然人影一闪,一个人大步奔过来。他一边走,一边解着衣扣,然后,两手猛地扯起衣襟,用身躯掩住了两个伤员。

钟彦标一面学着来人的样子,解着衣服,一面向那同志身边靠过去,打量着他。那个同志已经很有了一把年纪,瘦削的脸颊上生着浓密的胡须。冰雹,正在他的军帽上、肩头上和握着衣襟的双手上,四散飞迸;雨水,顺着浓黑的眉毛和胡须急急地流下来。这些,那人全不在意，只是叉开两腿，稳稳地站在那里，身躯略略前倾，两眼定定地注视着胸前的伤员。在那双眼里闪着关切和焦灼的神情。

突然，他那浓密的胡须抖动了一下，发出了一声低沉的喊声：

“共产党员们，到这边来！”

这喊声不高，还有些沙哑，却一下子冲进了钟彦标的心。仿佛借着这喊声的冲力，他的心顿时开了一条缝，透进了一线亮光：“是呀，应该号召党员们……”于是，他深吸了口气，和那个同志一起，齐声喊道：“共产党员们，到这边来！”

口号，由一个老党员和一个年轻党员同声喊出来，更加响亮了。它压过了雷鸣，盖过了雨声，在这荒凉的草原上回荡开来。

一个红军战士提着步枪跑过来。

那个老同志伸出一只手，挽住了来人的胳膊，两人紧紧地靠在了一起。

第二个，第三个……七八个共产党员，从不同的方向跑来了。有的背着伤病员，有的嚼着没吃完的野菜，有的捂着被冰雹砸肿的伤处。他们来到了这个老同志身边，你挨着我，我靠着你，像雁行一样一字排开，筑成了一堵人墙，用那些宽阔的脊背，为伤病员遮挡着狂风、暴雨、冰雹。

看着眼前的情景，钟彦标的心头宽松了。他感激地向着那个老同志看了一眼，情不自禁地把身体向他靠得更紧了。

那同志转过头来，低声问道：“你是干部？”

“是。”钟彦标回答，“红五团二连的排长。”

就在这时，钟彦标看见了那宽阔的前额和两道浓眉下面的一双眼睛。这双眼睛明亮、清澈又充满着热情。这是那样一种眼睛：它看你一下，就能深深地看到你的心底；你看见它，就永远不会忘记。

“为什么停下？”问话里透着不满，“为什么不带着同志们走？”

“这……”钟彦标望着这双眼里闪着的严厉的光，慌忙低下了头。他简略地把情况讲了讲,解释着他没有把同志们带走的原因。可是,越解释自己也越觉得理短。

“不对!”那同志把声音提高了,“单位再多,也是共产党领导的红军嘛!怎么能说没法带呢?”

说话间,暴雨停止了。

钟彦标从老同志的腋下抽出了手,向大家摆了摆,人群散开了。这时,这才发现,老同志的背后不知什么时候站上了两个人,其中一个把一块用来遮雨的包袱皮收起来,凑近老同志,低声说:“走吧,你的病刚好了点……”

“可这些同志的伤还没好!”那同志抓过包袱皮,随手拧干了。又俯到那个戴大八角帽的伤员身边,帮他擦抹脸上的水点。

伤员感激地点了点头,喘息了一阵,挣扎着欠起身,从怀里掏出装着一小截炒青稞的粮袋子,递给了老同志,说道:“同志,拿去,分给断粮的同志……吃了,好往前走……”

老同志没有接粮袋,却紧紧抓住了那只瘦骨嶙峋的手。

“拿着吧!”伤员恳求地,“我,我是在党的,本应该……”他又喘起来,说不下去了。

“同志!”老同志深情地低叫了声。把那只手握得更紧了。

过了一会,他又说话了。话,是对着钟彦标说的:“看,我们有多好的同志啊!和这样的人在一起,怎么能说:‘没办法’?”

老同志的话音更低、更沙哑了。钟彦标却从这话音里觉出了深沉的感情,得到了启发。他激动地抬起头。他又看到了浓眉下的那双眼睛。它是严肃的,却又那么深情。

“排长同志,”老同志问道,“你是什么时候入的党?”

“前年。”

“说说看,为什么要把你编进一个小组、一个支部呢?”

“这……”钟彦标一时答不上来了。

“那么，再问你，”老同志的话更温和了，“我们军队的党支部，不在营，不在团，却在连里，这是为什么呢？”

“知道。”钟彦标回答。就在他入党后上第一次党课的时候，总支书记讲过：北伐时，在党所掌握的军队里，支部是在团；1927 年秋天，毛主席领导着秋收起义军向井冈山进军的时候，才亲自在连队建党，把党支部建在连上。从那以后，红军不管怎样艰难困苦也顶得住、拖不垮，从不溃散，就是因为连队有了坚强的领导……回忆着这历史的经验，想着老同志问话的意思，他觉得自己的心头更敞亮了。

“知道就好哇！”老同志胡须缓缓展开，笑了，“那么，现在你应该怎么办呢？”

“我应该依靠党员同志……”

“对，并且把他们组织起来，成为一个核心，一个堡垒，”老同志接过了他的话，“带领大家，继续前进，去赶上大队！”

接二连三的启示，使钟彦标的心头完全豁亮了。他猛地把手伸进怀里，掏出那个珍藏的油布小包，打开来，拿出自己的党证，然后，把手一挥，叫道：“共产党员，到这里来开会！”

他高高举起了党证，权且代替了党旗。党证上那红色印章——红星、镰刀、斧头，虽然不大，却像一簇火焰一样，鲜红、明亮，照耀着草地，照耀着会场。连伤病员在内，15 个来自各个部队的共产党员，围着这一簇火焰，聚集在一起。就在这千万年人迹罕到的大草地上，这些被饥饿、寒冷、疾病、战伤折磨着的无产阶级的先锋队员们，集合起来了，成了一个战斗的集体。

党员大会在庄严地进行。钟彦标简要地向大会报告了情况之后，热烈的讨论开始了，一项项提议提出来了，一项项决议做出来了。大会决定：组成临时党支部，钟彦标同志被选为临时支部的书记。大会议决：所有党员，拿出自己的粮食，分给断粮的同志。会议又通过决议：每个党员负责把本单位的同志组成班组，在临时支部的领导下，发挥党员的模范、带头作用，帮助伤病员继续前进！

开会的工夫，那位老同志一直坐在那个戴大八角帽的伤员旁边，双手交叉在胸前，抱着两个湿漉漉的臂膀，头微微偏向一侧，亲切地微笑着，注视会议的进行。

钟彦标看见，在那双明亮、清澈的眼睛里，流露着高兴和赞许的神情。

当通过了最后一项决议，钟彦标问大家“还有什么意见”的时候，老同志举起了手：“我提议，大家唱个歌！”

这个提议，使本来就燃烧着的战斗热情更加炽热了。好几个同志发出了附议的喊声。

老同志站起来，用那充满感情的胸音唱了个起句，然后，胳膊猛然一挥，歌声，随着他的指尖爆发出来：

起来，饥寒交迫的奴隶，
起来，全世界受苦的人……

开始，只是到会的人在唱；很快，整个高地上，都响起了这支无产阶级团结战斗的歌曲。歌声，震荡着荒凉的草原；歌声，激动着每个人的心。……

就在歌曲终了的时候，一个骑兵通信员奔来了。他跃上高地，勒住了马，大声问道：“周副主席在这里吗？”

“周副主席？”钟彦标一愣。这时，他看到，那个老同志把两只手猛然一收，结束了这激越的歌声，然后慢慢走过去，从通信员手里接过了一封信。

啊！是他？！敬爱的周恩来副主席！是他，和红军战士们一道顶风冒雨，用自己的病后的身躯，掩护着伤员和病号！是他，和战士们一块开会，一起唱歌，并用深刻的革命思想教育着干部，带领大家，在这大草地上胜利进军！

他觉得自己的心跳得很急，两眼也润湿了，连忙整了整衣服，大步向周副主席走去。

“谢谢你呀，支部书记同志！”周副主席收起了信，向着他亲切地点了点头，“我可以把你们临时支部的情况向后卫团党组织报告。行政上，就指定你担任收容队的队长！”

“是，周副主席！”钟彦标立正回答，“我一定带着大家赶上队伍！”

“好！”周副主席握住了钟彦标的手，嘱咐道，“同志！往后要记住噢，不管什么时候，都要想着自己是一个共产党员，是我们伟大的党的一部分，都要团结和带领群众往前走！”

钟彦标严肃地答应了一声：“是！”

就在这一瞬间，他又看见了浓眉下的那双眼睛。在那双眼睛里，他看到了亲切的鼓励和殷切的期望。

周副主席走了。他迎着冷风、踏着泥泞，向前走了。

钟彦标久久地、久久地凝望着周副主席的背影。

那高大的身影，是渐渐远去了，但是，那双明亮、清澈的眼睛，那慈祥的神情，那洋溢着关切、严格、而又满含深切期望的目光，却永远留在了他的心头。

他觉得，这双眼睛注视过他，并将永远注视着他，看他继续长征的路走得怎么样，看他今后的工作做得好不好，看他能不能像一个真正的共产党员那样战斗和生活！

1977 年 7 月 12 日

路 标

天边上，最后那一小块挂着晚霞的云彩，轻轻飘闪了一下，眨眼工夫就消失了。夜色，像块其大无比的灰布，悄悄地伸展开来，罩住了整个草地。一时，远处那起伏的丘陵，近处那开满野花的水草、成簇的芭茅、矮树，都由清晰变成模糊，最后看不见了。高高的天空里，星星却一颗接一颗地跳了出来，那么多，那么亮，又那么遥远。

通信员罗小葆一手拄着那根用来探路的木棍子，一手抓着腰间那块小木牌，呆呆地看着这夜幕四合的情景。他的心也像被这夜色紧紧包住了，沉重又有些慌乱："到处都这么黑沉沉的，可该往哪里走？"

过去的6天里，小罗都是跟在连队里走的。在草地里连续行军，自然很是艰苦：天上不是暴晒的太阳就是急雨冰雹，脚底下是走不完的水草烂泥，肚子里装的是野草野菜；再加上那双不争气的脚，草鞋磨破的地方被污水泡烂了，走起来钻心地痛。可不管怎么说，跟着大队走，总还是好过些：前边有连长带队，后边有指导员收容，用不着打问路线，也用不着辨别方向；他只要把自己那块心爱的小木牌往一班老班长背包上一挂，瞅着它一步不拉地走就行了。那块识字用的木牌，比一本书略大点，刮得溜平，上面还刷了两遍桐油。这是在遵义地区休整的时候，老班长给他做的。就从那时候起，他每天请小文书在上边写上几个生字，然后一边走，一边认，一边比划着。就这样，从乌江边一直走到了雪山草地，又坚持着在草地里连走了6天。

谁想到,就在今天,他的生活忽然变了样。中午时分,部队遭到了反动骑兵的突然袭击,老班长在战斗里负了重伤。就在老班长被扶上担架的时候,他突然挣扎着欠起了身,把识字牌递到小罗手里,指着上面新写的“北上抗日”四个字,问道:“都认识啦?”

“认识……”小罗的喉咙哽住,说不下去了。他扑在了老班长的怀里。

“意思呢,都明白了?”

小罗抬起泪眼,望着老班长那被一圈胡茬围着的、干裂的嘴唇。昨天,他曾经一边嚼着野菜,一边给他讲解过。

“一定要搞清楚,这是个战略问题哩!”老班长把小罗抱紧了,像过去一样讲起来,“敌人,要把我们红军逼到西南边的雪山地区,让我们扎不下根,建不成根据地……”他把声音提高了,“不,我们不上当!我们的毛主席说:往北走,出草地,到陕北,去……”他急剧地喘息起来。

“去迎接抗日高潮!”小罗一下子把话接过来。

“对!”老班长胡茬子松开,笑了。他喘息了一阵,断断续续地说道:“往后,要自己学啦,……过去学的,不要丢生了;……新的,要学会……”话没说完,就昏过去了。

罗小葆哭着扑倒在老班长的身上。直到连队集合了,担架员抬起了伤员,他才想起要去给老班长弄点水喝。可是,当他找来了一小碗干净的清水的时候,连队已经走远了。于是,他掉队了。开始还能随着收容队走,后来越掉越远,终于一个人落到了这草地的黑夜里。

只是到了这时,他才更加深切地体会到跟在队伍的行列里是多么幸福,也真正感到了辨别方向的重要。“到底应该往哪走呢?”他望着黑暗而又荒凉的草地,默默地想着:“找土地庙?没有。摸大树?也没有……”

突然,一阵冷风刮来,吹得他打了个寒颤。这下子他想起来了:白天行军的时候,风是从左前方吹来的。他忙把一个手指伸进嘴里,含热了,又拿出来一试。好,风向找到了。他高兴地用木棍探到面前的一个草墩,然后迈脚走向前去。

一个个草墩被他踩到了脚底下,一道道烂泥河沟被他跨过了。到底走了多久、多远,他不知道。只是傍晚时吃进肚里的那碗野菜,早已消化完了;瞌睡一次次袭来,眼皮直打架。为了不想那咕咕响的肚子,也为了驱除睡意、不致掉到泥潭里,他边走边复习着白天学来的生字。

"抗,抗日的抗……"他跳过了一道水沟,踏上了一个小土包,"这'提手',是在左边还是在右边呢?……"

正在他边想边走上土包的时候,忽然,在他的眼前出现了一星火光。这火光,被草地的水气笼罩着,发出一环环色彩斑斓的光圈,映照着这黑沉沉的草地,也照亮了罗小葆的心头。顿时,什么饥饿、疲劳、瞌睡、脚痛,通通忘记了。他欢叫了一声,朝着火光大步奔去。

火光,是从一块很大的高地上发出来的。高地上,到处是人。一堆堆篝火余烬的旁边,同志们有的躺着,有的背靠背坐着,都在香甜地睡着——看样子,部队宿营已经多时了。只有一堆篝火还在燃烧着。火苗在缓缓跳动,把蓝色的细烟轻轻地送进昏暗的空中,树枝被火舌舔着,发着吱吱的声响,不时"啪"地声爆裂开来,炸出的火星四散飞迸。

罗小葆小心地绕过睡觉的同志们,走向火边。直到他把两只冰冷的小手伸向火堆的时候,这才看见篝火四周许多人都睡着,只是在对面还坐着一个同志。只见这个同志坐着一个小衣包,一只臂肘靠在只铁皮箱子上,膝盖上搭着一张地图,正在聚精会神地看着。看一会,抬起头,凝神思索一会,拿红铅笔在图上作上个记号。

就在这个同志仰头思索的时候,借着篝火的光亮,罗小葆看清了：这是个身材高大、魁梧的同志，头发好久没理了，稍稍长了些；发梢被夜雾打湿了，挑着几星细小的露珠。在那宽阔的前额下面，是一双明亮、慈祥而又充满智慧的眼睛；只是不知为什么，在他想事的时候，眉头皱着，有点不大高兴。

“这一定是位领导同志，”罗小葆看着他那双透湿的草鞋，看着他那卷起的裤腿上和小腿上的泥点，暗暗想道，“在泥水里走了一天，大家都睡了，他还在工作哩！他这工作一定很重要！”

他看着那个同志手里的地图，忽然生出了一个念头。这个念头是如此强烈，终于使他憋不住低低地喊了声：“报告！”绕过火堆，走了过去。

那个同志慢慢地从地图上面抬起了头。

罗小葆端正地敬了个礼，用他那孩子的声气说道：“我是‘勇敢部’三连的通信员，掉队了！”

“‘勇敢部’的？”那同志微微笑了笑，“怪不得这么勇敢，一个人，赶上了大队！”

看着这慈祥的笑脸，听着这亲切而又幽默的话，罗小葆的拘束一下子消失了。他又向前迈了一步，指着地图说：“你是领导同志，你一定知道明天的行军路线，能不能……”

“路线，当然有罗！”领导同志抓住了小罗的手，拉他在铁皮箱子旁边坐下，指着地图上的一个红圈，说道，“看，一直往北，走上半天多点，就是班佑——就走出草地了！”

“真的?！”罗小葆高兴地叫了声。

“那是明天的任务，现在嘛……”领导同志从箱子上拿起两根笔杆，在面前的一个搪瓷饭盒里搅了搅，然后，掏出条粗布手帕垫着，把饭盒拿起，搁到了铁皮箱上。

“来，先开饭！”领导同志用笔杆夹起了一粒胡豆，吹了吹，轻轻放到了小罗的手心里，“看，这就是你们‘勇敢部’的前卫送来的。吃呀！吃了，你就更勇敢喽！”

说完，他把笔杆递给小罗，然后从文件箱上的一个大铜墨盒底下抽出一张纸，动手写起字来。

罗小葆顾不上再说什么了，他挑着野菜、捞着胡豆吃起来。因为饿了，也因为这位领导同志那亲切的态度，他吃得特别香甜。一边吃，一边看着，只见那领导同志的大手正紧握着铅笔，在飞速地写着什么。

“他这工作一定很重要！”看着，罗小葆想起了自己的识字牌。这才发现，饭盒里满共不过四五十颗胡豆，已经被他吃掉了一多半。他连忙停住了手，把饭盒推到了那同志的手边，不好意思地笑了笑。

领导同志却没有注意。他端起饭盒，大口喝了两口野菜汤，又随手递给了小罗。

“不，我也还有任务哩！”罗小葆推开饭盒，把擦干净了的识字牌放到领导同志面前，要求道：“我今天的课还没上哪！同志，教我几个字吧！”

“学习？好！”领导同志看着识字牌赞许地点了点头。他拿起毛笔，转身把笔尖在身边草叶上的露珠里蘸了蘸，又在墨盒里匀了匀，挥笔写下了四个大字。

他用笔尖指点着，逐字念着：

“向、北、前、进！”

罗小葆也跟着念：“向北前进！”

“向，就是方向的向……”领导同志逐字讲解起来。他那浓重的湖南口音，语调很慢，讲得那么仔细，又那么清楚。

罗小葆用心地听着。随着讲解，在他面前展现了一幅壮丽的情景：浩浩荡荡的红军队伍，正在向着北方，向着陕北的高原大步前进。

“字，就这么讲。”领导同志讲完了，又和蔼地问道：“那么，为什么要‘向北前进’呢？”

“我们红军要北上抗日。那里离日本侵略者近呀！”

“还有呢？”

“还有，”小罗歪着脑袋想了想，“那里有陕北根据地，我们红军可以休息、整顿、发展……”

领导同志点点头，高兴地笑了。他亲切地揽住了小罗的肩膀。罗小葆也向他偎近了些，靠到了他的肩膀上——这宽阔的肩膀，是多么温暖啊！

“可是，……”稍停，领导同志从墨盒底下拿出了一张纸片，向小罗抖了抖，说：“有人打了个电报来，主张往南走，再过一趟草地。”

“什么？”罗小葆一怔，连忙欠起了身，“怎么行！？那不是往后倒退吗！”在他眼前出现了南边那荒凉的雪山区域，还有那刚刚走过的荒无人烟的大草地；在这草地上，浮出了老班长那亲切的面孔。他认真地争辩起来，“怎么还能再走一趟草地？草地南边根本不能建立根据地呀！不行！”他不知不觉把话音提高了，“不同意！你就说：红军战士罗小葆不同意，还有，老班长也不同意！……”他越说越激动，好像提出那个主张的人就在眼前似的。直到看到领导同志亲切注视着他的那深邃的目光，才停住了嘴。

“是啊，倒退是没有出路的！”领导同志缓慢地点了点头，“这么说，小同志，你的意见是：不能往南走？”

“不能！我要是见了毛主席呀，我就跟他说：往南走的这个主张是错误的！”罗小葆肯定而又自信地大声答道，“同志，你不信去问问我们的毛主席，毛主席也会同意我的意见的！”

领导同志点了点头：“同意！”

“这可是战略问题呀！同志，”看到领导同志很注意地听他讲话，罗小葆心里很高兴，他认真地说道，“你是领导同志，你要告诉毛主席，告诉党中央，批评那个提出这种主张的人，狠狠地批评他！”稍停，他又拽了拽那个领导同志的衣袖，嘱咐道：“你一定要告诉啊！”

领导同志没有答话。他默默地看着罗小葆，把自己那只大手慢慢地伸过来。

罗小葆举起自己那干瘦的小手，放进了那只大手里，使劲地握住。就在这一瞬间，罗小葆又看见了那双慈祥而又充满智慧的眼睛。在那里面，他看到了亲切而又喜悦的光辉。

领导同志和小罗握过手，又伏在文件箱上写东西了。

罗小葆把识字牌拉到面前，仔细端详着这四个大字。他竖起食指比划着，口中念着：“向北前进！”一边念，一边看着那只大手在飞速地写着。

他又一次想到：“他的工作一定很重要！”

是的，罗小葆，他站在红军的行列里，跟着毛主席从雪山前翻越到雪山后，从草地南端走到草地的北沿，他凭着一个红军战士的忠诚，和一年来受到党的教育，认识到毛主席指出的北进路线是正确的。但是，这个14岁的少年红军，虽然走过了山山水水，却还不懂得革命道路的崎岖不平。他不知道，就在这个重要的时候，毛主席和党中央正在和野心家张国焘搞机会主义、搞分裂、搞阴谋诡计的罪行进行着一场严重的斗争。他哪里知道，就在他学着写这几个字的时候，这位教他认字的老师、这个伟大的人，已经用他那只大手把这四个字写到了面前的纸上，写进了一个重要的文件，写进了现代革命的历史里。他也不知道，就在这个历史时刻，“向北前进”这几个字，像那明亮的北斗星一样，为党、为革命、为正在长征中的红军部队，指明了方向，决定了历史的进程。

罗小葆念着，认着，写着，把这几个字记在了心坎上。这四个字和领导同志的讲解把他引向了北方，引进了一个新的天地。仿佛眼前这一堆篝火化成了一簇花，像他家乡的映山红一样的花，这是陕北根据地。他战斗、学习，他长大了，能像小文书一样，把领来的行军路线上的字都念得出来了……就在这时，一只温暖的手轻轻地揽住了他的肩膀，把他拉向胸前；他的脑袋枕到了一条腿上，接着，又有一件什么东西盖到了心口上。好暖呀……他睡着了。

罗小葆醒来的时候，天已经亮了。他一骨碌爬起来，揉了揉眼睛，就看见，东天上一抹朝霞正在上升、扩展，在广阔的草地的东侧，一轮红日正跃出地平线，把整个草地照得透亮、火红。

这时，一个背驳壳枪的红军战士走过来，微笑着说道："毛主席要我等部队出发的时候再叫醒你。"

罗小葆惊住了："毛主席？"

"是啊，昨天你不是和他一起待了半夜？"警卫员从罗小葆胸前把一件蓝色的半旧毛衣拿起来，又把一条手帕和十几颗胡豆递给他，"毛主席说，行军路线已经写到你的识字牌上了。他要你把胡豆吃了，用手帕把脚好好包一包，勇敢地赶上队伍！"

罗小葆急问："毛主席在哪？"

"在前边！"警卫员朝北一指，"带着部队出发了。"

罗小葆激动地接过手帕、胡豆，又抓起身边的识字牌，一跃而起，向着部队走去的方向奋力跑去。

红军长征的部队，正一路路、一行行，汇成几路纵队，踏着开满鲜花的草地，向北走去。他们走着，在没有路的荒凉草地上踩出了路。

罗小葆跑了一程，来到了一棵丈把高的树下。他停住了脚，注视着正在走向前来的红军队伍。突然，他拆下了一截树枝，把他那心爱的识字牌牢牢地挂在树杈上。

"向北前进"四个亮闪闪的大字，像一个金色的路标，指向革命进军的方向。

罗小葆深情地向着路标看了一眼,然后,弯腰用手帕包好了脚上的伤口,系紧了草鞋的鞋带,大步走进行军的人群里。

他,沿着这条路迎来了胜利,他还要沿着这条路胜利地走向前去。

1977 年 7 月 22 日

歌

集合号声刚刚落音,连队就集合好了。红军战士们整齐地站在路边的山坡上,七十多双眼睛都定定地望着自己的连长,等待着行军命令。

“同志们！”连长古明义朝着远处那座堆满积雪的山顶一指,说道,“我们就要翻越这座大雪山了！”

他的嗓音还是像往常一样洪亮，可他的心头却像压上了一座山。他看着战士们身上那单薄的军衣,目光在一个个补钉和破洞上扫过。现在,同志们迎着3月的寒风站在这里,而几分钟以后,他们就要踏冰踩雪去爬那荒无人烟的大雪山了。雪山,对于他和他的连队来说,并不陌生。当他们这个军团还属中央红军建制的时候,就曾经翻越过有名的夹金山。只凭那次的经验他也知道，红军战士们，只要军衣下边的那颗心还在跳，他们总是会顶风冒雪往前走的。但是,自从归入四方面军建制以来,半年多的艰苦转战,特别是接连过了两次草地、受到了种种折磨之后,眼前翻越雪山的斗争,却是更加艰难了。

于是,他根据以往的经验和前卫部队传来的情况,仔细地讲起了过雪山的注意事项。

就在他快要讲完的时候，忽然传来了一阵急骤的马蹄声,几匹马飞快地奔驰过来。走在前面的人纵身下马,急匆匆向连队走过来。

古明义定睛注视着这熟悉的身影:宽阔的肩膀,健壮的身躯,一身灰布单军衣被宽宽的皮带紧束在身上。慢慢地，面容也看清了:方方的脸庞,一双和善的眼睛,眼角和嘴边,刻着深深的皱纹。那平直的浓眉,几根过长的眉毛上,挑着霜花。因为走得急,喘息着,吐出一团团热气。

古明义认出了来人,激动地向连队喊了声:“立正!”然后转身跑上前去,立正敬礼,喊道:“朱总司令!”

“哦,是江西老俵嘛!”朱总司令招招手,慈祥地笑笑,照直向着队列走去。

古明义心头热了,连忙跟在后面。

朱总司令放慢了脚步,在战士面前缓缓走着,忽然,他停住了脚,伸手从一个土兵战士背的工具袋里抽出了一把斧头,拿在手里看着,又扬起左手,用那粗大的拇指轻轻试着锋利的斧刃。他笑得更慈祥了:“这也是从江西带出来的?”

“是。在瑞金装备的。”年轻的工兵排长亮起他那唱山歌的嗓子大声地回答,“在草地里我们也天天用、天天磨!”

“好!好!”朱总司令赞许地点点头,又走到炊事班长老肖的身边,摸摸他背上那只擦得锃亮的大铜锅,又摸着他的肩膀,深情地问道:“身体怎么样,老同志?”

“这,……不要紧!”老肖把手里正在捆着的一把野草根一扬,“要是能搞到点辣椒,保证全连安全地爬过雪山……”

“过雪山,可不只是你们一个连……”朱总司令的话刚开了个头,忽然又发现了什么,大步走到小理发员的身边,拿起了他腰间的竹笛,认真地问道:“能吹吗?”

小理发员调皮地一笑:“能!”

“好东西啊!”朱总司令轻轻地抚摸着笛子，笑容却慢慢消失了。

他挥了挥手,命令连队坐下休息,然后转回身来,注视着古明义，突然说道："这座雪山半腰，雪线下边一点，靠右手有个小松林！"接着讲了讲，松林离山顶有多远，哪边有段可以避风的断崖，哪边有块可以搭帐篷的平地……

古明义注意地听着，心里却不由得暗暗惊奇：这位操心着全军的总司令，可还记得这么个小松林，而且知道得那么清楚、那么具体。

"你们就要到那里去，执行一项特殊任务！"介绍过小松林之后，朱总司令开始交代任务了。原来，四方面军一个医院就在这个军团的后面跟进。他们抬着伤员和病号，行走困难，当天翻不过山。雪山上不能停留，而且如果不在正午以前翻过山顶，风暴一起，过山就很危险。现在，要求他们这个连队在那距山顶不太远的松林里，为医院设一个临时营地，帮助他们过一个夜晚，第二天再平安地翻过大雪山去。

"是。"古明义望着朱总司令那挂着冰霜的脸，洪亮地应声，"我们坚决完成任务！"

"嗯，这任务很艰苦，可是很重要！"朱总司令向前跨了一步，"我这就跟你们军团首长讲。你们马上开始行动！"他握住了古明义的手，话音更亲切了，"把你们手里的工具都动起来，将竹笛吹起来，响起来，让兄弟部队和受伤生病的阶级兄弟们吃得饱、歇得好，让他们暖暖和和，让他们开心地笑！"

"笑?！"古明义第一次接到这样的命令。他一愣，笑了。

朱总司令却没有笑，他缓缓地点了点头，说道："是啊，在艰苦的时候，笑，也是个任务啊！"说罢，他又亲切地摸了摸小理发员的脑袋，嘱咐道："到时候，你这笛子可得吹响点儿呀！"

马蹄声渐渐远去。朱总司令又匆匆地走向别处去了。

在这以后的时间里，无论是在雪山上行进的时候，还是斧头锯子在松林里响起来的时候，甚至在临时营地已经搭成、跑去迎接第一批兄弟部队的时候,古明义都在回味着这次会见,思索着朱总司令对于任务的指示。他觉得好像已经明白了,但又似乎觉得这次任务有些不比寻常,这里面有什么地方他还没有真正弄清楚。“任务,的确有点特殊,”他默默地想道,“可是,这么一个连队的设营,为什么总司令要亲自来布置呢?”

傍晚,在这高高的雪线上,在这人迹罕到的原始森林里,一个临时的营地建立起来了。就在松林的正中,树木被砍倒了,开出了一条宽宽的通路。通路的两旁,搭起了一所所木棚,木棚里,所有透风的墙缝已经被松针塞得严严实实;地上铺上了厚厚的松毛、落叶。那里是伤病员睡觉的地方。通道尽头的林中空地上,燃着几堆熊熊的篝火。火焰像一大匹红绸在飘闪……第一批担架和搀扶着伤病员的医护人员,已经被连队的同志们簇拥着,来到了篝火旁边;后面的队伍,正陆续赶向前来。这些带着伤病、忍着饥饿,和狂风飞雪、和崎岖山路搏斗了一天的人,来到这个“家”以后,并没有像古明义想象的那样,疲乏地倒在草铺上,却像是进了闹市一样,敬礼呀、握手呀、跳呀、叫呀……篝火边顿时欢腾起来。

看着这感人的情景,古明义心头一亮,刚才思索过的问题,似乎清楚了许多。他把迎接战友的事情交代给工兵排长,自己向着林边的一处断崖走去。

起风了。山风搅起了松涛,把山顶的积雪撒进了松林。

就在这时,一个奇怪的声音突然飞扬起来。这是一个人在吹奏着竹笛。清亮的笛声,开始只是轻轻响起,仿佛是一根细丝,从这山呼海啸的松涛里抽出来,在篝火的火苗上,在林边灌木丛凝结的冰花上缭绕,接着,沿着参天的松树,一下子冲上了云霄,变成了“兴国山歌”的曲调。

“哎呀味!——山歌不唱不开怀……”和着笛声,一曲山歌响起来了。古明义听得出,这是工兵排长在唱。

山歌刚落音，掌声里又传来了一个女同志的声音："唱不来嘛！……"听这四川口音，显然是方面军医院的一个女战士。这推托的话音才出口，高亢的"清江号子"已经在林间回荡着了。

仿佛被这歌声推送着，古明义快步来到了一处避风的断崖边。那里，也燃着一堆篝火，火上支着大铜锅，锅旁边，一个兄弟部队的病号端着个瓷碗喝着开水，一个炊事员正把青稞面疙瘩放到沸腾的锅里去，炊事班长老肖拿着勺子在锅里搅拌着。他们都在动情地听着歌声。

古明义不禁惊奇地叫出了声："哪里来的面粉？"他知道连队已经断粮 3 天了。为了设营任务，他才批准每人吃 20 粒炒黄豆。

炊事员向着老肖努努嘴："是他的。他从二次过草地就吃……"

"瞎说什么，快下锅！……"老肖生气地喝了一声，却咕咚一声栽倒在锅边上了。

古明义慌忙抱起了老肖，那个病号爬过来把半碗开水凑到了老肖嘴边。

"他不让我说……"炊事员把手伸进了老肖的口袋，抓出了一把东西送到了古明义眼前。那是一些草根、树叶和两穗松花。"这面粉是他省出来的，刚才说，兄弟部队遇到了困难，是吃它的时候啦！……"

喝了口热水，老肖缓过气来了。昏迷里，他低声叫着："快盛呀！给……给兄弟部队的同志捞稠的……"

听了这话，病号再也抑制不住了。他一下子扑到古明义的肩头，哭出了声。"同志，"他一边哭，一边抽抽噎噎地说道，"我知道，你们是中央红军的部队，你们对我们……"

"我们都是党的革命军队！"一个低沉的声音传过来，"都是红军！"

几个人吃惊地抬起头，只见是朱总司令。他正站在锅边，一手托个小纸包,一手往锅里撒着辣椒粉。

一时,大家全愣住了。

风,更大了;雪,更紧了。但是,歌声却没有停止。这已经不是一个人在唱了,而是成百的人在合唱。这些来自四面八方、有着不同的口音、属于不同单位的红军战士们,对着这千万年积雪,同声唱着一支中国工农红军团结战斗的歌。

歌声里,古明义搀着老肖,炊事员扶着病号,来到了朱总司令身边,和他紧紧靠在一起。

朱总司令正在专注地听着歌,见他们过来,抬手向远处一指,深情地说道:“知道吗?党中央带领着红一方面军去年到达了陕北,最近又取得了东渡黄河的大胜利!毛主席在等着我们哪!”

古明义注意地听着。

“没有什么‘你们’、‘我们’,都是一个阶级的亲兄弟!”朱总司令猛一抬眼,抖掉了长眉上的霜花。他像是对同志们,又像是自言自语地大声说道:“什么人也不能分裂我们的党、分裂我们的红军!”

稍停,他张开两手,抱住了两边的同志,说道:“同志们,记住!团结,就是胜利!团结,才能够胜利!”

“是。”这时,古明义觉得刚才思索的问题更加清楚了。他庄严地回答:“总司令,我明白了!”

总司令微微摇了摇头:“你们将来会明白的!”

说罢,他转回身,走开了——这个把温暖、欢笑和亲密无间的同志爱带给红军部队的人,这个用革命真理和细致的组织工作,使红军战士的心更紧地贴在一起的人,自己又走到那弥天的风雪里去了。

“将来?……”古明义望着朱总司令走去的方向,陷入了沉思。

是的,他回答得确实早了些。他真正明白,还是在一年以后。那是在批判张国焘的大会上。他知道了,就在这些日子里,张国焘这个反党野心家,利用党的困难,耍尽阴谋诡计,妄想分裂党、分裂红军。他也知道了,当时,朱总司令尽管处境十分困难,仍然坚定地根据党中央的指示,和其他领导同志一道,团结了广大红军指战员,与张国焘的罪行进行了坚决的斗争。就在这时,他重又想起了这段艰难的征途,想起了这次幸福的会见,想起了这难忘的一天里发生的一切。想起了敬爱的朱总司令那慈祥的容颜和深刻的指示:“团结,就是胜利!团结,才能够胜利!”

“将来……”他更深沉地思索起来。

1977年7月24日

“同志……”

草地的雨，来得急去得也快，洗了根皮带的工夫，雨住了，风停了。

谭思云把冲洗干净的皮带系在腰间，往紧里扎了扎，伸手捡了几粒大些的冰雹填进嘴里，就借着树叶上滴下的水洗起草根来。进入草地已经快半个月了，粮食早已吃完，连能吃的野草、野菜也被走在前面的部队吃光了，只好挖起了草根根。

正洗着，忽然传来了一声战马的嘶鸣。

谭思云高兴起来了。在他的眼前，顿时浮现了一匹高大的战马。那是一匹大青马，身长，裆宽，结实的腰胯上生着一团团毛旋……他连忙把草根收起，塞进皮带里，背起枪，弯腰钻出树丛，向着马叫的方向奔去。

可是，当他看清那支小队伍的模样时，脚步不由得放慢了。只见走在头里的一个干部，牵着一头驮着病号的骡子，缰绳挂在他那只断臂的肩头上，另一只肩上扛着两支步枪，手里还扶着一个病号。在他后边，一队伤员、病号互相搀扶着，脚步蹒跚地走来。

那干部看见了他，笑了笑：“小鬼，掉队啦！把枪放到马背上……”

谭思云摆了摆手又摇了摇头。

找那匹大青马的事，还是过大雪山的时候闯到这个年轻的红军战士心里的。那天，已经看到雪山顶了，也是最艰苦的时刻；雪更深了，山更陡了，汗湿的袴腿，早已变成了硬邦邦的冰筒子。尤其难耐的是空气稀薄，气喘不出来，脚迈不动步，谭思云只觉得眼前一阵昏黑,身子一歪就向着山崖边倒下去。这时,只听得一声洪亮的喊声:“同志——”接着,一只大手拦腰抱住了他。当他清醒过来,发现自己正倚在一个同志的肩膀上。他侧脸望去,只见这个同志身材高大魁梧,宽阔的肩膀,宽阔的脸膛,引人注目的是,在那厚厚的嘴唇上蓄着一抹浓黑的胡髭。呼出来的热气随时凝结了,在胡子梢上挂上了两串冰凌。在那挂着雪花的两道浓眉下面,一双大眼正亲切地朝他看着。他这才发现,那同志另一只手里还挽着一个战士。就在这时,那匹大青马过来了。那个同志朝着牵马的高个子老马伕喊了句什么,然后抓起谭思云的手,一下子放到马尾旁边的一条皮带上:“抓紧喽! 让它帮你一下!”说罢,又拉起了后面一个战士,向前走去。

拉着马爬山,就容易些了。可是,在这一匹马的前后,连拖带拉足有六七个人。马在吃力地爬,人在用力地拉。就在翻上山顶的时候,“咯嘣”一声,他手里那根皮带断开了。

就从这个时候起,谭思云立下了一个心愿:一定要搞到一条皮带,交给那位饲养员,给那匹马换上。特别在他知道了大青马是谁的乘马以后,这个心愿就更强烈了。“啊,是他的马?!”他仿佛又看见了那挂着冰雪的脸庞、浓黑的胡子和那双关切的眼睛。“他在指挥着整个方面军长征和战斗,可马肚带却是断了的……”就在甘孜和四方面军会师以后休整的期间, 他终于在一个喇嘛庙里捡到了一块牦牛皮。他又是冷水洗,又是开水烫用心地去掉了牛毛,把里皮刮净,制得通明透亮,然后裁开、接好,搞成了一根长长的皮带。自打那以后,他就把皮带捆在腰间,开始在这茫茫的草地上找那匹大青马了……

看看不是他要找的马,谭思云失望地叹了口气,从腰间抓出把草根,填到骡子嘴里,转身又向前走去。

一个个草根盘结着的草墩,在他的脚下颤动着;一道道混浊的水沟留到身后去了。傍晚时分,他爬过一列土岗,终于看到了一缕缕袅袅的轻烟——部队开始宿营了。他忙把皮带又往紧里扎了扎,大步向前跑去。可就在这时,他进入了一段最艰险的沼泽地带:这里的水草特别稀,烂泥又特别深。一汪汪水潭,水面上浮泛着一串串绿色的水泡。他正轻脚轻步地慢慢走着,忽然传来了一声惊叫。他扭头看去,只见离他约莫两丈远处,一个同志陷入了烂泥,整个身子正在沉下去;水,淹过了大腿,淹上了肚子。他连忙跑过去。刚在一块硬实的草墩上站稳,只见那个同志一只手正高举着步枪,枪筒上还绑着一团草根;看见有人来了,便拼着全力把步枪扔了过来;这时,水已经接近那鲜红的领章了。"怎么办?"走过去拉是危险的,救不出人,还会同归于尽。就在这一刹间,他眼前闪过了那浓黑的胡髭,那双亲切的眼睛。他像得到了什么启示,随手解下腰间的皮带,大喊一声:"同志——"猛地把皮带的一端甩了过去。皮带,落到了那个同志的手边,又被紧紧抓住了。他双脚站稳,拼着全身的气力拉着皮带,吃力地把这个同志拖出了泥潭。

谭思云把这个奄奄一息的阶级兄弟抱在怀里,一边扬起袖管,轻轻擦着他嘴角上的烂泥,一边喘息着、积蓄着力气。过了一会,他把皮带挽了一个扣子,轻轻套住那个同志的臀部和肩膀,把他揽在自己的背上绑紧了,在胸前打了个死结,然后,双手按住地皮,向着轻烟升起的方向慢慢爬去。

一步,两步,三步……

危险的泥潭爬出来了,篝火的火光已经看得见了,篝火边的人声也隐隐约约听得见了,可是,人们的影子怎么晃动起来?他正要说句什么,眼前突然爆起了一阵金星,一口鲜血涌到了口边。他昏过去了。

谭思云醒来的时候,发现自己正躺在一簇篝火的近旁,一条皮带还放在手边。那个被他从泥潭里拖出来的同志,显然已经缓过劲来了，正在篝火边忙着。见他醒了，连忙端起一只破铜瓢，脚步踉跄地走了过来。他拿根树枝，从铜瓢里夹起一块东西，吹了吹，送到了谭思云的嘴边。

谭思云咬嚼着，哦，是肉，好香呵！他一连吃了几口，问道："这是什么东西？"

"兴许是牦牛肉吧！"那人摇摇头，"刚才发下来的，每人分了拳头大一坨。"

肚子里有了东西，人就精神多了。他坐起身，把枪擦了擦，又抓起那条皮带，慢慢地在篝火中间走着；他想找点干净水再把它洗一洗。

他正要绕过一大堆篝火的工夫，忽然一个面孔一闪，原来是那个大个子老马伕。只见他正坐在火旁，整理着一堆草根，整着，不时撩起衣襟揩着眼睛。

"嗨，可找到你啦！"他一下子扑过去，把那条皮带塞到了老马伕的手里，"给！"

"什么？"马伕抬起一双红肿的眼睛，惘然地望着他。

"给那匹大青马……"

他的话噎住了。他看见老马伕郑重地拿起皮带，仔细瞅着，瞅着，猛然捣到脸上，哭出了声："大青马……没有了！"

"啊！"谭思云惊呆了，"哪里去啦？"

"你，你们刚才没有吃马肉？"老马伕抬起了泪眼，抓起一把草根，伸到谭思云面前，"这，胡子①不让讲……看，他饿了两天啦，又不肯吃马肉，要吃草……"他又哭起来了。

就在这时，一个浓重的声音传过来："看你，吓唬个娃娃干什么？"

---

① "胡子"是红军干部战士对贺龙同志亲切的称呼。

谭思云一愣，抬头望去，又看见了那高大的身躯、宽阔的肩膀和脸膛。不过，那唇边的胡髭没有挂着冰雪，却挂着深情的微笑。他连忙站起，却被这个叫作“胡子”的人按住了：“听他瞎扯，猴子偷走匹马有什么要紧！”他笑得更舒展了，“猴子，看见军队骑马、藏民骑马，它也要学呀……”

谭思云看着那浓密的胡子，那开心的笑脸，他一时搞不清首长讲的是真的还是在说笑话。只是，他感到了话里包含着一种对他安慰的意味。他看到了一颗伟大的心。可是，他，他怎么能没有马呵！他心头一酸，眼泪也呼地涌了出来。

“就算没有了马，又有什么要紧？”“胡子”从马伕手里拿过皮带，轻轻抚摸着，“最要紧的是人！”他的话越说越慢了，“艰苦的斗争，使我们的人和人的关系变得更亲密，这就培养了人！这样摔打出来的队伍，比钢结实，比铁硬！”

谭思云和老马伕擦干了眼泪，注意地听着。

“将来，我们会有马的。”他把皮带的一端伸进火里，拨弄着火炭，“像你这小鬼也会有马，当骑兵……”

忽然，他停住了话，对着皮带盯视着。皮带，被火一烧，噼噼啪啪一阵响，立即冒起了一片油泡；一大滴油落进火里，发出了扑鼻的香气。

他举起皮带仔细看着，又掰了一点填进嘴里嚼着。突然，他一拍大腿叫起来：“吃得嘛！”

谭思云凑过来：“能吃？”

“这样一烧，再放进水里一煮，嘿！”他抡起皮带敲了一下谭思云的鼻尖，“要是加上佐料呀，我能烧得它让你流口水！”

说罢，他一推军帽，大声地笑了。

“对，皮鞋底子，皮斗篷，腰带，马缰绳……多得很嘛！”他扬起大手，扳着指头，越说越高兴了，“我们都把它们动员起来，让它们到肚子里面去为革命出力,咹……”

他提起皮带走了几步，又转回身来，对着谭思云说道:“同志——你帮助了我,帮助了革命!不要紧,我们有马……我们会有马的!”

他又纵声地笑了。那爽朗的笑声，在广阔的草地上飞散得很远、很远……

这天晚上,谭思云在篝火旁边,睡得很香。他做了一个梦。他梦见,他手里的那条皮带,变得老长老长,整个方面军的同志都抓着它,一眼望不到头……忽然间,每个人手里的一截皮带都成了一副辔头,都笼着一匹马……他纵身跳上了马背,抬头一看,总指挥就在最前头,那匹大青马放开四蹄,向前奔驰。他也一扬马鞭,紧跟在后面驰向前去……

这是一个17岁的红军战士常做的梦。他们喜欢这样的梦,因为它比真实的更真、也更美好。

1977年7月26日

虹

一

草地,苍茫无边一水草地,空旷而又荒凉。

就在碧草苍天相接处,有两个活动的黑点慢慢地移向前来。走近了,可以看得清楚,是两个红军战士,互相搀扶着在小草泥淖里艰难地跋涉。

走在左边的一个,身材高大魁梧,一张大方脸上,布满了半寸多长的浓黑的胡须,一双眼睛大而有神,他是连长肖国成。只见他把驳壳枪插在背后,左肩挂着两支步枪,右手搀着司号员秦宜栋。小秦 14 岁,长着一张秀气的脸。头发大约许久没理了,长得老长,被风吹得一飞一飞的,倒像个女孩子。他右胳膊负了伤,小臂用根带子吊在胸前,手却紧握着胸膛的一个布口袋,装着他心爱的军号。两个人尽力合着脚步,蹒跚地走着,从这个草墩跨到那个草墩上;遇到稍宽些的地方,肖国成用力一提,就把小秦提了过去。

走着,小秦向肖国成靠了靠,小声地:"连长,再给点炒面吃吧!"

肖国成胡碴子一抖:"不!"

小秦哀求地:"给一点点,指头那么大一点点。"

肖国成厉声地:"不行!"

"哼,真凶!"小秦不满地仰头瞟了肖国成一眼,"哪像个红军连长?!"

"红军连长,没错,"肖国成胡髭抖了一下,算是笑,"红二方面军后卫团后卫连的连长。按行军序列,大约是整个长征红军的最后一个连的连长了。可这炒面嘛……”他左手指了指挂在脖子上的干粮袋,“还是不给你,得用它走出草地!”

“唉……”小秦无奈地叹了口气,撩起了衣襟,“那,你帮帮忙。”

肖国成一边帮他把腰间的生牛皮带紧了紧,一边说道:“别老想肚子的事。你倒是看着点,有没有掉队的同志。”

“是。”小秦应了声,两人又向前走去。

事情果然被肖连长说着了。

前面不远处,一丛矮树下面,有个红军战士正躺在那里,呆呆地仰望着天空。他面颊瘦削苍白,眼窝深深塌陷下去,急促地喘息着。在他身体下面,是一洼浑浊的积水。看来他有很长时间没挪动了。奇怪的是:他胸膛上却摆着步枪、子弹带、洋瓷碗和一个搪瓷脸盆,盆里不知什么时候积了一点雨水;另外还有一小捆用油布包着的干树枝,被这些东西压着,他呼吸更加艰难。

突然,不远处传来了一声呼噜:“同志,哪个单位的?”

那人抬了抬头,只见肖国成和一个红军战士,慌忙抹了抹眼睛。

肖国成连忙从小秦腋下抽出手来,快步走到那人身边,亲切地:“怎么,也掉队啦?”

“不,不行啦!”那人喘息着,指了指自己的右腿。齐短裤边的大腿上,一处伤口溃烂了,正浸泡在污水里。

肖国成默默地弯下腰去察看着伤势,又把手捂到了那人的额头上。

那人艰难地喘了一阵,指了指身上的东西:“呶,拿、拿走吧!日后见到八团三连的同志,顺便替我说一声:曾立标已经‘革命到底’了。”

一阵风吹过,矮树上的叶子刷刷拉拉响了几声。草地更是阴沉、凄凉。

肖国成向那人注视了一霎，默默地拿起步枪和子弹袋，挂到小秦肩上。小秦也拿开了瓷碗和脸盆，又举起那捆柴禾看了看，抬手要扔，却被曾立标挡住了。

"别，别扔！生火，少不了它……能暖好多人哪！"看看小秦把东西带好，他宽慰地点了点头，"总算等到了你们，东西，对革命，有用！"

肖国成低声地却又严厉地："人，对革命更有用。"说着，他扶着曾立标坐起身，接着，解开粮袋往洋瓷碗里倒了一点炒面，折截树枝拌了拌，递过去："吃！"

曾立标一手接过碗，另手从口袋里掏出两个银元，一起递给了小秦："给，小同志，你好好活出去，连我的那一份工作一块儿干了吧！"

"连长……"小秦看着肖国成，哽咽着要接，却被肖国成推开了。他定睛注视着曾立标，严肃地："你将来那份工作是什么？同志，你想过吗？"

曾立标看着那张充满怒气的脸，低下了头。

肖国成蹲下身来，端着那碗炒面糊送到曾立标嘴边，一面喂他吃着，一面动情地说道："不对呀，同志！"

等曾立标吃完，肖国成把碗递给小秦，然后，抓起曾立标的一只手，背向着他蹲下来，厉声地说道："曾立标同志，我以连长的身份命令你：走！"

他背起曾立标，转身对小秦说："你的任务不变。抓住我的皮带走，注意观察！"

"是，注意观察！"小秦挺起胸，一边走，一边向远处望去。

右前方远处，草地中一块小高地上。一个红军战士正急匆匆走下坡去。这人背上驮个大背篓，篓上盖着一块黄油布，背篓周边插着一圈草花,花朵随着人的脚步轻轻颤抖着。

突然,油布动了一下,被从里边掀开了,露出了一个扎着小辫儿的小脑袋。小孩约摸4岁,脸蛋瘦削,却干干净净,显然是双灵巧的手打扮过的。孩子抬手揉了揉眼睛,又伸出手去拍拍背她的人的肩膀,叫了声:“妈妈——”

“哎——”妈妈柔声地答应着,随手把一个盛水的毛竹筒从肩上解下来,递给孩子。

等孩子喝完,她把竹筒系好,又轻声说道:“萍萍,再叫我一声!”

孩子:“妈妈——”

“再叫一声!”

孩子提高了声音:“妈妈! ——”

在这人迹罕到的原始草原上,孩子呼唤母亲的声音,显得新奇又有点凄怆。妈妈显然感到了这一点。她停住了脚步,把背篓解下来放到地上,然后俯在篓边,在孩子小脸上亲吻着。

这位母亲约摸二十四五岁,名叫伍芝兰,是红军妇女独立团的排长。虽然脸上挂着远征的风尘,但依然掩不住她的美丽。她随手采了几朵野花,插到女儿的小辫上;自己也把一朵插进鬓边军帽里。母女俩你看我、我看你,一齐笑起来。

突然,孩子停住笑,侧耳听了听:“妈妈,有人叫唤哪!”

伍芝兰凝神静听,果然,随风送来了微弱的喊声:“同志——同志——快来呀!”

伍芝兰这时像变了个人,变得果断而又冷峻。她摸着孩子,口气像下命令:“萍萍,在这儿,别动!”她跑了几步,看看天,又转回来,把油布给孩子掖了掖,然后向着喊声跑去。

大约半里远处的泥沼里,有两个人正在进行着生死的搏斗:一个人深深陷进了烂泥里,污水已经漫过了胸口,他两手正紧握着一枝步枪的枪托在挣扎着,身子还在下沉。另一个人站在草墩上,正抓着枪筒用力拉着。尽管他拼着全力拖拽,可是气力不支,还是救不了同志;而且,由于他站的地势不好,草墩太小,一条腿已经滑进了泥水里。

传来了伍芝兰的喊声:“同志,不要动!”

她边跑边从枪套里抽出驳壳枪,解着枪绳。枪绳解开的时候,她来到溺水者的身边。

她找了块硬实的草墩站稳了,然后把枪绳甩过去,叫了声:“套上!”

等那人把枪绳连肩带背地套好,水已淹到了嘴边了。伍芝兰使劲拖拽着。

人被拖出了烂泥潭,拽到了她脚下的草墩上。可是,另一个同志的身体却迅速沉了下去。水,淹过了头顶,水面上只剩了一串水泡。一顶大八角军帽在绿色的污水上漂浮着。

伍芝兰眼前一阵昏黑。她挣扎着直起身,恭恭敬敬地向着那浮动的军帽举手敬礼。

远处传来了孩子细微的喊声:“妈妈——”

伍芝兰向着孩子喊声的方向望了望。这时一阵狂风吹来。她连忙转身,扶起了那位被淹得奄奄一息的同志。

就在她把那同志连拉带抱地拉上土丘的时候,几大滴雨点洒落下来,在泥水面上溅起水花。接着,暴雨瓢泼似的倾泻下来。

伍芝兰一怔。忙把那同志拉到近处一丛小树旁边,扶他躺好了,低声地说道:“同志,我去去就来。”

那人哼了一声,没有回答。

她把那条粮袋塞到他衣襟下面,然后蹒跚地向土丘走去。

她来到刚才放孩子的地方,只见那只竹水筒被雨冲得滚来滚去,却不见孩子的影子。

她喊着:“萍萍——”在土丘上奔跑。这块不过亩把大的土丘很快就找遍了,还是没有孩子的踪迹。她颓然跌坐在地上,泪水混合着雨水的脸颊上流着。

暴风雨里,还有两个人在艰难地行进。

这是奇怪的一对:走在前边的,模样像个老挑夫,花白的头发披散着,胡子很长。他左肩上挑着一副铁皮箱的担子,右手里拿着根粗粗的竹竿探路,小心翼翼地走着,他显然走得很吃力,不时发出沉重的喘息声。奇怪的是,右臂上却捆着一根麻绳。绳子在身后拖了丈把长,绳头在后边那人手里捏着。这一个年轻、壮实,除了肩上那枝花机关和头上的斗笠,就只有这一段绳头算是他的负担了。他矫健地在草墩内跳跃着,不耐烦地望着老挑夫,呵斥地:“常炽,你不能走快点?!”

常炽扭回头,冷漠地看了他一眼,没有吭声。

年轻人生气地猛抖了一下手里的绳子:“听见没有?快走!”

常炽索性停住脚,喘了口气,扭身说道:“这样走,很危险。”

“危险!”年轻人冷笑一声,“谁怕死,谁死得快!”

常炽无可奈何地摇摇头,又往前走去。

年轻人牢骚地:“押着你走算是倒霉透了!一进草地就掉队,一直掉到最后头……”

话,忽然停住了。常炽只觉得臂上的绳子猛然往后一拽,拉得他趔趄一下,挑子也摔到了草地上;幸好借着竹子扁担作支撑,他才没有滑进泥潭。

常炽站稳了脚,抹了抹脸上的雨水,这才看清,原来那年轻人不留心一脚踩空,陷进了烂泥,常炽大喊一声:“抓紧绳子!”随即用力拉着。

下沉是停止了,可因为绳子缠在臂膊上,不得劲,常炽也无力把年轻人拉出泥潭,只好就这么相持着。稍停,常炽定了定神,便解开了臂上的麻绳,一截截地拽着绳子挨近了那人,然后,把手中的竹竿伸到那人的身边，架到两个草墩上。

有了竹竿作支撑，情势顿时缓和了。双方一齐用力，总算把他拖出了泥潭。

常炽把救上来的人安置在一簇灌木丛里，靠着铁皮箱坐着。年轻人大约刚才喝了几口污水正在呕吐。常炽也因为过分用力，不停地喘息着。

稍停，常炽把右臂朝年轻人一伸："捆上吧！"

那人略一犹豫，还是把绳子重又绑在了常炽右臂上。

常炽深深叹了口气："我说这天气走草地危险嘛！"

年轻人摇了摇头："我刚才是头晕、恶心。"

常炽问道："是饿了吧？"说着便动手解粮袋。

"不。先前休息的时候吃饱了。"年轻人的口气和缓多了，说着从挎包里抓出一把蘑菇递给常炽："来，你也吃点。"

常炽凑近了，看着这些色彩鲜艳的蘑菇，大惊失色："你吃得多吗？"

年轻人点了点头。

常炽抬手把蘑菇打掉，一把抱住了年轻人，忘情地叫道："同志，你，你……这是有毒的哟！"

年轻人受到了这真挚之情的感染，也慌了。他抓住常炽的胳膊："这，怎么办？"

常炽焦灼地浑身掏摸了一阵，失望地茫然四顾，最后目光落在铁皮箱上。他拍了拍箱子，问道："这里面是什么？"

"不知道。"

"会不会是药？"

"不知道。"

"快，打开来看看。"

"不行！"年轻人一下子变了脸，下意识地摸了摸身边的枪。

常炽也意识到了自己的身份，苦笑了一下，不吭气了。

两个人又恢复了原来的关系。

稍顷，年轻人突然惨叫一声，歪倒在草地上，口里吐着白沫，两手乱抓着胸前，浑身颤抖起来。

常炽慌忙把他揽在怀里，替他揉着肚子，低声叫着："同志，同志……"

没有应声。蘑菇的毒性发作，他昏过去了。

暴雨打在布棚上，发出"砰砰"的响声。

这是在几丛矮树间用被单匆匆搭成的"帐篷"。布篷下面挤坐着肖国成、小秦和曾立标。三个人正在闲谈。

小秦一边帮曾立标包扎伤口，一边问道："你也是打百丈关负的伤？"

曾立标长抽了口气："嗯。去年这时候，刚过了草地，又叫南下，动员会上说得好听，'打下天全、芦山吃大米'。结果净吃子弹炮弹！"

小秦摆摆手，玩笑地："嘘——！讲怪话，当心保卫局把你当反革命抓起来。"

"别吓唬同志，听说肃反上个月会师的时候就停止了。"肖国成笑了笑说："反正你俩都是四方面军的。"

曾立标说："我怎么说呢？一过草地，是一方面军九军团；二过草地，就成了四方面军的三十一军；这回三过草地，又跟你一样，成了红二方面军的了。"

小秦乐了："嘿，有意思……"忽然，他发现篷顶不响了，又叫着道："雨停了！"钻出了帐篷。

肖国成站起身，掏出指北针看了看，命令道："收帐篷，继续前进！"

小秦又叫起来："连长，前面好像有人。"

肖国成:“继续观察,注意联络!”

前边两三里路远处的草地上。

两只手拨开树丛,一个脑袋钻出来。这是一个小战士,约摸十四五岁,一张秀美的脸上挂着惊恐的表情。

她举目四望。雾濛濛的草地空旷阴沉,万籁俱寂。她不禁内心感到十分恐惧,大声喊道:“这么大个草地,就我一个人了!”

被恐惧所驱使,她拔腿在草墩间奔跑。跌倒了,爬起来又跑。边跑边喊:“有人吗?”“班长、马大姐、姚大姐,同志们,你们在哪儿呀!”……正跑着,脚下被什么东西一绊,摔倒了,欠身一看,原来是块油布。

她把油布抓在手里仔细打量着,忽然发现油布角上写着一个“伍”字,一个“萍”字。她像获得了希望,高叫起来:“同志——伍萍同志!”

没有人应声。回答她的是凄厉的风声。奇怪的是,风声里夹着一种音响,像是孩子的啼哭。

她侧耳细听,又循着声音的方向走了几步。在她眼前幻化出了一种奇异的景象:风,把一个光身的娃娃吹在半空,娃娃在啼哭……

她更加紧张起来,惊恐地用油布捂住了眼睛。可那声音却更响,更真切了。

她镇定了一下,为了壮胆,又把军装整理了一下,军帽戴正了,然后一步步试探着走过去。

看见了:几株缺枝少叶的矮树,挂着一个背篓;一个小女孩正抚摸着背篓在哭。

她又惊奇又高兴,快步走到孩子身边,蹲下身抚摸着孩子那湿漉漉的身体。

孩子见到了人,愣了一霎,扬起小手扑到许苓的怀里,叫了声:

“叔叔！”

许苓纠正地：“不，叫阿姨！”

孩子摸着她的帽檐边，执拗地：“叔叔！”

许苓笑了：“好，叔叔就叔叔。你怎么在这儿？”

孩子抱住了许苓：“叔叔，我要妈妈！”

许苓：“你妈妈呢？”

孩子抬起头四下里看看。

伍芝兰也刚经历了暴风雨的袭击，她和躺在她臂弯里的伤员浑身都湿透了。她扭身解下驳壳枪套上的毛巾，拧了拧水，把伤员脸上的雨水擦干，又把他左臂上的伤口擦净，然后从挎包里掏出几件衣服打量着。那是小孩的衣服。她挑出一件小花上衣，深情地看了看，一横心，放到嘴里咬开个口子，“嗤”地撕开，把伤口包扎起来。

伤员还在昏迷着，发着烧，只是浑身瑟瑟地抖。

伍芝兰拿起竹筒，给他喂了几口水，低声叫道：“同志——”

伤员没有答应。

伍芝兰忧伤地望着他。突然，她下了决心，把伤员的衣扣解开，又把自己的外衣解开，把伤员紧紧地抱在了胸前。

她抬起头，望着远处，深情地低声叫着：“萍萍——”两行泪水流在了面颊上。

许苓坐在背篓旁边，怀里抱着孩子，扬起袖子给她擦着眼泪；可是泪水总也擦不干，孩子还是哭喊着要妈妈。

许苓急得自己眼泪也流出来了。她哽咽着说：“好孩子，别哭，小阿姨，不，叔叔抱着你去找妈妈。”

这句话有效了。孩子停住了哭：“你认识我妈妈？”

“这……认识，老大姐嘛！”许苓索性把话编下去，“你妈妈是不是这么个样:个子不算高,……可也不算矮……"

孩子点点头。

"圆脸胖乎乎的……"看看孩子摇头,她忙又补了句,"这会儿没吃的,当然瘦了。"

孩子又点点头。

许苓:"她……背着口行军锅……"

萍萍:"我妈妈背着驳壳枪。"

许苓不好再编下去了,忽然想起了什么,又换了个话头:"嘿,我不光认识你妈,还认识你哪!你叫伍萍,对不对?"

萍萍:"我叫萍萍。"

许苓:"那你妈叫……"

萍萍:"我妈叫伍芝兰。"

"这不就对了?"许苓也高兴起来,"你妈妈姓伍,你叫萍萍,合起来大名就叫伍萍。"

"对,"孩子拍着小手笑了。

许苓也咯咯地笑了。

笑声,在这荒凉的草地上传得很远。

笑声,惊动了肖国成一行三人。

曾立标:"连长,你听!"

"快走,去看看。"肖国成把曾立标往上托了托,加快了脚步。

转过一行小树,就看见了两个嬉笑着的人。

许苓也看到了来人,高兴地站起身。

肖国成把曾立标放下,走到许苓面前:"孩子是你的?"

许苓脸一红:"胡扯!我拣的。她找不到妈妈了!"

"哼,这个狠心的妈妈!"肖国成问许苓:"你是干什么的?"

许苓:"四方面军总医院的,护理员许苓!"

"护理员?"肖国成打量了一下许苓,"从现在起,你就当孩子的妈妈。”

许苓脸更红了，低下头嗫嚅地：“那怎么行……”

“什么不行？”肖国成大声地，“执行命令，当妈妈！代理妈妈！”

孩子听懂了这个大胡子叔叔的话，一下子抱住了许苓的脖子：“你是叔叔妈妈。”

许苓忙把孩子往外推，却没有推开，只好抱住了孩子。

小秦凑过来：“连长，孩子的妈妈可能没走远。”

肖国成略一沉吟，反问道：“你的号还能不能吹响？”

小秦会意，点点头，一边拿号一边问：“吹什么号？”

肖国成：“集合号！”

伍芝兰依然抱着伤员坐着，两眼哭得红红的，目光更是呆滞。

传来了清亮的号声。

伤员突然睁开了眼：“集合了！”他挣扎着要欠起身，发现自己正被一个女同志抱在怀里，连忙用手推搡着她。

伍芝兰从失神状态中醒过来，这才听到了号音。她欣喜地叫道：“同志，听，吹号了！”

伤员还在用力推着她。

伍芝兰不好意思地笑了笑，把手松开，随手掩住了衣襟；一点泪水落到了伤员脸上。

伤员：“你，你哭了？”

伍芝兰：“没什么……”

伤员看看包扎好的伤口，竭力回想着被救的情景，焦灼地坐起身：“同志嫂，你丢了什么东西了？”“丢了东西？……没有。”伍芝兰抓起粮袋搭在伤员肩上：“刚才那个同志留下的，你吃点，我们就走！”她转过身，扣好衣扣，敏捷地擦了把脸，又掏出木梳，梳理了一下头发。一切收拾停当，弯腰扶起伤员：“走吧！”

二

另一块草地上,矮树丛中间。

常炽正把那个中毒的年轻人紧抱在怀里。

年轻人已经醒过来,只是已经奄奄一息了。他急促地喘息着,目不移睛地望着常炽,眼里流露出无限生的依恋。

他抚摸着常炽那被麻绳磨得流血的臂膀,又抓抓绳头:“把它……解了吧!”

常炽默默地把绳子解下来,在手里把玩着苦笑了一声:“戴了快一年了,还真舍不得和它分手哩!”

年轻人又喘了一阵,突然问:“听说你们在苏联的时候就认识?”

“谁?”

“张主席。”

“张国焘?”常炽摇摇头,“还要早。”

“你为什么要反对他?”

“他和党中央不一心。”常炽脸一沉,“不谈这个了。来,我背你,说不定能碰上个医生。”

年轻人摆摆手:“不,不行了。”他继续望着常炽,真诚地:“我看你,不像个反革命。”

常炽凄然一笑:“本来就不是。”

年轻人好奇地:“那,为什么要把你抓起来,还要……”

常炽看看年轻人,眼里贮满了泪水,心情激动地把他抱得更紧,感情地:“孩子,你,可怜哪!”

“我?可怜?那你呢?”

“我很好。我心里明白。”常炽叹了口气,“历史,会分清谁是谁非的。”

“来不及了。”年轻人压低了声音“出了草地,赶上大队,你就得被处决了。”

常炽坦然地笑笑:“这,我早就知道了。”

话，僵住了。年轻人不解地看了看常炽，仰面躺下来，望着天空。

放晴了。天,湛蓝湛蓝的,清澈,明净。几片棉朵般的浮云正轻轻飘过,轻风送来一阵花香。

年轻人:“真不想死呵！”

湛蓝的天空下,又一块草地上。

又是一个掉队的小队伍在跋涉。这是两个小鬼和一头牦牛。瘦高个子年龄大些，约摸十五六岁，在前头牵牛；矮胖的一个才 13岁,拿根木棍在后头赶着。牦牛背上驮满了枪枝、背包之类的东西。

小胖子用力打了一下牛屁股:“咄！都是你这不会说话的畜牲,走得这么慢,害得老子掉了队！”

瘦长个瞪了小胖子一眼:“廖文,这得怪你！不好好走路偏要抓什么鱼！”

“后来你不是也一块抓来着?”廖文噘噘嘴,“嘿!那鱼真多,真好玩。我再看看。”

“不行,快点走。”

“小文书,汪坤同志！叫我看看吧！就看一眼。”

廖文赶上来,捧起汪坤提的白搪瓷口杯。

口杯里,清清的水里几条小鱼游得正欢。

矮树丛中间。

年轻人已经死了。脸上盖上了那个竹斗笠。常炽把最后一坨带泥的草根压到了斗笠边上,他跪着抚摸着年轻人的身体。随手从他口袋里掏出一个油布小包、一串钥匙,放进自己的衣袋,然后直起身,后退一步,摘下了帽子。

默悼完了,他戴好军帽,毅然地回转身,重又挑起了两个铁皮箱。忽然,他停住了脚,把挑子放下,掏出钥匙,把铁皮箱打开。

铁皮箱里是装得满满的文件。

常炽从衣袋里拿出近视眼镜戴上,抓起文件看着,不由得念出了声:"……《阿坝会议决议》……《南下天芦雅行动宣传提纲》……《反对毛周张博向北逃跑的决议案》……《无情打击暗藏的反革命势力》……"他呸地啐了口唾沫,骂出了声,"就是这么些玩艺儿,还在压我的肩膀。"

他举起文件投进身边的泥潭,又抓起竹杠把一捆捆文件深深地戳进水底。

他又打开了另一个箱子,里面是一些药品、纱布和医疗器械。他拿起一瓶药看了看,悲愤地敲击着箱子,向着树丛间喊道:"同志,你,你好糊涂呵!"

文件和药品,激起这个老战士复杂的心绪。他坐在箱子上,拿起竹杠,拔掉一头的塞子,从中抽出一支竹制的箫来。他爱惜地抚摸着箫管。放在嘴边试了试音,便吹起来。

《苏武牧羊》的曲调,在草地上荡漾,苍凉,悲壮。

常炽吹完了最后一个乐句,久久地凝视着草地。他的神情和刚才吹奏的曲调一样,苍凉,悲壮。

他把箫藏好,毅然地站起身,把药品分装在另一个空箱子里,一一上了锁,然后弯腰挑起了担子。

就在这时,身后传来一声清脆的喊声:"同志——"

常炽一下子愣住了。他有多久没有听到人们用这样的字眼称呼自己了?半年?一年?……

他激动地转回身,向着走来的两个小鬼,问道:"你们刚才叫什么来着?"他多么希望再听一声呼唤呵!

"同志!"汪坤重复了一句,反问道,"刚才的箫是你吹的?"

常炽点点头。

廖文三脚两步蹦到常炽面前，亲热地摸着他那长长的胡子："同志叔，我看你倒像个苏武。"

常炽心热了，把廖文揽在怀里："像，像！我胡子老长，这里有水有草，就是没有羊。"

汪坤也拉着牛凑到常炽身边："我们有牛。"

常炽："那，我们这三个苏武就牧牛！"他抚摸着牦牛，察看着牛背上的东西，继续说道，"不过，苏武没有步枪、手榴弹……"

汪坤把话接过来："也没戴'五大洲'的帽子！"

"说得好，"常炽高兴地叫起来。他揽住两个小鬼的肩膀，问道："你这个大苏武，叫什么名字?"

汪坤："汪坤，红五军团三十七团二连文书。"

常炽又问廖文："这个小苏武呢?"

廖文："四方面军三十军军部通信员，我叫廖文。你呢?老苏武?"

常炽："我姓常，就叫我老常同志好了。"

汪坤："老常同志，你是干什么的?"

"这个嘛，"常炽犹豫了一下，拍拍铁皮箱："挑夫，为革命挑了几年担子的老挑夫。"

常炽深情地注视着两个红小鬼，一个念头在心头浮动。他问道："是'少共'吗?"

廖文指着汪坤："他是共青团员，我不是——指导员说我还小。"

常炽点点头："听我说，小同志!现在，我们三个人是最最富有的人啦！"他用指头一一指点着，"这牦牛、武器，都很宝贵；还有我这副挑子，也是宝贵的。"

廖文："那里边是什么?"

常炽："暂时保密！"他又嘱咐地，"要是我牺牲了，你们要挑上它，一定要交给党、交给集体，记住，钥匙在我身上。"

两个小战士严肃地点点头。

“还有那支箫，”常炽拍拍竹杠，“就在这里头，你们也把它拿上。”

廖文：“我也学着吹。”

常炽点点头：“那就说定了？”

“一定！”汪坤伸出了弯着的指头，廖文也依样伸出了手指。

常炽勾住了小战士的手指，开心地笑了。他把捆他的那根绳子解下来，递给汪坤：“好，把牛绳系长点，我们走吧！”

另一块草地上，也响着年轻人的笑。许苓拿只木梳正在用心地给萍萍梳理着头发。小秦不知从哪里捕来一只硕大的蝴蝶，逗着萍萍玩。

萍萍开心地笑着。

小秦奇怪地：“哪里来的梳子？”

许苓瞟了他一眼：“你管那么多干什么？”她给萍萍梳了两只小辫，又盘在头顶上，插上了野花，然后掏出一面小镜子给萍萍照照：“萍萍，好看吗？”

萍萍高兴得直拍手：“好看，你真是个好妈妈！”

许苓生气地拿过小镜子自己照照。镜子里一张红红的脸。她也忍不住笑了。

旁边的两个人却没有笑。

肖国成正仰望着天空。太阳偏西了，乌云又从天边涌上来。

曾立标半躺半坐着，正在把两根木棍捆绑在一起。他不安地说道：“连长，这天要变，不能再等了！”

肖国成下了决心：“好！”他喊道：“许苓同志，把孩子背起来，走！”

许苓：“孩子的妈妈……”

“走！”肖国成厉声的命令，“小秦，再联络一次！”

曾立标把手里那根丁字形木棒插进一个大草墩。被削尖了一端的横竿上面，用铅笔写着："向北前进"。

许苓抱着萍萍装进背篓。萍萍问："我的妈妈呢？"

伍芝兰扶着伤员艰难地登上土丘。她四下里打量着。

伤员："同志嫂，找什么？"

伍芝兰："找孩子。刚才放在这儿的。"

伤员大惊："什么，你还带着孩子？"

伍芝兰默默地点点头。稍顷，她振作了一下："走吧，找到自己的同志就好办了。"

孤零零的路标在风里轻轻晃动。

等伍芝兰扶着伤员赶到这里，肖国成他们已经走远了。

伍芝兰望着远处，低低地叫了声："萍萍！——"

三

一支小队伍继续在草地里踯躅着。五个人，却只有三双腿在小草墩间移动。

走在前头的是护理员许苓。她的情绪依然那么好，边走边唱着四川民歌："茅草屋，笆笆门，红苕胀死人……"歌子被她唱得十分凄婉，叫人听了揪心。她背上的背篓里，萍萍不知什么时候睡着了，小脑袋随着背篓的颠动摇晃着。

走在她身边的是司号员小秦，他手抓着背篓的带子，却在小心地护持着。

小秦："真看不出，你小子还有这一手！唱得真好。要对歌，能把女孩子气死。"

"什么男呀女呀的？"小许瞪了小秦一眼，"你干嘛不唱？"

小秦："你当我不会唱？"说着清了清喉咙，唱起来："冲上前去啊，同志们奋斗！……"实在不大好听，不唱了。

许苓咯咯地笑起来。

小秦叹了口气:“自打学吹号，天天拔音，不知怎的就倒了嗓子,唱起来像只公鸭叫。”

“公鸭?”许苓看看小秦,笑得更欢了。

小秦:“你总是那么乐和,无缘无故地傻笑。”

许苓:“跟同志们在一起,我就觉着打心眼里高兴。”她向小秦靠近了些,放低了声音,“你不知道,刚才下大雨那阵,我照顾的那个伤员牺牲了,就剩了我一个人,我可害怕啦。”想起刚才的情景,她还心有余悸,情不自禁地抓住了小秦的胳膊。

小秦:“男子汉,大丈夫,一个人又怎么样?!”

许苓斜了他一眼把话岔开:“你说怪不,见了人,哪管是个三四岁小孩,也就不怎么怕了。”

小秦:“可也是。人就是这么个玩艺,就得成群。我就爱吹集合号、冲锋号……哎,你累了吧?让我背会儿?”

许苓摇摇头:“不。连长背个大人,才累呢。”

小秦扭头看去。

肖国成的确累了,脚步都有些不稳了,脸上的汗水像水洗过似的。

曾立标:“连长,扶我走会儿吧!”

肖国成:“不!”

曾立标:“要不,就歇会儿。”

肖国成:“不!”

曾立标:“你总是不,不……”

肖国成:“你不看这天?得赶到个干些的地方。”

曾立标仰头看去。大块的雷雨云正涌过来。

突然,小秦喊起来:“前边有人宿营了!”

前边三四里路的地方,一块不大的高地上,到处挤满了人。有伤员、病号,有护理人员、担架员,还有一些看不出身份的散兵。有男有女，有老有少，显然都是些掉队下来的，临时凑在了一起；又显然没有什么组织领导，人们各自忙乱着。有的在生火做饭，有的忙着搭帐篷，有的在低着头搜寻着野菜，有的像是刚到，正在人堆里寻找着安身的地方。

在一副简陋的担架上，一个伤员躺在那里，身上、腿上几处伤。两个女战士正在忙着给他换药；伤员不时发出凄厉的呻唤声。一个女战士正在安慰他："同志，忍一忍，……没有药呵！"

不远处，一个战士正把一个病人抱在怀里。病人急促的喘息着："水，水……"

旁边，几个战士正围着一堆柴禾在生火。柴禾湿，沤出一股股浓烟。有人被呛着了，咳嗽着，骂出了声。一个小战士从火边抬起张黑鬼似的脸，眼泪鼻涕地："同志哥，别骂，一会儿你就该来求我啦!"他俯下身去吹着。突然，一簇火苗跳起来，人们欢呼着，嬉笑着，把湿了的衣物伸了过去。

在一丛浓密的矮树边，一个干部模样的人正在认真经营着自己的窝。他把一堆乱草铺平，垫上油布，又铺上一小块毛毯，却又把粮袋、驳壳枪、子弹带围了个大圈，然后舒舒服服躺下来。

一个战士肩着两支步枪，扶着一个头上缠满纱布的伤员走过来，商量地："同志，挤一挤，让这个同志……"

那干部："什么?挤一挤?这么大个草地偏往这里挤?!"

战士："他负了伤……"

干部一扬胳膊。那里也缠着纱布："伤？老子这也不是狗咬的呀！"

战士生气了："你！……"

干部看看战士的脸，语气和缓了："好，搭这么个窝也不容易，给一碗炒面就换给你！要不，给件衣服、给块大洋也行。"

伤员笑了笑："同志，你还挺爱开个玩笑。"

干部正色地:“谁给你开玩笑?”

战士发怒了,攥紧了拳头。伤员和解地:“走,咱们另找个地方去……”

“不!”战士拿起粮袋看了看,已经不多了,便从上衣口袋里掏出一块银元扔给了那人,用脚把驳壳枪踢开,扶着伤员靠着树丛坐下来。

干部拿起银元,凑在嘴边吹吹,又忙拿到耳边听听:“嘿,这袁世凯活着老是反对革命,死了,这大头倒还有用。”

小高地边上。

牦牛正在大口地吃着草, 汪坤和廖文正在动手把牛背上的东西卸下来。常炽手里扶着扁担,正在望着乱哄哄的人群出神。

廖文吃力地把一挺轻机枪从牛背上拿下来放到地上, 眼睛却望着人们:“嗬,真热闹! 去看看去?”

汪坤卸下了最后3枝步枪,说道:“走!”他抓起牛绳捆到常炽的扁担上,叫了声:“老常同志!”

“嗯。”常炽还在看着人群,眉宇间流露着焦急。

汪坤:“我们去看看去。”

常炽:“好,细看看,有多少人,都是干啥的……”

他的话没完,两个小鬼跑走了。

常炽向四下里看看,见身边没人,连忙掏出近视眼镜戴上,又从短裤边上把线撕开,拿出了两寸长一截铅笔,然后打开箱子,拿起药瓶,往一张纸头上逐一登记起来。

他干得那么专心, 几滴雨点落下来打到他背上, 他也没有发觉。

不远处,肖国成背着曾立标走上坡来。他停住了脚,注视着这乱糟糟的人群,目光落到了常炽身上。这个花白胡子的老头引起了他的注意,他便迈步向常炽走去。

快要走到常炽身边的时候，雨点密起来了，雨里夹着几粒冰雹。

“不好!”肖国成叫了一声，三脚两步跑到了牦牛身边，把曾立标放下，又转身招呼：“小秦，小许，快过来！”

常炽发现了冰雹，吃了一惊，连忙把纸头、铅笔扔进铁皮箱，盖严，锁好；又向牦牛奔去。忙乱中，眼镜掉在了地上，他弯腰摸了两把，没有摸到，顾不上再找，连忙拉住了牛鼻圈，拍打着：“卧下，卧下！"

牦牛顺从地卧在了地上。常炽就势抱住了牛脖颈，用身体护住了牛头。

肖国成把这一切看在了眼里。他弯腰拣起了眼镜，正要还给老头，却发现冰雹下大了。

冰雹来得又急又大，指尖大的、毛栗大的雹粒猛烈地撒落下来，水草倒下来，一棵小树眨眼工夫叶子打光了，变成了光秃秃的树枝。

肖国成拉过许苓，一下子推到牦牛身边。然后转回身，望着混乱的人群。

突然的袭击，使整个小高地上更乱了。人们东奔西跑，寻找着躲避的地方。这边有人“哎哟”一声栽倒了，那边一个人慌乱里跑进了泥潭，一声惨叫被水淹没了。

肖国成焦灼地跺着脚喊：“同志们，不要乱，赶快去救伤病员……”

他的话，被风雨声吞没了。

他抽出枪，对空打了三发，人们有的稍稍一愣，混乱还在继续着。

他扬起手，想拦住奔下来的一群人，却被人流撞倒了。

他倒在地上，痛心，又无力改变这个局面。“怎么办?怎么办?”

他悲怆地喊着,就势抱住了一个爬到身边的重伤员,自己却难过得哭出了声。

忽然,一只手抓住了他的肩膀,用力地摇晃着。

他抬起泪眼,认得出正是刚才见的那个花白胡子的老头儿。

常炽两眼定定地看着他。几颗冰雹打在他的脸颊上,他眼睛也不眨。他厉声地问道:“在党吗?”

肖国成点点头。

常炽:“共产党人身体里,要少生产点这玩艺儿。”

“什么?”

“眼泪。”常炽扬起袖子给肖国成擦擦泪水,就势附在他耳边,“把党证拿出来,集合起党员,先救伤病员。”

肖国成眼前一亮,霍地站起身,大声喊道:

“共产党员们,到我这里来!”

喊声,压过了风雨声;喊声,在草地上空回荡。

有几个人停住了脚,向着他跑过来。

又有几个人跑过来。

刚才在树丛坐着的那个伤员,推开照顾他的青年人,就往外爬。青年人拉住他:“你伤太重!”伤员推开了拉着的手:“我是在党的呵!”说罢向着肖国成爬去。

有几个尖细的嗓音在问:“‘少共’要不要?”没有得到回答,几个年轻的战士也向着肖国成跑来。这里面,有汪坤。

曾立标从牦牛边爬出来,一瘸一拐地走着。小秦连忙搀住了他。

小秦向着许苓:“我去啦!”

许苓:“等等我。”她把萍萍塞在牦牛肚子旁边把背篓扣在萍萍头上,又把背带在牛绳上绑紧了,小声嘱咐道:“萍萍听话,不要动。”转身跑去了。

刚才搭好窝窝的那个干部，早就把毯子油布收拾好了顶在了头上。听到喊声，他向着肖国成走了两步，又转回身，向着相反的方向跑去。

他跑着跑着，突然脚下一绊，扑倒在牦牛身上。

萍萍掀起背篓："叔叔，你看见叔叔妈妈了吗？"

那人一怔，把萍萍往外一拨拉，整个身子靠到了牦牛肚子上。

肖国成已经指挥着先赶到的同志把伤病员集中起来。这时他站在上风处，把衣襟解开，双手撑开衣角，喊了声："同志们来呀！"

一个人站在了他的身边，他看，正是那个老头儿。

接着，一个，又一个，……人们排成了一道人墙，撑着衣襟的手紧紧连着，身子前倾着，用脊梁顶住了冰雹，用胸膛掩护着同志。

冰雹继续无情地撒落下来。

那个重伤员也在掩护的队伍里。他咬着牙挺着。终于坚持不住，噗地栽倒了。旁边的同志连忙扶他躺下。人墙重又合拢了。

肖国成凑到常炽耳边："你这个老同志，骂起人来可真凶！"

"激你的！"常炽抱歉地笑笑，"其实，世界上顶宝贵又最不值钱的，就是眼泪，共产党人身躯里也有这种东西。你刚才的泪就很宝贵。"

肖国成："打我一棍子又给我一块糖？"

"给糖还早点。"常炽严肃起来了，"冰雹一停，就得赶快把党员组织起来，搞成个队伍；千万别散了。"

"嗯！"肖国成紧抓着老头儿的手，"选举你负责！"

"不，我不是党员。"

"什么？"肖国成瞟了老头儿一眼，"那，你把大家登记起来。"

"我不识字。"

肖国成笑出了声。他缩回手，从口袋里掏出眼镜递过去："给，不识字的知识分子同志！"

冰雹继续下着。

廖文趴在地上，一手抱着头，一手按着地面，往前爬着。不时"哎唷"一声，把手拿下来吹着被打肿的指头。突然，他的手碰到了一块硬硬的东西，拿起一看，是锅盖大的一块牛皮。他不禁高兴地叫出了声，连忙顶在头上，站起身四下打量了一下，向着牦牛卧着的地方跑来。

他扑到牦牛旁边，爱惜地抚摸着，牦牛也亲热地舔着他的手。他拔了把草，伸在雨里冲了冲，塞进牦牛嘴里。

这时，才听到了抽抽答答的哭声。

他循声看去，看见了孩子两条小腿在乱蹬。小腿裸露的地方，已被冰雹砸得几处青紫了。

"哪里来的小孩？"廖文忙把孩子抱过来，用牛皮给她遮着雹子，掀开背篓看了看，朝着小孩做了个鬼脸。

孩子破涕为笑。

廖文推推躲在牦牛肚子旁边的那个干部。那人有牛挡着，正躺得舒服；觉得有人推他，欠起了身。

廖文："这是你的孩子？"

干部："这……嗯……是……"

萍萍抚摸着小腿："他，他推我。"

廖文也看出了是怎么回事，气得噘起了嘴："你！……还是个干部哪，干这种事……"

"嗨，困难时期，革命友爱嘛！"那干部忙换话题，"小鬼，这牛是你管的？"

"是，怎么样？"

"过草地，这可是好东西。"那人沉着脸，"你个小鬼管它，我可不放心……"

廖文警惕地看着他："你走开！"

那干部:“还是把它交给我……”

廖文抱起萍萍,狡黠地:“那得看老牛肯不肯跟你哩!”他低声喊了一声,牦牛猛然爬了起来,把那人搡了个跟头。

那个人爬起来,骂了句什么。廖文又拍拍牛的脖颈。牦牛一转身,一屁股又把那人推倒了。

廖文快意地大笑起来。

萍萍也拍着小手笑了。

那人按着驳壳枪套正要发作,发现常炽正向这边走来。他看看天,雹子稀疏了。他留恋地瞥了牦牛一眼,转身走开了。

小高地的中央,一场生与死的搏斗刚刚过去,那些用身躯保护伤病员战友,被冰雹打得鼻青脸肿的共产党员们,又自动挤到了肖国成身旁。这是草地行军中最后一批共产党员的集会。他们有的坐着,有的歪倒着;有的在拧着湿衣服,有的从各种防湿的地方(油布包、猪尿泡、牛皮挎袋里)拿出了自己的党证。他们都望着肖国成,神情肃穆庄严。

肖国成站在大家面前,手里捏着自己的党证,他扫视着眼前的同志们,眼眶里贮满了泪水。

忽然,传来了轻轻的箫声,还是《苏武牧羊》的调子,只是吹奏得沉重、雄壮。乐音轻轻地掠过高地,掠过人们的头,仿佛给这个会定了个音调。

肖国成精神一振,讲话了:“中国共产党红军长征后卫部队全体党员大会开会,到会的党员 34 人,列席的少共团员 15 人。”他征询地扫视了一下会场,“第一项议程:选举临时支部的委员会。有什么提议?”

会场里很静。

一个沙哑的声音传来:“先,先说说你自己吧!”原来是刚才爬过来掩护战友的重伤员。他已是很衰弱了,由那个青年战士搀扶着,但眼里却闪着异样的光彩。

肖国成把党证举起来:“我,肖国成,红二方面军二军团后卫连连长。1933 年在洪湖苏区入党,党龄 3 年半。”

“一个好同志呵! ”重伤员像是发言又像是感叹。

另一个声音传来:“你也是好同志嘛,自己伤那么重,还赶了来……哪年入党?”

重伤员:“入党年数不算少了,可力量少,眼看党遇到难处,不能替党分忧呵! 我叫谢怀福,宁都暴动以后加入组织,一直在红五军团,当伙夫班长。”

稍停,一个高个子青年人站起来:“我,黄长友,红四方面军三十军一个机关枪排排长。党龄 2 年。”他指指脖子上的纱布,“我伤不重,能为大伙干点事情。”

一个女同志在担架边上欠了欠身,举起了党证。她正用自己的军帽给伤员擦着身子,湿漉漉的头发贴在面颊上。“同志们看看我行不?”她把头发往后一抹,露出俏丽的面孔,“伤员得有人组织护理,我是四方面军总医院护士长,李芳,党龄 3 年。”

肖国成望着同志们,心情激动。这是些什么样的人呵! 在党遇到艰难的时刻,在死亡的边缘站起来,走出来,向党要一副担子搁在自己那本已沉重的肩头上。一时,他仿佛看见,就是这几个人,把这支近百人的红军队伍带出了艰险的草地;就是这几个人,领着一支整齐的部队,正向陕北高原大步前进。

他定了定神,问道:“还有谁?”

静了一霎,一个声音打破了寂静:“同意这几位同志,选举吧! ”

“同意! ”几个人在喊。

一只手举起来了,34 只拿着党证的手举起来了。

肖国成:“全体通过。留一名额给以后收容到的同志。这届临时支委会,等赶上大队报上级党追认……”

那个干部模样的人凑到后边人的身边:“干什么?”

“选举临时支部。”

那个干部掏出党证,叹了口气:“他妈的,晚了一步。”

“嘘——”有人制止了他。

肖国成继续讲着:“……现在讨论下一项议程, 怎样以党员为骨干,组织行政的班、排……”

牦牛旁边。

常炽吹完了箫, 慢慢擦拭着箫管, 向着开会的地方深情地凝望。

廖文显然已经和萍萍熟识了,正在她身边忙着:他已经把萍萍的湿衣脱下来扭干,挂在牛角上晾着。又在牛背上卸下的杂物里找到自己的小衣包,找出件干的军衣给孩子穿上。又把两个铁皮箱并到一起,铺上那块油布,让萍萍坐在上面。

收拾停当了,这才发现箫声早已停了,连忙叫道:“老常同志,怎么不吹啦?”

常炽像是回答又像是自言自语:“这下一步……”

萍萍也学着廖文的样儿在叫:“老常同志,吹呀!”

常炽回过身,这才发现孩子:“嗬,老常同志!这么大的一个红军!”他来到孩子身边,亲热地用自己的胡子在萍萍脸上蹭着。

萍萍伸出小手,很有兴趣地摸着常炽的胡子:“同志爷爷,你见到我妈妈吗?”

常炽摇了摇头。

萍萍:“你见到我叔叔妈妈吗?……嗯,就是……代理妈妈。”

常炽:“代理妈妈?”

“嗯。”萍萍点点头,突然拍拍手,“来啦!”

许苓在小秦搀扶下,脚步踉跄地走过来。她在刚才掩护伤员的时候被雹子打得不轻,又浑身透湿,这回正冷得发抖。

许苓来到孩子身边,两个人偎抱在一起。

许苓心疼地看着孩子被打得青紫的小腿。

萍萍抚摸着许苓的头:“哟,叔叔妈妈,你长了一个犄角啦!……又一个,又一个……”

许苓呻吟了一声:“雹子打的。”

“痛吗?”

许苓点点头,又打了个寒颤。

常炽心痛地看着这些大大小小的孩子,默默地动手拣拾着树枝。

小秦想起了什么,抱着那个油布包走过来。有了焦干的柴禾,篝火很快点燃了。

廖文高兴地推了许苓一把:“快,把衣裳脱下来烤烤!”

许苓看看湿漉漉的前胸,却没有动。

小秦:“快点呀!看你扭扭捏捏,像个大姑娘似的。”

常炽看了许苓一眼,打开一个箱子,从自己衣包里拿出一件军衣递给了许苓。转身向小秦、廖文招招手:“走,去给伤员把火点上。”

小高地中央。临时党员大会正继续进行。

肖国成:“……那就这么定啦?第一,刚才确定的班长、排长立即把班排组织起来;按身体强弱搭配;第二,组织担架队,重伤员集中护理,由你,李芳同志负责;第三,从现在起,粮食由各班集中管理,定量发,保证伤病号;动员身体好的挖野菜充饥……”

“还要加一条,”机关枪排排长提议,“把武器弹药配好,检查一下!万一遇到敌人的骑兵……”

两三个人的声音:“附议!”

肖国成:“好。这四条,作为这次大会决议案……”

后边有个声音打断了他的话："这么弄，拖着、背着的谁也别想活着走出草地……"

这话引起了不满，有人反问："依你，丢下同志不管啦？"

还是那个声音，只是低了些："不看是什么时候？能活出几个就不错啦。"

"我同意，"那个干部模样的人把话接过来，"我主张，咱们，谁也别管谁，自由行动。"

有人问："不管？"

"对，我们，凭什么受这个湖北佬管？他算老几？"那干部晃着手里的党证，"粮食集中，给他？叫这个'九头鸟'带走了怎么办？"

肖国成被激怒了："你是干什么的？"

那人大模大样站起来，拍拍驳壳枪："冯朝，四方面军总部的，总部，懂不懂？"他环顾四周，"我问问，四方面军的同志，咱们干嘛受二方面军的这么个人管，咹?！"

会场乱了。有几个人附和着冯朝，喊叫着："对，谁也别管谁！""分散活动，自由行动！"……有人在斥责冯朝："别捣乱！""这是党的会议！""你还是不是个党员？"……

青年战士扶着重伤员谢怀福欠起身："看，就是他。"

谢怀福看了冯朝一眼，愤怒地："他，不是个好同志！"

冯朝认出了谢怀福，慌忙扭过了脸，口里还在叫着："这个会不合法，解散，解散！"

肖国成鄙夷地看了冯朝一眼："继续开会。现在表决！"

冯朝跳起来："愿意自由行动的，跟我走！"他边走边转身看看，只有刚才讲反对意见的人跟着他离开了会场。

肖国成的声音继续着："赞成这个决议案的请举手。"

拿着党证的手像小树林似的高高举起。

夕阳西下。暮色从草地四周升腾起来。

小高地上,一簇簇篝火烧起来了。每一堆篝火边上,就是一两个新编成的班排。这些来自不同家乡、不同部队的红军干部战士们,几个小时以前,还是单个的个体或者零星的掉队人员,他们受了伤,生了病,又远离了人群,孤零零地踯躅在荒无人烟的大草地上。他们踏着的每一个草墩,都是生和死的边缘。他们靠着革命意志和求生本能扭在一起的力量,和自然环境的摧残力进行着搏斗。而现在,他们,每个人却从单体归进了集体,每个人,都成了这支小部队的一部分。尽管这支部队还很小,也很软弱。然而,组成它的人觉得这是自己的,自己的家,自己的肌体,自己的灵魂……就像这堆篝火一样:一根根柴禾架在一起,被火种点燃,就蹿起了火苗,发出了热和光。

看,一件件湿透的衣服伸向了火旁,衣服上浮泛着一层淡淡的雾气。

看,搪瓷碗、洋铁皮的杯子,还有脸盆、铜盆、砂壶、瓦罐摆到了火炭上,吊起在支架上,里面煮着的野菜、炒面糊糊,发出"嗞嗞"的响声。

一堆火旁,响起了粗野的笑声。

另一堆火边,几个女战士小声唱起了歌。

一支动情的、豪放的、又略带悲凉的歌声,随着篝火在跳动,随着细烟袅袅上升,在这原始荒原上飞飘。

牦牛的近旁。一堆篝火烧得正旺。

篝火边,许苓抱着孩子,低声哼着小调,慢慢地摇晃着。萍萍嘴里含着一根野菜,却已昏昏欲睡了。

小秦喝完了自己小碗里的野菜糊糊,贪馋地舔着碗,眼睛却贪馋地望着许苓的茶缸。终于忍不住了:"小许,你碗里还有吗?"

许苓:"还有点。"说着拿起茶缸递过去。

小秦不好意思地："这……你再吃两口。"

许苓："我冷，吃不下。"她喝了一口又递过去。

"同志哥，你真好！"小秦忙不迭地接过来，却发现萍萍："看，孩子快睡着了。我给她搭个铺！"

他随手揪来几把草垫好，把油布铺开。

曾立标隔着火堆把刚烤干的一件羊毛线背心扔过来："给孩子盖上，夜里冷！"

"这好办！"廖文牵着牦牛走过来，"我给萍萍盖个房子！"他把指头伸进嘴里，又拔出来试了试风向，然后把牛牵到上风，口里"嗬嗬"叫了两声，牦牛便听话地卧下来。

"好！"小秦高兴地把油布拉到牛肚子边上："好，靠着牛肚子，暖和。"他又把一条粮袋放到油布边上，对许苓说："你们娘俩睡吧！"

许苓不高兴地瞪了他一眼。

小秦连忙改口："对，对，你们爷俩睡。"说罢，转身跑到火边，端起了茶缸。

许苓抱着孩子躺下来，给孩子盖上了那件毛线衣，她一只手当作孩子的枕头，一手轻轻拍打着。

萍萍睡意惺忪地喃喃呼唤："妈妈！"

许苓附在萍萍耳边，小声地："叫阿姨。"

萍萍继续叫着："妈妈！""妈妈！"

许苓望着孩子，眼角挂上了泪水。她深情地把孩子抱紧了，低低地答应了一声："哎——"

"妈妈——"

"哎——"

孩子听到了应声，睡着了。

许苓打个冷战，向孩子靠近了些，也睡着了。

小秦舔完了茶缸，打个呵欠："小廖，你不困？"

廖文趴在铁皮箱上已经睡了，听到叫声，猛地一惊，含糊地："我看挑子，看牛，等汪坤……他登记花名册去啦！"

曾立标："去，睡去。这里有我呢。"

小秦在许苓身边躺下，紧紧偎住了那微微发抖的身体；一只受伤的胳膊搭在她的肩上。廖文抱住了小秦的腰。两个人很快发出了鼾声。

小高地边上，篝火照不到的黑影里，三个人坐在一块油布上，正亲热地小声谈话。

冯朝从挎包里掏出一块东西丢进对面小战士的洋瓷碗里："小朱，给！犒劳你。"

"什么?"

"牛肉干，咱们四川地道的麻辣牛肉!"冯朝嘲笑地，"这，自由自在，不比喝野菜汤强?你说对不，侯志平同志。"

侯志平，就是刚才跟着冯朝退会的那个人，愤愤地："那个护士长要我给伤员抬担架，我才不干哪。她还直说什么活着为别人……"

冯朝："谁叫你不也负伤的?那就有人为你活啦。"

侯志平："那你?……"

冯朝一把把左臂的绷带扯下来，晃着胳膊笑了："看，这伤！"

小朱噙着牛肉干，愣住了。

"受了伤，别人就爱你、帮你，这是咱们红军的一大好处。"冯朝得意地，"落到这个地步，首先得顾自己。活下来也是革命的一份力量嘛！"

侯志平点了点头。

"有胳膊有腿的大活人，干嘛受别人的制?"冯朝把声音压低了些，"自由行动，有的是办法！"

他越说声音越低，听不清了。

小高地另一侧,篝火照不到的黑影里,又有三个人挤坐在一起交谈着。

肖国成把一张纸看完,小心地收进衣袋:“汪坤同志,从现在起,你就是咱们这支部队的文书啦。花名册由我保管,往后每天宿营以后填一份实力统计给我。”

汪坤:“是。”

肖国成把粮袋解下来,交给汪坤:“快回去,吃点炒面,睡觉。”又补了一句:“照顾好那个孩子!”

常炽又嘱咐了一句:“喂喂牛,看好我那副挑子!”

望着汪坤走去的背影,肖国成对常炽说道:“既然你不识字,就不给你看了。”

常炽凄然一笑,没说什么。

“一共 77 个人,外加一个 4 岁的女孩。”肖国成扳着手指数着,像是在向上级汇报,“党员 35 人,少共团员 17 人。”

“统计,不大确实。不过也想不到,”常炽高兴地说道,“差不多是一个连。”

肖国成:“哎呀,这个连!单位包括了 3 个方面军、9 个军和军团。就是伤病员多,轻重伤 41 名,重病号 8 个。”

常炽:“粮食怎么样?”

“情况不好。有干粮袋的只占三分之一,都剩下不多了。老炊事班长交出了 3 斤多酥油,还有一头牦牛。刚才每人只准吃 1 两炒面,重伤员是 2 两。”

“不行,还得减!”常炽计算着:“第一次过草地用了 6 天,第二次是 11 天,这次嘛,我们走了还不到一半,这么个速度,估计还得五六天才能走出去。”

两个人都感到了形势的严峻,谁都不说话了。

停了一会儿，常炽动情地说道："肖连长，无论如何，你得把这些同志带出草地，带给党！"他仰起头，沉思地，"保存下这支红军不容易！全国劳苦群众把希望放到了这支队伍身上。多保存一个同志，就多一颗革命的种子呵！"

"我，和你！"肖国成也很激动，"在这里，干部除了你，就我这个连长啦。"

常炽："我，一个老挑夫……"

肖国成抓住了常炽的肩膀："你这是为什么嘛！"

"我说文书统计得不确实嘛。"常炽轻松地笑笑，"支部书记同志，我是个反革命，一个等待枪决的肃反对象！"

"什么?"肖国成一惊，手却抓得更紧了。

常炽哎哟一声："你抓着的那地方，中午以前还用绳子捆着。遇上那场暴风雨，押送我的同志牺牲了。"他掏出那份文件，连同那挺花机关递给了肖国成。

肖国成接过文件看看，读出了声："……兹有本部……嗯，看押革命的死敌、反革命分子常炽……希沿途各部予以协助是荷！……嗯，一九三五年九月五日。……"

常炽："看清楚啦?'各部予以协助'！协助看押我这个反革命。"

"这……"肖国成定眼望着这个花白胡须的老头儿，"什么问题?"

"因为我反对了张国焘同志!"常炽依然说得那么轻松，"去年这时候，一过草地，党中央北上陕北，张国焘同志要南下。我提意见要跟着中央北上，这就犯了忌，撤了我的职。后来他要自立中央，我反对，我不举手，就抓起来，说要肃反。刘伯承同志通过朱总司令把我要到红大当教员，暂时没杀掉。"

他急剧地咳嗽起来。肖国成替他轻轻捶着后背。

"刑讯，折磨得凶，受了点内伤……"常炽深深叹了口气，"到了甘孜，又要杀。多亏你们来得快。和二方面军会师以后，贺龙同志和任弼时同志又在打听我，这才又押进了运输队。”

肖国成：“赶上了大队，你可以直接向贺、任首长报告。”

常炽笑了笑：“个人的生死、荣辱算不了什么，这场悲剧才教人痛心！一次分裂，百丈关拼了一仗，部队伤亡很大；又多过了两次草地……多少同志的鲜血和生命呵！”

肖国成注视着这个受尽磨难的老头儿，心情激动。

“同志，你还年轻，有些事你一时也许还不明白。革命需要流血，流汗，流泪。有时候，只有血，才能使人聪明起来，只有血才能使革命前进！至于我嘛，”他掀起衣襟，撕开一个补丁，拿出了自己的党证，“看，党证沾了点血，可是还在我身上，一颗共产党员的心，还在我的胸膛里。这就够了！只是，我这个情况给你出了难题。”

肖国成诚恳地：“不难，在实力统计上加一个党员就是了。”

常炽：“那，我向支部提一个请求。”

肖国成：“什么？”

常炽：“派一个身体好的同志跟着我。”

肖国成：“不必了。”

“当然，我压根就不需再有人押着，”常炽严肃地，“我找你，是有重要的情况报告：我挑子里是一批贵重的药品。”

“真的？”

常炽：“党的财产我现在不能交给任何人！必须有党的决定才能动用。”他掏出两张纸郑重地交给肖国成：“这是药品的清单。”

“同志，谢谢你！”肖国成激动地接过清单，随即紧紧握住了常炽的手。

两只手在动，解着牦牛的缰绳，绳子被解开了。

冯朝伏在地上，把牛绳交给侯志平，自己继续观察。

篝火的火苗早已落下去了，偶尔有几粒火星在夜风里闪烁。篝火边几个人睡得正香。

冯朝爬了两步，轻轻推开许苓的脑袋，把粮食拿到了手。

小朱从背后戳戳冯朝，低声地：“瞧，是孩子的。”

冯朝向后摆摆手，又从小秦身边拿起了一袋。

牦牛被侯志平拉起来。

萍萍身子动了动，喃喃地叫了声。

冯朝一惊，慌忙向后爬去。

三个人拉着牦牛、背着几条粮袋，迅速消失在夜幕之中。

夜风吹来，萍萍被冻醒了，朦胧中，她低叫着：“妈妈。”

许苓没有答应。

萍萍伸手摸摸，牦牛没有了。她又在许苓身上摸着，摸到了许苓的脸，掰她的眼皮。

许苓：“萍萍，别闹！”

萍萍：“叔叔妈妈，牛跑了。”

“什么?”许苓睁开眼，这才发现小秦正抱着她。她连忙坐起身把小秦推推，叫起来：“牦牛跑啦！”

小秦醒了发现粮袋没了，也在叫：“连长的干粮袋呢?”

旁边的几个人都醒了，忙乱地搜寻着。

肖国成和常炽走过来。人们诉说着。

常炽：“不要急，看看蹄印，牦牛往哪个方向去了。”

黑暗的草地里。

冯朝等三个人慌慌张张地走着。

侯志平牵着牦牛在前头。他小声问：“往哪走?”

冯朝：“别管，走出去再说。”

小朱：“人家追上来怎么办?”

小高地边上。

追赶的人停住了脚。

肖国成:“汪坤,跟我下草地,追! ”

廖文:“我先把牛叫回来。”他两手拢在嘴边“嗬嗬”地叫起来。

草地里,牦牛听到了叫声。它停住了,又突然一转身往回跑去。

侯志平被拉了一个跟头。他趴在草墩上问冯朝:“怎么办?”

冯朝挥挥手:“快走! ”

牦牛从黑暗钻出来,跃上小高地,来到了廖文身边。

小秦晃着大拇指:“小廖,你真神。”

许苓也抱着萍萍赶来了。萍萍亲热地摸着牦牛。

肖国成还要进草地去追,常炽拉住了他:“算啦,牛回来了就是个胜利。”

肖国成愤愤地:“竟然有这样的人! ”

常炽感叹地:“有什么办法呢。好的,坏的,总要在一起存在一个时期。问题是能不能让好的越来越多! ”他摸摸萍萍的小脸,“萍萍,你说对么?”

萍萍不解地望着他。

四

拂晓。草地里弥漫着浓雾。

浓雾里钻出一个人影。走近了,可以看清是伍芝兰。她正在临时营地上察看着。

在一堆篝火余烬的四周,东倒西歪地睡着八九个人——显然,她的队伍已经扩大了。

伍芝兰给这个盖好身上的毯子，又把那个压在胸上的步枪挪开……她慢慢走到离篝火较远的一个同志身边，只见那人身边一个旧铜盆里放着一堆野菜,人却蜷伏着。她摇摇他的肩膀:“同志,醒醒!”

那个同志却再也不会醒来了。只见那人一手握着步枪,一手抓着一把野菜根;嘴角上、胡茬上挂着野菜的碎叶。

她把那同志的帽子往下拉拉,又掰开手指取下步枪,口里喃喃自语:“同志,松松手,把枪给我吧!”她把枪挂上肩头,又端起那盆野菜,仔细看看,神情庄严地向着死者:“你留下的话,我懂!就靠这些野菜,我能把同志们带出去!”

她霍地转过身,走进草地,一弯腰拔起一棵野菜,又拔起一棵……

突然,她看到不远处一只水鸟站在那里。等她看清是只头雁,摘下枪来,那雁已经长唳一声起飞了。

接着,雁群升上了高空,排成了“人”字形的队伍,轻盈地向前飞去。

伍芝兰望着远去的雁行,脸上呈现出坚决的表情。

浓雾笼罩着的草地,三个人在踽踽前行。

小朱的脚一滑,差点儿踩进泥潭。他倒抽了口冷气,埋怨地:“我说,咱们这是往哪走哇?”

侯志平:“谁知道哪!这得问问为头的。”

冯朝没有答腔。他正被死亡的恐惧包围着,神情慌乱。

小朱嘤嘤地啜泣起来:“……跟大伙儿在一块儿多好……”

冯朝:“别哭啦!烦人!”

浓雾里,队伍在行进。

走在头里的是伍芝兰。她全身挂满了东西,背上,交叉背着两枝步枪,腰间系着两个手榴弹、一只铜盆。右肩上挂着驳壳枪的枪绳,另一端拖着个胡乱捆扎成的爬犁样的架子,上面半躺半坐着一个垂危的重伤员。左手挽着她救出的那个伤号。

重伤员在爬犁里欠起身，抓住了枪绳乞求地："伍排长，让我下来爬几步吧，你也歇歇！"

伍芝兰头也不回地："别说话！"说罢，奇怪地仰起头，喊道："哎——同志们！……"声音很亮，又透着甜润。

过了一会儿，后边浓雾里传来了喊声："哎——排长——"

伤员："同志嫂，你这个办法不错。"

"逼的嘛！"伍芝兰苦笑了一下，"看，我实在没有什么再给同志啦，就还剩了这张嘴啦。哎——同志——"

后面，传来了呼应。

"说实在的，听着他们的声音，我也觉得添了劲。"伍芝兰动情地，"有一回，孩子他爹跟我说，世界上最好听的，就是听战士们说话、叫同志。我不信，还跟他吵了嘴。我说：'我叫萍萍他爹，不好听？'……哎——同志——"

伤号："你那孩子她爹在哪个单位？"

"在红三十军当营长，"伍芝兰声音很低，"去年打百丈关，牺牲了。"

伤号扭转了头。

伍芝兰："我带着我那个排掩护医院往后撤，带着孩子见了最后一面。这回，他说我的话很好听，是甜的。……真的，至今孩子还常问我：'妈妈，话怎么是甜的？……'"

她陷入到回忆里去了，听到了拖犁上伤员的唏嘘声，才猛然醒过来："同志，你怎么啦？"

重伤员："伍排长……你，你那个孩子，兴许还在……"

伍芝兰没有说什么。她使劲一躬身，拉得快了些，口里喊着："哎——同志——"

那声音，像是甜的，又像是苦的。

浓雾中，冯朝等一行三人在烂泥里挣扎。

冯朝靠小朱近了些："小朱同志，把你那根木棍换给我怎么样？一大把牛肉干。"

小朱没吭声。他正用木棍探着路，跳过一道泥沟。

冯朝："要不我买你的，一块袁大头。"

忽然，走在前头的侯志平"哎哟"一声摔倒了。一个个黑乎乎的东西纵身跳起，从他面前跑了过去，原来是一小群黄羊。

冯朝惊慌地："不好，走到没人的地方来了！"

就在这时，前方远处传来了细微的人声："哎——同志——""哎——排长——"

三个人惊喜地向前望去。

浓雾在渐渐消散，人的轮廓显现出来。

伍芝兰继续带着她的小部队在前进。她还是不时仰起头来喊着。后边五个人应和着。

伤号："行啦，同志嫂，你歇会儿，不用喊啦！"

"好，再喊一次！"就在她仰头要喊的工夫，前面出现了一个黑点。

她以极快的动作抽出驳壳枪，在大腿上一擦，扳开大机头，推上了顶膛火，机警地望去。

一小群黄羊飞速奔来。

伍芝兰抬手两个点发，羊群消失在雾气里了。

伤号："不知打着了没有？"

伍芝兰："两只。"她轻吹着枪口的烟。脸上头一次有了笑容，"能解决一下咱们的肚子问题了。走，去找找。"

果然，两只黄羊倒在草丛里。

伍芝兰安排好两个伤员,自己把猎物拖到爬犁边。后边的同志也你搀我扶地陆续赶来。

有人在叫:“黄羊又回来了,快打!”

“别打呀!”随着声音,三个人跌跌撞撞地迎面走来。

走在前头的小朱,一头扎在伍芝兰怀里,哭出了声:“同志,可见到你们啦!”

伍芝兰奇怪地:“你们怎么往南走?”

侯志平正要回答,冯朝连忙接口:“雾大,迷失了方向。”

伍芝兰安慰着小朱:“同志,会合到一起就好了。我们一起走,再难也能走出草地。”

她重又挎起了枪绳。可是因为加了两只黄羊,更重了。她把几根空粮袋接起来,往拖犁上系着问道:“你们谁来帮一把?”

冯朝扬了扬缠着纱布的胳膊:“我,我去看看照顾后边的同志。”

小朱犹豫了一霎,接过了空粮袋:“我来。”

队伍重又前进了。

队尾,冯朝附在侯志平耳边:“你不看他们都断粮啦?我们还得单独走。”

又是一支部队从雾气里钻出来。

这支队伍虽然是些老弱残兵、还存在着明显的掉队人员的痕迹,然而确实已经成了一支经过整顿的、像样的队伍了。

走在头里的是连长肖国成,他背着曾立标。小秦已不需扯着连长的皮带了,他拄根竹棍走着,胸前的军号已从套子里拿了出来,擦得锃亮。许苓背着背篓紧跟在后面,背篓上和萍萍脑袋上又插满了野花,看去整个儿像背着个花篮。小文书汪坤和廖文,还是一前一后地赶着那头牦牛。走在连部直属队最后的是挑夫常炽,他依然挑着那副担子,扁担上挂着那挺花机关、拄着那根竹棍;只是鼻梁上多了副眼镜,使这个怪老头儿更显得不伦不类了。

肖国成扭回头望去。

在“直属队”后面是五六副担架,上面是重伤员,稍后是被搀扶着的轻伤病号;护士长李芳跑前跑后地照顾着。再往后就是黄长友带的战斗分队。它名字叫“步兵排”,实际上是身体稍强的人组成的一支运输队,每个人身上都挂满了枪支弹药。然而年轻的机关枪排排长黄长友却把人们带得井井有条。

黄长友跑到前边来:“连长, 当这样的值星排长, 没劲! 来,换换。”

肖国成接过包在帆布套里的轻机枪,黄长友背起了曾立标。

肖国成肩着枪跨到队列旁边,心情有些激动。他眼前忽然浮上昨天傍晚那混乱的景象。他束手无策,抱着伤员痛哭失声。耳边却响起一个声音:“共产党人身体里,要少生产点眼泪! ”……

他思路又回到了现实,却发现一大滴泪水落到了腮帮上。他连忙擦了去,笑了。

他看见许苓满头大汗, 脸色苍白, 忙从驳壳枪上解下毛巾去擦。

许苓闪身躲开了。

肖国成看着背篓里的萍萍,俯身去亲亲。萍萍推着他那浓黑的胡髭,格格地笑着,躲来躲去。

“你呀,根本不会爱!”常炽走过来。他指了指许苓:“让孩子靠路边歇会儿吧。”

肖国成不解地:“这就是会爱?” 但还是向许苓下了命令:“小许,过来! ”

他让许苓在队伍旁边找块干些的地方, 把孩子从背篓里抱出来。

萍萍站在如茵的草地上,一双清澈的大眼,望着行军的队伍,不时亲切地叫一声:“叔叔!”

抬担架的脚步慢下来了,都亲切地望着这花朵似的女孩。

一个担架员问:“你几岁了?”

萍萍扬起四个小手指:“4 岁。”

伤员从担架上起身, 从口袋里掏出核桃般大的一块东西扔给孩子。

许苓连忙拣起来,舔了舔:“盐?”

一个女战士停住了脚步,从腰间解下了一条毛线围巾,围到了孩子脖子上。

又一副担架过来了,担架员放下担架,浑身掏摸着,最后解下了粮袋向孩子走过来。

许苓忙把油布摊开。担架员往上边倒了一小把炒面。炒面散发着轻轻的粉尘……

这个头一开, 人们仿佛听到了什么号令, 一个个走到孩子身边,把点什么东西放到了油布上。

油布上,炒面在增多。什么都有:酥油、黄糖、奶酪,自制的牛肉干、羊皮背心,毛线袜子……

一个女战士把件花衣服放在衣堆上。另一个女战士放下了一截红头绳。

一个战士放下了三个鸟蛋。

一个小战士从怀里掏出一只小灰兔子。这显然是他的心爱之物,他犹豫了一阵,最后下了决心,小心地放到了萍萍的手里。

面对着这意外的情景,许苓又高兴又有点心慌。她不安地看着肖国成:“连长,这……”

肖国成却被这幅情景深深地激动了。他赞许地微笑着,胡子却在轻轻抖动,泪水溢满了眼眶。

只有萍萍例外,她依然瞪着秀丽的大眼看着这些人,看着这一切。直到队伍走完，许苓和肖国成把东西包裹起来的时候，孩子才突然抱住了许苓的脖子，小声地问道：

“这些都是给我的吗？”

“对，都是给你的。”

“给我了，为什么给我呢？”

“因为，因为……”许苓思索着，“因为大家都喜欢你，都爱你！”

萍萍昂起小脑袋想了想，若有所悟地：“爱谁，就把自己的东西给她，对吗？”

许苓没有回答。

肖国成也没有回答。

这个生活的真理，这个人与人、人与事业关系的真理，由一个4岁的孩子在这荒无人烟的大草地里讲出来，简直是惊心动魄!

一时，整个草地仿佛都发出了应和的回声：

“爱谁，就把什么东西都给她！”

萍萍还在问：“那……那我呢？”萍萍想了想，又问道，“我爱妈妈，我爱叔叔、阿姨，可我拿什么给你们呢？”

许苓和肖国成互相看了看，又没有回答——他们回答不了。

于是，天地之间只留下了这个4岁孩子的稚气的声音：

“……我拿什么给你们呢？”

五

夕阳的余晖，撒在草地上，把草地照耀得柔和而又美丽。就连草地跋涉者的剪影也变得峭拔、雄健，充满了诗意。

伍芝兰挽着小朱的臂膀，一用劲把爬犁拉上了土坡，似乎把最后一点力气都用尽了，两个人一齐倒在了地上。

小朱眼尖，一眼看见了不远处一堆篝火的余烬。他连忙跑过去拨弄着，居然冒起了火苗。

人们陆续来到篝火边上坐下来。

伍芝兰抚着小朱的脸:“这么瘦。多大啦?”

“属鼠的,12 啦!”小朱情不自禁地往伍芝兰身边偎偎,“巴中东乡的。”

伍芝兰:“这么小,爹妈怎么舍得你当红军?”

小朱:“撤出苏区,妈妈走散了,爹牺牲在杂谷垴。我就把爸的军装穿上了。”

小战士的话触动了女排长的心。她抱住了小朱的肩膀,低低地叫了声:“孩子!”

“排长,你好,你像个妈妈一样……”小朱把头扎进伍芝兰怀里,呜咽着,“我不好,我是个坏孩子!”

伍芝兰:“怎么啦?”

小朱:“我不守纪律,跟着人家乱跑,还……”他从伍芝兰怀里挣出来,坐起了身。忽然,他叫起来,“对,那天晚上,就是在这里,跟他们偷牛,连小孩子也不顾了……”他大哭起来。

伍芝兰坐起来,给他擦着眼泪:“别哭,别哭!”

伤号探过身问小朱:“你说什么?小孩子?”

小朱点点头。

伍芝兰也注意起来:“多大?”

小朱:“天黑,没看清。”

伤号:“是男孩还是女孩?”

小朱摇摇头。

伍芝兰失望地叹了口气,紧紧抱住了小朱:“好,好,能跟大伙儿在一起,就是好孩子!”她高声地,“来,找水,煮黄羊肉!”

伍芝兰望望篝火四周,问道:“还有两个同志呢?”

冯朝和侯志平早就不知哪里去了。

一条清清的小河,河边几簇灌木丛,简直成了草地的美景。

落日余晖里，队伍正忙着安排宿营。河边到处是欢快的人群。

许苓抱着萍萍来到河边。

几个男孩子正在河水里嬉戏。小秦站在齐腰深的水里喊着：“小许，快来呀！”

许苓转身走开。

她走到下游一丛矮树旁。树后，一个女战士探出头来。呵斥地：“小鬼，走到哪来啦，不快走开看我不拿皮带抽你！”

许苓苦笑一声，又走开了。

萍萍：“我要跟小秦叔叔和老牛一块儿洗。”

“他们是男的。”

“跟阿姨洗。”

“她们是女的。”

萍萍怔怔地望着许苓。

她俩终于来到了一个僻静的河湾。许苓帮萍萍脱了衣服，把她浸到水里。

轻风送来一阵悦耳的箫声。还是《苏武牧羊》的调子，但吹得轻快、悠扬，和眼前的情景十分和谐。

离河边较远的一簇矮树丛边，临时党支部委员会，已开了多时了，这会儿正进行着最后一项议程。

“……还是杀了它！”说话的是李芳，“今天又牺牲了两个同志，我检查了，是饿死的。”

排长黄长友：“杀了，那七八枝枪谁来背！”

“杀吧，还是人要紧！”炊事班长谢怀福倚着树根喘息着，他病情更重了，说话上气不接下气，“可能不能再等一两天……”

李芳嘴快地：“得，三种意见，各占一票！”

肖国成：“有个同志向支部提了个意见，剩的粮食集中给伤员，牦牛呢,先不杀……”

李芳:“同志吃什么?吃草?”

“对,吃草!”肖国成点点头,“把同志们逼一逼,准备更苦的时候。我看就这么决定了!”

谁都没有再说什么。只有箫声在回荡。

“好,同意!”李芳提起挎包站起来:“这个怪老头子!要药给一点点,牛又不让杀,什么都卡得紧紧的!”

人们陆续走开了。肖国成扶起了谢怀福。老谢轻声地:“还有个问题:有两个人提出要求入党,得讨论一下。”

肖国成:“入党?这样的时候,还顾得上这个?!”

老谢正色地:“正是这样的时候,党,才能得到真的党员!”

小河边上,四处幽静。

岸边矮树梢头搭着几件洗净的衣服,有小孩子的衣裤、许苓的军衣,还有两条空了的干粮袋。

矮树下,萍萍光着身子趴在那里,正手拿野菜喂着小兔子。小兔吃得正香,萍萍开心地笑着。

河边,许苓显然已经洗过澡,穿着内衣,在望着水湾出神。

水湾清澈、明净,晚霞映红的浮云照在水里,分外好看。水里,映出许苓那洗干净了的脸庞,和小花布衬衣裹着的上身,完全是一个秀丽的姑娘。

许苓注视着自己的影子, 抚摸着自己的短发, 眼前浮起了幻影:仿佛自己的头发一下子变长了,披在肩头一阵风吹来,飘飘洒洒,她正用心地把它编成两条长辫子。身上不知什么时候换上了一件花衣服。于是,一个亭亭玉立的姑娘映在了明镜般的水里。许苓欣赏着自己,发出了少女的妩媚的微笑……

突然,传来了萍萍的喊声:“叔叔妈妈——”

许苓一愣，水中的姑娘消失了，又换上了那个短头发的假小子。

许苓懊恼地噘起嘴:“什么叔叔,什么妈妈！……”

“叔叔——”萍萍叫声更高更急了,“衣裳跑啦! ”

果然,晾干的衣服正被风吹离了树枝。许苓连忙去追,还是有萍萍的一件短裤被吹上了天空,眨眼不见了。

许苓佯怒地拍打着萍萍的屁股。萍萍咯咯地笑着。两个人高兴地滚在草地上。

夜幕笼罩着草地,也笼罩着那块小高地。

小高地中央,一堆篝火烧得正旺。吊架上,一个小铜盆和两个搪瓷脸盆里,煮着黄羊肉,飘散着香气。

伍芝兰手挽着手领着小朱,在高地上走着,拣拾柴禾。

小朱发现了一根竖着的木棍，伸手就要去拔，被伍芝兰制止了。

“等等！”伍芝兰走过去,看出这是只路标,横杆上写着:“向北前进! ”

伍芝兰心情激动:“那天,在这里的同志多吗?”小朱:“多。差不多有上万人。”伍芝兰:“看,经了暴风雨,没有死一个人。那就是说,他们还有力量! ”小朱点点头。

“而且,他们还想着我们。”伍芝兰抚摸着路标,“知道吗?哪是北?”

小朱摇摇头。

伍芝兰指指路标的箭头，又循着箭头指去：“看，那就是北斗星。”

开阔的夜空里,北斗星格外清晰。

伍芝兰:“记住它。万一失散了，剩一个人也要往北走，走出去！”

小朱偎依在伍芝兰怀里："我再也不离开你啦！"

伍芝兰抱着这个大孩子，亲切地："对，孩子！不离开！跟着集体，跟着妈妈，不离开！"

一大滴眼泪落到了小朱的脸上。

一滴雨点洒落到泥水里，接着细雨刷刷地下起来。草地又变得阴沉可怖了。

肖国成指了指近外的几棵老树，喊道："快避雨！"

人们向着古树奔去。

青年战士背着谢怀福跌跌撞撞地来到一棵歪倒的树下。老谢已经有些昏迷。青年人喘息了一阵，掏出小洋瓷碗，接了点雨水，解下粮袋，抖进了点炒面，用树枝拌和了一下，喂到老谢嘴里去。

老谢醒来了，咂了咂嘴："哪里来的炒面？"

青年战士："还有点。"他扬了扬粮袋。

空空的粮袋，只有寸把长的一截还有粮。

老谢沉下了脸："干吗还给我吃粮？"

青年人显然误会了，连忙指了指腋下："我，还有。"那里半条粮袋鼓鼓囊囊的。

老谢推开碗："把它送给重伤员！"

青年人噘着嘴："你就是重伤员！"

肖国成走过来："吵什么？"

老谢又有些昏迷，说不出话了，指了指粮袋。

肖国成冒火地："你，你打埋伏？！"

青年战士护住了粮袋，默不作声。

"去呀，"肖国成捏紧了拳头，"去交给护士长！"

青年战士没有作声。

"你，自私！"肖国成怒不可遏，一拳打在战士肩胛上，"交出来！"他气呼呼地转身走开。

青年战士摸摸肩胛,又端起碗扑到老谢身上:“老谢,老谢!”

肖国成怒气冲冲地往前走,迎面碰上了李芳。

李芳焦灼地:“杀了吧!”

“杀,杀,你就知道杀!”肖国成眼里像喷火,“为什么你不能把那个班长救活?嗯?为什么?”

李芳:“他是饿死的!”

肖国成:“你,你无能!”

他推开李芳又往前走去。

一棵古树的浓密的树冠,像伞盖一样挡住了细雨。

树下,红小鬼们围着常炽,聚精会神地听着他讲故事,连萍萍也坐在许苓怀里注意地听着。

“……天,墨黑墨黑的,伸出手来也看不见指头。往哪走?才能走出这阴森森的原始大森林呢?”

常炽停住话,咳嗽了一阵,又说下去。

“这时候,丹柯解开了衣裳,一把撕开了胸膛,掏出了自己的心。那颗心在他手里咘咘跳着,闪光,发亮。丹柯把自己的心高高举起来,领着大伙儿往前走。走啊,走啊,走出黑黑的大森林。”

廖文问:“丹柯呢?”

常炽:“他倒在地上,死了!”

短暂的沉默。听众里传出了一阵轻轻的叹息。

小秦感叹地:“我们这里有个丹柯就好了。”

常炽:“有哇。”

汪坤:“在哪?”

常炽笑笑:“你,你,还有你廖文,小萍萍都是。”

“不信?”常炽拍了拍背后那棵古树:“你们看。”树上,有几处树皮被砍掉了,上面的字迹依稀可辨:“向北前进!”“坚决北上抗日!”下署“湖南部写”。

常炽:“湖南部就是党中央的代号。”他叹了口气,“要按这个方针,去年我们就到陕北了,这会儿……”

这时,肖国成气冲冲地走过来:“干吗不挖野菜去?去! 去! ”

孩子们散开了。

廖文牵着牛怏怏不乐地走开。

肖国成厉声地:“廖文! ”廖文站下来,肖国成却没有讲话,他摸了摸牦牛,说:“去吧! ”

许苓狡黠地在萍萍耳边说了句什么,然后把她往肖国成怀里一塞:“连长抱会儿,我得挖野菜去。”转身跑走了。

常炽:“火气倒不小! ”

肖国成声音有些颤抖:“又是三个! ”他把两张纸片递过去,“连昨天一共四个同志牺牲了,三个是党员。”

常炽看着三份党证:“……江西吉安,湖南桑植,四川通江……”

肖国成:“把牦牛杀掉! ”

“嗯。”常炽抚摸着胡须,“不过,牛下水、牛皮都别丢掉。还得省着吃。更难的时候还没到。”

“已经够难的啦! ”

“不。去年,和党中央分手,我们从包座南下,走了 4 天才到这里。”常炽指了指树上的标语,“我们这速度还得五六天。万一曲河一涨水,窝住了……”

肖国成:“杀了再说。我去找支委们商议一下。”

细雨中,人们三三两两在寻找着野菜。

廖文和汪坤、许苓一块儿边挖野菜边交谈着,牦牛慢吞吞跟在后面。

小秦摹仿着常炽,摸着“胡子”,学着湖北口音:“你,你,还有你廖文、小萍萍,都是丹柯嘛! ……”

许苓笑得前仰后合:“这个怪老头儿,真有意思。”

廖文把一棵野菜填进牦牛嘴里:“我可不够格。我太爱玩。”

汪坤装出大人样沉思地:“嗯,这老挑夫,他讲得有道理! ……”

许苓:“反正小秦不是,太馋了。”

小秦:“就你好,干什么都躲着大伙儿……”

传来了肖国成的喊声:“小许! 给你孩子! ”他把萍萍放在地上,围着牦牛走了一圈,走开了。

萍萍蹒跚地走来,从口袋里掏出一小块黄糖,自己咬了一口,又塞到牦牛的嘴边。

许苓:“萍萍,你干什么?”

萍萍:“给老牛吃,要杀老牛啦! ”

廖文:“瞎说! ”

萍萍:“两个胡子叔叔说的。”她学着样子,“把牦牛杀掉! ”

小鬼们全怔住了。

廖文像疯了一样,拔腿就跑。迎面遇上了常炽。他愤怒地冲上去:“不许你们杀牛! ”

常炽:“咦,怎么今天都爱发火?”

廖文:“你亲口说的:这是党的财产! ”他挥舞着小拳头,在常炽胸前擂着,“拉过钩的,不算数?”

肖国成走来:“廖文,别胡闹! ”

廖文放开常炽,转身一头撞在肖国成的胸前。

肖国成命令身边的黄长友:“拉走! ”

黄长友牵过牛,推开前来阻拦的汪坤、许苓,大步走去。

廖文定定神,“嗬嗬”地叫了两声。

牦牛挣脱了黄长友,又跑了回来。

谁也没法对付这个像只小疯狗的一样的廖文, 形势顿时僵住了。

稍停，常炽低声地："我知道，这头牦牛是廖文同志的心呵！"

廖文一愣。一霎间，他觉得自己仿佛变成了丹柯，手里托着一颗心——不知怎的，这心，却是牛形的。

廖文轻轻抚摸着牦牛，随手把缰绳解下来，然后扳着牛角把牛递到黄排长手里，自己却捂着脸痛哭起来。

人们静静地看着这一切。

只有萍萍抓着牦牛那长长的鬃毛，贴在自己脸上，把老大的一块黄糖塞进牛嘴里。

阴沉的草地。

两天前清澈得可以照人的那条小河，如今却浑浊不堪。

伍芝兰提着竹筒，小朱端着铜盆，两人沿着河岸走着。伍芝兰把核桃般大的黄羊肉逐个递到同志们的手里。

可以看见，她的队伍又扩大了，有了十几个人了。

伍芝兰把一份肉递给了一个年轻的战士，却看见他身边的枪扔在泥水里，上面沾满了污泥。她把枪拿起来，倚在矮树上，说道："吃完了饭，把枪擦一擦！"

那同志抬了抬眼皮："擦它干啥？又用不着那玩艺！"

她不悦地："军人嘛！哪能不擦枪？一会儿我要检查！擦枪布嘛……"她解下腰间的包袱，在一堆小衣服里翻拣着，找出了一件小花上衣。

"我有。"

伍芝兰奇怪地："你有？"

"呶，那不是？"那同志指指高处，"一会我去拿。"

伍芝兰抬头看去，只见矮树梢头挂着一件小花衣服，连忙伸手取下来。衣服，和她手里的那一件一模一样。她看着看着，一阵眩晕，倚到了小朱的肩上。

那个伤号欠起身："怎么啦？"

伍芝兰："我的孩子的衣裳，可孩子……"

"咳，同志嫂，你怎么胡涂啦！"伤号高兴地："孩子能到这里，一定是在自己同志的手里嘛。"

"在自己同志的手里……"伍芝兰自言自语，眼睛里充满了希望，她把衣服抱在胸前，低声呼唤道："萍萍——"

细雨濛濛，冷风阵阵。草地的雨夜是寒冷的。

篝火旁，许苓正在给怀里的萍萍喂饭。她把蒙在萍萍头上的油布掖了掖，把半小碗野菜加炒面的糊糊送到萍萍嘴边："来，再喝一大口。"

萍萍摇摇头："不吃！"

许苓劝诱地："看，小兔子大口吃草。萍萍也吃。"

看看兔子香香地吃着草，萍萍猛喝一口，皱起了眉头："我不吃草，我要吃面面。"

许苓擦去眼角的泪水，哽咽地："面面没有了，叔叔、阿姨都没有面面了。"

萍萍哭了，乱蹬着小腿哭叫："我，我饿……"

旁边，老炊事班长谢怀福正聚精会神地忙着。他把生牛皮带用菜刀切下一截，用根枪通条挑着伸到火里去。牛皮"啪啪"一阵响，爆起一层油花。

他向着身边的年轻同志："看清楚了？就这么办，能行！"他把烧好的牛皮扔进茶缸里，又用树枝从茶缸里夹出一块煮好了的牛皮，递给许苓："给孩子吃吃看。"

许苓接过来吹了吹，塞到孩子嘴里。萍萍慢慢咀嚼着，不哭了。

青年战士凑近老谢："你真好！什么也难不住你！"

老谢叹了口气："瞎说，眼看党落难遭灾，不能给党分忧，这，这心里难受啊！"他艰难地呼吸着，"你要入党，好！我观察你多时了。我介绍。咱们一起把困难掰碎了，你一块，我一块，分分扛起来……"

许苓静静地听着,情不自禁地说出了声:“还有我呢。”

萍萍也学着:“还有我呢!”

“有你有你,”老谢喘息着,“也为了你……”

青年战士从粮袋里掏出最后一把炒面,偷偷放进萍萍的碗里。

一堆篝火。火苗在慢慢落下去。细雨丝偶尔落到火炭上发出“嗞嗞”的响声。

篝火四周人们都蜷曲着身子睡着了,只有两个人在低声谈着话。

常炽望着肖国成:“该下决心啦,连长同志!”

肖国成长叹一声:“老常呵,我多么想把掉队的同志都带出去,一个不少地带出草地,带给党!”他扬起巴掌揩了揩眼睛,“想不到又困在这里……我真担心……”他声音更低了。

常炽:“就是为了走出去、才让年轻的同志先走,抢在曲河涨水之前走过去。先保住一部分!”

肖国成:“真有大雨?”

“我会算!”常炽向肖国成靠近了些,撩起自己的衣服,小声地,“你看看。”

肖国成抓起一块冒火的树枝照着,只见常炽腰背上鞭痕累累,腋下有一处伤口流着脓血,不禁“啊”了一声。

“嘘——保密!”常炽苦笑一声,“断了两根肋骨,想不到倒有这么个用处——留下了个晴雨表。今晚,至迟明天,有大雨。”

“这……”肖国成抚摸着常炽身上的伤疤,思忖着,“只能派出半个班掩护……”

急促的脚步声,常炽慌忙放下衣服。

走过来的是汪坤,他把一张纸交给肖国成。

肖国成看着:“唉,又牺牲了两个。”他发现了什么,“又收容了7个。总数是103个。怎,冯朝,那个捣蛋的家伙又回来了?”

汪坤:“还有个侯志平。”

“什么,还填上他们是党员?”肖国成指尖戳着统计表,气愤地,“这样的人也算个党员!”

常炽苦笑了一声:“有什么办法呢,在极端困难的时候,有的人在提高,往着人的更高处长;有的人呢,露出了本相,在往野兽窝里掉!”

“可他偏偏长着张嘴,说话吃东西!”肖国成叹了口气,“我可拿什么给同志们吃啊!”

他转身向着汪坤:“小文书,你去检查一下你们那些小伙伴,一定要睡好,准备明早执行任务。”

汪坤:“是,执行任务!”

肖国成:“我说的是:准备!”

汪坤刚走,黄长友和李芳走过来。黄长友:“派去侦察的人回来了。河没有涨,就是有一段烂泥地,不大好走。”

李芳:“准备好了,就只有一条牛腿,半袋炒面。”

肖国成:“好,我们商量一下,做个决议!”

一个黑影缓缓爬过来,爬近火堆,可以看清是老炊事班长谢怀福。

老谢喘着粗气,断断续续地:“你们、你们的话我,我都听见了!……”

肖国成扶住了老谢:“准备开个会……”

“我们几个伤重的,商、商量过了。”老谢几乎是恳求地,“让年轻力壮的先走,那是咱们的希望。我们嘛,爬,也跟上去。我们人受了伤,心没有伤,不会给党丢脸的!”

常炽抓住了老谢的手。接着,一只,又一只,五只手捏在了一起,五个人默默地望着。一个重大的决策在无言中决定了。

细雨中,伍芝兰带领着她的小部队在前进。她依然和小朱共同拖着那架爬犁,爬犁却似乎轻快了许多。木板在雨中的水草上轻快地滑过。伤号已经不需搀扶了,拄根棍子在后面走着,不时帮着把爬犁推上一把。

伍芝兰情绪比以前好多了,眉宇间多了点喜气,人显得更为英俊俏丽。她神情振奋地:“这么走,大概再有两天就能赶上他们了。”

小朱:“那,就能见到你的孩子啦!”

伍芝兰点点头,笑了。

伤员凑趣地:“小朱,那时候,排长可就不要你这个儿子啦!”

小朱撒娇地向伍芝兰靠靠:“那,我也不离开你!”

伍芝兰:“傻孩子,净讲些傻话。”她仰起头,神往地,“等出了草地,到了陕北,咱们一、二、四方面军会合在一起,革命大发展了,一个大家庭里,该有多少事情要我们去做呀!”

小朱:“我们一块儿做。”

“对,一块儿。”伍芝兰揽着小朱的肩膀,“你、我、还有萍萍,我们也‘会师’,成一个新的家庭……就像《红军两大主力会师》歌里唱的那样……”

她清了清喉咙,唱起来:

“万余里长征,经历八省险阻与山河,

铁的意志,血的牺牲,

换得伟大的会合……”

小朱也加进来:

“为着奠定中国革命巩固的基础,

高举红旗向前进!”

清晨,雨停了。

十四五个红小鬼和七八个女战士挤坐在一起,同声唱着这支歌:

“万余里长征,经历八省险阻与山河,铁的意志,血的牺牲换来伟大的会合。……”

年轻人个个装束得停停当当,个个神情庄重。

然而,几个老战士似乎还不放心,在人群的周围仔细察看着。

歌声一停,李芳走到一个十七八岁的女战士身边,把一个绣有红十字的挎包交给她,嘱咐了几句。然后,又来到了许苓旁边,递给她一个药瓶:“这叫鱼肝油,每天给萍萍吃两粒。”说罢,她转身俯到背篓上,在萍萍脸上久久的亲吻着。

炊事班长老谢爬到红小鬼们中间,把一块块烧得焦黄的牛皮分给每一个人。他指着牛皮上刻好的白印,向廖文交代:“孩子,看好了,一条线,是一顿饭的口粮!”

肖国成来到常炽身边,低声地:“都准备好了。”

“嗯。”常炽把自己那根竹棍递过去,叹了口气,“给孩子撒谎,这可是第一次!”

肖国成:“也是最后一次。”

他大步走到队伍前面,严肃地扫视了全场:“现在,我们的处境十分困难,为了把一份重要的东西保护好,安全地交给党,组成了你们这支先遣分队!汪坤同志!”

“到!”汪坤走过来。

肖国成举起竹棍,拔开塞头,把一卷纸拿出来:“同志们看好,这是一份重要文件!”他又郑重地把文件放进了竹筒又从口袋里掏出一卷纸,“这是几天来牺牲同志的名单和党证,一并带出去!”

他把塞子塞好,两手捧起竹棍,递到了汪坤手里。然后,他把声音提高了些:

“我命令:先遣分队由黄长友排长负责!你们的任务是:立即出发,沿着去年中央红军走过的路,走班佑、巴西、俄界……一直往北前进。直到遇到红军部队,把它交给部队的最高首长!”

场子里很静。红小鬼们脸上浮泛着即将执行重大任务的神圣的表情。

“同志们,孩子们!”肖国成感情地,“你们的担子很重呵。记住,就是剩一个人也要把这件重要的东西送到……”

忽然传来了一阵喧哗,把他的话打断了。

黄长友跑过来:“人都集合好了,就是那个冯朝又胡闹……”

“走,会照常开!”肖国成摆摆手,“你带小鬼们也列席听听。”

不远处一块平地上,党员们已经集合起来,会议还没有开始。冯朝在人们当中走来走去,嘴里不停地说着:“……哎呀呀,真想不到,几天工夫大家竟然落到了这步田地:吃没得吃,走走不动……”

有人呵斥他:“你胡说些什么?能丢下同志不管么?”

“这个嘛……得看什么情况,”冯朝摇了摇头,“这种时候,谁顾得了谁?谁能活出去算谁有本事!……”

肖国成赶来了,厉声地:“冯朝同志,不许你散布这种悲观的论调。”

“我悲观,可我活着!”冯朝讥讽地,“你这个小连长,可把同志们带死了好多!”

会场里向冯朝发出愤怒的斥责声。

肖国成愤怒地指着冯朝:“你活着?靠什么?你偷了大伙的牦牛,偷走了同志们口粮;你是靠损害别人活着的。”

冯朝恼羞成怒:“你,你,老子干什么你管不着!”

肖国成:“偷孩子的干粮,谁都能管!”

“管?也得问问它!”冯朝抽出了驳壳枪。

肖国成镇静地:“把他的枪下了!”

黄长友一伸手扭下了冯朝的枪。

肖国成走到冯朝面前:“把党证交出来!”

冯朝有些慌乱:“你,你没这权利!”

肖国成走前一步,双目逼视,大声地:“交出来!”

冯朝慢吞吞地拿出了党证。

肖国成用两个指头夹着那个党证和李芳、老谢交谈了几句，然后对着大家："同志们，咱们党、咱们红军无论什么时候都是有纪律的。可惜，冯朝同志把这个弄脏了。"

会场里腾起了喊声："党里不能要这样的人！""开除出去！""同意……"接着许多只手举了起来。

肖国成环顾四周："支部大会通过了！"

他拿起那张党证，随手撕碎，一扬手纸片随风飘去。

他拍着矮树叶上的雨水洗了洗手，问道："还有什么问题？"

一个同志大步走过来，嗫嚅地："我，我要参加党！"

肖国成一愣。原来这正是他两天前动手打了的那个同志。他犹豫地："你？……"

"对，正是他。"老谢欠起了身，"他叫汤世俊，我介绍他……"

有几个声音在喊："不要介绍了，我们认识他。"

肖国成提醒地："在这个时候干共产党，可不容易呵！"

"我知道！"汤世俊严肃地点点头，"这几天好多好同志辆牲了，党员少了，我，我得补到他们的位置上。"

会场一时变得很静。党员的手却在沉默里举了起来。

"关于组织先遣分队的事，支部委员会还要向大会报告，"肖国成把指北针递给了黄长友向他作了个手势，"先遣分队，出发！"

那支小队排成一路纵队绕过会场，踏上了北去的征途。

伴着年轻人的脚步声，响起了箫声。《苏武牧羊》的调子又恋得凄婉、悲凉了。

六

中午时分。

伍芝兰和她的小分队正在赶路。伤员在爬犁上惊叫了一声："伍排长，不好！"

伍芝兰扭回头:“什么?”

伤员指着西天上的一片乌云:“天要变!”

伍芝兰望着急速升腾起来的浓云,心情沉重。她大声招呼:“同志们,走快点!”

“同志们,走快点!”

同样的话,已经是黄长友在喊了。他站在齐腰深的泥浆里,正把一个个小战士扶过去。

这是一段地势低洼的沼泽地带,不过四五公尺宽,却由于没有草墩作依托,泥泞不堪。黄长友和几个战士几乎是抱着小鬼们从泥浆上传递过去。

黄长友卡住许苓的腰,把她连抱带扶地传给了一个战士。然后望着西边的乌云,忧心地:“要是上游下雨,一涨水,他们可怎么过呀!”

萍萍从背篓里探出头来,扎煞着两只小手:“黄叔叔,他们变个鸟儿,飞过去!”

黄长友苦笑了一下:“可惜,我是24岁,不是4岁!”

的确,人不是鸟。

队伍正在草地里艰难地走着。

肖国成站在行军队列的旁边察看着。

他扶着曾立标跨过了一个草墩,小声问道:“伤口怎么样?”

“好多了,能跟上。”

肖国成:“云南白药倒是灵。”

“是你的脊梁骨灵。”曾立标感激地,“在你背上趴了五天,伤好了,也知道人该怎么活啦!”

肖国成笑笑:“这么说,我的脊背能治病,还能上课?”

“本来嘛,这长征就是个医院、是个学校。”常炽把话接过来,“就是学费高了点。”

肖国成走近常炽，伸手去接挑子："我挑会儿?"

常炽推开了他："跟你一样，这肩上的挑子越来越轻，可心里的担子越来越重啦。"

好像为了证实他的话，大点的雨滴撒落下来。

常炽："看，这不是？老天爷要考考我们——更艰难的时候来啦。"

肖国成透过雨帘望着远方："那些孩子们不知道过河了没有?"

拂晓。大雨继续瓢泼般下着。

红小鬼组成的先遣分队在冒雨行进。

一道闪电，映出这队红色少年的身影：他(她)们手拉着手，组成了人的长链、人的雁行，一步又一步，在草海泥塘里走着。

黄长友扛着轻机枪走在最前面。他不时借着闪电的光亮，看看手里的指北针。

小秦走着，从口袋里掏出块烤焦的牛皮看了看，狠着心又放进了口袋；不一会又掏了出来，忍不住咬了一口。

廖文已是疲惫不堪，又被瞌睡折磨着，脑袋在脖子上晃晃悠悠。他像喃喃自语又像梦呓："老是走，老是走……歇会儿吧……就一会儿……"

汪坤紧拉着他的手："不行！快走！"

许苓咬着牙，一手抓紧背篓的背带，一手抓着军帽不停地揩着脸上的雨水。后边一个女战士赶上一步，扶着背篓，揭开上面的油布看看。

萍萍睡得正香。

黑暗里，刷刷的雨声和杂乱的脚步声交织着。

突然，廖文"哎哟"一声摔倒了。

汪坤连忙去扶："怎么啦?"

廖文呻唤着："石头，绊倒了。"

黄长友跨到队列旁边,问道:“什么事?”

汪坤回答:“没什么,小廖叫石头绊倒了。”

“什么?石头?”黄长友跑过来,“在哪?”他用脚试探着。

一道闪电。看清了,果然是块石头。

黄长友一把抱住了廖文:“好小子,你这一跤摔得有名堂!”他大声地喊道,“同志们,有石头了,离草地边边不远啦! 快走哇! ”

年轻人的欢叫声压过了雨声。

果然,前边的路渐渐干些了,行军速度也快了些。

天放亮的时候,在行进的前方现出了一块高地。高地棱线上,依稀有人影在活动。

黄长友脱着枪衣,向身边的战士命令:“战斗准备! ”

他拉过小秦:“吹号联络! ”

小秦拍着肚皮央告地:“排长,先得批准我吃两口牛皮! ”

“你小子,又敲竹杠啦!”黄长友掏出两块焦牛皮:“好,补贴你!”

小秦把牛皮塞进嘴里嚼着,掏出了军号。

清亮的号声响了。

稍停,高地上也传来了号声。

小秦惊喜地:“排长,自己人! ”

黄长友拔腿飞奔而去。

当一群泥猴似的红小鬼登上高地, 黄长友已经在和一个干部模样的人亲热地交谈着了。

那个干部:“……是贺总指挥亲自交代我们连在这里设兵站、收容和掩护掉队的同志们。7 天啦,我们已经送走了好几批零散的同志。”

黄长友:“魏指导员,你说什么,掩护?”

干部:“有小股反动骑兵,就在这草地边上袭扰,专门袭击我们的掉队的同志。”

黄长友："大队在哪？"

魏指导员："二、四方面军大约都在北上的路上，预定在甘肃的会宁一带和中央红军会合，那也是我们的目标。"他向着走来的红小鬼们招招手，"同志们都受苦啦！"

"我总算把他们交给你了。"黄长友把汪坤拉到身边，介绍道："这是红二方面军后卫部队的魏指导员，兵站的负责人。"

汪坤敬礼，严肃地："收容队的肖连长要我把一件重要的东西交给您！"他把竹棍用衣袖擦擦，拔开塞子，拿出里边的文件递过去。

魏指导员接过来看看感叹地："又有这么多同志牺牲了。"他把一叠党证放进图囊；又打开了另一张纸看着。他的手在微微发抖。

看完了，他捏着那张纸走前一步，把纸片郑重地放到汪坤手里："这，是给你们的！"

汪坤惊诧地："什么？给我们的？"

"对！"魏指导员点点头，"识字吗？念给你们小伙伴们听听。"

同志们围拢过来。

汪坤展开那张纸，大声读起来：

"亲爱的同志们，孩子们！当你们看到这书信的时候，你们就知道了：我们请你们交给党的重要的东西，不是别的，正是你们自己！……"

汪坤停住了。

人群愣住了。

汪坤，继续读下去：

"我们还在奋斗、前进！我们非常想赶上前去和同志们一起战斗。只是环境万分恶劣，我们不知道能不能如愿。在这样的时刻，我们要求于你们的是：不要等待，不要停留，一直往前走，走到陕北去，走到自己的队伍里去。你们每往前走一步我们都高兴；你们每一步里，都有着我们的希望！"

汪坤哽咽着读不下去了。

队伍里响起了唏嘘声：

汪坤擦了擦眼睛，读着信的结尾：

“孩子们，我们不知道将来有什么等待着你们。但是，我们相信，你们决不会忘记我们这段艰难的征途。只要你们记住草地，只要你们带着这种草地精神，努力奋斗，把自己的一切献给人民，献给革命，一个美好的新世界就一定属于你们！”

“听我们的话，前进吧！”

信读完了。人群里一片寂静。只有晨风掠过草丛，把草梢上雨点抖落下来。

稍停，汪坤转身抱住了魏指导员，哭喊着：“指导员，快，快去救救他们吧！”

小鬼们也拥上前来，流着泪要求着。

魏指导员和黄长友交换了一下眼色，然后抬手指了指不远处的一堆篝火：“你们先去烤烤火再把锅里的东西消灭了，我们就出发！”

孩子们向篝火跑去。

篝火上吊着的行军锅里，混合着野菜的疙瘩汤正在翻滚，一个炊事员正把辣椒粉撒到锅里去。

坐到了篝火旁边，人们才发现天放晴了，太阳升起来了，天边，挂起了一道长长的彩虹。

萍萍指着彩虹问许苓：“叔叔妈妈，那是什么？”

许苓回答：“虹。”

萍萍望着这奇异的长虹，看呆了。

廖文凑近汪坤：“小文书，你有学问，听说虹是太阳的光变的，是真的？”

“嗯，”汪坤肯定地点点头，“可我说不明白：明明是白色的光，一遇到水,竟然有这么多颜色?”

小秦:“我奇怪的是:明明是七种颜色,合在一起,就是光,就能照得到处都发亮!”

许苓幻想地:“要是这彩虹是座桥,让后边的同志们从上面走过来,那该多好呵!”

低洼的沼泽地带,由于涨了水,和先遣分队过的时候大不相同了——浑浊的绿水,冒着气泡,显得深不可测。

肖国成和常炽穿着湿漉漉的衣服蹲在沼泽边上,目不转睛地看着。

常炽:“水是在退,就是太慢。”

肖国成:“我去试试看。”

常炽看了他一眼,从腰间解下那根麻绳,默默地捆在他的胸前。

肖国成跨进水里,走了没几步,身子一沉陷到了脖颈。常炽慌忙拉住。青年战士赶来,两人一齐用力,才拖了上来。

肖国成吐着泥水:“不成!不成!”

李芳提着药包跑过来:“怎么样?”

“我没事!”肖国成摆摆手,望着李芳,想问什么又不敢开口。

李芳背过身,低声地:“要是再加上你,就是四个了。”

常炽看着肖国成,坚决地:“砍树枝、拔草,垫出条路来。”

沼泽地边上,肖国成带着一些人在砍着矮树。

谢怀福爬来爬去,把树枝捆起来。

几个伤病员在吃力地拔着青草。有人不时把能吃的草塞进嘴里。

沼泽地边上,肖国成指挥着人们把成捆的树枝、草团扔进泥潭。

魏指导员率领着队伍快步前进。

黄长友看看指北针，举目四望。

他突然一惊，转身附在魏指导员耳边："看，那是什么？"

魏指导员举起望远镜。

一串黑点变成了奔驰的骑兵。

魏指导员把手一挥："准备战斗！"

沼泽地里，用树枝、乱草垫的道路已浮出了水面。

肖国成试着踏了上去，一只腿插进了缝隙，摔了一跤。

他爬上岸，摇摇头："空隙太大，还得加……"

就在这时，远处响起了枪声。

挤在"桥头"的人群出现了一阵慌乱。

肖国成拔出枪，望着对面不远处几棵老树，急得直跺脚："得赶快过去，控制那个树林！"

常炽："你过嘛！"

肖国成："过不去呀！"

常炽："过得去！"他从皮带上抽出那支竹箫，塞到肖国成手里，一转身，扑到了树枝上。他趴到树枝上，仰起头喊道："还有谁，来哇！"

谢怀福挣脱了青年战士的搀扶，趺趺撞撞地过来了，和常炽趴在了一起。

那个青年战士跑过来，常炽抓住他的脚放到自己肩膀上："过，接上去！"青年战士一纵身，扑到了常炽的脚后。

接着，一个，又一个，6 个人，俯身在柴草上；6 个人，用身躯垫高了沼泽地上的桥。

枪声，响得更紧了。

常炽厉声地叫道："肖国成同志，带上同志们，过！"

肖国成惶乱地："这……"

“肖国成同志带队前进！”常炽恼怒了，胡须在抖，“我以军政治部主任的身分命令你！”

肖国成一愣，挥着手里的枪，大声喊道：“同志们，过去！”

他一脚踏到了常炽的脊背上。

魏指导员望着奔来的骑兵：“瞄准马，靠近些，打！”

一阵排子枪，几匹马中弹倒下。

后边的马队继续冲来。

黄长友的机枪响了。

又是一批人、马倒下。

黄长友打完了一梭子子弹，伸出手来：“梭子！”

许苓背着背篓爬过来：“在哪？”

黄长友：“腰里。”

许苓从弹袋里掏出一个梭子递过去。

黄长友“咔嚓”换上：“你小子，不错！”机枪又叫了。

旁边，汪坤把一块牛皮递给小秦：“小秦同志，吹号吧！”

小秦推开牛皮：“吹什么？”

汪坤：“冲锋号！”

魏指导员一愣：“不好，有股敌人往南插过去了。拦住它！”

沼泽地里的“人桥”上，李芳扶着最后一个伤员正在通过。她边走边喊：“老常！”

常炽微微动了动，没有应声。一股血水从他嘴边流出来。

传来了一个女人的喊声：“同志，等一等！”

伍芝兰带着队伍来到了“桥”头。

常炽睁开了眼，眼前人在晃动。他指了指自己的肩膀，又昏过去了。

沼泽地里的“人桥”已经没有了。

桥头，几个人躺在那里。有三个人脸上搭着帽子或毛巾——已经死去。常炽歪坐在那里喘息着,胡子上挂着血迹。老谢趴在青年战士身边叫唤着。李芳正在为他做着人工呼吸。

肖国成提着枪跑过来,他扶着常炽,低叫道:“常炽同志! ”

常炽睁开了眼。肖国成掏出那张押解命令, 在常炽眼前晃了晃,随手扔在泥潭里:“糟糕,我把那文件弄丢了! ”

常炽笑笑:“我什么也没看见。”

肖国成转身注视着那个青年战士:“有救吗?”

李芳摇摇头:“太衰弱,饿得太久了! ”

肖国成:“瞎说,他有粮嘛! ”他从战士腋下抽出粮袋。

老谢连忙去夺,肖国成已经把它撕开了:里面全是碎草烂土。

老谢:“他把口粮全给了孩子和重伤员啦……”

肖国成呆呆地看着粮袋,眼前浮起了打那人一拳的情景。

他抡起驳壳枪敲着李芳头:“救活他! 我命令你,定要救活他! ”他悲怆地叫道:“他刚入党,他的党龄只有一天,同志们,只有一天呵! ”

李芳拿起一块雪白的纱布,盖到了那张孩子气的脸上。

肖国成跪下来,抚摸着战士的肩膀。

沼泽地对岸,小树林边上,战斗正在进行。

伍芝兰带着她的几个战士正在射击。

她准确地一枪,又一枪,敌人一个个跌下马来。

肖国成卧在她身边:“怎么搞的?打马嘛! ”

伍芝兰头也不抬地:“我喜欢打马上的人。我的伤员需要马!”她一抬手,又一个敌兵掉下马来。

“对!”肖国成一挥手:“同志们,瞄准敌人打!哎……”突然,一发子弹打穿了他的右臂。

伍芝兰看看敌人退下去,停住枪,从挎包里掏出一件小孩衣服给他包扎。肖国成才看清伍芝兰的模样。他看着那件衣服,笑了笑:

"同志嫂,你枪打得不错,可有一样不好。"

伍芝兰惊奇地:"怎么啦?"

肖国成摇摇头:"你不是个好妈妈,把自己女儿都扔了!"

伍芝兰怔住了。

"你的萍萍在我这里。"

"在哪?"

肖国成向北一指:"在前面。"

在动情的悲壮的歌声里。

肖国成带着队伍在前进。

队伍里多了几匹战马。

常炽坐在马上,抚弄着他的竹箫。

那个坐爬犁的伤员坐在马上。小朱牵着马。在小朱的旁边,伍芝兰边走边向着远方眺望。这个母亲的心呵,期待着会师,期望着和自己的亲人团聚在一起,并且永不分离。

附录 1

在革命前辈精神光辉的照耀下

——谈几个短篇小说的写作经过

同志们要我谈谈自己怎样学习写短篇小说的，这实在是个难题。我刚开始学习写作，写的东西又少又不好，谈不出什么来。这里只能把自己学步的情形汇报一下，借这个机会，请领导上和同志们给我鉴定鉴定，看看这路子走得对不对，今后该怎样走下去，使我得以学习，有所长进。

我学着写的几篇东西，大体上都是革命斗争故事；我学习写作也是从听故事开始的。早在童年时代，在听《聊斋》、《今古奇观》的故事的同时，就听过一些自己的父辈和兄姊们参加革命斗争的故事。这养成了爱听故事的习惯。参加革命之后，只要有空，我总是缠住首长请他给我讲故事。稍后，因为在部队作报纸的编辑、记者工作，更获得了机会，看到和听到了战争中的一些动人的故事。自然在听这些故事的时候，根本没有想到要写它们，只是出于年轻人的好奇和为了从中受到教育。想到把它们写下来，那是以后的事。

1953 年秋天，去福建东山岛采访的时候，路过第二次国内革命战争时期的老根据地，有机会接触了几位曾经经历过这段生活的老同志，听到了较多的革命斗争故事。他们向我谈起了 1934——1937 年间，他们在红军长征以后，留在老根据地山林里苦苦坚持三年游击战争的情形。

这些故事个个都是含血带泪、激动人心的。他们的生活艰苦得难以想象：常常不是几天、几十天，而是成几个月地吃不上粮米做的饭食,野菜、野果是家常便饭。没有衣服穿,只好把香蕉叶子捆在身上御寒。没有房子住,撑起把雨伞挡风避雨。为了一口袋粮食或者一包用来给伤员洗涤伤口的咸盐，他们常常要付出很高的血的代价。但是他们却英勇地坚持着,把红旗牢牢地插在山头上。有这样的战士:为了弄到粮食和弹药而进行的战斗失利了,一个游击队员负了重伤,在临死的时候,对政委只说这么一句话:“派人到我家去,叫我妈妈把所有的粮食都拿出来给大家吃吧！”有这样的群众:为了给山上的游击队送粮食,在碰到巡逻的敌人时,父亲让自己的孩子舍上生命去用脚步声吸引敌人的注意。有这样的党员:自己跑到城里去给有钱人家当丫头,省吃俭用把薪水交给党作经费。有这样的家庭:父亲牺牲了,母亲领着儿子,推倒了一堵危墙,掩埋了亲人的遗体,然后把一个衣服包递到儿子手里:“去吧,接着干！”

在听这些故事的时候,我觉得自己不是在用耳朵听,而是用整个心去接受;它们给了我深刻的教育和强烈的感染。像“艰苦奋斗”这样一个不知见过多少遍的字眼，开始在我眼前变成了饱和着血肉和感情的、活生生的东西。原来我们的革命前辈是这样“艰苦”,这样“奋斗”的;原来我们的革命前辈是这样“掩埋了同伴的尸体,擦干了身上的血迹,又继续战斗”的。更重要的是,通过这些故事,我开始认识了这些人。这些壮美的故事就是这些人以生命和鲜血创造的,是他们美丽性格的历史。这些故事显示了前辈革命者的高贵品质,显示了人的最崇高的美,使你不能不怀着崇敬的心情热爱它,不能不去思索那些蕴蓄在故事里面的光辉灿烂的东西。

听了这样一些故事以后,心情就难以平静了。一些故事的片断经常在脑子里转来转去，一些人物的影子也伴随着故事情节闪现出来。慢慢地心里就起了这样一个念头:不是还有不少人没有听到这些故事吗?如果把这些故事用文字转述出来,让更多的人像我一样受到感染和教育不是更好吗?

于是,我打算试一试。这时,1954年的“七一”快到了,《解放军文艺》需要发表宣传优秀党员的作品,我便想到了卢春兰的故事。这是那次听来的故事之一,大致情节是这样的:山上的游击队没有盐吃,在村里坚持斗争的青年妇女卢春兰,便组织各家腌了些咸菜,凑到一起交山上的来人带去。不幸,半路上遇到巡逻的敌人,咸菜落到了敌人的手里。敌人把全村群众逮捕起来,用枪杀威胁群众,要查出这事的组织人。当然谁也不肯供出实情。就在敌人要疯狂地进行屠杀的时候,卢春兰领着自己才五六岁的男孩子,从容地迎着敌人的枪口站出来,说:“是我!”

这个故事是很动人的,可是我几次把稿纸铺到面前,却不得不再把它收拾起来。我写不出。我被两道难关挡住了。

第一道难关是:我从来没有写过小说,我不知道怎样写才能把这个故事记述得像个样子。就在找些短篇小说来阅读、学习的时候,凑巧听到编辑部一个同志调查读者意见回来之后的汇报,他谈到部队一个干部对《解放军文艺》刊登小说的要求。他的要求是:第一,要有教育意义,“使我读了之后能学到东西”;第二,要有点故事性,“使我读了之后还能讲给别人听”;第三,要短,“最好使我在睡觉以前几十分钟能看完一篇,否则,第二天一忙,我也许顾不上再看了”。这给了我很大启发。我想:这意见大概大体上能代表广大读者对短篇小说的要求。既然读者要这样的东西,我们为什么不“投其所好”呢。检查了一下卢春兰的故事,我发现这三个条件它大体上都具备:教育意义和故事性没问题,篇幅呢,有那么七八千字就够了。为了使读者读起来缘听故事那样感到真实、亲切,和写起来方便些,我选择了第一人称的写法。

比起来,第一关还算好过些,可第二关就难了:卢春兰的故事发生在1935年,那年我才五六岁,对于当时的时代背景、斗争形势和当地的生活风貌不了解,对于人物的精神状态不理解;摆在我面前的就这么个孤零零的故事，可怎么能写得不失实、不歪曲，把故事所表露的动人的美表现出来？苦恼了好久，我想到这么个问题：这时期的斗争，虽然和以后的抗日战争、解放战争有区别，但斗争形式、生活情景、人的精神状态等主要方面，还是有相通之处的。如果从自己的生活经历中去找寻些相似的生活感受来作为通向当时生活的桥梁，以理解听来的故事，是不是可以呢？我的革命部队生活经历是很短的，但却也有些难忘的事情。顺着卢春兰的故事所显露的特点，我想到这么一件事：1944 年秋天我刚参加革命个把月，便碰到日寇的扫荡，当时因为年龄小，上级把我送到一个老乡家里去打“埋伏”，做了一个大娘的“大儿子”。记得有一次上山“跑反”回来，大娘家里仅有的一点高粱被鬼子喂了洋马了，没有东西吃。当时大娘揭开锅盖，把仅剩的两个地瓜面窝窝递给我，自己抱着才两岁的小妹妹到里屋去了。在我快吃完窝窝头的时候，忽然听到小妹妹哭得很厉害，进屋一看，只见大娘正从篓子里抓出花生壳子，嚼烂了，抹到小妹妹的嘴里去。还有一件事：1946 年一次战斗中，我在战地收殓烈士的遗体时，见到过这样一位烈士：他那僵屈的手指上，密密的缠着手榴弹弦。为了记下他的名字，我翻遍了他那空荡荡的衣袋，只找到了一个笔记本，里面夹着两毛钱的北海币，钱下面写着：“要是我牺牲了，这钱就是我最后的一笔党费。”在另一个口袋里还找到了核桃般大的一块窝窝头——记得后来同志们谈到这类的事时，一个同志说过：“我们的战士死得是那么不屈和无畏，生前却是这样的‘享受’！”

这两件事教育过我，在学习写作时，它们又使我找到了一条与听来的故事相通的道路，使我对自己所要描写的人物有了粗浅的却比较实在的理解。

这两件事（还有其他一些类似的生活感受）和卢春兰的故事融合了之后，首先我觉得对原来的故事所包含的思想内容认识得清楚了些,理解到它所表露的不只是一般的群众支援游击队的行动,而是在革命落于低潮,处于困危中时一个党员与党的关系问题。于是作品的主题明确了。原来故事中的卢春兰我不知道她是不是共产党员,为了表达这个主题,我把她写成了党员。其次,我觉得故事情节更集中、更明晰了——我想,表现党员与党的关系,有形的东西莫过于缴党费了,于是便将送的咸菜改成为缴的党费。这使得故事获得了一条主线,一切事件都围绕着缴党费(咸菜)这条线铺展开来,随着这一番改造,我觉得人物的形象、性格在脑子里活了些,像看见了掩护过我的那位大娘一样看见了自己的人物。表现人物精神状态的细节也自然涌现出来了, 那位大娘嚼花生壳的情形便成了母亲从女儿手里拿下咸菜来的那个细节。此外,更主要的是,我觉得融进了自己的感受和激情, 对人物的爱和写出她来的愿望更强烈了。材料已经不再是听来的故事,仿佛变成了自己亲历目睹的事情;卢春兰这个人物距我也不再那么遥远,她仿佛就是掩护过我的那位母亲,从而非把它写下来不可了。

这样,便学着写成了头一篇小说:《党费》。

《党费》能够写成,使我认识到:第一,短篇小说这种形式固然有它自己的许多特点,但主要的是那位读者所要求的那样三条(当然如果要补充的话, 还应该加上一条: 塑造出活生生的人物形象来;可是不加上,这一条也还是包括在里面的)。退一步说,即使写出来不大像短篇小说,只要读者喜欢也就行了。第二,对于听来的真人真事的故事,如果真正感动了,而且自己有着大体相同的生活体验和感受, 是可以从自己的感受中找到一条相通的路, 去理解它,使它变成为“自己的”东西,把它表现出来的。自然,这种认识还是很肤浅的。就根据这种认识,继《党费》之后,我又动手写听来的其他故事,或者大部采用,或者截它一段,或者几个揉合改造,学着写了《粮食的故事》等一组短篇。

《党费》这一组短篇发表和出版之后，使我获得了信心和勇气，但是，回头看看这些东西却又不安起来：这些英雄人物用生命、用鲜血创造的故事是那么崇高、壮美，我却反映得这么粗糙、肤浅，觉得很对不住这些故事的创造者，也对不住给我讲故事的人。找找毛病，毛病多得很：其中最使我不安的是这么三点：

首先，就是对这些前辈革命者知道得太少了。我不知道那个时代革命斗争中的问题，不知道这些人那艰辛复杂的战斗道路，不知道他们细微的思想感情，不知道当时当地的生活风貌，不知道……就在这么几个故事上搬来搬去，不能不处处捉襟见肘，贫弱苍白，甚至闹出常识性的笑话来。记得在一篇小说里我写到甘蔗田，我不知当地怎么叫法，只是见过长成的甘蔗茂密得像个小树林。就写做“甘蔗林”，一个同志看稿时指出：“哪有叫甘蔗林的？”

对于这个先天性的弱点，没有别的办法，只有多方面地去了解、研究当地的情形。多听故事，只要是有接触老干部的机会，便要他们给讲，不分巨细都往脑子里装。再就是读间接材料：总结历史经验的文章，记述当时情形的回忆录，抓到了就读。还有，就是想法增加点感性的知识，除了访问当地的革命史迹风土人情之类，还有看照片、看革命博物馆。博物馆里丰富的革命实物，给我的感染是直接的、强烈的。一把锈成废铁的刀矛，一件沾满血斑的衣服，一枝枪，一个碗，仿佛都有了生命。它可以吸住你许久许久，使你陷入深深的思索，联想到那血与火的日子里。自然，这些都不能是冷漠的调查，只有通过自己的体验和感情才能获得一点理解，特别是对于人物的思想情感。这使我不得不多次回忆起自己在战争中难忘的人和深受感动的生活。

当然，真正理解革命前辈们的斗争生活和感情，是个长期的任务。但通过这些探索，我觉得较之开始时对他们了解得多了一点。对人物经历知道了些（访问参加过长征的红军指战员、在深山密林战斗过的游击队员和曾在城市白色恐怖下长期坚持斗争的地下工作者),对他们的生活风貌约略了解了些(大致知道他们穿什么衣服、用什么武器,山林的寮子是怎样搭成的,草地是如何的泥泞艰险),故事也装得多了(有的为了革命卖掉了亲生的儿女,有的掩埋了自己的父兄,有的抚养着战友的遗孤,有的赡养起战友的亲人)。这样在构思和写作时觉得方便些了。能从故事片断上了解人物,也能设想出人物走过的道路;能找到描写人物的细节,也能找到展现人物性格的比较恰切的场景;能勾画出人物的衣着外貌,也比较能接触人物内心的情感。而且由于了解得深了些,对他们的爱也更强烈了。自然,这些距离真正理解他们,还是差得很远的。

第二个毛病是只是就故事讲故事,就人物写人物,虽然也感觉到了点意思,但是,对故事所蕴蓄的思想意义体察得不深、思索得不透,只能平平淡淡地复述个故事,不能给读者以新的东西。

所以如此,根本原因是由于思想水平不高,但有些时候则是由于思索不够所致。听到了一个故事、受到一点感动就匆匆忙忙写了出来, 却没有认真地想一想这一件或这一些人和事的后面所包含的思想,发掘出它更深一层的意义来。此外,也还有这样的情形:一个故事、一个人物和一桩行为,孤立地看来似乎没有什么十分独特之处;但是当和现实生活联系起来思索的时候,就发现了它的新的意义。一些老同志在讲故事的时候,他们常常满含感情地说:那时候如何如何艰苦困难,现在就不会那样了。我是作为一个革命的晚辈和后代来听这些故事的,听着,也经常受到这种感染,而不由得把过去年代的斗争生活、老一代的优秀品质和今天的幸福生活、和自己思想意识上的毛病联系起来,从而想得很多,感到十分激动;我觉得革命前辈们抛头颅、洒热血,为我们赢得了胜利,安排了幸福的生活;他们这些人,和他们在长期革命斗争中表现的这种崇高的精神品质,是值得我们全心去爱,全力去学习的。我想如果把这种创业的艰辛和今天的幸福生活联系起来，把老一代人的优秀品质和我们的幼稚、缺点对照起来，可能表露出这些故事的新的意义,从而给读者,特别是年轻的读者以更强烈的感染。这种想法凑巧得到了一个检验的机会。这时我读到了中央一位负责同志对青年所作的报告，他号召青年一代学习老一辈的革命者时说道:“我们的革命先烈和前辈，不但用生命和鲜血为我们今天的幸福生活铺平了道路,而且给我们留下了取之不尽用之不竭的精神财富。”这句话说得真好,一下子使我明确起来了。它使我明确了自己写这些故事的任务,是向后代介绍前一辈革命者的精神财富。它使我更进一步明确了自己作品对象,主要是青年读者。它使我获得了一个理解和表现这些人和事的角度。这以后,我从这个角度上来认识故事的内在意义和与现实生活的联系,写了《后代》、《妈妈》等几个短篇。虽然由于理解得还肤浅,写得还生硬、牵强,但却多少有了点新鲜的味道。特别是明确写作对象,对我的学习写作更有了新的意义。

第三个不满足处是表现形式方面的。已经写的几篇都是第一人称的写法,开头几篇这样写倒也能表达意思,抒发感情,用起来也方便些,但是再写下去就不得劲了。于是便想在表现形式方面学点新的东西。这方面学着读了些作品,也试着写了篇把,但和前面的几篇一样,总觉得人的精神的美表现得太浅。这时,正是《粮食的故事》发表后不久,在一次会上,侯金镜同志说:“这篇东西前面太长了,还可以再压缩;紧缩去两千字就精炼些了。”回来仔细读了读,觉得不但该压缩,甚至可删的还要多些。这使我感到吃惊:总共不过万字的短篇中,竟然有三千字可有可无的废话!这个毛病不只是语言上拖沓冗杂,原来在构思上就有毛病。检查了一下,发现通篇最能表现人物精神的美的，是父亲让儿子用脚步声去牵制敌人的注意而牺牲的那个情节,而这个情节不过用了两千多字。这情况使我产生了这样一个想法：在许多革命前辈的斗争生活中，有的片断可以完整、充分地表现出人物性格的特征，可是在有的片断里，人物精神的美却只是一闪即过；这一闪虽然短，但却光辉得耀眼，令人心惊目眩，蕴蓄着无限激情和发人深思的思想力量。我想，如果捕捉住这么一道光华，或把从生活中感受到的这种美集中到一个比较短暂但有表现力的环境里，用尽可能省俭的篇幅描写下来，岂不可以精炼些？于是就想试着写一组描写长征中红军战士的小故事。一共写了三个，其中一个因为理解得不准确而废弃了，只有《七根火柴》和《三人行》活存了下来。

《七根火柴》的构思过程是这样的：我曾听过许多长征故事。对于长征生活，我的理解是，这样特殊的艰苦环境中，要求红军战士有更大的毅力和坚忍的力量。这种力量从何而来？我曾把这问题问过长征的参加者，他们的见解和亲历的故事所作的回答是：建筑在高度阶级觉悟基础上的革命战士对革命事业，对革命的集体的无限忠心，和由这种集体主义产生的高度的阶级的爱。为了集体、为了战友，他们可以付出一切，以至自己的生命。就是这种精神照耀着，使他们、使革命军队战胜了难以想象的艰苦，跨过危难，走向胜利。这便形成了《七根火柴》和《三人行》的主题。随着对这种精神的思索，我眼前浮现了这样一个形象：在翻越大雪山的时候，一个红军战士被暴风吹倒在雪坡上，几番挣扎，他终于被深雪埋葬了。但是在白雪上却鲜明地高扬起一只手，在这只手的手心里托着一个共产党员的党证。说不上这个形象是哪里来的了，但那只手却那么清晰，那么豪迈。当然，雪山这个环境没有话语，没有动作，是难以表现的，于是在构思时便把它搬到草地上。这时又想到老同志讲故事中多次谈到火在长征中对于部队的重大作用，便把七根火柴夹进他的党证里。这样，原来从众多故事中获得的主题便得到了表达的形象；而这个形象出现在人物精神光芒闪耀的一刹间，也用不了很多笔墨去烘托、渲染，小说就可以短些了。

尽管在以上这几方面做了些探索和尝试，也多少摸索到了点东西，可是这些毛病和弱点并没有克服，而且产生了更大的不安。这时正是整风之后，全国各方面的生活面貌都日新月异、一日千里地变化。因为工作关系，我没有能投身到工农业建设和部队训练的激流中去。一方面担心生活上“掉队”，另方面也感到写革命斗争故事配合不上这现实任务（当然，现在检查起来，这种对工作和创作题材的看法是片面的、不正确的）。于是便想在描写老干部的新生活上打主意。我想：这些革命前辈们，在打天下的日子里艰苦奋斗，为我们夺得了胜利和幸福，在建设的日子里，又继续日夜辛劳地领导和组织人们向新的天地跃进；描写他们在和平日子里的生活，宣扬他们的优良作风和品质，对现实斗争也许有间接的作用。

对前辈的斗争生活了解得少，理解得浅，对他们和平日子的。生活了解得更少、理解得更浅。可是因为工作关系，也看到过一些动人的情景。比方，曾经看到过这样一位首长，他本来是去疗养地休养的，每天打针，但枕旁的文件堆得老高，床边不断请示工作和开会的人。又比方，我访问过一位国家银行部门的负责同志，我去见他时，他正在炉边用煤铲把碎煤渣和着煤泥，炉子上的砂锅里煮着他这顿饭的唯一的一个菜——豆腐炖白菜。他们对工作那么认真、严肃，他们对下级谦和、慈善、关怀备至，甚至连冷了加衣、热了脱衫的小事也谆谆嘱咐。这些事，在他们是极其自然的，但作为一个后辈，我却不止一次受到深刻的教育和感动。

对于这些优良的作风和品质，我想用文学形式来表现它，但是总苦于找不到恰切的场景。直到去十三陵水库工地劳动时，在一个偶然的机会里，才得到了启发。当时，我所在的一个班里，都是本机关的干部，有熟识的，有不认识的，大家都一样和乐融洽。其中最引我注意的是一位年龄比我们稍大的同志，他劳动比我们却并不差，尤其是他那待人接物的态度,朴素、平易、关怀同志,像个老大哥一样。我很愿意和他接近。我俩用一个筐抬土,同传一块石头,同抬一根铁轨,彼此打打闹闹、开开玩笑,两三天工夫,成了稔熟的朋友。过了几天,在一次休息洗衣服时,我忽然发现他戴有中校军衔,是我的上级。自然,在工地上劳动的负责同志很多,在职务上比他更高些的还有很多,但是从我知道他的军衔的那一刹起,我却对这位同志涌起了深深的敬意和激动之情,引起了深深的思索。我想,当他穿着劳动服装出现在我们中间时,他是那么平易、普通,完全看不出是个负责同志,而是一位普普通通的劳动者。以普通劳动者的面目出现在群众中间,这正是他的精神的美的所在。这时,毛主席和中央许多首长都去工地劳动过了,有些部长同志还在这里劳动,其中有的是我曾经谒见和访问过的。我们从斗车里卸下的石块就是他们拣来的。联系到种种情况,对于这位中校同志给我的感染又作了进一步的思索。我想:这种精神是不是他所独有的呢?显然不是,这是我们许许多多负责同志所共有的美德。我沿着他们的战斗道路想下去,想到这些人从井冈山到瑞金,到延安,直到进了北京城,在漫长的年月里,他们始终遵从着党的教导,没有一天离开过人民群众,没有一天不是与群众同甘共苦,以普通劳动者的姿态出现在我们的中间。这种崇高的精神品质,在长年的斗争中已经凝聚起来,成了他们自然的品性了。这是多么美的东西啊。这群想下去,我觉得自己获得了一种认识,引起更深的激动和表现这种美的愿望。

在来十三陵水库工地之前,由于我对工地生活太陌生,根本没有想到要写什么,这时却有了极其强烈的写作欲望。这种触发,和近年来对老干部新生活的感受结合起来,我觉得这是个表现老干部在建设日子里的生活的机会——如果以自己参加的工地劳动生活为场景,来写自己原来想表现的东西,是可能的。于是便产生了

《普通劳动者》的构思。

在具体结构这篇作品时，便决定以那位中校同志和我自己在劳动中的关系作为情节的基础。但是,在构思时发现,原来的情节不能恰切地表现我的想法。比方那位中校同志，固然也是个老干部,但我不熟悉他的生活道路,比较知道些的是较他斗争经历更长的老同志们，而且描写一位高级的负责同志，更易突出作品的主题。于是我决定把他“提级”,改成为一位将军,这便是小说中的林部长。原来情节中的我自己,是作为敬慕和追随革命前辈的后代出现的,如实写来,倒也可以表达自己的感情和看法,但总觉得不鲜明,不够味,于是索性“降级”,改成为一位刚入伍不久的青年战士。这样改是合乎工地生活实际的，而且我自己觉得这么一“升”一“降”,对于情节处理和表达自己的主题更集中更方便了些。

林部长这个人物,是这篇小说所歌颂的主要对象。对于他那普通劳动者的风度的描写,直接取自那位中校同志的身上,并且依据自己接触的一些首长,设想他在这样的场合里可能有的表现,作了些补充和强调。在理解这个人物时,我想到:“普通”是这个人物在劳动中的主要特征，但只写这一面还是不够的。在接触一些首长时,常发现他们生活上平易朴素,一如常人,可是即使是闲谈中的片言只语，也常显露出他们那很高的思想水平和对事物的明智的洞察力，而使人深思、觉悟（这些又都是通过通俗的话语来表达的)。那么在劳动中普普通通和思想水平上高于我们,这点是应该表现的,于是安排了他暴风雨中带队前进的细节(当然这个细节表现得还是很肤浅的)。对于人物在劳动中的思想情感,我依据故事背景和人物的道路大胆地作了些设想和理解。这种设想,有的是观察所得的。比方听说一位司令员同志到了1929年他战斗过的一个小城里,特地去到城边一棵大树下看看,因为他就是在这棵树下负了重伤的;看完,他又在树旁新建的百货商店伫立了好久。从这里我多少体察到老一代人的感情，让它和自己的感情结合起来。我自己每当看到曾经随军住过或战斗过的地方时，比方看到睢杞、淮海战役战场上长起大片茁壮的庄稼的时候，就禁不住涌起一种甜丝丝的感觉。这种感情总想借助个形象表达一下。现在让林部长在工地上劳动中来回顾起自己的战斗道路，涌起这种温暖甜蜜的感觉，我想不但这一场景是允许的，而且对表现人物形象有些作用；还可以给作品增添些特殊的色彩，又可以表达自己的这种看法。只是由于自己体察得不深，写得还是太浅了。

至于新战士小李这个人物，既然是写自己，就更方便些，把自己的幼稚如实地写下来，把自己对革命前辈的仰慕之情和学习的愿望描写出来，把自己对前辈和后代革命精神继承关系的看法表露出来，就行了。

以上，就是我学着记录革命故事的一些情况。

革命前辈的精神光辉照耀着我们幸福的生活，照耀着一代又一代后辈的道路。我以为，积累和接受革命前辈留下的精神财富，是我们后代应尽的责任。只是由于自己思想水平和文学修养太低，要把他们的精神的美不走样地记录下来，实在有困难。但我仍有理解他们的愿望，能理解一点、能表现出一点也好。我将继续学习，在学步的路上，希望不断得到领导和同志们的教导。

附录 2

写出感受的和相信的

我学习写作，实际上就是学着干这么一件事：一方面，向革命前辈听故事，并加进自己的生活体验和感受去理解故事，一方面，向前辈和同时代文艺家学习写作技巧，记故事、写故事。在写过一些故事之后，我逐渐明白了：我记下的那些斗争着的人，那些人在那种环境里表现的思想、性格、感情和行为，那些人用生命和鲜血创造的故事，也叫做短篇小说。

一

既然要写短篇小说，一开头就得碰到这么个问题：短篇小说在哪里？

猛一看，短篇小说是产生在作者的笔下，发表在报刊上，汇集在短篇小说选集里。我们打开一本短篇小说集，在那里看到引人入胜的故事，光彩照人的形象，看到新的人物、新的世界，很自然地就佩服作者：这人有本事，“吃苇子拉席——肚子里编的好”。可是，仔细一想，就算肚子里会编，也得有苇子吃；而苇子，是泥土里长的。

原来，短篇小说和其他形式的文学艺术作品一样，它在生活里；它是从生活里来的，它是社会生活在作者头脑里的反映。

生活，是文学艺术，也是短篇小说创作的唯一源泉。这本来已经是常识了。可是由于“四人帮”制造的混乱，常识又成了问题。“四人帮”鼓吹什么“从路线出发”，“主题先行”那一套，就是为了要切断文艺与生活的联系，毁灭革命文艺，制造阴谋文艺。路线，是抽象的概念；从概念里怎么能长出千姿百态的生活和活生生的形象？怎么能长出短篇小说来？

只有土壤里才能长出庄稼。只有长期地深入到工农兵斗争生活之中，观察、体验、研究斗争着的人和事，用那些自己接触到的和深切感受到的生活形象把作者心灵的挎包装得满满的，真正做好了了解人熟悉人的这个“第一位的工作”，才能找得到、写得出短篇小说。

只要仔细研究一下当代一些短篇小说作家和作品，就可以发现：虽然他们写作的题材很不相同，艺术风格上也各有特色，但有一点是共同的，那就是：他们都是被生活积累和感受“逼”着进行创作的。他们有的经历了革命战争，有的参加了其他变革现实的斗争实践，熟悉了某一方面的斗争生活，体验了和感受了一些动人的人和事、思想与感情。这种体验和感受积累得多了，生活的行囊充实了，那些难忘的人和事就站到了作者的面前，就来敲作者心灵上的门了；于是他就睡不着觉了，于是就拿起笔来，把这些看到的、感受过的和自己相信的思想、感情和形象，经过精心的艺术构思，写到稿纸上，成了短篇小说。

在这里，作者亲身的感受占有极其重要的地位。那种用自己的心尖子去感触过的事物，那种激起并且倾注了自己感情的生活形象，是创作中的宝贝。有的同志对生活有着特别锐敏的感受力。像写过有关孩子与革命的优秀作品的刘真同志，就有这样的本事。同样的一段在革命部队里成长的斗争生活，别人跳着蹦着地走过去了，她却留下了深切的感受，而且感受得细致、强烈而又独特。她能够保持最初接触生活时的那种感受。这大概是从生活中得到短篇小说的一种特殊的长处、特殊的禀赋。

在这里，和自己的描写对象始终保持着联系，又是非常重要的。常常有这样的情况：一个作者，他的第一篇作品也就是他的最好的一篇作品；起点成了顶点。因为，第一篇作品是他生活体验和感受积累的强烈喷吐，以后就难乎为继了。最近，一位老作家说：永远不要中断和你描写对象的联系，要永远生活在你所描写的对象之中。这一告诫是语重心长的。

我曾经学着写过一些短篇小说。它们的成败得失，差不多都和生活体验问题联系着。规律是：凡是我有着直接的生活感受的，写出来就多少有点意思；哪怕是个听来的故事，只要不是吃“现成饭”、就故事说故事，而是把它当作一个“喷火口”，依托它把自己的生活经验流进去，就可以写得深刻些、动人些。反之，没有生活感受，就是再完整、再动人的故事，我也写不好。记得1959年评论家侯金镜同志在为我的短篇小说集《普通劳动者》所写的《序》里，就为我指出直接生活感受的重要，批评我的有些作品“因为本钱——真情实感不够，所以显得才华——艺术创造力和想象力也减退了。”这个意见非常中肯，使我永志不忘。我们的文学前辈就是这样帮助一个青年作者成长前进的。

由于“四人帮”推行封建法西斯的文化专制主义，我写作短篇小说中断了10年，至今还处在“恢复期”。1976年底至1977年上半年写的10篇小说，就是“恢复期”的习作。这些作品，是用短篇小说这种艺术形式来塑造老一代无产阶级革命家形象的一个尝试。这是一项严肃的、也是困难的创作实践。我坚持一条：必须是曾有的实事——写的是实有的革命家，就有“史”的成分；小说可以生发开去，可以渲染、描写，但所取材的主要事件，必须是革命家生活经历的史实中曾经发生过的，而且应当核对确实、理解正确。同时，又坚持另一条：应当是会有的实情——写的是小说，是在文学作品中塑造革命家的形象，也就有“诗”的成分。所取的史实是创作的题材，可以也应该从“史”里找出“诗”来。革命家是创作描写的对象，是作品里的一个人物；不仅次要人物可以虚构和想象，就是革命家的形象也可以和应该在不违背基本性格特征的情况下，进行塑造和描写。

在以老一辈革命家形象为描写对象的短篇小说创作的过程中，作者的生活体验和感受依然像其他作品的写作一样，起着重要作用。

《足迹》写的是周恩来副主席翻越雪山的一个生活片断。周副主席带病过雪山，并且顶风冒雪关心翻越山巅的组织工作，这是曾有的、闪耀着历史光辉的实事。但是，选择这一史实作题材，在我来说，还有许多具体因素。首先是这个故事深深感动了我，我仿佛看到了这一特定的艰难环境中周副主席的光辉形象；其次，对当年红军过雪山，我曾作过许多采访；1972 年也曾到雪山实地看过。还有，我对所描写的生活、形象，虽不是全部，而在某一点上却有过直接的、又是深切的感受。1960 年，我陪同一个外国代表团受到周总理接见。在整个接见过程中，周总理的丰采都是动人的；尤其使我难忘的是这样一幅情景：接见完毕，总理和客人道别，离开我们的桌子，走了几步，却又转回来，俯到那位年轻的翻译同志耳边，小声地对她说了一句法语，然后说道："这句话，不是那个意思。"他亲切地为她讲解了几句，才慢慢走开。我们日理万机的周总理，就这样无微不至地关怀着青年的成长。现在，当我描绘当年周副主席在千年积雪的雪山上关怀红军战士的形象时，上述这个事使我激动、使我深思的直接感受，便以更大的幅度浮现出来。我几乎是照直把它搬到了雪山这个历史的关口上。我写周副主席向指导员曾昭良布置过任务之后，搀起小司号员向前走去。"走了几步，他又回过头来，关切地嘱咐道：'同志，记住，千万不能停下啊！'"因为是我看到的、感受的，也是我所相信的；我相信这个美好的细节的描写，能够再现这位伟大的人的形象。至于"要是不困难，要我们这些共产党员干什么呢？"这句话，则是三年自然灾害时期，我在一次报告会上直接听到周总理讲过的，把它搬到作品里就可以了。

二

我们强调生活是创作的唯一源泉，强调生活感受对于短篇小说写作的重要意义，并不是说生活经验就是创作了。没有花就不会有蜜，但是花并不是蜜。

因为学习写短篇小说，就常常琢磨这么个问题：短篇小说到底是什么？是故事？是个性鲜明的人物？是"生活的横断面"？……

有人说过：创作，就是思想照亮了生活的行囊。我觉得这个说法很有意思。它接触到了对生活的深入开掘和反复提炼的问题。创作，特别是短篇小说创作，常常会遇到这种情况：你看到了许许多多生活形象，有了不少独特的体验和感受，它们有时静静地堆在你生活的仓库里，有时像开了锅的稀粥一样在心中翻滚，逼你思索，使你激动。然而，你还没有想去写它，或者感觉到要写而又苦于没法写。这时，由于一个偶然的机缘——比方说，突然对其中的某一人和事想透了，获得了新的认识和理解；或者在思索里、在闲谈中、在听报告时，得到了一点思想的启示；或者生活中遇到了某一事物的触发，使你变得心明了、眼亮了，一下子看到了生活中蕴蓄着的内涵，看出了生活背后那深一层的道理，体认出了生活的哲理和生活中的诗。这时候，这种思想发现，就像一束亮光，照亮了你生活的积累；就像一阵清风，吹进了你那郁郁待燃的柴禾垛，使它"噗"地一声窜起了火苗。这种时刻出现的，如果作者一把抓住了它，调动起自己的生活和思想积累，深入地思考、酝酿，就会发现，与这相关联的思想、人物、生活情景，以至生活细节都会奔向前来，像果肉围绕着果核，有机地聚集起来，思想更单纯集中，人物更加鲜明，情感也愈炽烈。于是，作者获得了自己追求的东西，得到了自己所相信的、含血带肉的思想，得到了真的、深的又是新的发现。

让先进思想照亮富有的生活行囊，或者说，对观察、体验的生活进行分析、研究所获得的认识，都是思索生活的结果。它有时是作者对一件事深入开掘、思考、体验出来，从平常中看出了不平常；有时是从大量生活现象概括出来，从矿砂中冶炼出来的纯金。但都是对生活在熟的基础上的懂，大量占有基础上的提炼。它是作者从生活中得来，是和形象联结在一起，富有血肉和生命的。当然，这种对生活的认识，并不是在深入生活之后才去进行，而是在体验和感受的同时，就思索、研究了。“长期积累，偶尔得之”。能够得到它，是艰苦思考的结果。这种对生活的认识的深度，是要靠作者的思想高度去实现的。“妙句拈来着眼高”。只有作者努力学习马列主义、毛泽东思想，借助于这个观察社会生活的望远镜和显微镜，培养自己的观察力，才能有一双“着眼高”的眼睛，去发现生活中蕴藏着的珍宝。

努力开掘和提炼生活，对于短篇小说的创作是非常重要的。我们进行文学创作，不是消极地反映生活，而是对生活的解释；不是生活的模拟，而是创造；不是单纯地记录，而是发现。作品应当比实际生活更高、更强烈、更集中。只有在观察、理解生活上获得了新的深度，作品才有可能真实、新颖、深刻。

去年，我写短篇小说《标准》，又一次体会到对题材进行提炼的重要。本来，关于《标准》这篇小说所揭示的生活内涵，我是曾经思索过的。早在1958年，我写作《七根火柴》等描写草地生活的短篇时，就想过这个问题。当年红军战士爬雪山、过草地，胸中一颗心、肩上一枝枪、口里一支歌，战胜了人间罕见的艰苦。他们对物质生活的态度、对理想的执著追求，对同志、对党的崭新的关系，一切都为我们这个时代、我们这个阶级确立了一种标准：做人的标准，工作的标准，对待困难的标准。那时，在革命前辈身边生活，也常常听到他们说:“大不了再来一次长征!”“要拿出爬雪山过草地的那种精神来工作,什么困难不能克服?”雪山和草地,已经成了人们衡量思想、工作和生活的一个尺度了。1972年,我到了草地,站在草海泥潭,遥想红军当年,这种内涵的诗情,这种对生活的认识曾使我激动不已。

但是,在我写《标准》的时候,却没有马上把这种对生活的认识和我要描绘的形象结合起来。我听到过好些个关于朱德总司令为草地断粮的部队吃饭问题操心的故事。这些故事个个都是美好的,动人的。我为故事本身所吸引,从中挑选了一个,就匆匆忙忙写起来。小说写出来了,题名叫做《草地上》。倒也不是完全没点意思,只是平,浅,不深刻。我自己不满意,《人民文学》编辑部的同志看了也不满意,说:“改改吧!”改改,说说容易,没有新意怎么改得好?苦恼了一天,没有结果。吃晚饭的时候和家人闲谈,有人说起“文化大革命”初期有的地方把窝窝头改名叫“大众糕”。这使我的情绪激动了:难道只有人民大众才配吃这种糕?话题扯到了伙食标准,谈到了艰苦的年月,突然间,“草地的标准”几个字跳了出来。

这几个字,唤起了我过去对草地生活的理解和认识,也照亮了我桌上那一份草稿。原来那还不是一篇短篇小说,也根本不应该是什么《草地上》,而应该是《标准》。于是我重新进行了改写。故事情节没有怎么改动,只是把朱总司令写成了创造和体现“草地标准”的形象。在他旁边,又用几笔勾画了一个“把困难砸碎了”拣一块扛起来的战士;他和自己的统帅心灵相通,一道创造和坚持了革命者特有的“标准”。

创作,即使写的是一位统帅,当作者把他作为描写对象的时候,也得通过自己思想情感去开掘,认识。只有理解了这个生活片断的内在意义,获得了深一层的认识,才能使作品多少有一点生命。

三

说到题材的开掘和提炼，实际上已经接触到艺术构思的一个重要环节：艺术概括和典型化的问题了。

怎样写短篇小说？我看，问题不在铺开稿纸写作的本身，难度最大、花工夫最多的，还是提炼生活和进行艺术构思。

我们的文艺作品，应当追求革命的思想内容和尽可能完美的艺术形式的统一，力求既有高度的思想性又有强烈的艺术感染力；既正确深刻，又生动感人。艺术构思就是寻求和争取实现这种结合，把作者在生活中感受的、相信的、深邃的思想和真实、独特的形象统一起来。

艺术构思的任务是多方面的。要安排情节、表现人物、选择场面等等。但是，在经过开掘提炼、捕捉住题材的思想内涵之后，最中心的还是处理好性格和环境的关系，也就是说，要为人物找到和安排好最能表现其思想性格的环境，写出典型环境中的典型性格。

我们常有这样的体验：一个人，可以从不同的角度上为他画像、拍照，但常常只有那么一个角度，能够最鲜明地把人的内在精神和性格特征突现出来。短篇小说的构思，就是要找到那个最理想的角度。我们也常犯这样的毛病：只着眼于事件发生发展的过程，而忽视了在这个过程中人物思想感情的经历。结果，在艺术构思上就必然忽略了思想性格的特定性，不新颖；只从正面去描绘，不精巧；贪多求全，不单纯；小说也就冗长、一般化了。记得有一次，一位老作家和我们谈话，他说：我们过去受社会条件的限制，不能直接投身于工农兵斗争生活，生活积累少，就逼着我们讲究艺术构思，把仅有的一点生活经验写得精美些。而你们，生活多了，尽着用，构思上就不讲究了。话虽说得委婉，批评却是中肯的。我们在深入生活上常常表现出不够老老实实；而在写作上又往往太老实了，总离不开生活的自然形态，总习惯用那些放在哪里都合适的东西；不敢加工创造，不敢虚构和想象，不敢追求特殊、新奇和精巧。须知，在文艺创作上，那些一般化的、放在哪里都合适的东西，是放在哪里也不合适的。

塑造无产阶级领袖和革命家的形象，要描写他们的崇高思想品质，要描写他们的光辉思想和优良作风，更要写出他们怎样代表着人民群众的利益、愿望和要求，从群众中汲取思想和智慧，在历史的关头，高瞻远瞩地确定方针路线，决定着历史发展的方向和人民的命运。

我进行短篇小说《路标》的艺术构思时，曾想描写毛泽东同志在一个决定历史命运的重要时刻的伟大形象，写出这个“高”来，哪怕勾画一点侧影也好。翻开革命历史，在多少次关于党和军队生死存亡的关头，都是毛泽东同志为革命指明了方向、撒下了光辉的路标呵！1935 年 8 月，在草地北沿，毛泽东同志对张国焘分裂党、分裂红军的罪行所进行的斗争，就是惊心动魄的一次。我想写这个时刻，写这一时刻毛主席的形象，写这一个金光闪闪的路标。但是，我又是在写短篇小说，任务是通过塑造艺术形象来概括。

《路标》的艺术构思，是这一组 10 篇小说中最困难、最费力的一篇。我没有去写毛泽东同志在会议上进行的这一斗争，却安排了一个掉队的小红军在草地途中和毛泽东同志偶然相遇。我也没有把毛泽东同志置于小说情节的中心，而是以小红军战士为贯穿全篇的人物，借以作为观察、描绘毛泽东同志形象的角度和引线。写了小战士向毛泽东同志问“路线”，毛泽东同志为他写路线，毛泽东同志和他讨论路线，以至他和毛泽东同志一起参与制定路线。这样，在描写一个小红军这段生活、思想历程的同时，他的形象，他的眼睛，也像摄影机的镜头一样，引着读者看见了特定环境中的毛泽东同志，看见了毛泽东同志和战士的关系，看见了毛泽东同志在这历史关键时刻的一点思想风貌。人物出来了,“路标”也就插在那里了。

当然,这只是一次粗浅的尝试。

四

我们常说:看短篇小说,或者看戏、看电影。这个“看”字很有味道。读者和观众在那里看作者指给他看的东西,看故事,看行为,看动作,看景物……然而仔细一想,不对。原来读者和观众睁大了眼睛在看的,并不只是那些看得见的,而且还要看那些看不见的。他们要看人的真实的、动人的思想、情感、精神品质,甚至是极其隐秘的内心世界。我们写短篇小说的呢,除了必要的心理描写之外,就是让读者通过那些看得见的东西,去看到那些看不见的东西。

要实现这一点,就短篇小说而言,细节的准确运用和描写,起着重要的作用。

许多有经验的作家都十分重视细节。有人说:故事好找,零件难求。零件就是细节。李准同志就是从生活发现细节、在写作中运用细节的能手。有一次和他交谈,他说:写一篇短篇小说,手里有那么几个硬邦邦的细节,心里就踏实了。就连阅读和欣赏,他也喜欢把作品“拆开”来,挑出细节来分析研究。这是极好的艺术经验。

我们写作短篇小说,常犯的毛病是“密度”不当,“密度”太小。而刻画人物性格、形象的笔墨,往往是对细节进行了充分的、具体的描写,“密度”最大的地方。

细节不是创作的细枝末节。凡是好的作品都有好的细节描写。没有细节的短篇小说几乎是没有的。只有从生活中发现了特定的、有表现力的细节,并且根据塑造形象的需要,有准备地、在节骨眼上恰当地运用细节描写,才能为人物形象刻上准确、生动的线条,既表现了外在特征,也揭示了内在精神。

我学着写点短篇小说, 有时因了一个细节而决定了作品的生命,有时依托一个细节就结构和写成了一篇小说。在短篇小说的创作劳动中，再没有比获得了一个需要的、有特色和有表现力的细节,更令人喜悦的了;也再没有比搜索枯肠却找不到那个必要的细节更令人苦恼的了。

写作短篇小说《草》的时候,我的心情非常激动。原始素材是极其动人的:草地探路的先头团派人送来了报告,说到有的单位误食了有毒的野菜中毒了。当时重病在身的周恩来副主席亲自听了报告,并指示发下勿食有毒野菜的通报。依托这样感人至深的故事,结构起来是比较顺利的。但是结构起来以后,却发现缺少点什么。缺什么呢?在周副主席的形象描写上,缺少一个动作性强的、有强烈感染力的细节,不能把形象的内在力量和读者的感情推向高点。

动笔写作了，写的过程中，我的眼前老是浮动着毒害人民的“四人帮”。在写到有毒野菜的外形时，憋不住把它写成这么个样子:“一层暗红色的薄皮包着白色的根根，上面挑着四片互生的叶子,”“长在背阴靠水的地方。”这,当然是笨拙的、无力的。但是它的出现也有个好处。把四十多年前自然界的艰险对革命的折磨和“四人帮”对周总理的折磨和摧残联系起来了,顿时,一个鲜明的情景涌现出来。我含着泪写道:“周副主席又举起那棵野菜看了看,慢慢地把它放进嘴里。”周副主席亲自尝毒草!这篇小说所必要的细节找到了。

五

短篇小说是一种艺术形式,是一个文艺战士进行战斗的武器。既然是种武器,就要尽可能熟练它、磨砺它。上面所说的,只是有关这个武器的一点点认识,很粗浅,很不全面。不过,如果有了拥有生活经验的广度和厚度,有了观察和开掘生活的深度,再加上找到了表现人物性格的恰当的角度,妥善地掌握了描写的密度。努力做到生活富、认识深、构思巧、细节准、感情真，写出来，大体上就像个短篇小说了。

当然，这决不是短篇小说写作问题的全部。比方说，还有一个更为重要的方面，就是态度问题。

文学作品，是社会生活在作者头脑中反映的产物，是头脑这个“加工厂”加工制作出来的。这个“加工厂”干净与否，是不是好用，决定着作品的高低成败。我们搞短篇小说创作，搞儿童文学创作，做的是研究人的工作。在成百成千个研究对象之中，有一个便是自己。十年动乱中，林彪、“四人帮”强加到我们文学事业和文艺工作者头上的种种诬蔑不实之词，我们一律推倒，概不接受。但是，我们却必须清醒地解剖自己、认识自己，并不懈地改造自己的世界观，努力使精神产品的“加工厂”正确些、干净些；努力在学习马列主义，毛泽东思想和学习社会的过程中，缩短自己和研究对象、描写对象之间的差距。

就说感情吧。短篇小说当然不是无情的东西，相反地，它要求自己的作者以热烈的情感去热爱新生的和美好的，憎恨那些阻碍人民前进的丑恶的东西，又以真挚的情感去描写他所感受的和相信的，使作品有尽可能大的艺术感染力量。然而，作者又必须注视着自己，看看这是什么样的感情？并力求和革命人民的喜怒哀乐相一致。

老作家柳青同志说过一句话，大意是：正因为机器不能写小说，正因为文学作品的创作劳动还不能不是创作者的个体劳动，因此，作者要特别警惕个人主义，注意世界观和文艺观的改造。这是句好话，是艺术前辈的经验之谈。柳青同志离开了我们，而这话却将留下来，久久地留下来。

为革命而创作，是神圣的使命；为革命创作而不断改善自己、加强自己，也是一项神圣的使命。

写尽红军英雄志

翁亚尼

王愿坚——本书的作者,是一位军旅作家。很多读者可能在中学语文课本里已读过他写的其它几篇小说,如《党费》《七根火柴》等;因此,对他并不陌生。他一生曾写过几十篇中、短篇小说以及电影文学剧本如《四渡赤水》《闪闪的红星》等。他写的题材全部都是有关革命战争历史的。在新中国社会主义建设日新月异繁花似锦的岁月中,他为什么偏偏只采这一朵花——红军革命斗争历史题材呢?!这其中除了他从小在革命军队长大,熟悉这一方面的一些生活情景,还有其它什么原因?年轻的读者想知道其中的答案,且看看王愿坚说过的下面三段话,以供思考。

(一)

王愿坚曾这样说过:“如果一个作家不用自己的作品,给生活以影响和推动,那就不如不当作家。”

1953年秋天,王愿坚去福建东山岛采访的时候,路过第二次国内革命时期的老根据地,接触了几位曾经经历过这段生活的老同志。在那里他听到了1934年—1937年在红军长征以后留在老根据地山林里苦苦坚持三年游击战争的情形。

山林里游击队员的生活艰苦得难以想象。他们常常几天、几十天吃不上有粮食的饭,只能用野菜、野果充饥;冬天,衣服破了没法穿,用香蕉叶裹在身上御寒;没有房子住,撑起一把雨伞挡风遮雨。为了弄到一包给伤员洗涤伤口的咸盐,甚至要付出血的代价。但是游击队员们却英勇地坚持着,把红旗牢牢地插在山头上。

在山下的群众则时刻想着、支援着山上的同志们。为了给山上的游击队送粮食,在碰到巡逻的敌人时,父亲让亲生儿子舍上性命用脚步声引开敌人。有这样的家庭,父亲牺牲了,母亲领着儿子,推倒了一堵危墙,掩埋了亲人的遗体,然后把一个衣服包递到儿子手里说:“去吧,接着干”!

王愿坚此时已经不光是用耳朵在听,而是用整个心灵在听。像“艰苦奋斗”这样一个常见的字眼,开始在他眼前变成了饱和着血肉和感情的活生生的东西。

故事里显示了前辈革命者的高贵品质, 显示了人的最崇高的美,使人不能不怀着崇敬的心情去爱它,不能不去思索那些蕴蓄在故事里面的光辉灿烂的东西。这些故事给了王愿坚深刻的教育和强烈的感染。

回到北京,这些故事和这些故事里的人,在王愿坚的脑海里不停地翻腾着。他的心情不能平静了。慢慢地他想:既然这些故事听了以后,对自己教育很大,如果把它写出来,让更多的人受到教育,不是更好吗?!

1954 年的春天,王愿坚着手构思小说。年底,王愿坚所写的第一篇小说《党费》发表在《解放军文艺》上。

《党费》的原型是他在革命老区听来的故事,其中也加入了王愿坚在革命斗争中亲身经历过的事情。

《党费》发表后受到国内外和军内外的赞赏的好评。这给了王愿坚很大的鼓励和信心。他从此就一头扑到了革命历史斗争题材中去了。继《党费》之后不久,他又写出了《粮食的故事》《七根火柴》等短篇。

此时,在王愿坚的创作道路上出现了一个问题:有人反映,王愿坚没有参加过长征,又不是老红军,他是不可能写好有关革命斗争历史故事的。这意见对一个刚从创作土壤中出现的小苗、对王愿坚的压力还真不小。对此他自己也在重新考虑他的创作道路。因为他写的这一段革命斗争历史(1934—1937 年)生活,当时自己年龄还小,对那个时代的斗争形势和当时的生活风貌还不了解。而他所参加的又是后一时期的战争,但写的却都是红军时代的生活。

经过了一段时间的思考,王愿坚想到他的创作实践并没有背离规律,他依然写的是自己所熟悉的生活。首先,他在革命部队里度过了少年和青年时期,多少有些直接的生活感受和体验,这便使他有一条通向红军时代战争生活的路,可以凭借红军时期的斗争生活去喷吐、燃烧。其次,还可以不断地积累、充实和了解那个时代。

有一次,王愿坚读到一个文件,内容是一位中央的负责同志对青年所作的报告。这位负责同志在号召青年一代学习老一辈革命者时说道:“我们的革命先烈和前辈,不但用生命和鲜血为我们今天的幸福生活铺平了道路,而且给我们留下了取之不尽用之不竭的精神财富。”“这句话说得真好!”王愿坚看到这里,失声地说了出来。这句话使他明确了他所要担当的责任和使命:要把红色的基因传承下去,必须把老一辈的高贵的革命精神写出来,用文学形象不失真地传达给年轻一代。让他们知道创业的艰辛。

从此,王愿坚立志要“写尽红军英勇志”。

(二)

王愿坚还这样说过:“这是些人间最美的人,和这样的人在一起,听他们讲过去的事情,是非常幸福的。”

王愿坚是个做事认真的人。在明确了担当起一个作家使命以后，他就全身心地投入到对革命斗争历史、特别是红军时期的斗争历史的学习和体验中去了。上个世纪的50年代中期，他不仅拿着介绍信，揣着笔记本，走访党政机关、野战部队，甚至闯进中南海……去“磨”那些两鬓添霜的经过两万五千里长征的老同志们。他还和住在干休所里的老红军和伤残病休的老战士、老赤卫队员们谈天。王愿坚用心听这些老一代的革命家和老同志们讲述他们在深山密林里坚持艰苦斗争，在艰险的长征途中跋涉、战斗，还有在白区冒着生命危险长期进行地下斗争的情形，以及在白山黑水拼死战斗十四年的抗联军人和日本鬼子作斗争的故事。

王愿坚不仅了解了这些人在过去打天下的日子里为人民建立功勋时所焕发出来的革命精神和崇高品质，更贴近地看到了在革命取得全国胜利之后、在社会主义建设的斗争中他们的生活面貌。这是另一种动人的情景。

上个世纪的50年代后期，王愿坚因工作原因在一位老帅身边住了十几天。这位当时已年逾花甲的老帅，本来是到疗养地来休养的，每天必须吃药、打针，可是他的休养方式却是这样：在窗前一棵大松树下安了张行军床，床边小桌上放着一部从屋子里引出来的电话机，枕头边是堆得小山般高的待看的文件，床边几把籐椅很少空着，总是不断有来请示工作的人坐。

上个世纪60年代初的一个星期天，王愿坚到一位财经部门的负责同志家里访问。走进平房院落，见这位负责同志正在把碎煤渣和成煤泥，用手捏成一个个煤饼。走进屋里，见他床上铺的还是解放战争中缴获的半截毛毯。留他吃饭，待客的就是炉子上煮的那锅豆腐炖白菜。这位在红军三年游击战争中担任过支队司令员的老战士，就用他和煤泥的那只手，为王愿坚画下了当时吃的野菜的模样；也就用这只手，给某个部门批了上亿的拨款，以致在批件上留下了黑黑的指印儿。

王愿坚从这些平平常常的生活情景里看到了不平常，从这些美的人身上发现了人的美；同时也感到他又进入了那种抚育他成长的生活情景，他敬佩老一辈的革命者，他更是深深地爱着他们。因此他深深地感到一种特殊的幸福。

他内心充满了这样的心情，写出了《亲人》《理财》和《普通劳动者》。

王愿坚的小说充分表现了美：人的心灵美和文字的美；表现了在艰难困苦中的积极向上、勇于克服困难的乐观情绪，更表现了人与人之间的人情美，他的小说充满了浓浓的正能量。

（三）

王愿坚还说过："红军战士们肩上一支枪，胸中一支歌，迈开双脚，战胜凶残的敌军和数不尽的艰难险阻，走过了两万五千里征程，是一首光照千古的诗。"

王愿坚要把这首诗写出来、写好。让读到它的人受它感染、为它激动；让年轻一代在新长征路上读着这首诗，披荆斩棘，英勇向前，为祖国创造新的辉煌。

在几十年的文学生涯中，王愿坚年年岁岁，一直在实践他的愿望："不忘初心、牢记使命，写尽红军英雄志"。这是他终生的愿望。